| 光明社科文库 |

《文渊阁四库全书总目·词曲类一》笺注

叶凤　刘文珠　周密◎著

光明日报出版社

图书在版编目（CIP）数据

《文渊阁四库全书总目·词曲类一》笺注 / 叶凤，
刘文珠，周密著 . -- 北京：光明日报出版社，2023.6

ISBN 978 - 7 - 5194 - 7339 - 6

Ⅰ.①文… Ⅱ.①叶… ②刘… ③周… Ⅲ.①词（文
学）—注释—中国—古代 ②散曲—注释—中国—古代 Ⅳ.
①I222

中国国家版本馆 CIP 数据核字（2023）第 149365 号

《文渊阁四库全书总目·词曲类一》笺注
《WENYUANGE SIKUQUANSHU ZONGMU · CIQULEI YI》JIANZHU

著　者：叶　凤　刘文珠　周　密	
责任编辑：李壬杰	责任校对：李　倩　龚彩虹
封面设计：中联华文	责任印制：曹　诤

出版发行：光明日报出版社

地　　址：北京市西城区永安路 106 号，100050

电　　话：010 - 63169890（咨询），010 - 63131930（邮购）

传　　真：010 - 63131930

网　　址：http://book.gmw.cn

E - mail：gmrbcbs@gmw.cn

法律顾问：北京市兰台律师事务所龚柳方律师

印　　刷：三河市华东印刷有限公司

装　　订：三河市华东印刷有限公司

本书如有破损、缺页、装订错误，请与本社联系调换，电话：010-63131930

开　　本：170mm×240mm			
字　　数：294 千字		印　　张：17.5	
版　　次：2024 年 1 月第 1 版		印　　次：2024 年 1 月第 1 次印刷	
书　　号：ISBN 978 - 7 - 5194 - 7339 - 6			
定　　价：95.00 元			

自 序

《四库全书总目》其目录学、考证学的价值历来备受关注，因成于众人之手，讹谬自然不少。词集提要更因文体颇卑、作者弗贵等因素，加之后人对其笺注者鲜有等情状，致使其考证不精、引书舛谬、脱衍篡改等问题层出不穷。本书通过对《文渊阁四库全书总目·词曲类一》四十五则词集提要的笺注，结合史书、方志、文集、诗话词话、笔记小说、人物传记等相关资料，笺注传主生平概况、馆臣引言出处及辨讹纠补四库馆臣于年号月份、引书引文、人事考据、作品考证、文字校勘、卷数阙数等方面的失误，并加以材料举证，以此丰富"四库学"的研究。

本书体例为：先列举《提要》全文，再对《提要》逐句笺注，所笺范围以生平简述、讹误考证、引言出处三方面为主。特别是讹误的考证，学界看似有些内容有所点出，但存在指瑕不全、论证一笔带过或是存阙疑而俟考等问题。试举数例：其一，指瑕不全。如余嘉锡《芦川词》条，李裕民《坦庵词》条。其二，论证一笔带过。如余嘉锡《芦川词》条。其三，存阙疑而俟考。如胡玉缙《晁无咎词》条。在综合比对中华书局影印浙刻本《四库全书总目》和台湾商务印书馆《文渊阁四库全书总目》两大版本的基础上，本书以《文渊阁四库全书总目》为笺证底本，以《四库全书总目》为参校本，以《词曲类一》为笺注对象。除笺引引言出处及人物生平注释外，对条目存在错漏存疑处，皆作考证辨误。本书的价值主要有三点：其一，生平笺注。其二，考证辨误。馆臣于词曲部分的编纂失误频发，诸如考证不足、校勘不精、引证不察等问题突出，此类考证辨误亦是本书的价值所在，已纠其大小讹谬四十多处。其三，对提要引言出处的笺证。本书尊古人"述而不作"的原则，循"考镜源流，辨章学术"的准则，笺注《文渊阁四库全书总目·词曲类一》条目四十五则，愿不负前贤著述之功，尽鄙人绵薄之力，为学界研究"四库学"，特别是《四库全书总目》词曲类提要起到一定的参考作用。

叶凤于壬寅仲秋广州华南师范大学

前　言

一、《文渊阁四库全书总目·词曲类》研究概况

词，其上承诗则非诗，下衍曲则非曲。从文学角度来看，词是诗乐发展的新体。清人孔尚任《蘅皋词序》云："夫词，乃乐之文也。"① 从其性质来看，词之本质乃合乐之歌词耳。关于词，它经历了晚唐五代与两宋的辉煌期，也经历了元明两代的衰颓期。至清代，在清廷文化笼络政策的条件下，清词得以中兴。清廷统治者将词与诗赋同视为"关乎政教而裨益身心"的统治手段，正如王昶《吴竹桥小湖田乐府序》所言："昔圣祖仁皇帝表章六艺，兼综百家，合《全唐诗》而编辑之。益之以词，又取唐、宋、元、明之词，汇为一百二十卷。又定《词谱》四十卷，而后词学始全，用以示海宇而光艺苑。"② 清词的振兴，在清乾隆纂修的《四库全书》里也有所体现，然而，细究其收词概况，词体地位虽有提高，但其错谬处亦不鲜见。错谬之甚者，当数《四库全书总目·词曲类》条目。目前学界对于《四库全书总目·词曲类》的研究以三个方面为主。

（一）对文献发展情况的论述

如陈春辉《从〈四库全书总目〉看清代词曲类文献的发展情况》（开封教育学院学报，2018 年 8 月），该论文主要从清代词曲类文献的著录情况和文献发展的社会背景方面入手，归纳出清代词曲类文献发展的三个阶段，即势力悬殊阶段、逐步发展阶段和相辅相成阶段。但该论文所提及的社会背景一说尚有待斟酌和考量，作者在社会背景介绍中，将清代词曲类文献偏重理论

---

① 冯乾. 清词序跋汇编：第 1 册［M］. 南京：凤凰出版社，2013：333.
② 冯乾. 清词序跋汇编：第 2 册［M］. 南京：凤凰出版社，2013：612.

分析与总结的原因仅归结于清代统治阶层的文化自卑和敏感，此论难免过于牵强，难以服众。笔者认为，造成清代词曲类文献偏重理论分析与总结的原因与当时的朴学学风兴盛和文化政策有关，清代统治阶层的文化自卑和敏感只是可能的原因之一。

（二）对词曲类的文体、观念及批判方法等的相关论述

如徐燕琳《论〈四库全书总目〉的戏曲批判背景》（戏曲艺术，2011年6月），该论文从宋明大型官修类书对戏曲资料的记述和归类、《四库全书总目》显示的戏曲研究和选类方法、戏曲思想的时代背景及编撰者的戏曲背景四个方面对《四库全书总目》的戏曲类文献的批判背景作了详细论述。其《论〈四库全书总目〉的戏曲文体批判》（中山大学学报，2011年1月）一文，则针对《四库全书总目》中的戏曲文体作了三个方面论述，即《四库全书总目》的戏曲本体论、戏曲特征论和戏曲音律论。这些研究对学界在《四库全书总目》戏曲类方面的研究有借鉴性意义。柳燕、彭芸芸《〈四库全书总目〉词曲观念探析》（历史文献研究，2014年6月）一文，从贬斥词曲而又不尽废之、重情韵、重本色的词曲美学观及工于诗不等于擅填词三个方面，对《四库全书总目》中的词曲观念作了分析和论述。另外，徐朋云《〈四库全书总目〉词曲观念述要》（安徽文学，2010年8月），则针对《四库全书总目》的词曲观念作了简略论述。关于词曲批判方法方面的论文，如王玫《〈四库全书总目〉词曲批判方法考述》（广东广播电视大学学报，2013年2月）。该论文从词曲的源流批判、比较批评、纪事批评三个方面对词曲的批判方法作了阐释，对《四库全书总目》中以词曲为代表的通俗文学的价值作了充分论述。

（三）对词曲类编撰、辨误方面的论述

如王承斌《〈四库全书总目〉"词曲类存目"辨误》（中北大学学报，2010年6月）主要辨误了《四库全书总目·词曲类》中的作者之误、卷数之误、词集数量之误、所收词家数量之误、文字讹缺之误。所辨误的词集有《文溪词》《玉霄仙明珠集》《词林万选》《浙西六家词》《诗余图谱》《琼林雅韵》等条目。许超杰《〈四库全书总目〉集部词曲类编撰散论》（中国韵文

学刊，2012年4月）通过对比《翁方纲撰四库提要稿》、文渊阁《四库全书》提要及《四库全书总目》词曲类，论述了各种提要在顺序、文字、考证等方面的区别，从而略窥《四库全书总目》词曲类的编撰及其修订过程，对《四库全书总目》词曲类研究作出了有参考价值的论述。

关于《四库全书总目》辨误类的著作，具有代表性的有余嘉锡《四库提要辨证》、胡玉缙《四库全书总目提要补正》、崔富章《四库提要补正》及李裕民《四库提要订误》等，诸书于集部方面所纠之谬集中在楚辞类、别集类、总集类、诗文评类，而对于《词曲类》考辨尚且不足。关于《四库全书总目》笺注的著作亦很少见，近几年出版的仅有王培军《四库提要笺注稿》、踪凡等合著的《四库提要选注（经部卷）》等书，其他笺注类著作尚未得见。本书以《文渊阁四库全书总目·词曲类一》为笺注对象，笺出《四库全书总目》条例出处、引言及后人的评价，并对其讹谬处、存疑处作相关考证。

二、《文渊阁四库全书总目》编纂概况与词曲类的文学批评价值

作为中国文化史上空前盛大的编修工程，《四库全书》与《四库全书总目》的编纂几乎同步进行。从清乾隆帝于全国征书起，其圣旨便指出编纂体例的相关要求。如《文渊阁四库全书总目》卷首一所言："各省搜辑之书，卷帙必多……先将各书叙列目录，注系某朝某人所著，书中要旨何在，简明开载，具折奏闻。"① 四库馆臣据乾隆皇帝的旨意，不仅对《四库全书》所收书籍撰写《提要》，而且也对未纳入的书籍撰写《提要》，并汇成《四库全书总目》。其编纂从乾隆三十八年（1773）起，到乾隆五十四年（1789）方才告竣，可谓历时久远，工程浩大。该书不仅是《四库全书》的目录提要，更是我国古代书籍编纂的丰碑。

《四库全书总目》的编纂，可从编纂动机、编纂内容、编纂方式与编纂过程四个维度展开。第一，编纂动机。自清廷入主中原以来，反清斗争此起彼伏，经过不懈努力，其政权才逐渐稳固。统治者为消除不利于统治的隐患，

---

① （清）纪昀，等. 文渊阁四库全书总目：第1册［M］. 台北：台湾商务印书馆，1986：2.

自康熙、雍正、乾隆以来皆采取强硬与怀柔的双重策略（如屡兴文字狱和举办修缮活动等），从而控制舆论走向与学界思想。《四库全书》与《四库全书总目》的编纂更是以维护清廷统治为核心，对典籍的尊崇退居其次。第二，编纂内容。《四库全书总目》分著录类书籍与存目类书籍。著录类皆由馆臣整理、校勘与考证，以四部分类法的体例重抄纳入《四库全书》。存目类书籍则仅存其名，其内容不收入《四库全书》。两者皆撰写《提要》编入《四库全书总目》，方便"以佐流传、考订之用"。第三，编纂方式。乾隆皇帝谕令："至朱筠所奏每书必校其得失，撮举大旨叙于本书卷首之处，若欲悉仿刘向校书序录成规，未免过于繁冗。但向阅内府所贮康熙年间旧藏书籍，多有摘叙简明略节，附夹本书之内者，于检查洵为有益。应俟移取各省购书全到时，即令承办各员将书中要指隳括，总叙崖略，粘开卷副页右方，用便观览。"①此外，《四库全书总目》编纂还以经史子集四部法分应刻、应抄与应存书目三项，各条下所撰写的《提要》将一书之原委、撮举之大凡、著书人之世次爵里，井然有序地呈现出来。且各书的《提要》，重在交代作者背景、书中大意，经史子集四部皆有旁涉，无一遗漏。正如《四库全书总目》卷首三《凡例》所言"分之则散弁诸编，合之则共为《总目》"②。第四，编纂过程。《四库全书总目》的编纂过程有三：首先，全国征书。乾隆帝对此下发多条谕旨，涉及征书、还书、激励等标准，其中，对于进献书籍量大者的奖励更是丰厚，如乾隆皇帝对鲍士恭、范懋柱、汪启淑、马裕"四大献书家"之赞誉与赏赐《古今图书集成》等嘉奖。其次，分派编纂人员起草、修订。其中编纂人员又以戴震、王念孙、朱筠等汉学家为主，正如梁启超所言："四库馆就是汉学家的大本营，《四库提要》就是汉学思想的结晶体。"③ 这也使得《四库全书总目》的朴学特色相当浓厚。最后，由纪昀等人统一裁正、加工润色，再交付乾隆皇帝钦定。

---

① （清）纪昀，等. 文渊阁四库全书总目：第1册［M］. 台北：台湾商务印书馆，1986：2-3.

② （清）纪昀，等. 文渊阁四库全书总目：第1册［M］. 台北：台湾商务印书馆，1986：36.

③ 梁启超. 梁启超全集：第6册［M］. 北京：北京出版社，1999：4438.

此外，自四库开馆以来，这场历经乾隆三十八年（1773）至乾隆五十四年（1789）的官方大型修缮活动，著录书籍达 3457 部 79070 卷；存目书籍达 6766 部 93556 卷。成书后抄写七部，分贮各地。作为其目录汇编的《四库全书总目》，编纂缜密翔实、分类精当有序，收书量更是惊人。据统计，所收著录书籍 3470 种，存目书籍 6819 种，合计 172626 卷。搜罗如此繁多，编纂如此缜密，可谓后无来者。其"剖析条流、斟酌古今、辨章学术、高挹群言"的学术与文化价值更是沾溉后世。

在这样的编纂体例下，词曲类书籍尽管地位颇卑、作者弗贵，但出于求全的目的，《四库全书总目》还是将其收编在内。作为本书研究对象的《词曲类一》提要，收著录类词曲达 81 种，收存目类词曲达 57 种，其价值不可忽视，文学批评价值更是值得关注。本书将其文学批评价值概括为三点：其一，因词曲具有音乐性、语言清丽、重抒情等特点，《四库全书总目》往往以音乐性作为评价词曲作品优劣的标准。如《片玉词提要》："好音乐，能自度曲，制乐府长短句，词韵清蔚……本通音律，下字用韵，皆有法度。"① 可见，馆臣对周邦彦词的肯定，全因其词具有法度并能协乐演唱。其二，馆臣对词曲的判断标准除了音乐性外，还以质朴本色作为尺度。即要求用词应平实自然，不尚新僻、用典之字与过度雕琢之作。如《芦川词提要》："词曲以本色为最难，不尚新僻之字，亦不尚典重之字。"② 并评价不过度雕琢的作品为词中高格，如《坦庵词提要》："萧疏淡远，不肯为剪红刻翠之文，洵词中之高格。"③ 对于有人格瑕疵的词人，馆臣评价标准也一视同仁。如《东堂词提要》评毛滂"徒擅才华，本非端士"④；《初寮词提要》论王安中"为人反复炎凉，虽不足道，

---

① （清）纪昀，等. 文渊阁四库全书总目：第 5 册 [M]. 台北：台湾商务印书馆，1986：288-289.

② （清）纪昀，等. 文渊阁四库全书总目：第 5 册 [M]. 台北：台湾商务印书馆，1986：296.

③ （清）纪昀，等. 文渊阁四库全书总目：第 5 册 [M]. 台北：台湾商务印书馆，1986：294.

④ （清）纪昀，等. 文渊阁四库全书总目：第 5 册 [M]. 台北：台湾商务印书馆，1986：288.

然才华富艳，亦不可掩"①；《海野词提要》言曾觌"为谈艺者所不齿。而才华富艳，实有可观"②，诸如此类，可见馆臣评价词曲的原则并不以作者声名好坏或人格优劣为准绳，而是以音乐性和质朴本色为依据。其三，词曲类《提要》的文学批评思想受《文心雕龙》"文体观"与"通变观"影响颇深。文体观使馆臣对待词曲类的界线愈加分明，并揭示出词上不可似诗、下不可似曲的介于雅俗之间的审美特质。而通变观则是馆臣判断词曲类作品继承性与创新性此消彼长的根据之一，例如针对模仿过之、原创不足的词曲类作品，馆臣往往持批评态度。

三、《文渊阁四库全书总目·词曲类一》考证概况与考辨举例

清乾隆朝纂修《四库全书》，凡三千四百余种三万六千余册，不仅集我国历代文献之大成，亦是有史以来最庞大的典籍修缮工程。当时抄缮七部，现今仅文渊阁抄本全本幸存。因此，文渊阁版《四库全书》是成书最早且存世最为完备的典籍。开馆之初，乾隆皇帝即命馆臣将所进呈的书籍，摘其书名，编成目录。各书皆撰有提要，诸书提要"分之则散弁诸编，合之则共为《总目》"，各书提要汇合起来，经总纂官纪昀等人增删润色，使其文气条理一贯，即成《四库全书总目》或称《四库全书总目提要》。《四库全书总目》是古代目录学著作之集大成者，其相关点评对后世学者的研究具有重要借鉴价值。而《四库全书总目》又属集体编纂之作，其错谬处在所难免。当今学界为其辨误、补正之作亦不少，然其辨误仅围绕楚辞类、别集类、总集类、诗文评类，词曲类则极其鲜见。下文以学界享有盛名的余嘉锡《四库提要辨证》、胡玉缙《四库全书总目提要补正》、崔富章《四库提要补正》及李裕民《四库提要订误》为例，作词曲类考证的相关评述。

余嘉锡《四库提要辨证》作为民国时期《四库全书总目》辨证史上的里程碑式著作，其学术价值不言而喻。其书体例更是具有论辩体色彩，辨证先

---

① （清）纪昀，等. 文渊阁四库全书总目：第 5 册 ［M］. 台北：台湾商务印书馆，1986：289.

② （清）纪昀，等. 文渊阁四库全书总目：第 5 册 ［M］. 台北：台湾商务印书馆，1986：300.

列《提要》，再附按语，其按语将分析与议论相融合，比较异同，再作论证，呈现出文史通融的特点。于考镜源流、辨章学术上具有考辨深度。然而，其对词曲类辨证的数量稍显不足，词曲类提要仅录 3 条，即《小山词》《石林词》《芦川词》。考证虽有天女散花、博古通今之势，但篇目过少，为之一憾。

胡玉缙《四库全书总目提要补正》，虽以数据汇编形式进行补正，但与余嘉锡《四库提要辨证》于体例上存在较大不同，此书先列举《提要》内容，再附按语。其按语先列他人论述，后列自己观点，形式上与辑录体相仿。此外，胡氏擅长材料剪裁，在举证上就事论事、综合归纳的特征较为突出。然而，对词曲类的补正相对逊色，其篇幅仅有 36 条，即《词曲类一》11 条，《词曲类二》16 条，《词曲类存目》9 条。《词曲类一》包括《乐章集》《安陆集》《东坡词》《小山词》《晁无咎词》《漱玉词》《芦川词》《于湖词》《克斋词》《稼轩词》《白石道人歌曲》11 条《提要》，主要围绕版本、卷数作补充说明，辨证较少。对于《提要》之误所作辨证仅《晁无咎词》一条，其余补正主要针对所引材料作考。可见，其《词曲类一》考证较为粗疏。如《晁无咎词》，胡氏按语："吴氏双照楼景宋本晁氏《琴趣外篇》六卷，无卷末《洞仙歌》，又卷五《引驾行》上阕，……集内只此一首，《提要》云：'其《引驾行》一首'，又云'及集内春云轻锁一首'，似此调有两首，俟考。"[1] 胡氏言《晁无咎词》集内无《洞仙歌》且只有卷五《引驾行》一首，误。经查证，《晁无咎词》卷二有《洞仙歌》一首，卷五及卷一皆有《引驾行》，胡氏凭据吴氏双照楼景宋本而不查四库本，所下论断有以偏概全之嫌。且馆臣此处所误在于认为两首《引驾行》皆佚其后半，胡氏补正处却未指出。本书针对此条已作考证，可参见《晁无咎词》条。

崔富章《四库提要补正》致力于书籍版本的考察，以版本的角度切入，对馆臣之讹进行辨证。其体例先列举《提要》内容，再附按语。按语先对版本进行阐述后再作判断，主要体现为三点：其一，对《四库全书》所收书籍的底本追根溯源，明著版本，并对比《四库提要》所采版本与《四库全书》所采版本的异同。其二，对所举证的材料，皆实录其善本，以彰显《四库全

---

① 胡玉缙. 四库全书总目提要补正：下册［M］. 上海：上海书店出版社，1998：1683.

书》所用版本的优势。其三，以文澜阁《四库全书》本为准，对比其余各阁库本，并着意考察清末至民国期间浙本库书补抄本之来源，将其所得皆录于各条之末。然而，集部却未见词曲类提要的相关补正。

李裕民《四库提要订误》，篇幅比重以子部、史部、集部、经部为序，以传统考据法统领全书。其体例编纂先列举《提要》内容，其下附按语，按语主要围绕《提要》讹谬来展开，先对馆臣之讹作判断，再列举材料辨证。辨误着眼点集中在三个方面：其一，书名、卷数、版本之误；其二，作者之误；其三，内容评价之误。此外，对于时人辨误有讹者则细举材料辩驳。然而，其集部词曲类订误仅有9条，其中《词曲类一》占4条，即《坦庵词》《懒窟词》《介庵词》《克斋词》，且论述皆过于简单，致其论述部分不够精当。如《坦庵词》辨"师侠"所举例证显得单薄，论说亦不充分，并未对"师侠""师使"错误的缘由交代清楚，本书在辨证此条时，针对其不足处已作充分论证与材料补充。

本书笺证对象为词曲类部分，主要对学界所忽略的《词曲类一》作进一步考证。篇章体例先列举《提要》全文，再对《提要》逐句笺注，所笺范围以生平简述、讹误考证、引言出处三个方面为主。特别是讹误的考证，学界看似有些内容有所点出，但存在指瑕不全、论证一笔带过或是存阙疑而俟考等问题。试举数例：其一，指瑕不全。如余嘉锡《芦川词》条，所列举《提要》内容存在四处错误，然余氏仅指出张元幹除名时间与胡铨贬谪年代的错误，并未指出文末"李纲疏谏和议为绍兴八年十一月"与"张元幹绍兴八年十二月又寄词一阕"[①] 这两处失误。本书经考证认为，李纲疏谏和议当为绍兴八年十二月，张元幹《贺新郎》（其二）当为绍兴八年十二月后作。由此可见，余氏所引《提要》内容，指瑕不全，只考其一不考其二。再如李裕民《坦庵词》条，所列举《提要》内容存在两处错误，然胡氏仅指出《全芳备祖》所载《梅花》五言绝句作者之讹，并未指出文中极其明显之误，即馆臣所言赵师侠为南宋初人一论。经考证，赵师侠当为南宋中期时人。其二，论

---

① （清）纪昀，等. 文渊阁四库全书总目：第5册 [M]. 台北：台湾商务印书馆，1986：296.

证一笔带过。如余嘉锡《芦川词》条，对于胡铨贬谪年代仅以"《提要》谓铨贬于绍兴戊午，误与此同"① 一笔带过，未作详细材料举证。其三，存阙疑而俟考。如上文提及的胡玉缙《晁无咎词》条。

针对《四库全书总目提要》词曲类部分的讹误，本书作商榷性的笺注与考证，为学界指出《提要》被忽视的相关问题。兹举数例，以见一斑。

（一）年代之误

《芦川词》一卷：

> 案绍兴八年十一月，待制胡铨谪新州，元干作《贺新郎》词以送，坐是除名。考《宋史·胡铨传》，其上书乞斩秦桧在戊午十一月，则元干除名自属此时。毛晋跋以为辛酉，殊为未审，仅附订于此。又李纲疏谏和议，亦在是年十一月，纲斯时已提举洞宵宫，元干又有寄词一阕。②

经考证，此处失误有四。其一，胡铨贬谪新州非绍兴八年（1138）十一月，当为绍兴十二年（1142）。其二，元干除名当为绍兴十八年（1148）后，非馆臣所考绍兴八年十一月。其三，李纲疏谏和议当为绍兴八年十二月，非十一月。其四，元干寄词一阕亦为绍兴八年十二月，非四库馆臣所考戊午十一月。

又如《安陆集》一卷：

> 宋张先撰。案仁宗时有两张先，皆字子野。其一博州人，枢密副使张逊之孙，天圣三年进士，官至知亳州，卒于宝元二年，欧阳修为作墓志者是也。③

---

① 余嘉锡. 四库提要辨证［M］. 北京：中华书局，1980：1606.
② （清）纪昀，等. 文渊阁四库全书总目：第 5 册［M］. 台北：台湾商务印书馆，1986：296.
③ （清）纪昀，等. 文渊阁四库全书总目：第 5 册［M］. 台北：台湾商务印书馆，1986：282.

经考证，馆臣言博州张先为天圣三年（1025）进士，误，当为天圣二年（1024）进士。

（二）引书引文之误

《山谷词》一卷：

> 陈振孙于晁无咎词条下引补之语曰："今代词手惟秦七、黄九，他人不能及也。"于此集条下又引补之语曰："鲁直间作小词固高妙，然不是当行家语，自是著腔子唱好诗。"二说自相矛盾。考"秦七、黄九"语在《后山诗话》中，乃陈师道撰，殆振孙误记欤？①

经考证，馆臣所引补之言鲁直非当行家语当出自吴曾《能改斋漫录》，而非语出陈氏。另，今人夏承焘、唐圭璋等撰《宋词鉴赏辞典》所载蔡厚示点评《清平乐》云："宋代陈师道说：'今代词手，惟秦七、黄九耳，唐诸人不逮也。'（《苕溪渔隐丛话后集》卷三十二引）晁补之说：'黄鲁直间作小词，固高妙，然不是当家语，自是著腔子唱好诗。'（同上）。"②经查阅《苕溪渔隐丛话后集》卷三十二并未引有此语，同属引书舛误，此语当出于《苕溪渔隐丛话后集》卷三十三。

又如《溪堂词》一卷：

> 卷首有序，署"漫叟"而不名，其所称"黛浅眉痕沁，红添酒面潮"二句，乃《菩萨蛮》第一阕中句。"鱼跃冰池抛玉尺，云横石岭拂鲛绡"，乃《望江南》第二阕中句。然"红潮登颊醉槟榔"本苏轼语，"鱼跃练江抛玉尺"亦王令语，皆剽窃前辈旧文，不为佳句。③

---

① （清）纪昀，等. 文渊阁四库全书总目：第5册 [M]. 台北：台湾商务印书馆，1986：284.

② 夏承焘，等. 宋词鉴赏辞典：上册 [M]. 上海：上海辞书出版社，2003：487.

③ （清）纪昀，等. 文渊阁四库全书总目：第5册 [M]. 台北：台湾商务印书馆，1986：288.

馆臣言"鱼跃练江抛玉尺"为宋人王令语，误。此语乃晚唐人语。

（三）人事考据之误

《晁无咎词》六卷：

> 考杨补之亦字无咎，其词集名曰《逃禅》，不应名字相同，集名
> 亦复蹈袭，或误合二人为一欤。①

馆臣言"扬补之亦字无咎"认为晁、扬二人名与字相同，误。经考证，扬之字为补之，晁之字为无咎，晁、扬二人名与字皆不同。四库馆臣将晁、扬二人之名与字相混淆，其考证失误，足见馆臣有名字张冠李戴之谬。

又如《坦庵词》一卷：

> 集中有和叶梦得、徐俯二词，盖南宋初人也。②

四库馆臣据《坦庵词》中有赵师侠和叶梦得、徐俯之词，断其为南宋初人，误。今人饶宗颐《词集考》卷四推测"似师侠生于建炎元年丁未（1127）以前"③，此论亦误。经考证，师侠生年当为建炎元年以后。而四库馆臣所持凭据"集中有和叶梦得、徐俯二词"一事并非同代唱和，应为师侠追加之作。此外，赵师侠经历了宋高宗、宋孝宗、宋光宗、宋宁宗四朝，为南宋中期人，非馆臣所言南宋初人。

（四）举证不足与评价偏颇之嫌

《书舟词》一卷：

> 又卷末毛晋跋，《意难忘》《一剪梅》诸阕，俱定为苏作，悉行

---

① （清）纪昀，等. 文渊阁四库全书总目：第 5 册 ［M］. 台北：台湾商务印书馆，1986：
286.
② （清）纪昀，等. 文渊阁四库全书总目：第 5 册 ［M］. 台北：台湾商务印书馆，1986：
293.
③ 饶宗颐. 词集考 ［M］. 北京：中华书局，1992：162.

删正。今考《东坡词》内，已增入《意难忘》一首，而《一剪梅》尚未载入，其词亦仍载此集中，未尝刊削。然数词语意浅俚，在埃亦非佳制，可信其必非轼作。①

毛晋言《意难忘》《一剪梅》为苏作，然未言其所据，当为毛氏臆断。且《一剪梅》一阕载入埃集，与毛氏所言相悖。四库馆臣仅以"数词语意浅俚"为据，断二阕必非轼作，有妄断之嫌，其考难以服众，无显证之故耳。

又如《东堂词》一卷：

蔡绦《铁围山丛谈》载其父柄政时，滂献一词甚伟丽，骤得进用者，当即在此数首之中。则滂虽由轼得名，实附京以得官，徒擅才华，本非端士。方回《瀛奎律髓》乃以为守正之士，盖偶未及考。②

馆臣据毛滂曾依附蔡京得官一事，评其非端士一说，有违公允。历代词评对此有所辩驳，如冯煦《蒿庵论词》："词为文章末技，固不以人品分升降。然如毛滂之附蔡京，史达祖之依侂胄，王安中之反复，曾觌之邪佞，所造虽深，识者薄之"③，又如况周颐《历代词人考略》卷十四按语："毛泽民词中有寿蔡京数首，遂贻'本非端士'之讥。方毛之寿蔡也，蔡之奸犹未大著也。其后吴君特亦以寿贾相词为世诟病。方吴之寿贾也，贾方以干济闻于时。而其卒致奸庸误国，亦非君特所预知也。且即如蔡京生辰以诗词为祝者，其姓名未易更仆数。而毛之词独传，是则毛之至不幸，而君特殆亦一例也。泽民为武康令，慈爱惠下，政平讼简，讵非端士？若以寸楮之投为毕生之玷，持论未免太苛。然而文字不可以假人操觚家，宜慎之又慎矣。"④ 此外，关于方

---

① （清）纪昀，等. 文渊阁四库全书总目：第 5 册 [M]. 台北：台湾商务印书馆，1986：286.

② （清）纪昀，等. 文渊阁四库全书总目：第 5 册 [M]. 台北：台湾商务印书馆，1986：288.

③ 唐圭璋. 词话丛编：第 4 册 [M]. 北京：中华书局，2005：3587-3588.

④ 葛渭君. 词话丛编补编：第 6 册 [M]. 北京：中华书局，2013：4086.

回之评，馆臣也有错误。馆臣所言方回评毛滂为守正之士，查阅《瀛奎律髓》有关毛滂所有评语皆无所见。然，《瀛奎律髓》卷之二十《梅花类》于张道洽《梅花》诗有方回评张泽民为守正之士相关材料，其注云："实斋张公道洽，字泽民……前是尝为广州司里，里中新贵马天骥为帅，刘朔齐、震孙为仓使。天骥怒其作《越王台》诗若讥己者，朔齐将举改官，夺以他界，泽民不屑也。"① 由此可知，因毛滂与张道洽之字皆为泽民，馆臣误记二人事迹，其所评"守正之士"当为张泽民，而非毛泽民。另，馆臣论毛滂、王安中、曾觌等人人品与才品持论不公。评毛滂"徒擅才华，本非端士"②；论王安中"为人反复炎凉，虽不足道，然才华富艳，亦不可掩"③；言曾觌"为谈艺者所不齿。而才华富艳，实有可观"④。据此可见，同是人品有瑕疵而才华富艳者，馆臣持论有违公允，尚有抑毛而扬王、曾之嫌。

上述考证，皆有所凭依。类似谬误，《文渊阁四库全书·词曲类一》亦为数不少。本书除笺引引言出处及部分相关注释外，究馆臣之纰漏讹谬，逐条辨证。

四、《文渊阁四库全书总目·词曲类一》的笺注价值

在综合比对《四库全书总目》和《文渊阁四库全书总目》两大版本的基础上，本书以《文渊阁四库全书总目》为笺证底本，以《四库全书总目》为参校本。前者为文渊阁所藏武英殿刻本《总目》（该《总目》写本现已不传，此乃最早的刊本）。后者为 1965 年影印出版的以浙本为底本，以殿本、粤本为参校本，由王伯祥先生断句的中华书局本。《文渊阁四库全书总目·词曲类》提要合计 138 则，本书以《词曲类一》为笺注对象。除笺引引言出处及人物生平注释外，对条目存在错漏存疑处，皆作考证辨误。总之，本书的价

---

① 方回. 瀛奎律髓汇评：第 3 册 [M]. 上海：上海古籍出版社，2020：827-828.

② （清）纪昀，等. 文渊阁四库全书总目：第 5 册 [M]. 台北：台湾商务印书馆，1986：288.

③ （清）纪昀，等. 文渊阁四库全书总目：第 5 册 [M]. 台北：台湾商务印书馆，1986：289.

④ （清）纪昀，等. 文渊阁四库全书总目：第 5 册 [M]. 台北：台湾商务印书馆，1986：300.

值有三点，下文稍举数例，以窥斑豹。具体材料引述，请参阅本书相关条目。

（一）生平笺注

如《珠玉词》一卷：

> 宋晏殊撰。殊有《类要》，已著录。①

按，晏殊传见《宋史》卷三百一十一（脱脱《宋史》，北京：中华书局，1977 年版）亦可参见夏承焘《唐宋词人年谱·二晏年谱》（《夏承焘集》第 1 册，杭州：浙江古籍出版社，2017 年版）及唐红卫等人著《二晏年谱长编》（天津：南开大学出版社，2016 年版）。

《珠玉词》点校本，可参见张草纫笺注《二晏词笺注》（上海：上海古籍出版社，2008 年版）。

《文渊阁四库全书总目》第 3 册第 890 页仅有《类要》存目。《类要》，全称《晏元献公类要》，其全文见《四库全书存目丛书》子部 166—167 册②。

（二）考证辨误

受"词曲二体在文章技艺之间，厥品颇卑，作者弗贵"③的观念及清真雅正主潮的影响，馆臣于词曲部分的编纂失误频发，诸如考证不足、校勘不精、引证不察等问题突出，此类考证辨误亦是本书价值所在，已纠其大小讹谬四十多处。

如《书舟词》一卷：

> 考《词谱》载"《江城子》亦名《江神子》"，应以名《摊破江神子》为是。详其句格，亦属埃本色。其题为康作，当属传讹。④

---

① （清）纪昀，等. 文渊阁四库全书总目：第 5 册［M］. 台北：台湾商务印书馆，1986：280.

② 四库全书存目丛书编纂委员会. 四库全书存目丛书：子部 166—167 册［M］. 济南：齐鲁书社，1995：154-406.

③ （清）纪昀，等. 文渊阁四库全书总目：第 5 册［M］. 台北：台湾商务印书馆，1986：280.

④ （清）纪昀，等. 文渊阁四库全书总目：第 5 册［M］. 台北：台湾商务印书馆，1986：286.

此处疑馆臣混淆《词谱》卷二与卷二十一的内容。馆臣所考《词谱》载"《江城子》亦名《江神子》"为卷二的内容且该卷未收录程垓与康与之二人词作，馆臣此处断言《词谱》卷二所载词牌名为《摊破江神子》实属不当。经核查，《词谱》卷二十一收录词牌名《摊破江城子》及阐述其由来，并收录程垓词作，且《四库全书》所收程词亦名为《摊破江城子》。另，馆臣言"其题为康作，当属传讹"，经查阅，《词谱》与《四库全书》皆题为程作，而万树《词律》卷二误《江城梅花引》为康作。

《御定词谱》卷二："《江城子》五体，又名《江神子》。"① 且《御定词谱》卷二所提《江城子》五体，未见程垓之作。

《御定词谱》卷二十一："《江城梅花引》八体，又名《摊破江城子》"，"《江城梅花引》，按万俟咏《梅花引》句读与《江城子》相近，故可合为一调。程垓词换头句藏短韵者，名《摊破江城子》。"② 而《御定词谱》卷二十一见程垓之作，其名为《江城子梅花引》。

据此可知，四库馆臣所言"《词谱》载《江城子》亦名《江神子》"为《御定词谱》卷二之内容；而"应以名《摊破江神子》为是"为《御定词谱》卷二十一之内容。可见，馆臣此处断言《词谱》卷二所载词牌名为《摊破江神子》实属不当。

另，万树《词律》卷二："《江城梅花引》，康与之……此词又误刻《书舟词》中，题曰《摊破江神子》，然则此调只应名为《摊破江城子》可耳。……于此调又竟作《梅花引》，益与五十七字之《梅花引》相混。故今以此附于《江城子》之后，而《梅花引》仍另列云。"③

（三）对提要引言出处的笺证

如《小山词》一卷：

又《古今词话》载程叔微之言曰："伊川闻人诵叔原词'梦魂

---

① （清）纪昀，等. 文渊阁四库全书：集部 1495 册 ［M］. 台北：台湾商务印书馆，1986：25.

② （清）纪昀，等. 文渊阁四库全书：集部 1495 册 ［M］. 台北：台湾商务印书馆，1986：359，368.

③ 万树. 词律 ［M］. 上海：上海古籍出版社，1984：93.

惯得无拘检，又踏杨花过谢桥'，曰'鬼语也'，意颇赏之。"然则

几道之词，固甚为当时推挹矣。①

查《古今词话》，并无此说，馆臣误记。该说见于邵博《邵氏闻见后录》
卷十九："程叔微云：伊川闻诵晏叔原'梦魂惯得无拘检，又踏杨花过谢桥'
长短句，笑曰：'鬼语也。'意亦赏之。程晏三家有连云。"②

①　（清）纪昀，等. 文渊阁四库全书总目：第5册［M］. 台北：台湾商务印书馆，1986：286.
②　刘德权，等. 邵氏闻见后录［M］. 北京：中华书局，1983：151.

凡　例

（1）《文渊阁四库全书总目·词曲类》分三部分，即《词曲类一》《词曲类二》及《词曲类存目》，本书笺注对象仅限于《词曲类一》，合计四十五则提要。本书以《文渊阁四库全书总目》为笺证底本，以《四库全书总目》为参校本。前者为文渊阁所藏武英殿刻本《总目》（该《总目》写本现已不传，此为最早的刊本）。后者为 1965 年影印出版的以浙本为底本，以殿本、粤本为参校本，由王伯祥先生断句的中华书局本。

（2）关于人物生平的笺注，以正史、野史、方志、文集小传、唐宋笔记为序。参阅《全宋词》《宋诗纪事》等词人相关小传，并列举具有代表性的当今学人所撰词人年谱、词集编年、资料汇编等研究成果。对于词集点校本，择其优者示之。

（3）针对四库馆臣引言谬处作相关考证，并列举辨误材料及讹谬说明，而今人有辨证成果者则标明其研究著作。部分讹谬考证因显证不足者则以佐证存之，待日后材料充足再考。

（4）本书引言材料出自《文渊阁四库全书》者，则不再列出作者、书名、出版地点、出版社及出版年代。只注明该材料源自《文渊阁四库全书》某部某册某页。

（5）对于馆臣评语，有所借鉴者则笺引其引言出处；有所补充或发展者则取代表性评语录之；有所偏颇者，择其代表性评语辩驳之。评语材料主要采自正史、野史、方志、文集小传、唐宋笔记、词话与近人评论。

（6）后人对于《提要》引书出现纰漏处及当代学者相关本事考证讹谬处，本书亦一同辨之。

（7）关于《提要》原文及所笺引文献材料语句因刊刻出现错别字，则循

"不妄改古书"的原则，保留其原字。原书有阙文者，亦经保留，以□标记。

（8）据傅璇琮等主编《全宋笔记》第五编第 3 册《能改斋漫录》点校说明，《复斋漫录》实乃《能改斋漫录》，特以示之，正文不再说明。

目　录
CONTENTS

1　珠玉词一卷 （江苏巡抚采进本）

宋晏殊撰。殊有《类要》，已著录[1]。陈振孙《书录解题》载殊词有《珠玉集》一卷。此本为毛晋所刻，与陈氏所记合，盖犹旧本[2]。《名臣录》称殊词名《珠玉集》，张子野为之序。子野，张先字也[3]。今卷首无先序，盖传写佚之矣。殊赋性刚峻，而词语特婉丽[4]。故刘攽《中山诗话》谓元献喜冯延巳歌词，其所自作，亦不减延巳[5]。赵与时《宾退录》记殊幼子几道尝称殊词不作妇人语[6]。今观其集，绮艳之词不少。盖几道欲重其父名，故作是言，非确论也[7]。集中《浣溪沙》春恨词"无可奈何花落去，似曾相识燕归来"二句，乃殊《示张寺丞王校勘》七言律中腹联[8]，《复斋漫录》尝述之[9]。今复填入词内，岂自爱其造语之工，故不嫌复用耶。考唐《许浑集》中"一樽酒尽青山暮，千里书回碧树秋"二句，亦前后两见，知古人原有此例矣[10]。

【笺注】

[1] 晏殊传见《宋史》卷三百一十一（脱脱《宋史》，北京：中华书局，1977 年版），亦可参见夏承焘《唐宋词人年谱·二晏年谱》（《夏承焘集》第 1 册，杭州：浙江古籍出版社，2017 年版）及唐红卫等人著《二晏年谱长编》（天津：南开大学出版社，2016 年版）。

《珠玉词》点校本，可参见张草纫《二晏词笺注》（上海：上海古籍出版社，2008 年版）。《文渊阁四库全书总目》第 3 册第 890 页仅有《类要》存目。《类要》，全称《晏元献公类要》，其全文见《四库全书存目丛书》子部第 166—167 册第 154—406 页（济南：齐鲁书社，1995 年版）。

[2] 见《直斋书录解题》卷二十一："《珠玉集》一卷，晏元献公殊撰。"（陈振孙《直斋书录解题》，上海：上海古籍出版社，1987 年版，第 615 页）

《宋六十名家词》："《珠玉词》，一卷。"（毛晋《宋六十名家词》，上海：上海古籍出版社，1989年版，第3页）

[3] 考《四部丛刊》本《五朝名臣言行录》与《文渊阁四库全书》本《宋名臣言行录》两者所涉晏殊传，皆无殊集及张先作序之记载，四库馆臣误。关于是否有张先作序一事，考《唐宋诸贤绝妙词选》卷三："晏同叔名殊，以神童出身。仁宗朝宰相，谥元献公。有词名《珠玉集》，张子野为序。"（黄升《花庵词选》，北京：中华书局，1958年版，第64页）可证确有张先作序一事。

另，据夏承焘《唐宋词人年谱·张子野年谱》所载，张先作此序时，已66岁。今本不见此序，盖传写时已佚。

《嘉泰吴兴志》卷十七："张先字子野，登进士第。"（谈钥《嘉泰吴兴志》，杭州：浙江古籍出版社，2018年版，第275页）《张子野年谱》："张先字子野，乌程人。"（夏承焘《唐宋词人年谱》，上海：上海古籍出版社，1978年版，第169页）

[4]《宋史》卷三百一十一："殊性刚简，奉养清俭。……文章赡丽，应用不穷。"（脱脱《宋史》，北京：中华书局，1977年版，第10197页）毛晋《珠玉词跋》："同叔，抚州临川人也。七岁能属文，张知白以神童荐。真宗召见，与千余人并试廷中，神气不慑，援笔立成。帝异之，使尽读秘阁书。每所咨访，率用寸方小纸细书闻之。继事仁宗，尤加信爱。仕至观文殿大学士，以疾请归，留侍经筵。及卒，帝临奠，犹以不亲视疾为恨，特罢朝二日，赠谥元献。一时贤士大夫，如范仲淹、欧阳修等，皆出其门。择婿又得富弼、杨察。赋性刚峻，遇人以诚，一生自奉如寒士。为文赡丽，应用不穷，尤工风雅，间作小词。"（毛晋《宋六十名家词》，上海：上海古籍出版社，1989年版，第12页）

[5] 刘攽《中山诗话》："晏元献尤喜江南冯延巳歌词。其所自作，亦不减延巳。"（何文焕辑《历代诗话》上册，北京：中华书局，1981年版，第292页）

[6] 赵与时《宾退录》卷一引《诗眼》云："晏叔原见蒲传正云：'先公平日小词虽多，未尝作妇人语也。'传正云：'绿杨芳草长亭路，年少抛人容易去，岂非妇人语乎？'晏曰：'公谓年少为何语？'传正曰：'岂不谓其所欢乎？'晏曰：'因公之言，遂晓乐天诗两句，盖欲留所欢待富贵，富贵不来所欢去。'

传正笑而悟……余按全篇云：'绿杨芳草长亭路，年少抛人容易去。楼头残梦五更钟，花底离愁三月雨。无情不似多情苦，一寸还成千万缕。天涯地角有穷时，只有相思无尽处。'盖真谓'所欢'者，与乐天'欲留年少待富贵，富贵不来年少去'之句不同，叔原之言失之。"（上海古籍出版社编《宋元笔记小说大观》第4册，上海：上海古籍出版社，2001年版，第4132页）

又，毛晋《珠玉词跋》："其暮子几道云'先公为词，未尝作妇人语也。'"（毛晋《宋六十名家词》，上海：上海古籍出版社，1989年版，第12页）关于晏殊所作绮艳之词是否算作"妇人语"，历来存有争议。

[7] 陈振孙《直斋书录解题》卷二十一："《珠玉集》一卷，晏元献公殊撰。其子几道尝言，'先公为词，未尝作妇人语'，以今考之，信然。"（陈振孙《直斋书录解题》，上海：上海古籍出版社，1987年版，第615页）

然，四库馆臣观殊词所言与振孙所考反之，四库馆臣以"绮艳"为由，故作此论，实非妥帖。

[8]《浣溪沙》词云："一曲新词酒一杯，去年天气旧亭台。夕阳西下几时回。无可奈何花落去，似曾相识燕归来。小园香径独徘徊。"（唐圭璋编《全宋词》第1册，北京：中华书局，1965年版，第89页）

《全宋诗》卷一七一《假中示判官张寺丞王校勘》诗云："元巳清明假未开，小园幽径独徘徊。春寒不定斑斑雨，宿醉难禁滟滟杯。无可奈何花落去，似曾相识燕归来。游梁赋客多风味，莫惜青钱万选才。"（北京大学古文献研究所编《全宋诗》第3册，北京：中华书局，1991年版，第1943—1944页）由此观之，二句前后两见。

清张宗橚《词林纪事》卷三点评《浣溪沙》云："元献尚有示张寺丞王校勘七律一首，'元巳清明假未开，小园香径独徘徊。春寒不定斑斑雨，宿醉难禁滟滟杯。无可奈何花落去，似曾相识燕归来。游梁赋客多风味，莫惜青钱万选才。'中三句与此词同，只易一字。细玩'无可奈何'一联，情致缠绵，音调谐婉，的是倚声家语。若作七律，未免软弱矣。并录于此，以谂知言之君子。"（清张宗橚辑《词林纪事》，成都：成都古籍书店，1982年版，第74页）

[9] 吴曾《能改斋漫录》卷十一："晏元献公赴杭州，道过维扬，憩大明寺，暝目徐行，使侍史诵壁间诗板，戒其勿言爵里姓名，终篇者无几。又使别诵一诗云：'水调隋宫曲，当年亦九成。哀音已亡国，废沼尚留名。仪凤

终陈迹，鸣蛙只沸声。凄凉不可问，落日下芜城。'徐问之，江都尉王琪诗也。召至同饭，又同步游池上。时春晚已有落花，晏云：'每得句书墙壁间，或弥年未尝强对，且如无可奈何花落去，至今未能也。'王应声曰：'似曾相识燕归来。'自此辟置，又荐馆职，遂跻侍从矣。"（吴曾《能改斋漫录》，上海：上海古籍出版社，1960 年版，第 306 页）

考《宋史》卷三百一十二《王琪传》："琪字君玉，儿童时已能为歌诗。起进士，调江都主簿。上时务十二事，请建义仓，置营田，减度僧，罢觽爵，禁锦绮、珠贝，行乡饮、籍田，复制科，兴学校。仁宗嘉之，除馆阁校勘、集贤校理。"（脱脱《宋史》，北京：中华书局，1977 年版，第 10245 页）及《续资治通鉴长编》卷一百三："（天圣三年十一月）辛巳，诏凡配隶罪人……前江都县主簿王琪上疏陈十事，曰复制科，禁锦绮、珠贝，置营田，立义仓，减度僧，罢觽爵、榷酤、和籴，行乡饮、籍田，复阅武之法，兴郡学，令公卿子弟入国学，置五经博士、进士专经。上以琪学通世务，特命试学士院。甲申，受大理评事、馆阁校勘。"（李焘《续资治通鉴长编》第 8 册，北京：中华书局，1985 年版，第 2392 页）

据此可证，王琪馆阁校勘一职因其上书仁宗皇帝所得，非晏殊举荐。且王琪得其馆职乃天圣三年十一月甲申，查《宋史·仁宗纪》与《续资治通鉴长编》等相关史料，天圣元年及天圣四年间，并无晏殊扬州行迹之载。《能改斋漫录》此条乃臆谈。四库馆臣疏于考证，引以为例，尤可哂矣。

[10] 见唐许浑《京口闲居寄京洛友人》："吴门烟月昔同游，枫叶芦花并客舟。聚散有期云北去，浮沉无计水东流。一尊酒尽青山暮，千里书回碧树秋。何处相思不相见，凤城龙阙楚江头。"《郊园秋日寄洛中友人》："楚水西来天际流，感时伤别思悠悠。一尊酒尽青山暮，千里书回碧树秋。日落远波惊宿雁，风吹轻浪起眠鸥。嵩阳亲友如相问，潘岳闲居欲白头。"（彭定求等编《全唐诗》第 8 册，北京：中华书局，1960 年版，第 6130 页、6169 页）"一尊酒尽青山暮，千里书回碧树秋"一句前后两见，四库馆臣所言无误。

2 六一词一卷 （江苏巡抚采进本）

宋欧阳修撰。修有《诗本义》，已著录[1]。其词陈振孙《书录解题》作一卷。此为毛晋所刻，亦止一卷，而于总目中注"原本三卷"。盖庐陵旧刻，兼载乐语，分为三卷。晋删去乐语，仍并为一卷也[2]。曾慥《乐府雅词序》有云："欧公一代儒宗，风流自命，词章窈眇，世所矜式。乃小人或作艳曲，谬为公词。"[3]蔡绦《西清诗话》云："欧阳词之浅近者，谓是刘辉伪作。"[4]《名臣录》亦云："修知贡举，为下第举子刘辉等所忌，以《醉蓬莱》《望江南》诬之。"[5]则修词中已杂他人之作。又元丰中，崔公度跋冯延巳《阳春录》，谓其间有误入六一词者[6]。则修词又或窜入他集，盖在宋时已无定本矣。晋此刻亦多所厘正[7]。然诸选本中有梅尧臣《少年游》"阑干十二独凭春"一首，吴曾《能改斋漫录》独引为修词，且云："不惟圣俞、君复二词不及，虽求诸唐人温、李集中，殆难与之为一。"则尧臣当别有词，此词断当属修。晋未收此词，尚不能无所阙漏[8]。又如《越溪春》结语"沈麝不烧金鸭，玲珑月照梨花"，系六字二句。集内尚沿坊本，误"玲"为"冷"，"珑"为"笼"，遂以七字为句。是校雠亦未尽无讹。然终较他刻为稍善，故今从其本焉[9]。

【笺注】

[1] 欧阳修传见《宋史》卷三百一十九（脱脱《宋史》，北京：中华书局，1977年版），亦可参考清人杨希闵《欧阳文忠公年谱》（《十五家年谱丛书》，扬州：江苏扬州人民出版社，1960年版）与今人严杰《欧阳修年谱》（南京：南京出版社，1993年版）。

《六一词》点校本，可参见黄畬《欧阳修词笺注》（北京：中华书局，1986年版）与胡可先等人《欧阳修词校注》（上海：上海古籍出版社，2015年版）。

另，《文渊阁四库全书》经部第 70 册已著录《诗本义》。

[2] 陈振孙《直斋书录解题》卷二十一："《六一词》一卷，欧阳文忠公修撰。"（陈振孙《直斋书录解题》，上海：上海古籍出版社，1987 年版，第616 页）

《宋六十名家词》目录第 3 页，载"《六一词》一卷，'原本三卷'"。毛晋《六一词跋》云："庐陵旧刻三卷，且载乐语于首。今删乐语汇为一卷。"（毛晋《宋六十名家词》，上海：上海古籍出版社，1989 年版，第 25 页）

[3] 曾慥《乐府雅词序》："欧公一代儒宗，风流自命，词章幼眇，世所矜式。当时小人或作艳曲，谬为公词，今悉删除。"（《文渊阁四库全书》集部第 1489 册第 168 页）可知，《文渊阁四库全书总目》所引曾慥《乐府雅词序》，有两处不同，"幼眇"作"窈眇"，"当时小人或作艳曲"之"当时"作"乃"字。

[4]《文渊阁四库全书》子部第 873 册曾慥《类说》卷五十七《西清诗话》、《文渊阁四库全书》子部第 880 册陶宗仪《说郛》卷八十一《西清诗话》及明抄本蔡绦《西清诗话》（张伯伟《稀见本宋人诗话四种》，南京：江苏古籍出版社，2002 年版）皆无此条记载，疑该条已佚或馆臣误记。

而此则材料见于沈雄《古今词话·词评》上卷引《西清诗话》云："欧阳词之浅近者，谓是刘辉伪作。又云：元丰中，崔公度跋冯正中《阳春录》，其间有入《六一词》者。今柳三变词，亦有杂入《平山堂集》者，则浮艳者皆非公作也。"（孙克强、刘军政校注《古今词话》，上海：上海古籍出版社，2009 年版，第 288 页）

再者，关于刘辉伪作一事，陈振孙《直斋书录解题》卷二十一有所暗示，其云："《六一词》一卷，欧阳文忠公撰。……亦有鄙亵之语一二厕其中，当是仇人无名子所为也。"（陈振孙《直斋书录解题》，上海：上海古籍出版社，1987 年版，第 616 页）

查《宋史》卷三百一十九："知嘉祐二年贡举。时士子尚为险怪奇涩之文，号'太学体'，修痛排抑之，凡如是者辄黜。毕事，向之嚣薄者伺修出，聚噪于马首，街逻不能制；然场屋之习，从是遂变。"（脱脱《宋史》，北京：中华书局，1977 年版，第 10378 页）《宋名臣言行录后集》卷二："河北方小治，而二府诸公相继以党议罢去。公慨然上书论之，用事者益怒。会公之外甥女张嫁公族人晟，以失行系狱，言事者乘此，欲并中公，遂起诏狱，穷治张资产。上使中官监勒之，卒辨其诬，犹降官知滁州。……权知贡举，是时进士为文，以诡异相高，号太学体。文体大坏，公患之，所取率以词义近古为贵，比以险怪知名者，黜去殆尽。榜出，怨议纷然。久之乃服，然文章自是变而复古。"（《文渊阁四库全书》史部第 449 册第 158—159 页）欧阳修清誉受损一事可见其端倪。

另，叶梦得《石林诗话》卷下："至和嘉祐间，场屋举子为文尚奇涩，读或不能成句。欧阳文忠公力欲革其弊，既知贡举，凡文涉雕刻者，皆黜之。……及发榜，平时有声，如刘辉辈，皆不预选，士论颇汹汹。"（何文焕辑《历代诗话》，北京：中华书局，1981 年版，第 429 页）陈振孙《直斋书录解题》卷十七亦云："《刘状元东归集》十七卷，大理评事铅山刘辉之道撰。辉，嘉祐四年进士第一人，《尧舜性仁赋》，至今人所传诵。始在场屋有声，文体奇涩，欧公恶之，下第。及是在殿庐得其赋，大喜，既唱名，乃辉也，公为之愕然。盖与前所试文如出二人手，可谓速化矣。仕止于郡幕，年三十六以卒。世传辉既黜于欧阳公，怨愤造谤，为猥亵之词。"（陈振孙《直斋书录解题》，上海：上海古籍出版社，1987 年版，第 500 页）据上述材料可证，欧阳修当时为改革太学体文风，得罪举子居多，刘辉便是其一。刘辉以伪作诬陷欧阳修清誉，乃情理之事。

[5] 查《文渊阁四库全书》本《宋名臣言行录》与《三朝名臣言行录》所涉欧阳修传，皆无此条，四库馆臣误。

考沈雄《古今词话·词评》上卷引《名臣录》云："仁宗景祐中，欧阳修为馆阁校理，两宫之隙，奏事帘前，复主濮议，举朝倚重。复知贡举，为下第刘辉等所忌，以《醉蓬莱》《望江南》诬之。"（孙克强、刘军政校注《古今词话》，上海：上海古籍出版社，2009 年版，第 287 页）有此一说，不知沈雄所见《名臣录》此条所据何本，四库本不见此条，疑当时已佚或馆臣所见乃沈雄《古今词话》本引言。

另，《钱氏私志》："欧知贡举时，落第举人作《醉蓬莱》词以讥之，词极丑诋，今不录。"（《丛书集成初编》之钱世昭撰《钱氏私志》，北京：中华书局，1991 年版，第 3 页）可佐证，举子作《醉蓬莱》词诬欧公清誉属实。

[6] 高邮崔公度跋《阳春录》已不传。据《四部丛刊初编》本《欧阳文忠公集》卷一百三十三《欧阳文忠公近体乐府》卷第三罗泌跋语："元丰中崔公度跋冯延巳《阳春录》，谓皆延巳亲笔。其间有误入《六一词》者，近

世《桐汭志》《新安志》亦记其事。今观延巳之词，往往自与唐《花间集》《尊前集》相混，而柳三变词，亦杂《平山集》中。则此三卷或甚浮艳者，殆非公之少作，疑以传可也。"（《四部丛刊初编》集部《欧阳文忠公集》，上海：上海书店，1989 年版，第 131 页）

另，陈振孙《直斋书录解题》卷二十一："《六一词》一卷，欧阳文忠公撰。其间多有与《花间》《阳春》相混者，亦有鄙亵之语一二厕其中，当是仇人无名子所为也。"（陈振孙《直斋书录解题》，上海：上海古籍出版社，1987 年版，第 616 页）可证《六一词》混入他作不少。再考《阳春集》可知，其间误入《六一词》者有：《蝶恋花》（谁道闲情抛弃久）、《蝶恋花》（庭院深深深几许）、《蝶恋花》（几日行云何处去）3 首；《清平乐》（雨晴烟晚）1 首；《应天长》（一弯初月临鸾镜）、《应天长》（石城山下桃花绽）2 首；《更漏子》（风带寒）1 首；《阮郎归》（东风临水日街山）、《阮郎归》（南园春早踏青时）、《阮郎归》（角声吹断陇梅枝）3 首；《归自谣》（何处笛）1 首；《玉楼春》（雪云乍变春云簇）1 首，合计 12 首。

[7] 毛晋《六一词跋》："凡他稿误入，如《清商怨》类，一一削去。误入他稿如《归自谣》类，一一注明。然集中更有浮艳伤雅不似公笔者，先辈云，疑以传疑可也。"（毛晋《宋六十名家词》，上海：上海古籍出版社，1989 年版，第 25 页）

又，查《文渊阁四库全书》集部第 1487 册《六一词》注明两见或三见者有 13 首，经考证，为毛晋判断属欧阳修作品，即毛晋《六一词跋》所言"误入他稿如《归自谣》类，一一注明"者也。包括：《蝶恋花》（庭院深深深几许）、《蝶恋花》（梨叶初红蝉韵歇）、《蝶恋花》（谁道闲情抛弃久）、《蝶恋花》（几日行云何处去）4 首；《归自谣》（何处笛）1 首；《阮郎归》（东风临水日街山）、《阮郎归》（南园春早踏青时）、《阮郎归》（角声吹断陇梅枝）3 首；《诉衷情》（清晨帘幕卷轻霜）1 首；《生查子》（去年元夜时）、《生查子》（含羞整翠鬟）2 首；《浣溪沙》（云曳香绵彩柱高）1 首；《一丛花》（伤春怀远几时穷）1 首。

[8] 吴曾《能改斋漫录》卷十七："梅圣俞在欧阳公座，有以林逋草词'金谷年年，乱生青草谁为主'为美者，圣俞因别为《苏幕遮》一阕云：'露堤平，烟墅杳。乱碧萋萋，雨后江天晓。独有庾郎年最少，窣地春袍，嫩色宜相照。接长亭，迷远道。堪怨王孙，不记归期早。落尽梨花春又了，满地

残阳，翠色和烟老。'欧公击节赏之，又自为一词云：'栏杆十二独凭春，晴
碧远连云。千里万里，二月三月，行色苦愁人。谢家池上，江淹浦畔，吟魄
与离魂。那堪疏雨滴黄昏，更特地忆王孙。'盖《少年游》令也。不惟前二公
所不及，虽置诸唐人温、李集中，殆与之为一矣。今集本不载此篇，惜哉。"
（吴曾《能改斋漫录》下册，上海：上海古籍出版社，1960 年版，第 495 页）
考毛晋本《六一词》及《文渊阁四库全书》本，皆未收录此词。毛晋本收录
修词，确有所阙漏，四库馆臣所言甚是。

[9] 毛晋《宋六十名家词》之《越溪春》："沉麝不烧金鸭冷，笼月照梨
花。"（毛晋《宋六十名家词》，上海：上海古籍出版社，1989 年版，第 23 页）

万树《词律》卷十一："向来俱作'沈麝不烧金鸭冷，笼月照梨花'，今依
《词综》校正，作六字两句。"（万树《词律》，上海：上海古籍出版社，1984 年
版，第 262 页）

《钦定词谱》卷十七："结二句，《词综》作'沉麝不烧金鸭，玲珑月照梨
花'，六字两句。查本集，'玲'字系'冷'字，'珑'字系'笼'字，'冷'
字属上作句，方有情韵，旧本皆然，今从之。"（蔡国强著《词律考正》，上海：
华东师范大学出版社，2019 年版，第 551 页）

查《文渊阁四库全书》集部第 1487 册第 40 页《越溪春》："沉麝不烧金
鸭，玲珑月照梨花。"可见，毛晋尚沿坊本，误"玲"为"冷"，误"珑"为
"笼"，并讹为七字五字句。

据韦庄《浣溪沙》"隔墙梨雪又玲珑"与贺铸《晕眉山》"梨花庭院雪玲
珑"句，可知"玲珑"乃为修饰梨花之状，正如四库馆臣所言，该句"系六
字二句"为是。

3　乐章集一卷（江苏巡抚采进本）

宋柳永撰[1]。永初名三变，字耆卿，崇安人。景祐元年进士，官至屯田员外郎，故世号柳屯田[2]。叶梦得《避暑录话》曰："柳永为举子时，多游狭斜，善为歌词。教坊乐工每得新腔，必求永为词，始行于世。余仕丹徒，尝见一西夏归朝官云：'凡有井水饮处，即能歌柳词。'言其传之广也。"[3]张端义《贵耳集》亦曰"项平斋言诗当学杜诗，词当学柳词。杜诗柳词，皆无表德，只是实说"云云[4]。盖词本管弦冶荡之音，而永所作旖旎近情，故使人易入。虽颇以俗为病，然好之者终不绝也[5]。陈振孙《书录解题》载其《乐章集》三卷[6]，今止一卷，盖毛晋刊本所合并。宋人词之传于今者，惟此集最为残缺。晋此刻亦殊少勘正，讹不胜乙。其分调之显然舛误者，如《笛家》"别久"二字、《小镇西》"久离缺"三字、《小镇西犯》"路辽绕"三字、《临江仙》"萧条"二字，皆系后段换头，今乃截作前段结句。字句之显然舛误者，如《尾犯》之"一种芳心力"，"芳"字当作"劳"；《浪淘沙慢》之"几度饮散歌阑"，"阑"字当作"阕"；"如何时"，"如"字当作"知"；《浪淘沙令》之"有一个人人"，"一"字属衍；"促尽随红袖举"，"促"字下缺"拍"字；《破阵乐》之"各明珠"，"各"字下脱"采"字；《定风波》之"拘束教吟咏"，"咏"字当叶韵作"和"字；《凤归云》之"霜月夜"，"夜"字下脱"明"字；《如鱼水》之"兰芷汀洲望中"，"中"字当作"里"；《望远行》之"乱飘僧舍，密洒歌楼"二句，上下倒置；《红窗睡》之"如削肌肤红玉莹"句，已属叶韵，下又误增"峰"字；《河传》之"露清江芳交乱"，"清"字当改"净"；《塞鸿》之"渐西风紧"，"紧"字属衍；《诉衷情》之"不堪更倚木兰"，"木兰"二字当作"兰棹"；《夜半乐》之"嫩红光数"，"光"字当作"无"；"金敛争笑赌"，"敛"字当作"钗"[7]。万树作《词律》，尝驳正之，今并从其说。其必不可通者，则疑以传疑，姑仍其旧焉[8]。

【笺注】

[1] 柳永生平,《宋史》无传。其事迹散见于笔记、方志。今人整理本有刘天文著《柳永年谱及系年词考笺》(成都:巴蜀书社,2005年版)。

《乐章集》点校本,可参见薛瑞生《乐章集校注》(北京:中华书局,1994年版)与陶然等人《乐章集校笺》(上海:上海古籍出版社,2016年版)。

[2] 陈振孙《直斋书录解题》卷二十一:"《乐章集》九卷,柳三变耆卿撰。景祐元年进士,官至屯田员外郎,世号柳屯田。"(陈振孙《直斋书录解题》,上海:上海古籍出版社,1987年版,第616页)毛晋《乐章集》跋:"耆卿初名三变,后更名永,官至屯田员外郎,世号柳屯田。"(毛晋《宋六十名家词》,上海:上海古籍出版社,1989年版,第43页)

[3] 叶梦得《避暑录话》卷三:"柳永,字耆卿,为举子时多游狭邪,善为歌辞。教坊乐工每得新腔,必求永为辞,始行于世……余仕丹徒,尝见一西夏归朝官云:'凡有井水饮处,即能歌柳词。'言其传之广也。"(上海古籍出版社编《宋元笔记小说大观》第3册,上海:上海古籍出版社,2001年版,第2628页)

[4] 张端义《贵耳集》卷上:"项平斋自号江陵病叟,余侍先君往荆南,所训学诗当学杜诗,学词当学柳词。扣其所云,杜诗柳词,皆无表德,只是实说。尝为潭教,与帅启云:'抆泪过故人之墓,惊鬓发之皆非。依仗看祝融之峰,喜山色之如旧。'"(上海古籍出版社编《宋元笔记小说大观》第4册,上海:上海古籍出版社,2001年版,第4276页)

[5]《演山集》卷三十五:"予观柳氏乐章,喜其能道熙祐中太平气象,如观杜甫诗,典雅文华,无所不有。是时予方为儿,犹想见其风俗,欢声和气,洋溢道路之间,动植咸苦。令人歌柳词,闻其声,听其词,如丁斯时,使人慨然有感。呜呼,太平气象,柳能一写于乐章,所谓词人盛世之黼藻,岂可废耶?"(《文渊阁四库全书》集部第1120册第239—240页)

陈师道《后山诗话》:"柳三变游东都南、北二巷,作新乐府,骫骳从俗,天下咏之,遂传禁中。仁宗颇好其词,每对酒,必使侍从歌之再三。"(何文焕辑《历代诗话》上册，北京：中华书局，1981年版，第311页）可见，永词因其"使人易入"，虽俗，"然好之者终不绝"耳。馆臣所言甚是。

又，《苕溪渔隐丛话后集》卷第三十九："柳之乐章，人多称之，然大概非羁旅穷愁之词，则闺门淫媟之语。若以欧阳永叔、晏叔原、苏子瞻、黄鲁直、张子野、秦少游辈较之，万万相辽。彼其所以传名者，直以言多近俗，俗子易悦故也。"（胡仔《苕溪渔隐丛话后集》，北京：人民文学出版社，1962年版，第319页）

王灼《碧鸡漫志》卷二："柳耆卿《乐章集》，世多爱赏，其实该洽，序事闲暇，有首有尾，亦间出佳语，又能择声律谐美者用之。惟是浅近卑俗，自成一体，不知书者友好之。予尝以比都下富儿，虽脱村野，而声态可憎。前辈云：'《离骚》寂寞千年后，《戚氏》凄凉一曲终。'《戚氏》，柳所作也，柳何敢知世间有《离骚》。惟贺方回、周美成时时得之。贺《六州歌头》《望湘人》《吴音子》诸曲，周《大酺》《兰陵王》诸曲最奇崛。或谓深劲乏韵，此遭柳氏野狐涎吐不出者也。歌曲自唐虞三代以前，秦汉以后皆有，造语险易，则无定法。今必以'斜阳芳草''淡烟细雨'绳墨后来作者，愚甚矣。故曰，不知书者，尤好耆卿。"（丘珍《碧鸡漫志校正》，成都：巴蜀书社，2000年版，第36—37页）

[6] 查陈振孙《直斋书录解题》卷二十一："《乐章集》九卷，柳三变耆卿撰。"（陈振孙《直斋书录解题》，上海：上海古籍出版社，1987年版，第616页）可证，馆臣此处误"九卷"为"三卷"。

据王兆鹏《柳永〈乐章集〉》一文可知，南宋后期陈振孙《直斋书录解题》所载《乐章集》九卷本为嘉定间长沙书坊所刻《百家词》本。至清代尚有宋刻本《乐章集》，后经劳权手抄精校，《乐章集》三卷本面世。此处馆臣误陈氏"九卷本"为"三卷"，疑其当时所见《乐章集》三卷本为劳权本，故有所混淆。

关于《乐章集》版本流传概况，见王兆鹏《柳永〈乐章集〉》一文（王兆鹏《宋代文学传播探原》，武汉：武汉大学出版社，2013年版，第198—200页）。

[7] 朱祖谋《彊村序跋》之《乐章集跋》："毛斧季据含经堂宋本及周氏、孙氏两钞本校正《乐章集》三卷。劳巽卿传钞本，老友吴伯宛得之京师者。《直斋书录解题》：《乐章集》九卷。《汲古阁秘本书目》：柳公《乐章》

五本。俱不经见。伯宛又寄示清常道人赵元度校焦弱侯三卷本，毛子晋所刻似从之出，而删其《惜春郎》《传花枝》二调。然毛刻不分卷，亦不云何本。"（葛渭君编《词话丛编补编》第5册，北京：中华书局，2013年版，第3297页）关于毛刻本《乐章集》之病，朱祖谋已论述。今人夏承焘对馆臣此节校勘之文亦有所辩驳，参见《四库全书词籍提要校议》（《夏承焘集》第2册，杭州：浙江古籍出版社，2017年版，第183—184页）。

[8] 馆臣所举示例，万树有所驳正。其一，其分调之显然舛误者：关于《笛家》之"久别"，据万树《词律》卷二十："旧刻以'久别'二字属在前段之末，余力断之，曰：凡两字句，多用于换头之首，或用于一段之中，未有前半已完而赘加两字者。况上说离人对景而感旧矣，又加'久别'二字，真为蛇足。若作'感旧别久'，语气不成文，四字叠仄，音韵亦不和协，且'旧'字明明用韵，显而易见。"（万树《词律》，上海：上海古籍出版社，1984年版，第440页）

关于《小镇西》"久离缺"三字及《小镇西犯》"路辽绕"三字，据《词律》卷十一："'久离缺'三字系后段换头句，前词甚明，汲古误将此三字赘附前尾，遂失却此调之体况。论文义，亦云：离别已久，而夜来梦中犹是旧时光景，乃正当欢悦，却又被鸡声惊觉也。岂可割一句搭上载耶？本应改正，今仍旧录之者，因欲览者与前蔡词相较，自见分明耳"，"汲古亦将'路辽绕'三字属上段，又'被'字重写，今改正。"（万树《词律》，上海：上海古籍出版社，1984年版，第273页）

另，杜文澜《词律校勘记》按语："又'路辽绕'句，'辽'作'缭'。"（蔡国强《词律考正》，上海：华东师范大学出版社，2019年版，第369页）

关于《临江仙》"萧条"二字，《词律》卷八："旧刻将'萧条'二字缀于前段之尾，传讹已久，此正是换头处，今为改正。"（万树《词律》，上海：上海古籍出版社，1984年版，第200页）

其二，字句之显然舛误者：如《尾犯》之"芳"字，据《词律》卷十四："'劳'字刻'芳'，亦误。"（万树《词律》，上海：上海古籍出版社，1984年版，第317页）《浪淘沙令》阕及《浪淘沙慢》阕，《词律》卷一："《汲古》刻作'有一个人人'，'促'字下误少一字，今为'□'以补之。或曰'有一个人人'仍是五字句，或'蒇蒇'下落一字，亦未可知。余曰：'有一个人人'语气不可于第二字略断，周美成《柳梢青》起句亦云'有个人人'，更何疑乎""然《乐章》多有讹错，难于考订，不敢妄为之说。'歌阕'，'阕'字旧刻作'阑'。'知何时'旧刻作'如何时'，今改正之。"（万树《词律》，上海：上海古籍出版社，1984 年版，第 75、77 页）

关于《破阵乐》脱"采"字，据《词律》卷二十："'各明珠'句，'各'字下落'采'字。"（万树《词律》，上海：上海古籍出版社，1984 年版，第 444 页）

馆臣言《定风波》"咏"字当叶韵作"和"字，与万树所驳相乖。《词律》卷九："比前词只后起句多一字，'咏'字不叶韵。"（万树《词律》，上海：上海古籍出版社，1984 年版，第 226 页）据杜文澜《词律校勘记》所云："万氏注以'拘束教吟咏'句'咏'字无不叶之理，必是'和'字，去声，而讹写'咏'字。按，《钦定词谱》亦作'和'，校宋本乃'课'字之误，宜从。"（蔡国强《词律考正》，上海：华东师范大学出版社，2019 年版，第 287 页）

《凤归云》一阕，《词律》卷十七："'霜月'句对前'触处'句，该四字盖因'夜'字下缺一'明'字，故难分句。若作'霜月夜明'，则四字四句，恰与前合。"（万树《词律》，上海：上海古籍出版社，1984 年版，第 378 页）

《如鱼水》阕，《词律》卷十四："愚谓'中'字恐是'里'字，'乍雨过'下当作'兰芷汀州望里'为一句。"（万树《词律》，上海：上海古籍出版社，1984 年版，第 315 页）

《望远行》阕及《红窗睡》阕，《词律》卷七："按，'乱飘''密洒'二句，用郑谷诗，'皓鹤''白鹇'二句，用谢灵运赋，此正前后相对处，其平仄自宜合辙。今前则先'舍'字仄，后则先'鲜'字平，未知应何所从。余曰：此调通用仄音，玩其声响，不应以平字居下，此必'密洒'句在上，或因美成《女冠子》亦用此二语，遂相袭而讹刻耳。""汲古刻《乐章》，'莹'字下多一'峰'字，误。"（万树《词律》，上海：上海古籍出版社，1984 年版，第 194 页）

馆臣于《河传》"露清江芳交乱"句，改"清"字为"净"，与万树所驳不同。《词律》卷六："'互逞'句汲古刻作'露清江芳交乱'，'清江'二字乃'影红'二字之讹。"（万树《词律》，上海：上海古籍出版社，1984 年版，第 177 页）

再者，馆臣言《塞鸿》之"紧"字属衍文，此处误"孤"为"鸿"也。"塞孤"，或作"塞姑"。调名本意或咏边塞戍边者之闺人。塞鸿则指塞外之鸿雁耳。据《词律》卷一："'塞'者谓边塞，'姑'者乃戍边者之闺人耳。按，《柳耆卿集》有《塞孤》一词，题亦难解，余谓必即是此调之遗名，而讹以'姑'字为'孤'字也。""前结'渐西风紧'四字，后结'免鸳衾'三字，虽词于结处多不同，但此词风度如此，不应前多一字。愚谓：前句'紧'字为羡，盖'紧''襟'音相近，写者因误多一字也。"（万树《词律》，上海：上海古籍出版社，1984 年版，第 65—66 页）

关于《诉衷情》阕，《词律》卷二："《汲古》柳词第三句，作'不堪更倚木兰'，系误刻，乃'兰棹'也。"（万树《词律》，上海：上海古籍出版社，1984 年版，第 86 页）而《夜半乐》一阕，《词律》卷二十："'敛'字亦差，应是'钗'字之讹。'光数'应是'无数'之讹，首节应在'斗双语'分段，次节应于'笑争赌'分段，兹姑照原本录之。"（万树《词律》，上海：上海古籍出版社，1984 年版，第 452 页）

由此可见，馆臣所校与万树《词律》驳正之文，非完全相同。其异者，馆臣姑存其旧。

4 安陆集一卷（兵部侍郎纪昀家藏本）

宋张先撰[1]。案仁宗时有两张先，皆字子野。其一博州人，枢密副使张逊之孙，天圣三年进士，官至知亳州，卒于宝元二年，欧阳修为作墓志者是也[2]。其一乌程人，天圣八年进士，官至都官郎中，即作此集者是也[3]。《道山清话》竟以博州张先为此张先，误之甚矣[4]。张铎《湖州府志》称"先有文集一百卷，惟乐府行于世"[5]。《宋史·艺文志》载先诗集二十卷。陈振孙《十咏图跋》称"偶藏子野诗一帙，名《安陆集》，旧京本也。乡守杨嗣翁见之，因取刻之郡斋"云云。案此《跋》载周密《齐东野语》[6]，则振孙时其集尚存。然振孙作《直斋书录解题》，乃惟载张子野词一卷[7]，而无其诗集，殊不解其何故也。自明以来，并其词集亦不传，故毛晋刻六十家词，独不及先。此本乃近时安邑葛鸣阳所辑，凡诗八首，词六十八首。其编次虽以诗列词前，而为数无几。今从其多者为主，录之于《词曲类》中[8]。考《苏轼集》有《题张子野诗集后》曰"子野诗笔老妙，歌词乃其余技耳。《华州西溪》诗云'浮萍破处见山影，野艇归时闻草声'[9]，案《石林诗话》《瀛奎律髓》，'草声'并误作'棹声'，近时安邑葛氏刊本据《渔隐丛话》改正，今从之[10]。与余和诗云'愁似鳏鱼知夜永，懒同蝴蝶为春忙'，若此之类，皆可以追配古人。而世俗但称其歌词。昔周昉画人物，皆入神品，而世俗但知有周昉士女。皆所谓未见好德如好色者欤"云云[11]。然轼所举二联，皆涉纤巧。自此二联外，今所传者惟《吴江》一首稍可观。然"欲图江色不上笔，静觅鸟声深在芦"一联，亦有纤巧之病。平心而论，要为词胜于诗。当时以"张三影"得名，殆非无故。轼所题跋，当由好为高论，未可据为定评也[12]。

【笺注】

[1] 张先传见《宋史翼》卷二十六（陆心源《宋史翼》中册，杭州：浙

江古籍出版社，2017 年版），亦可参见夏承焘《唐宋词人年谱》之《张子野年谱》（上海：上海古籍出版社，1978 年版）及吴熊和、沈松勤《张先集编年校注》附录四《张先事迹补正》（杭州：浙江古籍出版社，1996 年版）。

《安陆集》点校本，可参见吴熊和校点《张子野词》（上海：上海古籍出版社，1988 年版）与吴熊和、沈松勤《张先集编年校注》（杭州：浙江古籍出版社，1996 年版）。

［2］此处馆臣言"张先……博州人，枢密副使张逊之孙，天圣三年进士"，误。博州张先当为天圣二年（1024）进士。

张逊传见《宋史》卷二百六十八，《宋史·列传第二十七》载："张逊，博州高唐人。……端拱初，迁盐铁使。二年，授宣徽北院使、签署枢密院事。未几，兼枢密副使、知院事……太宗嘉之，诏以其卒分配州郡。数月，逊卒，年五十六，时至道元年也……子敏中，初补供奉官。……敏中子先，进士及第。"（脱脱《宋史》，北京：中华书局，1977 年版，第 9222—9224 页）

由此观之，张敏中为张逊之子无疑。再考《欧阳修诗文集校笺》卷二十七《张子野墓志铭》："吾友张子野既亡之二年，其弟充以书来请曰'吾兄之丧，将以今年三月某日葬于开封，不可以不铭，铭之莫如子宜'。呜呼！予虽不能铭，然乐道天下之善以传焉，况若吾子野者，非独其善可铭，又有平生之旧、朋友之恩与其可哀者，皆宜见于予文，宜其来请与于予也。……子野之世，曰赠太子太师讳某，曾祖也；宣徽北院使、枢密副使、累赠尚书令讳逊，皇祖也；尚书比部郎中讳敏中，皇考也。曾祖妣李氏，陇西郡夫人；祖妣宋氏，昭应郡夫人，孝章皇后之妹也；妣李氏，永安县太君。"（洪本健《欧阳修诗文集校笺》中册，上海：上海古籍出版社，2009 年版，第 742 页）可证，博州张先乃张敏中之子，张逊乃博州张先之祖父。且知张先祖籍为博州高唐（今属山东）。

另，夏承焘《张子野年谱》："逊太宗端拱间为枢密副使，时代与博州张先相接；惟逊高唐人，知非博州张先之祖。是北宋同时有三张先也。"（夏承焘《唐宋词人年谱》，上海：上海古籍出版社，1978 年版，第 171 页）此论误。

考《旧唐书·地理志》卷三十九："博州上隋武阳郡之聊城县。武德四年，平窦建德，置博州，领聊城、武水、堂邑、茌平，仍置莘亭、灵泉、清平、博平、高唐凡九县。"（刘昫等撰《旧唐书》，北京：中华书局，1975 年版，第 1495 页）可证夏先生应误博州与高唐为两县，不知博州与高唐乃郡县关系。

另考《宋登科记考》卷四："张先，字子野。开封府人。逊孙，充兄。天圣二年登进士第，初授汉阳军司理参军。终知亳州鹿邑县。"（傅璇琮主编《宋登科记考》，南京：江苏教育出版社，2005 年版，第 127 页）可知博州张先乃天圣二年（1024）进士。

查《宋史·仁宗纪》与《文献通考》卷三，天圣三年（1025）并无进士登第之况。由此观之，四库馆臣误博州张先登第之年"天圣二年"为"天圣三年"。

[3] 乌程：旧县名。秦置。相传有善酿酒的乌、程二姓居此，故名。治所在今浙江湖州吴兴南。宋初分置归安县，同治一城。（辞海编辑委员会编《辞海·地理分册·历史地理》，上海：上海辞书出版社，1982 年版，第 44 页）《直斋书录解题》卷二十一："《张子野词》一卷，都官郎中吴兴张子野撰。"（陈振孙《直斋书录解题》，上海：上海古籍出版社，1987 年版，第 615 页）

劳钺《湖州府志》卷十九："张先，字子野，乌程人。"（《日本藏中国罕见地方志丛刊》之《成化〈湖州府志〉》，北京：书目文献出版社，1991 年版，第 170 页）据此可知，上述文献所载皆为名异实同之地。

[4] 王晔《道山清话》："张先，京师人。有文章，尤长于诗词。其诗有'浮萍断处见山影，小艇归时闻草声'之句，脍炙人口。又有'云破月来花弄影''隔墙风弄秋千影'之词，人目为'张三影'。先字子野，其祖母宋氏，孝章皇后亲妹也。祖逊因是而贵，太宗朝为枢密副使。子野生贵家，刻苦过于寒儒。取高科，甫改秩为鹿邑县以殂。欧阳永叔雅敬重之，尝言与其同饮，酒酣，众客或歌或呼起舞，子野独退然其间，不动声气。当时皆称为长者。今人乃以'张三影'呼之，哀哉！欧公为其墓铭。"（上海古籍出版社编《宋元笔记小说大观》第 3 册，上海：上海古籍出版社，2001 年版，第 2946 页）《道山清话》误博州张先为《安陆集》张先，四库馆臣所言甚是。

[5] 劳钺《湖州府志》卷十九："张先，字子野，乌程人。……知吴江县。诗格清丽，尤长于乐府。有'云破月来花弄影''浮萍破处见山影''隔墙送过秋千影'之句，时号'张三影'。……有文集一百卷，惟乐府行于世。"（《日本藏中国罕见地方志丛刊》之《成化〈湖州府志〉》，北京：书目文献出版社，1991 年版，第 170 页）《嘉泰吴兴志》卷十七："张先，字子

野，登进士第。诗格清丽，尤长乐府，有'云破月来花弄影''浮萍破处见山影''无数杨花过无影'之句，时号为'张三影'。李公择守吴兴，招子野及杨元素、陈令举、苏子瞻、刘孝叔集于郡圃，号'六客'。晚岁优游乡里，常泛扁舟垂钓为乐，至今号'张公钓鱼湾'。公仕至都官郎。卒年八十九，葬卞山多宝寺之右。有文集一百卷，惟乐府传于世。"（谈钥《嘉泰吴兴志》，杭州：浙江古籍出版社，2018年版，第275页）

考张铎《湖州府志》，该地方志原有十六卷，后散佚，目前《上海图书馆藏稀见方志丛刊》一书仅存其四卷，即卷四、五、十、十一，而关于张先生平部分已佚，鉴于劳钺地方志成书先于张铎，张铎作《湖州府志》应有所参考，故疑四库馆臣所引此句乃源于劳钺《湖州府志》。

[6] 见《宋史·艺文志》卷二百八："张先诗，二十卷。"（脱脱《宋史》，北京：中华书局，1977年版，第5366页）

周密《齐东野语》卷十五陈振孙《十咏图跋》："本朝有两张先，皆字子野。其一博州人，天圣三年进士，欧阳公为作墓志；其一天圣八年进士，则吾州人也。二人名姓字偶皆同，而又适同时，不可不知也。且赋诗云：'平生闻说张三影，十咏谁知有乃翁。逢世升平百年久，与龄者艾一家同。名贤叙述文章好，胜事流传绘素工，遐想盛时生恨晚，恍如身在画图中。'南园故址在今南门内，牟存叟端平所居是也。其地尚为张氏物，先君为经营得之，存叟大喜，亦常赋五绝句，其一云：'买家喜傍水晶宫，正是南园故址中。我欲筑堂名六老，追还庆历太平风。'盖纪实也。余家又偶藏子野诗一帙，名《安陆集》，旧京本也。乡守杨嗣翁见之，因取刻之郡斋。适二事皆出余家，似与子野父子有缘耳。"（张茂鹏点校《齐东野语》，北京：中华书局，1983年版，第281页）

考《全宋画集》第1卷第1册第78页《张先十咏图》所附陈振孙跋语："本朝有两张先，皆字子野。其一博州人，天圣二年进士，欧阳公为作墓志；其一天圣八年进士，则吾州人也。二人姓名字偶皆同，而又同时，不可不知也，故并记之。余既为明叔书卷后，且为赋诗：'平生闻说张三影，十咏谁知有乃翁。逢世升平百年久，与龄者艾一家同。名贤序述文章好，胜事流传绘画工。遐想盛时生恨晚，恍如身在此图中。'庚戌七月五日，直斋老叟书，时年七十有二，后六年从明叔借摹并录余所跋于卷尾而归之，丙辰中秋后三日也。"（浙江大学中国古代书画研究中心编《全宋画集》第1卷第1册，杭州：

浙江大学出版社，2010 年版，第 78 页）

上文已考博州张先乃天圣二年（1024）登进士第，《张先十咏图》所附陈氏跋语作"天圣二年进士"亦佐证《齐东野语》抄录时误写"天圣二年进士"为"天圣三年进士"，四库馆臣不考而从之，误。

[7]《直斋书录解题》卷二十一："《张子野词》一卷，都官郎中吴兴张子野撰。"（陈振孙《直斋书录解题》，上海：上海古籍出版社，1987 年版，第 615 页）

[8] 关于《安陆集》流传情况，周密《齐东野语》卷十五《张氏十咏图》谓藏有"旧京本"，即北宋汴京刻本，后由杨赞取刻于湖州郡斋。然，方回《瀛奎律髓汇评》卷四十七："子野诗集，湖州有之，近亡其本。"（李庆甲集评校点方回《瀛奎律髓汇评》下册，上海：上海古籍出版社，1986 年版，第 1750 页）可知，此本即杨赞刻本，后亡佚。张先之孙张有《复古编》末附张先《安陆集》一卷，清人葛鸣阳辑录《安陆集》所据此本，葛氏刊本又为四库馆臣所用版本。

按，《文渊阁四库全书》经部第 225 册收录张有《复古编》十一卷（第 679—748 页），前载《复古编》原序一文，尾有后序一文，尚未见其附有《安陆集》一卷及葛氏跋语。查《文渊阁四库全书补遗》集部第 15 册第 625—626 页，《安陆集》葛鸣阳跋语："余既刻张谦中《复古编》，考其家世，盖卫侍丞维之曾孙，都官郎中先之孙也。维有《曾乐轩稿》，先有《安陆集》，残阙之余散见他书。先以乐府擅名一时，毛氏《六十家词》初不及先，今搜辑遗逸，得如干首，合其诗为一卷。然因端踵事，实阶于《复古编》也，故并为锓木。归安丁小雅杰、海宁沈匏尊心醇、曲阜桂未谷馥、吾乡宋芝山葆淳同与校雠，佐余不逮云。乾隆辛丑二月安邑葛鸣阳跋。"关于张先词集版本概况，可参考蒋哲伦、杨万里《唐宋词书录》（长沙：岳麓书社，2007 年版）。

查《文渊阁四库全书》集部第 1487 册第 81—99 页，《安陆集》收录张先词 68 首，卷末收入张先诗 8 首，词位于诗之先，且无葛鸣阳跋语。

另，《文渊阁四库全书》所用版本误收词四首，即《浣溪沙》（锦帐重重卷暮霞）与《满庭芳》（红蓼花繁）为秦观词，《浣溪沙》（水满池塘花满枝）为赵令畤词，《菩萨蛮》（哀筝一弄湘江曲）为晏几道词。可见，四库馆臣在裒辑张先词时，作品考证上稍显不足。

[9]《苏轼文集》序跋送别文《题张子野诗集后》曰："张子野诗笔老妙，歌词乃其余技耳。《湖州西溪》云'浮萍破处见山影，小艇归时闻草声。'与余和诗云'愁似鳏鱼知夜永，懒同蝴蝶为春忙。'若此之类，皆可以追配古人，而世俗但称其歌词。昔周昉画人物，皆入神品，而世俗但知周昉士女，皆所谓'未见好德如好色'者欤。"（顾之川校点《苏轼文集》，长沙：岳麓书社，2000 年版，第 771 页）

[10]《文渊阁四库全书》集部第 1487 册《安陆集》第 91—92 页："浮萍破处见山影，小艇归时闻草声。"查《瀛奎律髓汇评》卷四十七《西溪无相院》云："浮萍破处见山影，小艇归时闻棹声。"（李庆甲集评校点《瀛奎律髓汇评》下册，上海：上海古籍出版社，2008 年版，第 1750 页）

然，叶梦得《石林诗话》并未见此条，四库馆臣误记。

《渔隐丛话》前集卷三十七载："东坡云'子野诗笔老健，歌词乃其余波耳。'《湖州西溪》诗云'浮萍断处见山影，野艇归时闻草声'。"（《文渊阁四库全书》集部第 1480 册第 250 页）

对比《苏轼文集》与《渔隐丛话》二者所引苏跋，文字有几处不同，即《苏轼文集》作"子野诗笔老妙，歌词乃余技耳"，《渔隐丛话》作"子野诗笔老健，歌词乃余波耳"。此外，针对《四库全书》所收葛氏刊本《安陆集》"浮萍破处见山影，小艇归时闻草声"一句，与《苏轼文集》《瀛奎律髓汇评》及《渔隐丛话》皆有不同。如《苏轼文集》为"小艇归时闻草声"，《瀛奎律髓汇评》为"小艇归时闻棹声"，《渔隐丛话》为"野艇归时闻草声"，原文可参考本注与注［9］。

[11] 参考注［9］。然，关于周昉人物画研究，可参考今人王伯敏《周昉》（上海：上海人民美术出版社，1958 年版）。

[12]《吴江》："春后银鱼霜后鲈，远人曾到合思吴。欲图江色不上笔，静觅鸟声瀑在芦。落日未昏闻市散，青天都净见山孤。桥南水涨虹垂影，清夜澄光照太湖。"（吴熊和点校《张先集编年校注》，杭州：浙江古籍出版社，1996 年版，第 238 页）

《苏轼文集》碑志祭吊文《祭张子野文》："子野郎中张丈之灵曰：仕而忘归，人所共蔽，有志不果，日月其逝。惟余子野，归及强锐。优游故乡，若复一世。遇人坦率，真古恺悌。庞然老成，又敏且艺，清诗艳俗，甚典而丽，搜研物情，刮发幽翳，微词婉转，盖诗之裔。"（顾之川校点《苏轼文集》，长沙：

岳麓书社，2000 年版，第 1300 页）

　　《瀛奎律髓汇评》卷四十七《西溪无相院》引查慎行评语曰："三、四小巧而鲜新。"引纪昀评语曰："三、四有致，宜为东坡所称，然气象未大，颇近诗余。五句作意而笨。"（李庆甲集评校点方回《瀛奎律髓汇评》下册，上海：上海古籍出版社，2008 年版，第 1750 页）周止庵《宋四家词选》序论曰："子野清出处，生脆处，味极隽永，只是偏才，无大起落。"（《丛书集成初编》之周济辑《宋四家词选》目录序论，北京：中华书局，1985 年版，第 3 页）

　　由此可证，清人因张先诗气象不大，格局颇小，而评其诗犯"纤巧"之病，四库馆臣评语中肯。今人罗忼烈评子野诗云："不无新致，然亦小巧清新而已。……其诗盖亦同一机杼耳，张文潜、晁无咎言'少游诗似小词'，吾于子野亦云然。"（罗忼烈《词学杂俎》，成都：巴蜀书社，1990 年版，第 52 页）

5 东坡词一卷（江苏巡抚采进本）

宋苏轼撰。轼有《易传》，已著录[1]。《宋史·艺文志》载轼词一卷。《书录解题》则称《东坡词》二卷[2]。此本乃毛晋所刻，后有晋跋云："得金陵刊本，凡混入黄、晁、秦、柳之作，俱经芟去。"[3]然刊削尚有未尽者，如开卷《阳关曲》三首，已载入《诗集》之中，乃饯李公择绝句。其曰以《小秦王》歌之者，乃唐人歌诗之法，宋代失传。惟《小秦王》调近绝句，故借其声律以歌之，非别有词调谓之《阳关曲》也。使当时有《阳关曲》一调，则必自有本调之宫律，何必更借《小秦王》乎[4]？以是收之词集，未免泛滥。至集中《念奴娇》一首，朱彝尊《词综》据《容斋随笔》所载黄庭坚手书本，改"浪淘尽"为"浪声沈"，"多情应笑我早生华发"为"多情应是笑我生华发"，因谓"浪淘尽"三字于调不协，"多情"句应上四下五[5]。然考毛开此调，如"算无地""阆风顶"，皆作仄平仄，岂可俱谓之未协？石孝友此调云"九重频念此，衮衣华发"，周紫芝此调云"白头应记得，尊前倾盖"，亦何尝不作上五下四句乎[6]？又赵彦卫《云麓漫钞》辨《贺新郎》词板本"乳燕飞华屋"句，真迹"飞"作"栖"，《水调歌》词板本"但愿人长久"句，真迹"愿"作"得"，指为妄改古书之失。然二字之工拙，皆相去不远。前人著作，时有改定，何必定以真迹为断乎[7]？晋此刻不取洪、赵之说，则深为有见矣。词自晚唐五代以来，以清切婉丽为宗。至柳永而一变，如诗家之有白居易。至轼而又一变，如诗家之有韩愈，遂开南宋辛弃疾等一派。寻源溯流，不能不谓之别格。然谓之不工则不可。故至今日，尚与《花间》一派并行而不能偏废[8]。曾敏行《独醒杂志》载轼守徐州日，作《燕子楼》乐章，其稿初具，逻卒已闻张建封庙中有鬼歌之[9]。其事荒诞不足信，然足见轼之词曲，舆隶亦相传诵，故造作是说也[10]。

【笺注】

[1] 苏轼传见《宋史》卷三百三十八（脱脱《宋史》，北京：中华书局，1977 年版），亦可参考今人孔凡礼《苏轼年谱》（北京：学苑出版社，2001 年版）。

《东坡词》点校本，可参见邹同庆、王宗堂《苏轼词编年校注》（北京：中华书局，2002 年版）与刘尚荣《东坡词傅干注校证》（上海：上海古籍出版社，2016 年版）。

另，《文渊阁四库全书》经部第 9 册已著录《东坡易传》。

[2]《宋史·艺文志》卷二百八："苏轼《前后集》七十卷，《奏议》十五卷，《补遗》三卷，《南征集》一卷，《词》一卷。"（脱脱《宋史》，北京：中华书局，1977 年版，第 5369 页）陈振孙《直斋书录解题》卷二十一："《东坡词》二卷，苏文忠公轼撰。"（陈振孙《直斋书录解题》，上海：上海古籍出版社，1987 年版，第 616 页）

[3] 毛晋《东坡词》跋："东坡诗文不啻千亿刻，独长短句罕见。近有金陵本子，人争喜其详备，多混入欧、黄、秦、柳作，今悉删去。至其词品之工拙，则鲁直、文潜、端叔辈自有定评。"（毛晋《宋六十名家词》，上海：上海古籍出版社，1989 年版，第 67 页）

[4] 据《文渊阁四库全书》集部第 1487 册第 102 页所载三首《阳关曲》可知：其一，词序曰："中秋作。本名《小秦王》，入腔即《阳关曲》"，词云："暮云收尽溢清寒，银汉无声转玉盘。此生此夜不长好，明月明年何处看"；其二，词序曰："军中"，词云："受降城下紫髯郎，戏马台南旧战场。恨君不取契丹首，金甲牙旗归故乡"；其三，词序曰："李公择"，词云："济南春好雪初晴，才到龙山马足轻。使君莫忘雪溪女，时作阳关肠断声"。

关于《阳关曲》，杨万里《诚斋诗话》的评价颇有见地："五七字绝句最少，而最难工，虽作者亦难得四句全好者，晚唐人与介甫最工于此。……东坡云：'暮云收尽溢清寒，银汉无声转玉盘。此生此夜不长好，明月明年何处看。'四句皆好矣。"（丁福保辑《历代诗话续编》上册，北京：中华书局，1983 年版，第 142 页）

此外还有胡仔《苕溪渔隐丛话后集》卷二十三："古人赋中秋诗，例皆咏月而已，少有著题者，惟王元之云：'莫辞终夕看，动是隔年期。'苏子瞻云：

'暮云收尽溢清寒，银汉无声转玉盘，此生此夜不长好，明月明年何处看。'盖庶几焉。"（胡仔《苕溪渔隐丛话后集》，北京：人民文学出版社，1962 年版，第 169 页）

吴衡照《莲子居词话》卷一："唐七言绝歌法，若《竹枝》《柳枝》《清平调》《雨淋铃》《阳关》《小秦王》《八拍蛮》《浪淘沙》等阕，但异其名，即变其腔。至宋而谱之，存者独《小秦王》耳，故东坡《阳关曲》借《小秦王》之声歌之。"（唐圭璋《词话丛编》第 3 册，北京：中华书局，2005 年版，第 2412 页）

再者，馆臣认为唐曲《小秦王》至宋已无存，且《阳关曲》亦不存在。对比杨、胡之评，吴氏评语更为准确。

[5] 洪迈《容斋续笔》卷八："元不伐家有鲁直所书东坡《念奴娇》，与今人歌所不同者数处，如'浪淘尽'为'浪声沉'，'周郎赤壁'为'孙吴赤壁'，'乱石穿空'为'崩云'，'惊涛拍岸'为'掠岸'，'多情应笑我生华发'为'多情应是笑我生华发'，'人生如梦'为'如寄'。不知此本今何在也。"（孔凡礼点校《容斋随笔》上册，北京：中华书局，2007 年版，第 320 页）

朱彝尊《词综》卷六："按他本'浪声沉'作'浪淘尽'，与调未协。'孙吴'作'周郎'，犯下'公瑾'字。'崩云'作'穿空'，'掠岸'作'拍岸'。又'多情应是，笑我生华发'作'多情应笑我，早生华发'，益非。今从《容斋随笔》所载黄鲁直手书本更正。至于'小乔初嫁'宜句绝，'了'字属下句，乃合。"（朱彝尊《词综》，上海：上海古籍出版社，2005 年版，第 118 页）

该词阕评论亦非鲜见，如胡仔《苕溪渔隐丛话后集》卷二十六："《后山诗话》谓：'退之以文为诗，子瞻以诗为词，如教坊雷大使之舞，虽极天下之工，要非本色。'余谓：'后山之言过矣，子瞻佳词最多，其间杰出者，如：大江东去，浪淘尽千古风流人物，赤壁词……'凡此十余词，皆绝去笔墨畦径间，直造古人不到处，真可使人一唱而三叹。若谓以诗为词，是大不然。"（胡仔《苕溪渔隐丛话后集》，北京：人民文学出版社，1962 年版，第 192—193 页）

《文渊阁四库全书》子部第 706 册第 546 页项世安《项氏家说》卷八："歌者多因避讳，辄改古词本文，后来者不知其由，因以疵议前作者多矣。如苏词'乱石崩空'，因讳'崩'字，改为'穿空'。"

曾季狸《艇斋诗话》："东坡《大江东去》词，其中云：'人道是三国周郎赤壁。'陈无己见之，言不必道三国，东坡改云'当日'。今印本两出，不知东坡已改之矣。"（丁福保辑《历代诗话续编》上册，北京：中华书局，1983 年版，第 307 页）

王又华《古今词论》："东坡大江东去词'故垒西边，人道是三国周郎赤壁'，论调则当于'是'字读断，论意则当于'边'字读断。'小乔初嫁了，雄姿英发'，论调则'了'字当属下句，论意则'了'字当属上句，'多情应笑我，早生华发'，'我'字亦然。……文自为文，歌自为歌，然歌不碍文，文不碍歌，是坡公雄才自放处。他家间亦有之，亦词家一法。"（唐圭璋《词话丛编》第 1 册，北京：中华书局，2005 年版，第 608 页）

[6] 据万树《词律》卷十六："《词综》云：'浪淘尽'本是'浪声沈'，世作'浪淘尽'，与调未协。愚谓：此三字，如樵隐作'算无地''闻风顶'，此等甚多，岂可俱谓之未协乎？人读首句，必欲作七字，故误。而谱中不知此义，因以为各异矣。'故垒'以下十三字，语气于七字略断，如此词'人道是'三字，原不妨属上读，谱中不知此义，又以为各异矣……《词综》云：本系'多情应是'一句、'笑我生华发'一句，世作'多情应笑我'，益非。愚谓：此说亦不必，此九字一气即作上五下四，亦无不可。金谷云'九重频念此，衮衣华发'，竹坡云'白头应记得，樽前倾盖'，亦无碍于音律。盖歌喉于此滚下，非住拍处，在所不拘也。更谓'小乔'句，必宜四字截，'了'字属下，乃合。则宋人此处，用上五下四者尤多，不可枚举，岂可谓之不合乎？"（万树《词律》，上海：上海古籍出版社，1984 年版，第 361—362 页）

[7] 赵彦卫《云麓漫钞》卷第四："版行东坡长短句，《贺新郎》词云'乳燕飞华屋'，尝见其真迹，乃'栖华屋'。《水调歌词》，版行者末云'但愿人长久'，真迹云'但得人长久'。以此知前辈文章为后人妄改亦多矣。"（赵彦卫《云麓漫钞》，北京：中华书局，1996 年版，第 57 页）

[8] 馆臣此论，今人夏承焘有所辩驳，认为馆臣之论乃宋代以来论词之偏见，笔者亦认同夏先生之驳论。

夏承焘《四库全书词籍提要校议·东坡词》："词之初体，出于民间，本与诗无别；文士之作，若刘禹锡、白居易之《浪淘沙》《杨柳枝》《竹枝》，以及张志和、颜真卿之《渔父词》亦近唐绝，非必以婉丽为主。至晚唐温庭筠能逐弦吹之音为侧艳之词，始一以梁陈宫体《桃叶》《团扇》之辞当之。若寻源溯流，词之别格，实是温而非苏；《提要》之论，适得其反。惟后来

《花间》《尊前》之作，专为应歌而设，歌词者多女妓，故词体十九是风情调笑。因此反以苏词为别格、变调，比为教坊雷大使之舞，'虽工而非本色'，此宋代以来论词之偏见也。"（《夏承焘集》第 2 册，杭州：浙江古籍出版社，2017 年版，第 186 页）

[9] 曾敏行《独醒杂志》卷三："东坡守徐州，作《燕子楼》乐章，方具稿，人未知之。一日，忽哄传于城中，东坡讶焉。诘其所从来，乃谓发端于逻卒。东坡召而问之，对曰：'某稍知音律，尝夜宿张建封庙，闻有歌声，细听乃此词也。记而传之，初不知何谓。'东坡笑而遣之。"（朱杰人标校《独醒杂志》，上海：上海古籍出版社，1986 年版，第 25 页）

[10] 馆臣言其词曲奥隶相传诵，苏词影响犹可见耳。据胡仔《苕溪渔隐丛话后集》卷二十六："子瞻佳词最多，其间杰出者……凡此十余词，皆绝去笔墨畦径间，直造古人不到处，真可使人一唱而三叹。若谓以诗为词，是大不然。"（胡仔《苕溪渔隐丛话后集》，北京：人民文学出版社，1962 年版，第 192—193 页）

又据邓廷桢《双砚斋词话》："东坡以龙骥不羁之才，树松桧特立之操，故其词清刚隽上，囊括群英。院吏所云：'学士词须关西大汉，铜琶铁板，高唱〔大江东去〕。语虽近谑，实为知音……《永遇乐》之'古今如梦，何曾梦觉，但有新欢旧怨'……皆能籧之揉之，高华沉痛，遂为石帚导师。譬之慧能肇启南宗，实传黄梅衣钵矣。"（唐圭璋《词话丛编》第 3 册，北京：中华书局，2005 年版，第 2529 页）

6　山谷词一卷（江苏巡抚采进本）

宋黄庭坚撰。庭坚有《山谷集》，已著录[1]。此其别行之本也。《宋史·艺文志》载庭坚《乐府》二卷，《书录解题》则载《山谷词》一卷，盖宋代传刻已合并之矣[2]。陈振孙于《晁无咎词》条下引补之语曰："今代词手惟秦七、黄九，他人不能及也。"于此集条下又引补之语曰："鲁直间作小词固高妙，然不是当行家语，自是著腔子唱好诗。"[3]二说自相矛盾。考"秦七、黄九"语在《后山诗话》中，乃陈师道撰，殆振孙误记欤[4]？今观其词，如《沁园春》《望远行》，《千秋岁》第二首，《江城子》第二首，《两同心》第二首、第三首，《少年心》第一首、第二首，《丑奴儿》第二首，《鼓笛令》四首，《好事近》第三首，皆亵诨不可名状[5]。至于《鼓笛令》第三首之用"躠"字，第四首之用"𡱝"字，皆字书所不载，尤不可解[6]。不止补之所云"不当行"已也。顾其佳者则妙脱蹊径，迥出慧心。补之"著腔好诗"之说，颇为近之。师道以配秦观，殆非定论[7]。观其《两同心》第二首与第三首，《玉楼春》词第一首与第二首，《醉蓬莱》第一首与第二首，皆改本与初本并存，则当时以其名重，片纸只字，皆一概收拾，美恶杂陈，故至于是，是固宜分别观之矣。陆游《老学庵笔记》辨其《念奴娇》词"老子平生，江南江北，爱听临风笛"句，俗本不知其用蜀中方音，改"笛"为"曲"以叶韵[8]。今考此本仍作"笛"字，则犹旧本之未经窜乱者矣[9]。

【笺注】

[1] 黄庭坚传见《宋史》卷四百四十四（脱脱《宋史》，北京：中华书局，1977年版），亦可参考清人杨希闵《黄文节公年谱》（《十五家年谱丛书》，扬州：江苏扬州人民出版社，1960年版），今人郑永晓《黄庭坚年谱新编》（北京：社会科学文献出版社，1997年版）与黄宝华《黄庭坚评传》（南

京：南京大学出版社，1998年版）。

《山谷词》点校本，可参见刘琳、李勇先，王蓉贵校点《黄庭坚全集》第1册（成都：四川大学出版社，2001年版）与马兴荣、祝振玉校注《山谷词校注》（上海：上海古籍出版社，2011年版）。

另，《文渊阁四库全书》集部第1131册已著录《山谷集》。

[2]《宋史·艺文志》卷二百八："《黄庭坚集》三十卷，《乐府》二卷。"（脱脱《宋史》，北京：中华书局，1977年版，第5369页）陈振孙《直斋书录解题》卷二十一："《山谷词》一卷，黄太史庭坚撰。"（陈振孙《直斋书录解题》，上海：上海古籍出版社，1987年版，第617页）

[3] 陈振孙《直斋书录解题》卷二十一："《晁无咎词》一卷，晁补之撰。晁尝云今代词手惟秦七、黄九，他人不能及也。然二公之词，亦自有不同者，若晁无咎佳者，固未多逊也。"（陈振孙《直斋书录解题》，上海：上海古籍出版社，1987年版，第617页）

馆臣言陈振孙于《山谷词》下引晁氏评黄庭坚词非当行家语，误。该评语当出自吴曾《能改斋漫录》卷十六。

考陈振孙《直斋书录解题》所载《山谷词》无跋语，而吴曾《能改斋漫录》卷十六《黄鲁直词谓之著腔诗》引晁无咎评云："黄鲁直间作小词，固高妙，然不是当行家语，是著腔子唱好诗。"（吴曾《能改斋漫录》下册，上海：上海古籍出版社，1979年版，第469页）由此可知，四库馆臣引书有误。

[4]《后山诗话》："退之以文为诗，子瞻以诗为词，如教坊雷大使之舞，虽极天下之工，要非本色。今代词手，惟秦七、黄九尔，唐诸人不迫也。"（何文焕辑《历代诗话》上册，北京：中华书局，1981年版，第309页）据此，陈振孙误记为晁补之言，四库馆臣所言甚是。

[5] 关于《沁园春》（把我身心）一词，宋陈善《扪虱新话》上集卷三云："黄鲁直初作艳歌小词，道人法秀谓其以笔墨诲淫，于我法中，当堕泥犁之狱。"（《丛书集成初编》之《扪虱新话》第2册，北京：中华书局，1985年版，第26页）

《望远行》（自见来）一词，清李调元《雨村词话》卷一："乐府用谚语，诗余亦多俳体，然未有如此可笑者。扡尿、嘚、躠等字，即云是当时坊曲优伶之言，而至此俗亵，如何可入风雅乎？且经传讹已久，字画亦差，字数亦未确，愈为无理。涪翁诗固故为聱牙，当时宗尚江西，目为鼻祖，实非大雅正

传，词尤为恶道。"（唐圭璋《词话丛编》第 2 册，北京：中华书局，2005 年版，第 1400—1401 页）

《两同心》第二首（一笑千金）与第三首（秋水遥岑），清彭孙遹《金粟词话》评："山谷'女边著子，门里安心'，鄙俚不堪入诵。如齐梁乐府'雾露隐芙蓉，明灯照空局'，何等蕴藉乃沿为如此语乎？"（唐圭璋《词话丛编》第 1 册，北京：中华书局，2005 年版，第 722 页）

《少年心》第一首（对景惹起愁闷）与第二首（心里人人），清贺裳《皱水轩词筌》评："温飞卿小诗云：'合欢桃核真堪恨，里许元来别有人。'山谷演之曰：'你有我、我无你，分似合欢桃核，真堪人恨，心儿里有两个人人。'拙矣。"（唐圭璋《词话丛编》第 1 册，北京：中华书局，2005 年版，第 713 页）李调元《雨村词话》卷一则评："山谷《少年心》后段词云：'便与拆破。待来时，鬲上与厮噷则个。温存着、且教推磨。'字字令人粲齿。按：字书无'噷'字。"（唐圭璋《词话丛编》第 2 册，北京：中华书局，2005 年版，第 1401 页）

《千秋岁》第二首（世间好事）、《江城子》第二首（新来曾被眼冥搋）、《丑奴儿》第二首（济楚好得些）、《鼓笛令》第四首（见来便觉情于我）、《好事近》第三首（不见片时霎）等，引宋翔凤《乐府余论》："山谷词尤俚绝，不类其诗，亦欲便歌也。"（唐圭璋《词话丛编》第 3 册，北京：中华书局，2005 年版，第 2499 页）刘熙载《词概》云："黄山谷词用意深至，自非小才所能辨。惟故以生字俚语，侮弄世俗，若为金元曲家滥觞。"（唐圭璋《词话丛编》第 4 册，北京：中华书局，2005 年版，第 3691 页）

由此可证，四库馆臣对于鲁直词"亵诨不可名状"之评价，着实中肯。

[6] 李调元《雨村词话》卷一："黄山谷词多用俳语，杂以俗谚，多可笑之句。如《鼓笛令》词云：'共道他家有婆婆。与一口管教屎躔。'又云：'副靖传语木大，鼓儿里，且打一和。更有些儿得处啰。'又一首云：'打揭儿非常惬意。又却跋翻和九底。'又一首云：'冻着你影躔村鬼。'此类甚多，皆不可解。且'屎躔'二字，字书不载，意即甚之讹也。又如别词中冥落、忔憎、吵、噷等字，皆俗俳语也，元人曲有之，皆不宜入词。"（唐圭璋《词话丛编》第 2 册，北京：中华书局，2005 年版，第 1401 页）

另，考毛晋汲古阁本《宋六十名家词》所载《山谷词》之《鼓笛令》第三首："腊月望州坡上地。冻着你、影躔村鬼"；第四首："人道他家有婆婆。与一口、管教屎磨。"（毛晋《宋六十名家词》，上海：上海古籍出版社，1989

年版，第 76 页）皆有"屧""躠"字样，《文渊阁四库全书》集部第 1487 册
第 167—168 页所载《山谷词》之《鼓笛令》第三、四首与毛晋本同。

[7] 关于鲁直词之评论，历来各家各抒己见。其主流者如胡仔《苕溪渔
隐丛话后集》卷三十三："二公在当时，品题不同如此。自今观之，鲁直词亦
有佳者，第无多首耳。少游词虽婉美，然格力失之弱；二公之言，殊过誉
也。"（胡仔《苕溪渔隐丛话后集》卷三十三，北京：人民文学出版社，1962
年版，第 253 页）

彭孙遹《金粟词话》曰："词家每以秦七、黄九并称，其实黄不及秦甚
远。犹高之视史，刘之视辛，虽齐名一时，而优劣自不可掩。"（唐圭璋《词
话丛编》第 1 册，北京：中华书局，2005 年版，第 722 页）

贺裳《皱水轩词筌》云："少游能曼声以合律，写景极凄婉动人。然形容
处，殊无刻肌入骨之言，去韦庄、欧阳炯诸家，尚隔一尘。黄九时出俚语，
如口不能言，心下快活，可谓伧父之甚。"（唐圭璋《词话丛编》第 1 册，北
京：中华书局，2005 年版，第 696 页）

陈廷焯《白雨斋词话》卷一："秦七、黄九，并重当时，然黄之视秦，奚
啻碔砆之与美玉。词贵缠绵，贵忠爱，贵沉郁。黄之鄙俚者无论矣，即以其
高者而论，亦不过于倔强中见姿态耳。于倔强中见姿态，以之作诗，尚未必
尽合，况以之为词耶。"（唐圭璋《词话丛编》第 4 册，北京：中华书局，2005
年版，第 3784 页）

冯煦《蒿庵论词》评："后山以秦七、黄九并称，其实黄非秦匹也，若以
比柳，差为得之。盖其得也，则柳词明媚，黄词疏宕。而亵诨之作，所失亦
均。"（唐圭璋《词话丛编》第 4 册，北京：中华书局，2005 年版，第 3586
页）

可见，四库馆臣评鲁直词"佳者则妙脱蹊径，迥出慧心"，"师道以配秦
观，殆非定论"所言中肯。亦可参考今人缪钺《论黄庭坚词》一文（缪钺
《缪钺说词》，上海：上海古籍出版社，1999 年版，第 73 页）。

[8] 陆游《老学庵笔记》卷二："鲁直在戎州，作乐府曰：'老子平生，
江南江北，爱听临风笛。孙郎微笑，坐来声喷霜竹。'予在蜀见其稿。今俗本
改'笛'为'曲'以协韵，非也。然亦疑'笛'字太不入韵。及居蜀久，习
其语音，乃知泸戎间谓笛为'独'。故鲁直得借用，亦因以戏之耳。"（《历代
史料笔记丛刊》之《唐宋史料笔记丛刊》，北京：中华书局，1997 年版，第

16 页）

[9] 查《文渊阁四库全书》集部第 1487 册《山谷词》第 153 页，依旧作"笛"，可知四库馆臣所采用本"犹旧本之未经窜乱者矣"。

7　淮海词一卷（浙江巡抚采进本）

宋秦观撰。观有《淮海集》，已著录[1]。《书录解题》载《淮海词》一卷，而传本俱称三卷[2]。此本为毛晋所刻，仅八十七调，裒为一卷，乃杂采诸书而成，非其旧帙。其总目注"原本三卷"，特姑存旧数云尔。晋跋虽称"订讹搜遗"[3]，而校雠尚多疏漏，如集内《长相思》"铁瓮城高"一阕，乃用贺铸韵，尾句作"鸳鸯未老否"。《词汇》所载，则作"鸳鸯未老绸缪"。考当时杨无咎亦有此调，与观同赋，注云"用方回韵"，其尾句乃"佳期永卜绸缪"，知《词汇》为是矣[4]。又《河传》一阕，尾句作"闷损人，天不管"，考黄庭坚亦有此调，尾句作"好杀人，天不管"，自注云"因少游词，戏以'好'字易'瘦'字"。是观原词当是"瘦杀人，天不管"，"闷损"二字为后人妄改也[5]。至"唤起一声人悄"一阕，乃在黄州咏海棠作，调名《醉乡春》，详见《冷斋夜话》[6]。此本乃缺其题，但以三方空记之，亦为失考。今并厘正，稍还其旧[7]。观诗格不及苏黄，而词则情韵兼胜，在苏黄之上。流传虽少，要为倚声家一作手[8]。宋叶梦得《避暑录话》曰："秦少游亦善为乐府，语工而入律，知乐者谓之作家歌。"[9]蔡绦《铁围山丛谈》亦记"观婿范温常预贵人家会，贵人有侍儿，喜歌秦少游长短句，坐间略不顾温。酒酣欢洽，始问此郎何人。温遽起，叉手对曰：'某乃山抹微云女婿也。'闻者绝倒"云云[10]。梦得，蔡京客；绦，蔡京子，而所言如是，则观词为当时所重可知矣。

【笺注】

[1] 秦观传见《宋史》卷四百四十四（脱脱《宋史》，北京：中华书局，1977 年版），亦可参考今人秦子卿《秦淮海年谱考订笺证》（南宁：广西人民出版社，1991 年版）及徐培均《秦少游年谱长编》（北京：中华书局，2002

年版）。

《淮海词》点校本，可参见徐培均《淮海居士长短句笺注》（上海：上海古籍出版社，2008 年版）。

另，《文渊阁四库全书》集部第 1115 册已著录《淮海集》。

[2] 陈振孙《直斋书录解题》卷二十一："《淮海集》一卷，秦观撰。"（陈振孙《直斋书录解题》，上海：上海古籍出版社，1987 年版，第 617 页）《直斋书录解题》所载《淮海集》为长沙坊刻本，今佚。

关于《淮海词》一卷本和三卷本之别，四库馆臣于《提要》中所提"传本俱称三卷"，最早是《淮海居士长短句》三卷，此乃宋乾道间杭郡淮海全集本，而《淮海全集》今不见，已佚。近人叶恭绰《遐庵小品》第二辑《汇合宋本两部重印淮海长短句》序曰："秦少游《淮海词》，宋刊可考者凡三种：一、乾道间杭郡所刊《淮海全集》之《淮海长短句》三卷本；二、南宋长沙所刊《百词家》中之《淮海词》；三、南宋某处所刊《琴趣外篇》中之《淮海琴趣》。二、三两种，今皆不可得见。世所存者，仅杭郡本二部而已。一为故宫所藏（原藏无锡秦氏），一为吴县吴湖帆所藏（原藏潘氏滂喜斋），且皆非全璧。"（叶恭绰《遐庵小品》，北京：北京出版社，1998 年版，第 78—79 页）

另，关于《淮海词》版本概况，可参考今人唐圭璋《宋词版本考》（唐圭璋《宋词四考》，南京：江苏古籍出版社，1985 年版，第 89—91 页）。

[3] 四库馆臣所采版本为毛晋本，毛晋《宋六十名家词》总目："淮海词一卷，原本三卷。"毛晋《淮海词跋》："晁氏云：'今代词手，惟秦七黄九。'或谓词尚绮艳，山谷特瘦健，似非秦比。朝溪子谓：'少游歌词，当在东坡上。但少游性不耐聚稿，间有淫章醉句，辄散落青帘红袖间，虽流播舌眼，从无的本。'余既订讹搜逸，共得八十七调，集为一卷，亦未敢曰无阙遗也。"（毛晋《宋六十名家词》，上海：上海古籍出版社，1989 年版，第 3、88 页）

[4]《词律》卷二："秦尾句汲古刻作'鸳鸯未老否'，误也。《词汇》刻'鸳鸯未老绸缪'为是。但此词第二句，是'蒜山渡阔'。'蒜''渡'二字，作去声甚妙。正与杨词'淡''障'二字合。《词汇》乃作'金山'，'金山'平声。一字之讹，相去河汉矣。"（万树《词律》，上海：上海古籍出版社，1984 年版，第 97 页）

杨无咎《长相思》序云："己卯岁留涂上,同诸交泛舟,至卢家洲登小阁,追用贺方回韵,以资坐客歌笑。"其词云："急雨回风,淡云障日,乘闲携客登楼。金桃带叶,玉李含朱,一尊同醉青州。福善桥头。记檀槽凄绝,春笋纤柔。窗外月西流。似浔阳、商妇邻舟。况得意情怀,倦妆模样,寻思可奈离愁。何妨乘逸兴,任征帆、直抵芦洲。月怯花羞。重见相、欢情更稠。问何时,佳期卜夜绸缪。"(《文渊阁四库全书》集部第1487册第662页)

查《文渊阁四库全书》集部第1487册第191页秦观《长相思》："铁瓮城高,蒜山渡阔,干云十二层楼。开尊待月,掩箔披风,依然灯火扬州。绮陌南头。记歌名宛转,乡号温柔。曲槛俯清流。想花阴、谁系兰舟。念凄绝秦弦,感深荆赋,相望几许凝愁。勤勤裁尺素,奈双鱼、难渡瓜洲。晓鉴堪羞。潘鬓点、吴霜渐稠。幸于飞、鸳鸯未老绸缪",已纠毛晋刻本之误。

另,亦可参详卓回编《古今词汇初编》一书。考《贺方回词》卷第一《望扬州》："铁瓮城高,蒜山渡阔,干云十二层楼。开尊待月,卷箔披风,依然灯火扬州。绣陌南头。记歌名宛转,乡号温柔。曲槛俯清流。想花阴、谁系兰舟。念凄绝秦弦,感深荆赋,相望几许凝愁。殷勤裁尺素,奈双鱼、难渡瓜洲。晓鉴堪羞。潘鬓点、吴霜渐稠。幸于飞、鸳鸯未老,不应同是悲秋。"(朱祖谋《彊村丛书》,上海:上海古籍出版社,1989年版,第1510页)可知,贺词与秦词于句上有所差异,如秦词"掩箔披风",贺词作"卷箔披风";秦词"绮陌南头",贺词作"绣陌南头";秦词"勤勤裁尺素",贺词作"殷勤裁尺素";秦词"幸于飞、鸳鸯未老绸缪",贺词作"幸于飞、鸳鸯未老,不应同是悲秋。"

关于该词为秦作或贺作,历来存有争议,至今尚无定论。四库馆臣认为《长相思》一阕当为秦作。《词律》卷二:"逃禅自注此词,乃用贺方回韵。而淮海'铁瓮城高'一首,与此韵脚相同。想扬州怀古,秦、贺同作也。"(万树《词律》,上海:上海古籍出版社,1984年版,第97页)可知万树认为该词乃秦、贺同作。

《贺方回词》卷一朱祖谋《贺方回词校记》:"此词又见秦淮海词,作《长相思》。按扬补之有《次贺方回韵》作,此词为贺作无疑,秦词误收入。"(朱祖谋《彊村丛书》,上海:上海古籍出版社,1989年版,第1545页)可知朱祖谋认为该阕为贺作。

今人夏承焘、唐圭璋亦有别论。夏承焘《贺方回年谱》:"'铁瓮城高'

即方回望扬州词而误入秦集者，非秦作也。《老学庵笔记·八》谓方回挽王蘧诗亦见于秦集；殆以二家风格相近，故多互误。《提要》说非。”（夏承焘《唐宋词人年谱》，上海：上海古籍出版社，1978年版，第300页）亦认为贺作。按，查《文渊阁四库全书》本、中华书局《唐宋史料笔记丛刊》本及上海古籍出版社《宋元笔记小说大观》本之《老学庵笔记》皆无夏承焘所言卷八此条，不知夏氏所见何本或引书有误，姑且存疑。

唐圭璋《宋词互见考》云：“案此首秦观词，见《淮海词》，用贺方回韵。扬补之亦有《次贺方回韵》。惟今本《东山词》残缺不完，原韵竟佚而不见也。”（唐圭璋《宋词四考》，南京：江苏古籍出版社，1985年版，第264—265页）认为此阕乃秦作。

[5] 万树《词律》卷六：“按山谷亦有此调，尾句‘好杀人，天不管’。自注云：因少游词，戏以‘好’字易‘瘦’字。是此秦词尾句，该是‘瘦杀人’矣。”（万树《词律》，上海：上海古籍出版社，1984年版，第177页）

徐釚《词苑丛谈》卷十一：“少游‘闷损人，天不管’，‘闷损’一作‘瘦杀’。山谷在某大夫家闻歌此曲，乃以‘好’字易‘瘦’字，戏作一词云：‘心情老懒。对歌对舞，犹是当时诗眼。巧笑靓妆，近我衰容华鬓，似扶着卖卜算。思量好个当年见。催酒催更，只怕归期短。饮散灯稀，背锁落花深院。好杀人，天不管。’”（徐釚《词苑丛谈》，上海：上海古籍出版社，1981年版，第236页）

由此可证，“闷损”二字为后人妄改，四库馆臣所言为是。

[6]《苕溪渔隐丛话》前集卷五十《冷斋夜话》：“少游在黄州，饮于海桥，桥南北多海棠，有老书生家于海棠丛间，少游醉宿于此，明日题其柱云：‘唤起一声人悄，衾暖梦寒窗晓。瘴雨过，海棠晴，春色又添多少！社瓮酿成微笑，半破瘿瓢共舀。觉健倒，急投床，醉乡广大人间小。’东坡爱其句，恨不能得其腔，当有知者。”（胡仔《苕溪渔隐丛话》，北京：人民文学出版社，1962年版，第340页）

[7] 毛晋汲古阁本《淮海词》缺其题，以三方空格记之，详见毛晋《宋六十名家词》第88页，《文渊阁四库全书》集部第1487册第193页《淮海词》已补其缺。

[8] 关于秦观词之评论，陈师道《后山诗话》：“退之以文为诗，子瞻以诗为词，如教坊雷大使之舞，虽极天下之工，要非本色。今代词手，惟秦七、

黄九尔，唐诸人不迨也。"（何文焕辑《历代诗话》上册，北京：中华书局，1981 年版，第 309 页）

胡仔《苕溪渔隐丛话》后集卷三十三："少游词虽婉美，然格力失之弱。"（胡仔《苕溪渔隐丛话》，北京：人民文学出版社，1962 年版，第 253 页）

孙竞《竹坡词》序云："昔先生蔡伯评近世之词，谓苏东坡辞胜乎情，柳耆卿情胜乎辞，辞情兼称者，唯秦少游而已。"（毛晋《宋六十名家词》，上海：上海古籍出版社，1989 年版，第 537 页）

张炎《词源》卷下："秦少游词，体制淡雅，气骨不衰，清丽中不断意脉，咀嚼无滓，久而知味。"（唐圭璋《词话丛编》第 1 册，北京：中华书局，2005 年版，第 267 页）

杨慎《词品》序云："宋人如秦少游、辛稼轩，词极工矣，而诗殊不强人意。"（唐圭璋《词话丛编》第 1 册，北京：中华书局，2005 年版，第 408 页）

胡薇元《岁寒居词话》："《淮海词》一卷，宋秦观少游作，词家正音也。故北宋惟少游乐府语工而入律，词中作家，允在苏黄之上。"（唐圭璋《词话丛编》第 5 册，北京：中华书局，2005 年版，第 4029 页）

由此可见，四库馆臣评"观诗格不及苏黄，而词则情韵兼胜，在苏黄之上……要为倚声家一作手"，实为中肯。

[9] 叶梦得《避暑录话》卷三："秦观少游亦善为乐府，语工而入律，知乐者谓之作家歌。"（上海古籍出版社编《宋元笔记小说大观》第 3 册，上海：上海古籍出版社，2001 年版，第 2629 页）

[10] 蔡绦《铁围山丛谈》卷四："范内翰祖禹作《唐鉴》，名重天下，坐党锢事。久之，其幼子温，字元实，与吾善。政和初，得为其尽力，而朝廷因还其恩数，遂官温焉。温，实奇士也。一日，游大相国寺，而诸贵珰盖不辨有祖禹，独知有《唐鉴》而已。见温，辄指目，方自相谓曰：'此《唐鉴》儿也。'又，温尝预贵人家会，贵人有侍儿，善歌秦少游长短句，坐间略不顾，温亦谨，不敢吐一语。及酒酣欢洽，侍儿者始问：'此郎何人耶？'温遽起，叉手对而曰：'某乃山抹微云女婿也。'闻者多绝倒。"（上海古籍出版社编《宋元笔记小说大观》第 3 册，上海：上海古籍出版社，2001 年版，第 3082 页）

8 书舟词一卷 _(安徽巡抚采进本)

宋程垓撰。垓字正伯，眉山人[1]。其家有拟舫名书舟，见本集词注[2]。《古今词话》谓号虚舟，盖字误也[3]。《书录解题》载垓《书舟词》一卷[4]，传本或作《书舟雅词》二卷，而《宋史·艺文志》乃作"陈正伯书舟雅词十一卷"，则又误"程"为"陈"，误"二"为"十一"矣[5]。此本为毛晋所刻，仍作一卷。前有王俦序，与《书录解题》所载合。序云："尚书尤袤，曾称其文过于诗词"[6]。今其诗文无可考，而词则颇有可观。杨慎《词品》最称其《酷相思》《四代好》《折秋英》数阕[7]。盖垓与苏轼为中表，耳濡目染，有自来也[8]。集内《摊破江神子》"娟娟霜月又侵门"一阕，诸刻多作康与之《江城梅花引》，仅字句小有异同。此调相传为前半用《江城子》，后半用《梅花引》，故合云《江城梅花引》。至过变以下，并两调俱不合[9]。考《词谱》载"《江城子》亦名《江神子》"，应以名《摊破江神子》为是。详其句格，亦属垓本色。其题为康作，当属传讹[10]。又卷末毛晋跋，《意难忘》《一剪梅》诸阕，俱定为苏作，悉行删正[11]。今考东坡词内，已增入《意难忘》一首，而《一剪梅》尚未载入，其词亦仍载此集中，未尝刊削。然数词语意浅俚，在垓亦非佳制，可信其必非轼作[12]。晋之所云，未详其何所据也。

【笺注】

[1] 关于程垓生平，《四川通志》亦无记载，宋孝宗时在世，履历不详，盖文献不足故也。

《书舟词》今人尚未精点精校。

[2] 见《文渊阁四库全书》集部第1487册第208页《望江南》："蓬上雨，蓬底有人愁。身在汉江东畔去，不知家在锦江头。烟水雨悠悠。吾老矣，心事几时休。沈水熨香年似日，薄云垂帐夏如秋，安得小书舟。"其后自注

"家有拟舫名书舟"。

另，其词集多处出现"书舟"一词，诸如《蓦山溪》"老来风味，是事都无可。只爱小书舟，剩围着、琅玕几个"（《文渊阁四库全书》集部第1487册第200页）。《鹧鸪天》其二"新书阁，小书舟"（《文渊阁四库全书》集部第1487册第207页）。可见，程正伯因家有拟舫名书舟，其词集乃命名为《书舟词》。

［3］馆臣言"《古今词话》谓号虚舟"，误。查沈雄《古今词话·词评》上卷四十五条《程垓书舟词》："《词品》曰：'程垓，字正伯，眉山人，东坡中表之戚也。其《酷相思》《四代好》《折红英》皆佳，故盛以词名。独尚书尤公以为正伯之文过于词。'《梅墩词话》曰：'沉水熨香年似日，薄云垂帐夏如秋。书舟佳句也。'"（孙克强、刘军政校注《古今词话》，上海：上海古籍出版社，2009年版，第298页）尚未见四库馆臣所言"《古今词话》谓号虚舟"字样。

另，杨慎《词品》卷之三："程正伯，号书舟。"（唐圭璋《词话丛编》第1册，北京：中华书局，2005年版，第473页）冯金伯《词苑萃编》卷十二《纪事三》："眉山程正伯，号虚舟。"（唐圭璋《词话丛编》第3册，北京：中华书局，2005年版，第2032页）又清胡薇元《岁寒居词话》："程垓正伯书舟词。眉山人，亦字虚舟。"（唐圭璋《词话丛编》第5册，北京：中华书局，2005年版，第4030页）考《文渊阁四库全书》集部第1487册第208页程垓《望江南》后自注"家有拟舫名书舟"及其词作四次提及"书舟"字样，可知"书舟"应是其建于水上的书房，其寓意当为盛满诗书的小船。此命名与杨万里《钓雪舟倦睡》之"钓雪舟"相似。程正伯因其书斋之名而自号"书舟"，乃属情理之中。

又如清邹祗谟《远志斋词衷》称其为"程书舟"。（唐圭璋《词话丛编》第1册，北京：中华书局，2005年版，第646页）可知"虚舟"当为"书舟"之误。四库馆臣言《古今词话》字误"号书舟"为"号虚舟"一说，经考证，《古今词话》查无此条，四库馆臣误。

［4］陈振孙《直斋书录解题》卷二十一："《书丹词》一卷，眉山程垓正伯撰。王称季平为作序。"（陈振孙《直斋书录解题》，上海：上海古籍出版社，1987年版，第624页）可见，四库馆臣所记"丹"为"舟"，误。

另，关于《直斋书录解题》之"丹"字，清张宗泰《鲁岩所学集》卷六

《再跋书录解题》："按埙与东坡为中表，而其词乃编入南宋诸家中，时代舛矣。又埙家有拟坊名'书舟'，故以名集，而此作'书丹'者，亦误也。"（《清代诗文集汇编》编纂委员会编《清代诗文集汇编》第516册，上海：上海古籍出版社，2010年版，第274页）可知，"丹"乃"舟"之误。

　　[5]《宋史·艺文志》卷二百八："陈正伯《书舟雅词》十一卷。"（脱脱《宋史》，北京：中华书局，1977年版，第5376页）

　　[6]毛晋《宋六十名家词》第二集《书舟词》卷首："题《书舟词》。程正伯以诗词名，乡之人所知也。余顷岁游都下，数见朝士，往往亦称道正伯佳句，独尚书尤公以为不然。曰：'正伯之文，过于诗词。'此乃识正伯之大者也。今乡人有欲刊正伯歌词，求余书其首，余以此告之，且为言正伯方为当涂诸公以制举论荐，使正伯惟以词名世，岂不小哉？则曰：'古乐府亦文尔，初何损于正伯之文哉？'余用是乐为书之。虽然，昔晏叔原以大臣子，处富贵之极，为靡丽之词，其政事堂中旧客，尚欲其捐有余之才，岂未至之德者，盖叔原独以词名尔，他文则未传也。至少游、鲁直则已兼之，故陈无己之作，自云不减秦七、黄九，是亦推尊其词尔。余谓正伯为秦、黄则可，为叔原则不可。绍熙甲寅端午前一日。王称季平序。"（毛晋《宋六十名家词》，上海：上海古籍出版社，1989年版，第252页）

　　[7]杨慎《词品》卷之三："程正伯，号书舟，眉山人，东坡之中表也。其《酷相思》词云：'月挂霜林寒欲坠。正门外，催人起。奈别离、如今真个是。欲住也，留无计。欲去也。来无计。马上离情衣上泪，各自供憔悴。问江路梅花开也未。春到也，须频寄。人到也，须频寄。'其《四代好》《折红英》皆佳，见本集。"（唐圭璋《词话丛编》第1册，北京：中华书局，2005年版，第473页）

　　[8]馆臣言"埙与苏轼为中表"，误。程埙当为苏轼中表程正辅之孙。馆臣不考缘由，承毛晋本之讹。

　　毛晋《宋六十名家词》第二集《书舟词跋》："正伯与子瞻，中表兄弟也。"（毛晋《宋六十名家词》，上海：上海古籍出版社，1989年版，第264页）

　　关于程正伯是否为苏轼中表一事，况周颐《蕙风词话》卷四："杨升庵《词品》云：'程正伯，东坡中表之戚也。'毛子晋《书舟词跋》云：'正伯与子瞻，中表兄弟也。'二家之说，于它书未经见。据王季平《书舟词序》，季平实与正伯同时。东坡卒于建中靖国元年辛巳，季平《书舟词序》作于绍熙五年甲寅。上据东坡之卒，凡九十三年。正伯与东坡，安得为中表兄弟乎？考《东坡诗》《集送表弟程六之楚州》一首，施元之注云：'东坡母成国太夫人程氏，眉山著姓。其侄之才，字正辅，第二。之元字德孺，第六，即楚州。之邵字懿叔，第七。'正伯之字与懿叔约略近似，殆即中表之戚之说所由来欤？子晋不考，遂沿其讹。其不曰中表之戚，而曰中表兄弟，又未知别有所据否矣。升庵述旧之言，本属不尽可信，此其跻鏊之尤者。"（唐圭璋《词话丛编》第 5 册，北京：中华书局，2005 年版，第 4500—4501 页）

　　另，梁启超对此亦有所考，其《跋程正伯〈书舟词〉》曰："杨升庵《词品》云：'程正伯，东坡中表之戚，故盛以词名，独尤尚书以为正伯之文过于词。'毛子晋跋所刻《书舟词》亦云：'正伯与子瞻，中表兄弟也，故集中多混苏作。'清代官书皆沿此说，故《历代诗余》附录词话及词人姓氏皆置诸北宋苏门四学士之间。《四库提要》以列《山谷词》后《小山词》前，然《直斋书录解题》所序次，则后于稼轩，而先于白石，不以厕北宋作者之林也（朱氏《词综》同）。余读正伯词，爱其后宕，其中确有学苏而神似者，然通观全集，终觉不似北宋人语。又怪正伯既东坡戚畹，集中词逾百首，何以无一与元祐诸贤唱和之作，诸贤诗文词集亦无一及之。又王灼《碧鸡漫志》于北宋词人评骘殆偏，尤推重苏门诸子，何以亦无一语及正伯？又集中词题屡称临安，不称杭州，则诸词作于南宋无疑（纵谓东坡中表幼弟，何以南渡后尚生存，亦太牵强矣）。记王文诰《苏诗总案》，于东坡母党诸程考证綦详，检之确无名垓字正伯者，于是益大疑。及细读本集卷首所载绍熙甲寅王称序云：'程正伯以诗词名，乡之人所知也，独尚书尤公以为不然，曰正伯之文过于诗词，今乡人有欲刊正伯歌词……'玩其语气，是王称作序时正伯尚存，且甫被论荐，则正伯乃绍熙间人，上距东坡百余年矣。嗣偶翻《渭南文集》（卷三十一）见有《跋程正伯所藏山谷帖》一条，文云：'此卷不应携在长安逆旅中，亦非贵人席帽金络马传呼入省时所观。程子他日幅巾筇仗渡青衣江，相羊唤鱼潭瑞草桥清泉翠樾之间，与山中人共小巢龙鹤菜饭，扫石置风炉煮蒙顶紫茁，然后出此卷共读乃称耳。'案文，明是正伯携卷在临安逆旅中请题者，则正伯与龙延之陆放翁同时，其绝非东坡中表，益信而有征矣。词人姓氏及提要皆谓正伯眉山人，今考集中有'不知家在锦江头'，'且是鞭蓉城下水，还送归舟'等语，则为蜀人无疑，是否眉山，尚待考也。杨升庵喜造故实以炫博，偶见正伯与坡公母党同姓，遂信口指为中表，其述尤尚书语亦不过袭王序耳，后人以其以蜀人谈蜀事，遂不复置疑，不知为所欺也。子晋跋谓：'其词多混苏作，今悉删正'，今据钞本吴文恪百家词校之，阕数悉同毛刻，所谓删正者又不知何指也。正伯不失为宋词一名家，其年代若错误，则尚论南北宋词风者滋迷惑，故不辞详辨之如右。"（梁启超著《梁启超全集》第9册，北京：北京出版社，1999年版，第5275页）

今人饶宗颐《词集考》推定程垓为"子瞻中表程正辅之孙"。（饶宗颐《词集考》，北京：中华书局，1992年版，第178页）由此可证，四库馆臣所言"垓与苏轼为中表"一说，实乃大误。

[9] 万树《词律》卷二："此词相传为前半用《江城子》，后半用《梅花引》，故合名《江城梅花引》，盖取'江城五月落梅花'句也。但前半自首至'花又恼'确然为《江城子》，而后全不似《梅花引》，至过变以下，则并与两调俱不相合。"（万树《词律》，上海：上海古籍出版社，1984年版，第93页）

[10] 此处疑馆臣混淆《词谱》卷二与卷二十一的内容。馆臣所考《词谱》载"《江城子》亦名《江神子》"为卷二的内容且该卷未收录程垓与康与之二人词作，馆臣此处断言《词谱》卷二所载词牌名为《摊破江神子》实属不当。经核查，《词谱》卷二十一收录词牌名《摊破江城子》及阐述其由来，并收录程垓词作，且《四库全书》所收程词亦名为《摊破江城子》。另，馆臣言"其题为康作，当属传讹"，经查阅，《词谱》与《四库全书》皆题为程作，而万树《词律》卷二误《江城梅花引》为康作。

《御定词谱》卷二："《江城子》五体，又名《江神子》。"（《文渊阁四库全书》集部第1495册第25页）且《御定词谱》卷二所提《江城子》五体，未见程垓之作。

《御定词谱》卷二十一："《江城梅花引》八体，又名《摊破江城子》。""《江城梅花引》，按万俟咏《梅花引》句读与《江城子》相近，故可合为一调。程垓词换头句藏短韵者，名《摊破江城子》。"（《文渊阁四库全书》集部第1495册第359、368页）《御定词谱》卷二十一见程垓之作，其名为《江城子梅花引》。

据此可知，四库馆臣所言"《词谱》载《江城子》亦名《江神子》"为《御定词谱》卷二之内容；而"应以名《摊破江神子》为是"为《御定词谱》卷二十一之内容。可见，馆臣此处断言《词谱》卷二所载词牌名应为《摊破江神子》实属不当。

另，万树《词律》卷二："《江城梅花引》，康与之……此词又误刻《书舟词》中，题曰《摊破江神子》，然则此调只应名为《摊破江城子》可耳。……于此调又竟作《梅花引》，益与五十七字之《梅花引》相混。故今以此附于《江城子》之后，而《梅花引》仍另列云。"（万树《词律》，上海：上海古籍出版社，1984年版，第93页）

[11] 毛晋《宋六十名家词》第二集《书舟词跋》："正伯与子瞻，中表兄弟也。故集中多混苏作，如《意难忘》《一剪梅》之类，今悉删正。"（毛晋《宋六十名家词》，上海：上海古籍出版社，1989年版，第264页）

胡薇元《岁寒居词话》："程垓正伯《书舟词》。眉山人，亦字虚舟。王称序云，尚书尤袤称其文过于词。杨升庵《词品》称其《酷相思》《折秋英》数阕，余亦颇有可观。书舟与东坡为中表，濡染有自来矣。《摊破江神子》'娟娟霜月又侵门'一阕，与康与之《江城梅花引》大同小异。此调相传前半用《江城子》，后用《梅花引》，然过变以下，两调俱不合。又《一剪梅》《意难忘》诸作，亦阑入坡集，诵其语意，亦程作也。"（唐圭璋《词话丛编》第5册，北京：中华书局，2005年版，第4030—4031页）

[12] 毛晋《宋六十名家词》第一集《东坡词》确实收入《意难忘》一阕，然未收《一剪梅》，而四库馆臣所用版本即为毛晋本。考朱孝臧《彊村丛书本东坡乐府凡例》："集中有误入他人之作……元刻中有五首，即为毛氏所已删，顾尚疑其未尽，如《意难忘》之'花拥鸳房'，《雨中花慢》之'邃院中重帘''嫩脸羞蛾'二首，不类坡词，苦无显证。"（《龙榆生全集》之《东坡乐府笺》，上海：上海古籍出版社，2017年版，第417页）可知，《东坡词》确有误收之实。

《东坡词傅干注校证》附录二《历代题跋选录》赵万里《东坡乐府后记》："《意难忘》'花拥鸳房'一阕，案此是程垓《书舟词》。"（《东坡词傅干注校证》，上海：上海古籍出版社，2016年版，第545页）从后人之辨证可知，四库馆臣所言"仍载此集中，未尝刊削"应是毛晋臆断《意难忘》《一剪梅》二词为苏作进而删正，以致四库馆臣存"晋之所云，未详其何所据也"之疑。四库馆臣据"数词语意浅俚，在垓亦非佳制"而断《意难忘》《一剪梅》二阕"必非轼作"，同属无显证之举。

9 小山词一卷 (江苏巡抚采进本)

宋晏几道撰[1]。几道字叔原，号小山，殊之幼子。监颖昌许田镇，熙宁中，郑侠上书下狱，悉治平时所往还厚善者，几道亦在其中。从侠家搜得其诗，裕陵称之，始得释，事见《侯鲭录》[2]。黄庭坚《小山集序》曰："其乐府可谓狭邪之大雅，豪士之鼓吹；其合者《高唐》《洛神》之流，其下者岂减《桃叶》《团扇》哉。"[3]又《古今词话》载程叔微之言曰："伊川闻人诵叔原词'梦魂惯得无拘检，又踏杨花过谢桥'，曰'鬼语也'，意颇赏之。"[4]然则几道之词，固甚为当时推挹矣。马端临《文献通考》载《小山词》一卷，并录黄庭坚全序。此本佚去，惟存无名氏跋后一篇。据其所云，似几道词本名《补亡》，以为补乐府之亡。单文孤证，未敢遽改。姑仍旧本题之[5]。至旧本字句，往往讹异。如《泛清波摘遍》一阕，"暗惜光阴恨多少"句，此于"光"字上，误增"花"字，衍作八字句。《词汇》遂改"阴"作"饮"，再误为"暗惜花光，饮恨多少"[6]。如斯之类，殊失其真，今并订正焉。

【笺注】

[1] 晏几道生平可参考今人夏承焘《唐宋词人年谱·二晏年谱》（《夏承焘集》第1册，杭州：浙江古籍出版社，2017年版）及唐红卫等人著《二晏年谱长编》（天津：南开大学出版社，2016年版）。

《小山词》点校本，可参见张草纫《二晏词笺注》（上海：上海古籍出版社，2008年版）。

[2]《黄庭坚全集》卷第十五《小山集序》："晏叔原，临淄公之莫子也。"（刘琳等校点《黄庭坚全集》第2册，成都：四川大学出版社，2001年版，第413页）《侯鲭录》卷四："熙宁中，郑侠上书，事作下狱，悉治平时所往还厚善者，晏几道叔原皆在数中。侠家搜得叔原与侠诗云：'小白长红又

满枝，筑球场外独支颐。春风自是人间客，主张繁华得几时？'裕陵称之，即令释出。"（上海古籍出版社编《宋元笔记小说大观》第 2 册，上海：上海古籍出版社，2001 年版，第 2058 页）

［3］《黄庭坚全集》卷第十五《小山集序》："至其乐府，可谓侠邪之大雅，豪士之鼓吹。其合者《高唐》《洛神》之流，其下者岂减《桃叶》《团扇》哉。"（刘琳等校点《黄庭坚全集》第 2 册，成都：四川大学出版社，2001 年版，第 413 页）

［4］查《古今词话》，并无此说，馆臣误记。该说见于邵博《邵氏闻见后录》卷十九："程叔微云：伊川闻诵晏叔原'梦魂惯得无拘检，又踏杨花过谢桥'长短句，笑曰：'鬼语也。'意亦赏之。程晏三家有连云。"（刘德权等点校《邵氏闻见后录》，北京：中华书局，1983 年版，第 151 页）

［5］马端临《文献通考》卷二百四十六："《小山集》一卷……山谷黄氏《小山集》序曰：晏叔原，临淄公之莫子也。磊瑰权奇，疏于顾忌，文章翰墨，自立规模，常欲轩轾人而不受世之轻重，诸公虽爱之，而又以小谨望之，遂陆沉于下位。平生潜心六艺，玩思百家，持论甚高，未尝以治世。余尝怪而问焉，曰：'我盘跚教宰，犹获罪于诸公，愤而吐之，是唾人面也。'乃独嬉弄于乐府之余，而寓以诗人句法，精壮顿挫，能动摇人心，士大夫传之，以为有临淄之风尔，罕能味其言也。余尝论叔原固人英也，其痴亦自绝人。爱叔原者愠而问其目，曰：'仕宦连蹇，而不能一傍贵人之门，是一痴也；论文自有体，不肯一作新进士语，此又一痴也；费资千百万，家人饥寒而面有孺子之色，此又一痴也；人百负之而不恨，己信人终不疑其欺己，此又一痴也。'乃共以为然，虽若此，至其乐府，可谓侠邪之大雅，豪士之鼓吹，其合者《高唐》《洛神》之流，其下者岂减《桃叶》《团扇》哉。"（马端临《文献通考》下册，北京：中华书局，1986 年版，第 1944 页）

此处馆臣言序跋乃无名氏作，非也。此序当为晏几道自作，馆臣误。据《文渊阁四库全书》集部第 1487 册第 252 页《小山词序》："《补亡》一编，补乐府之亡也。叔原往者浮沉酒中，病世之歌词不足以析酲解愠，试续南部诸贤余绪，作五七字语，期以自娱。不独叙其所怀，兼写一时杯酒间闻见，所同游者意中事。尝思感物之情，古今不易，窃以谓篇中之意，昔人所不遗，第于今无传尔。故今所制，通以《补亡》名之。始时沈十二廉叔，陈十君宠家有莲、鸿、苹、云，品清讴客，每得一解，即以草授诸儿，吾三人持酒听之，为一笑乐。已而君宠疾废卧家，廉叔下世，昔之狂篇醉句，遂与两家歌儿酒使，俱流转于人间。自尔邮传滋多，积有窜易。七月己巳，为高平公缀缉成编。追维往昔，过从饮酒之人，或垄木已长，或病不偶，考其篇中所纪悲欢合离之事，如幻如电，如昨梦前尘，但能掩卷怃然，感光阴之易迁，叹境缘之无实也。"

又据王灼《碧鸡漫志》卷二："晏叔原歌词初号《乐府补亡》。自序曰：'往与……故今所制，通以《补亡》名之。始时沈十二廉叔、陈十君龙家有莲、鸿、苹、云，工以清讴娱客，每得一解，即以草授诸儿，吾三人听之，为一笑乐。'其大旨如此。"（丘珍《碧鸡漫志校正》，成都：巴蜀书社，2000年版，第38页）王灼明言此乃晏几道自序。

另，今人余嘉锡及夏承焘均对馆臣之误有所辩驳。如余嘉锡《四库提要辨证》卷二十四按语："《碧鸡漫志》卷二……据此则提要所谓无名氏跋者，实是几道自序。提要盖以原文云'补亡一编，补乐府之亡也，叔原往者浮沉酒中'云云，于几道字而不名，遂以为必是他人所作。此与其以原名《乐府补亡》为单文孤证，疑而不敢信，皆未考《碧鸡漫志》之过也。"（余嘉锡《四库提要辨证》，北京：中华书局，1980年版，第1600页）

夏承焘辨证可参见《四库全书词籍提要校议》（《夏承焘集》第2册，杭州：浙江古籍出版社，2017年版，第188—189页）

[6]《文渊阁四库全书》集部第1487册第249页《泛清波摘遍》词云："催花雨小。著柳风柔，都似去年时候好。露红烟绿，尽有狂情斗春早。长安道。秋千影里，丝管声中，谁放艳阳轻过了。倦客登临，暗惜光阴恨多少。楚天渺。归思正如乱云，短梦未成芳草。空把吴霜鬓华，自悲清晓。帝城杏。双凤旧约渐虚，孤鸿后期难到。且趁朝花夜月，翠尊频倒。"

《词汇》一书已佚。据万树《词律》卷十八："前结句《词汇》作'暗惜花光，饮恨多少'，甚无义理。原疑其误，及查汲古刻《小山词》，又作'暗惜花光，阴恨多少'，'花光饮'与'花光阴'皆不通，因怃然悟：后结又用'花月'，则此'花'字乃误多，而《词汇》又因'阴'字讹作'饮'字耳。"（万树《词律》，上海：上海古籍出版社，1984年版，第413页）

10　晁无咎词六卷 （江苏巡抚采进本）

宋晁补之撰。补之有《鸡肋集》，已著录[1]。是集《书录解题》作一卷，但称《晁无咎词》。《柳塘词话》则称其词集亦名《鸡肋》，又称补之常自铭其墓，名《逃禅词》[2]。考杨补之亦字无咎[3]，其词集名曰《逃禅》，不应名字相同，集名亦复蹈袭，或误合二人为一欤？此本为毛晋所刊，题曰《琴趣外篇》，其跋语称："诗余不入集中，故名外篇。"又分为六卷，与《书录解题》皆不合，未详其故[4]。卷末《洞仙歌》一首，为补之大观四年之绝笔，则旧本不载，晋摭黄升《花庵词选》补录于后者也[5]。补之为苏门四学士之一，集中如《洞仙歌》第二首填卢仝诗之类，未免效苏轼檃括《归去来词》之鞻。然其词神姿高秀，与轼实可肩随[6]。陈振孙于《淮海词》下，记补之之言曰："少游词如'斜阳外，寒鸦数点，流水绕孤村'，虽不识字人，亦知是天生好言语。"[7] 观所品题，知补之于此事特深，不但诗文之擅长矣。刊本多讹，今随文校正。其《引驾行》一首，证以柳永《乐章集》及集内"春云轻锁"一首，实佚其后半。无从考补，今亦仍之[8]。至《琴趣外篇》，宋人中如欧阳修、黄庭坚、晁端礼、叶梦德四家词皆有此名，并补之此集而五，殊为淆混。今仍题曰《晁无咎词》，庶相别焉[9]。

【笺注】

[1] 晁补之传见《宋史》卷四百四十四（脱脱《宋史》，北京：中华书局，1977 年版），亦可参考今人刘乃昌、杨庆存等人校《晁补之年谱》（《晁氏琴趣外编晁叔用词》，上海：上海古籍出版社，1991 年版）与周义敢、周雷等人编《晁补之资料汇编》（北京：中华书局，2008 年版）。

《晁无咎词》点校本，可参见乔力校注《晁补之词编年笺注》（济南：齐鲁书社，1992 年版）。

另，《文渊阁四库全书》集部第 1118 册已著录《鸡肋集》。

[2] 陈振孙《直斋书录解题》卷二十一："《晁无咎词》一卷，晁补之撰。"（陈振孙《直斋书录解题》，上海：上海古籍出版社，1987 年版，第 617 页）

此处馆臣所引沈雄《柳塘词话》存登第年号、作品作者、文献材料之误。

沈雄《柳塘词话》卷四："巨野晁无咎，登元祐进士，通判扬州。名《鸡肋词》，又称济北词人。晁补之尝自铭其墓，名《逃禅词》。与鲁直、文潜、少游为苏门四学士。"（葛渭君《词话丛编补编》第 2 册，北京：中华书局，2013 年版，第 822 页）经考证，《柳塘词话》有三处错误：其一，晁补之非元祐登进士科，当为元丰二年（1079）举进士。《宋登科记考》卷六："晁补之，字无咎，自号归来子。济州钜野县人。元丰二年举进士，礼部别试第一，登进士第，初授澶州司户参军。"（傅璇琮主编《宋登科记考》，南京：江苏教育出版社，2005 年版，第 374 页）

其二，《逃禅词》作者非晁无咎，当为扬无咎，沈雄混淆二人之作。

其三，经查证，尚无文献有《鸡肋词》字样，沈雄所言《鸡肋词》当属误记。

据此可知，馆臣不考原文，未纠《柳塘词话》之误，疏忽故也。

[3] 馆臣言"杨补之亦字无咎"，认为晁、扬二人名与字相同，误。扬之字为补之，晁之字为无咎，足见馆臣名字张冠李戴之讹。

陆心源《宋史翼》卷三十六："扬无咎字补之，号逃禅老人，又号清夷长者，清江人，后寓豫章，汉子云之后，其字从才不从木。"（陆心源撰《宋史翼》下册，杭州：浙江古籍出版社，2017 年版，第 956—957 页）董更《书录》卷下："杨无咎，字补之。"（《文渊阁四库全书》子部第 814 册第 312 页）以此可知，扬补之其名为无咎，补之乃其字。

《宋史》卷四百四十四："晁补之字无咎，济州钜野人。"（脱脱《宋史》，北京：中华书局，1977 年版，第 13111 页）王称《东都事略》卷一百十六《文艺传九十九》："晁补之，字无咎，宗懿之曾孙也。"（《文渊阁四库全书》史部第 382 册第 759 页）据此可知，晁补之其名补之，字无咎。

据上述材料可证，晁、扬二人名与字皆不同，四库馆臣将晁、扬二人之名与字相混淆，其考证失误。

另，《图绘宝鉴》卷四："扬补之，字无咎，号逃禅老人，南昌人也。祖汉子云，其书从'才'不从'木'。高宗朝以不直秦桧累征不起，又自号清夷长者。"（《元代古籍集成》第二辑《图绘宝鉴》，北京：北京师范大学出版社，2016 年版，第 109 页）可证，补之姓为"扬"而非"杨"，为扬雄之后。四库馆臣于该提要中误"扬"为"杨"，其考证、校勘不细故也。

关于扬无咎生平可参见今人杨宝霖《扬补之姓字年里考》一文（杨宝林著《自力斋文史农史论文选集》，广州：广东高等教育出版社，1993 年版，第 74 页）。

[4] 毛晋《宋六十名家词》第六集《琴趣外篇》跋："《琴趣外篇》六卷。宋左朝奉秘书省著作郎充秘阁校理国史编修官济北晁补之无咎长短句也。其所为诗文凡七十卷，自名《鸡肋集》，惟诗余不入集中，故云《外篇》。昔年见吴门钞本混入赵文宝诸词，亦名《琴趣外篇》，盖书贾射利，眩人耳目，最为可恨，余已厘正，《介庵词》辨之详矣。无咎虽游戏小词，不作绮艳语。殆因法秀禅师谆谆戒山谷老人不敢以笔墨劝淫耶？"（毛晋《宋六十名家词》，上海：上海古籍出版社，1989 年版，第 603 页）

[5] 毛晋《琴趣外篇》跋："大观四年（1110）卒于泗州官舍。自画《山水留春堂》大屏，上题云：'胸中正可吞云梦，盏底何妨对圣贤。有意清秋入衡霍，为君无尽写江天。'又咏《洞仙歌》一阕，遂绝笔，不知何故逸去，今依花庵词客附诸末幅。"（毛晋《宋六十名家词》，上海：上海古籍出版社，1989 年版，第 603 页）

[6] 见《文渊阁四库全书》集部第 1487 册第 259 页《晁无咎词》卷二《洞仙歌》（又填卢仝诗）："当时我醉，美人颜色，如花堪悦。今日美人去，恨天涯离别。青楼珠箔，婵娟蟾桂，三五初圆，伤二八、还又缺。空伫立，一望不见心绝。心绝，顿成凄凉，千里音尘，一梦欢娱，推枕惊巫山远，洒泪对湘江阔。美人不见，愁人看花，心乱含愁，奏绿绮、弦清切。何处有知音，此恨难说。怨歌未阕。恐暮雨收、行云歇。窗梅发，乍似睹、芳容冰洁。"

《全唐诗》卷三八八卢仝诗《有所思》："当时我醉美人家，美人颜色娇如花。今日美人弃我去，青楼珠箔天之涯。天涯娟娟姮娥月，三五二八盈又缺。翠眉蝉鬓生别离，一望不见心断绝。心断绝，几千里。梦中醉卧巫山云，觉来泪滴湘江水。湘江两岸花木深，美人不见愁人心。含愁更奏绿绮琴，调高弦绝无知音。美人兮美人，不知为暮雨兮为朝云。相思一夜梅花发，忽到

窗前疑是君。"（中华书局编辑部点校《全唐诗》第 6 册，北京：中华书局，1999 年版，第 4391 页）

可见，晁补之《洞仙歌》乃檃括卢仝《有所思》而成。关于该篇，张德瀛《词征》卷一云："词有檃括体。贺方回长于度曲，掇拾人所弃遗，少加檃括，皆为新奇。常言吾笔端驱使李商隐、温庭筠，常奔命不暇，后遂承用焉。米友仁《念奴娇》，裁成渊明《归去来辞》，晁无咎有填卢仝诗，盖即此体。"（唐圭璋《词话丛编》第 5 册，北京：中华书局，2005 年版，第 4083 页）

另，苏轼《哨遍》词序云："陶渊明赋《归去来》，有其词而无其声。余治东坡，筑雪堂于上，人俱笑其陋。独鄱阳董毅夫过而悦之，有卜邻之意。乃取《归去来词》，稍加檃括，使就声律，以遗毅夫。使家僮歌之，时相从于东坡，释耒而和之，扣牛角而为之节，不亦乐乎。"（《苏轼词编年校注》中册，北京：中华书局，2002 年版，第 388 页）又，张炎《词源》卷下："《哨遍》一曲，檃括《归去来辞》，更是精妙，周、秦诸人所不能到。"（唐圭璋《词话丛编》第 1 册，北京：中华书局，2005 年版，第 267 页）王若虚《滹南遗老集》卷三九："东坡酷爱《归去来辞》，既次其韵，又衍为长短句，又裂为集字诗，破碎甚矣。"（《文渊阁四库全书》集部第 1190 册第 472 页）

据此可证，补之作《洞仙歌》确实有所效仿东坡檃括《归去来辞》而成《哨遍》。四库馆臣评价补之该词"神姿高秀，与轼实可肩随"，实非过誉。

[7] 查陈振孙《直斋书录解题》卷二十一《淮海集》词条，并无馆臣所引晁补之语，且四库馆臣错"集"字为"词"字。

考吴曾《能改斋漫录》卷十六《黄鲁直词谓之著腔诗》引晁无咎评本朝乐章云："近世以来，作者皆不及秦少游，如'斜阳外，寒鸦万点，流水绕孤村'，虽不识字人，亦知是天生好言语。"（吴曾《能改斋漫录》下册，上海：上海古籍出版社，1979 年版，第 469 页）可证，四库馆臣于作品引句处缺乏考证，以致其误。

[8]《文渊阁四库全书》集部第 1487 册第 258 页《晁无咎词》卷一《引驾行》："梅梢琼绽，东君次第开桃李。痛年年、好风景，无事对花垂泪。园里。旧赏处、幽葩柔条，一一动芳意。恨心事。春来间阻，忆年时、把罗袂。雅戏。"

《文渊阁四库全书》集部第 1487 册第 274 页《晁无咎词》卷五《引驾行》（亦名长春）："春云轻锁，春风乍扇园林晓。扫华堂、正桃李芳时，诞辰还到。年少，记绛蜡光摇，金猊香郁宝妆了。骤骏马、天街向晚，喜同车、咏窈窕。多少。卢家壶范，杜曲家声荣耀。庆孟光齐眉，冯唐白首，镇同欢笑。缥缈。待琅函深讨，芝田高隐去偕老。自别有、壶中永日，比人间好。"

此调最早见于柳永《乐章集》之《引驾行》（虹收残雨）一词，《乐章集》卷中《引驾行》："虹收残雨，蝉嘶败柳长堤暮。背都门、动消黯，西风片帆轻举。愁睹。泛画鹢翩翩，灵鼍隐隐下前浦。忍回首、佳人渐远，想高城、隔烟树。几许。秦楼永昼，谢阁连宵奇遇。算赠笑千金，酬歌百琲，尽成轻负。南顾。念吴邦越国，风烟萧索在何处。独自个、千山万水，指天涯去。"（陶然，姚逸超《乐章集校笺》上册，上海：上海古籍出版社，2016 年版，第 452 页）

而四库馆臣所引毛晋本，缺其后半，正如万树《词律》卷七所云："此调有不可解处。人皆读'旧赏处'为句，'幽葩柔条'为句，'一一动芳意'为句，然照后词（按，此指柳永《引驾行》（虹收残雨）一词），则当于'幽葩'断为五字，'柔条'连下为七字。或曰'雅戏'二字为结，则'园里'二字亦应属之前段。盖以'柔条'七字对前'东君'七字也。而'恨心事'句比'痛年年'句多一字。'忆年时'六字，句法与'无事'句稍异。且查后柳词，则此说非是明矣。愚谓此五十二字，与柳词之前半适同，恐此只《引驾行》之半曲耳。或曰此如王晋卿之《烛影摇红》，本是小令分二段，而后人又加一叠者，愚谓晁、柳同时，又非此例可比。总之，此词或逸去后段，决非完璧。世远调湮，又作者甚少，无可考矣。"（万树《词律》，上海：上海古籍出版社，1984 年版，第 191 页）

其所缺部分为"樱桃红颗，为插鬓边明丽。又渐是、樱桃尝新，忍把旧游重记。何意。便云收雨歇，瓶沉簪折两无计。谩追悔、凭谁向说，只厌厌地"。（龙榆生校点《晁氏琴趣外篇》，北京：中华书局，1958 年版，第 12 页）

[9] 四库馆臣所言以《琴趣外篇》命名之宋四家词有：欧阳修《醉翁琴趣外篇》六卷、黄庭坚《山谷琴趣外篇》三卷、晁端礼《闲斋琴趣外篇》六卷、叶梦得《石林琴趣外篇》三卷。关于《琴趣外篇》相关论述，可参见今人吴熊和著《唐宋词通论》一书（杭州：浙江古籍出版社，1985 年版，第 326—327 页）。

11 姑溪词一卷（安徽巡抚采进本）

　　宋李之仪撰。之仪有《姑溪集》，已著录[1]。《书录解题》载《姑溪词》一卷。此本为毛晋刊，凡四十调，共八十有八阕[2]。之仪以尺牍擅名，而其词亦工，小令尤清婉峭茜，殆不减秦观[3]。晋跋谓："《花庵词选》未经采入，有遗珠之叹"，其说良是[4]。疑当时流传未广，黄升偶未见之，未必有心于删汰。至所称"鸳衾半拥空床月""步懒恰寻床，卧看游丝到地长""时时浸手心头润，受尽无人知处凉"诸句，亦不足尽之仪所长。则之仪之佳处，晋亦未能深知之也[5]。其和陈瓘、贺铸、黄庭坚诸词，皆列原作于前，而己词居后，唱和并载，盖即《谢朓集》中附载王融诗例。使赠答之情，彼此相应，足以见措词运意之故，较他集体例为善[6]。所载庭坚《好事近》后阕"负十分蕉叶"句，今本《山谷词》"蕉叶"误作"金叶"，亦足以互资考证也[7]。

【笺注】

　　[1] 李之仪传见《宋史》卷三百四十四（脱脱《宋史》，北京：中华书局，1977 年版），亦可参考王称《东都事略》卷一一六《文艺传九十九》（《文渊阁四库全书》史部第 382 册），今人整理类著作可参见《李之仪研究论文集》（马鞍山市文化局、马鞍山历史与文化研究会编《李之仪研究论文集》，合肥：黄山书社，2008 年版），今人研究性成果可参见曾枣庄《李之仪年谱》一文（《宋代文化研究》，1994 年 10 月第 4 辑）与王星、王兆鹏《李之仪卒年考实》一文（《文学遗产》，2005 年 11 月第 6 期）。

　　《姑溪词》点校本，可参见史月梅《李之仪诗词笺注》（郑州：郑州大学出版社，2020 年版）。

　　另，《文渊阁四库全书》集部第 1120 册已著录《姑溪居士前集后集》。

[2] 陈振孙《直斋书录解题》卷二十一："《姑溪集》一卷，李之仪端叔撰。"（陈振孙《直斋书录解题》，上海：上海古籍出版社，1987年版，第619页）查《文渊阁四库全书》集部第1487册所用毛晋本《姑溪词》，其词牌名40调，合计词86首。毛晋《姑溪词》跋曰："端叔，赵郡人，辟为中山幕府。因代范忠宣作遗表得罪，编置当涂，即家焉。自号姑溪居士。客春从玉峰得《姑溪词》一卷，凡四十调，共八十有八阕，惜卷尾《踏莎行》为鼠所损耳。"（《文渊阁四库全书》集部1487册第295页）馆臣于该提要所称"凡四十调，共八十有八阕"，经查阅，《姑溪词》确有四十调，然阕数实为八十有六阕，而非八十有八阕，毛晋跋语与四库馆臣皆误。

[3]《宋史》卷三百四十四："之仪能为文，尤工尺牍，轼谓入刀笔三昧。"（脱脱《宋史》，北京：中华书局，1977年版，第10941页）考毛晋《姑溪词跋》："中多次韵，小令更长于淡语、景语、情语。"（《文渊阁四库全书》集部第1487册第295页）冯煦《蒿庵论词》："姑溪词长调近柳，短调近秦，而均有未至。"（唐圭璋《词话丛编》第4册，北京：中华书局，2005年版，第3588页）可见，四库馆臣评端叔词"小令尤清婉峭蒨，殆不减秦观"，着实中肯。

[4] 毛晋《姑溪词跋》："至若'我住长江头，君住长江尾，日日思君不见君，共饮长江水'，直是古乐府俊语矣。叔旸不列之南渡诸家，得无遗珠之恨耶？"（《文渊阁四库全书》集部第1487册第295页）

另，李调元对《花庵词选》未入选端叔《卜算子》一阕，深表同感，其《雨村词话》卷二："李之仪《卜算子》云：'我住长江头，君住长江尾。日日思君不见君，共饮长江水。此水几时休，此恨何时已。只愿君心似我心，定不负相思意。'直是姑溪古乐府俊语。花庵中兴词选不列之南渡诸家，而各词选亦未有采入者。信遗珠之恨，千古同然。"（唐圭璋《词话丛编》第2册，北京：中华书局，2005年版，第1404页）

[5] 毛晋《姑溪词跋》："中多次韵，小令更长于淡语、景语、情语，如'鸳衾半拥空床月'，又如'步懒恰寻床，卧看游丝到地长'，又如'时时浸手心头熨，受尽无人知处凉'，即置之《片玉》《漱玉》集中，莫能伯仲。"（《文渊阁四库全书》集部第1487册第295页）

另，近人况周颐《历代词人考略》卷十五："毛子晋所称'鸳衾半拥空床月'等句，不足尽端叔所长，诚然。兹略摘其佳胜如左：《早梅芳》云：

'最销魂，弄影无人见。'《谢池春》云：'不见又思量，见了还依旧。为问频相见，何似长相守。'《蝶恋花》云：'天淡云闲晴昼永。庭户深沉，满地梧桐影。骨冷魂清如梦醒。梦回犹是前时景。'《浣溪沙》云：'酒韵渐浓欢渐密，罗衣初试漏初迟。已凉天气未寒时。'又《咏梅》云：'戴了又羞缘我老，折来同嗅许谁招。凭将此意问妖娆。'《鹧鸪天》云：'空惊绝韵天边落，不许韶颜梦里看。'《南乡子》云：'点滴芭蕉疏雨过，微凉。画角悠悠送夕阳。'又云：'前圃花梢都绿遍，西墙。犹有轻风递暗香。'又云：'唯有莺声知此恨，殷勤。恰似当时枕上闻。'《减字木兰花》云：'变尽星星。一滴秋霖是一茎。'综论姑溪词格，其清空婉约，自是北宋正宗，而渐近沉著，则又开南宋风会矣。毛子晋略骨干而取情致，曷克尽揽其胜耶？"（葛渭君《词话丛编补编》第6册，北京：中华书局，2013年版，第4105—4106页）

由此可证，"之仪之佳处"，毛晋确未深知，四库馆臣所言不假。

[6]《姑溪词》对于陈莹中、贺方回、黄鲁直诸词，先列原作于前，而己词于后，仿效《谢宣城集》之体式。正如吴衡照《莲子居词话》卷一所言："谢集附王融、沈约、虞炎、柳恽诗。杜集附李邕、贾至、严武、高适、郭受、韦迢诗。李之仪《姑溪词》，和陈瓘、贺铸、黄庭坚等作，并录原词，盖用此例。"（唐圭璋《词话丛编》第3册，北京：中华书局，2005年版，第2406页）

考《文渊阁四库全书》集部第1487册第292—293页，李之仪与陈瓘唱和词《减字木兰花》，录莹中原词："莹中词云：'世间拘碍，人不堪时渠不改。古有斯人，千载谁能继后尘。春风入手，乐事自应随处有。与众熙怡，何以幽居独乐时。'"其后为李之仪次韵："触涂是碍，一任浮沉何必改。有个人人，自说居尘不染尘。谩夸千手，千物执持都是有。气候融怡，还取青天白日时。"李之仪与贺铸唱和词《天门谣》，词牌下题"次韵贺方回登采石峨眉亭"，题后录方回原词："方回词云：'牛渚天门险，限南北、七雄豪占。清雾敛，与闲人登览。待月上潮平波滟滟，塞管轻吹新阿滥。风满槛，历历数、西州更点。'"李之仪次韵："天堑休论险，尽远目、与天俱占。山水敛，称霜晴披览。正风静云闲平激滟，想见高吟名不滥。频扣槛，杳杳落、沙鸥数点。"再，李端叔与黄鲁直《好事近》一阕，词牌下注"与黄鲁直于当涂花园石洞听杨姝弹履霜操，鲁直有词，因次韵"，注后录黄庭坚原词："鲁直词云：'一弄醒心弦，情在两山斜叠。弹到古人愁处，有真珠承睫。使君来去本无心，休泪界红颊。自恨老来憎酒，负十分蕉叶。'"其后便是端叔次韵：
"相见两无言，愁恨又还千叠。别有恼人深处，在懵腾双睫。七弦虽妙不须
弹，惟愿醉香颊。只恐近来情绪，似风前秋叶。"由此可见，四库馆臣所言
"使赠答之情，彼此相应，足以见措词运意之故"甚是。

　　[7] 考《文渊阁四库全书》集部 1487 册第 172 页《山谷词》之《好事近》
第二阕，其尾为"负十分蕉叶"，而毛晋本《山谷词》之《好事近》其二则为
"负十分金叶"（毛晋《宋六十名家词》，上海：上海古籍出版社，1989 年版，
第 78 页）。可见，四库馆臣所采《山谷词》本已纠毛晋本之误。

12 溪堂词一卷（安徽巡抚采进本）

宋谢逸撰。《宋史·艺文志》载逸有集二十卷，《溪堂诗》五卷[1]。岁久散佚，今已从《永乐大典》中蒐辑成编，已著录[2]。《书录解题》别载《溪堂词》一卷。今刊本一卷，末有毛晋跋，称既得《溪堂全集》，末载《乐府》一卷，遂依其章次就梓。盖其集明末尚未佚，晋故得而见之也[3]。逸以诗名宣、政间，然《复斋漫录》载其"尝过黄州杏花村馆，题《江神子》一阕于驿壁。过者必索笔于驿卒，卒苦之，因以泥涂焉"，其词亦见重一时矣。是作今载集中，语意清丽，良非虚美。其他作亦极煅炼之工[4]。卷首有序，署"漫叟"而不名，其所称"黛浅眉痕沁，红添酒面潮"二句，乃《菩萨蛮》第一阕中句。"鱼跃冰池抛玉尺，云横石岭拂鲛绡"，乃《望江南》第二阕中句。然"红潮登颊醉槟榔"本苏轼语，"鱼跃练江抛玉尺"亦王令语，皆剽窃前辈旧文，不为佳句[5]。乃独摘以为极工，可谓舍长而取短，殊非定论。晋跋语又载《花心动》一阕，谓"出近来吴门抄本"，疑是赝笔[6]。乃沈天羽作《续词谱》，独收此词，朱彝尊《词综》选逸词，因亦首登是阕。考宋人词集，如史达祖、周邦彦、张元幹、赵长卿、高观国诸人皆有此调，其音律平仄，如出一辙。独是词随意填凑，颇多失调，措语尤鄙俚不文，其为赝作，盖无疑义。晋刊此集，削而不载，特为有见[7]。今亦不复补入，庶免鱼目之混焉。

【笺注】

[1] 谢逸传见陆心源《宋史翼》卷二十六："谢逸字无逸，临川人，自号溪堂。少孤，博学工文辞。操履峻洁，再举进士不第。黄庭坚尝曰：'使斯人在馆阁，当不减晁、张。'李商老谓其文步趋刘向、韩愈。所著书有《春秋广微》《樵谈》《溪堂集》。其他诗、启、碑志、杂论数百篇。淳熙中，绘像

祠于郡学。逸弟薖，字幼槃，自号竹友。尝为漕司首荐省闱，报罢，以琴弈诗酒自娱。诗文不亚其兄，时称'二谢'。吕本中云：'无逸似康乐，幼槃似元晖。'又云：'二谢修身励行，在崇观间，无所污染，不独以文见称。'著有《竹友集》十卷。"（陆心源撰《宋史翼》中册，杭州：浙江古籍出版社，2017年版，第608页）

亦可参考《弘治抚州府志》上册卷二十一（上海书店出版社编《天一阁明代方志选刊续编》第47册，上海：上海书店出版社，1990年版）与《〈同治〉临川县志》卷四十三（国家图书馆编《地方志人物传记资料丛刊·华东卷》第69册，北京：北京图书馆出版社，2007年版）。

《溪堂词》点校本，可参见上官涛校勘《〈溪堂集〉〈竹友集〉校勘》（广州：中山大学出版社，2011年版）。

另，《宋史·艺文志》卷二百八："《谢逸集》二十卷，又《溪堂诗》五卷。"（脱脱《宋史》，北京：中华书局，1977年第1版，第5372页）

[2] 谢逸《溪堂词》最早的版本为绍兴二十二年（1152），抚州守赵士鹏刊刻《溪堂集》《竹友集》于学官之时，《谢幼槃文集序》载："粤绍兴辛未，赵公朝议来守是邦……晚得溪堂善本于前学正易蔵，得幼槃善本于其子敏行。蔵知溪堂出处甚详，敏行逮事其父，诗律有典刑，其编次是正，可无恨矣。刀笔方兴，士大夫翕然称赞，工未讫功，而四方愿致其集者日至，以是知二公之名重当时，欲见其书者惟恐后也。"（上官涛校勘《〈溪堂集〉〈竹友集〉校勘》，广州：中山大学出版社，2011年版，第423页）到南宋时，则有陈振孙《直斋书录解题》卷十七著录《溪堂集》二十卷，其包含嘉定间长沙书坊刻《百家词》本《溪堂词》，今原刻已佚。《宋史·艺文志》载有《谢逸集》二十卷，又《溪堂诗》五卷。上述版本因岁久，皆散佚。四库馆臣据《永乐大典》搜辑成篇，辑为《溪堂集》十卷本。后又有乾隆五十四年（1789）鲍廷博批校知不足斋钞本，今传民国四年（1915）所刊胡思敬《豫章丛书》之《溪堂集》十卷本乃《四库全书》翻刻本。

关于《溪堂词》版本流传概况，亦可参考今人王兆鹏《宋代文学传播探原·溪堂词》篇（王兆鹏《宋代文学传播探原》，武汉：武汉大学出版社，2013年版，第248—249页）。

[3] 陈振孙《直斋书录解题》卷二十一："《溪堂词》一卷，谢逸无逸撰。"（陈振孙《直斋书录解题》，上海：上海古籍出版社，1987年版，第618

页）毛晋《溪堂词跋》云："既获《溪堂全集》，末载《乐府》一卷，今依其章次就梓。"（毛晋《宋六十名家词》，上海：上海古籍出版社，1989 年版，第 238 页）

[4] 胡仔《苕溪渔隐丛话》后集卷三十三《复斋漫录》："无逸尝于黄州关山杏花村馆驿题《江城子》词云：'杏花村里酒旗风，烟重重，水溶溶。野渡舟横，杨柳绿阴浓。望断江南山色远，人不见，草连空。夕阳楼外晚灯笼，粉香融，淡眉峰，记得年年，相见画屏中。只有关山今夜月，千里外，素光同。'过者必索笔于馆卒，卒颇以为苦，因以泥涂之。"（胡仔《苕溪渔隐丛话》，北京：人民文学出版社，1962 年版，第 256 页）

关于谢逸诗水平如何，《江西诗社宗派图录》云："逸字无逸。临川人。布衣而名重搢绅。于书无所不读，于文无所不能，有韵之言，尤超轶绝尘。……谢康乐诗规模宏大，为一世冠；玄晖诗清新独出，又自有过人者。无逸似康乐，幼槃似玄晖，真足追配古人。……长短句尤天然工妙。"（王夫之等撰《清诗话》上册，上海：上海古籍出版社，1978 年版，第 51—52 页）可见，此评将谢逸诗与谢灵运诗相媲美，堪称追配古人。

宋释惠洪撰《石门文字禅》卷二七："临川谢无逸，布衣而名重搢绅。于书无所不读，于文无所不能，而尤工于诗。黄鲁直阅其与老仲元诗曰：'老凤垂头噤不语，枯木查牙噪春鸟。'大惊曰：'张、晁流也。'陈莹中阅其赠普安禅师诗曰：'老师登堂挝大鼓，是中那容啬夫喋。'叹息曰：'计其魁杰，不减张、晁也。'二诗于无逸集中未为绝唱，而陈、黄已绝倒无余，惜其未多见之耳。然无逸又喜论列而气长，诗尚造语而工，置于文潜、补之集中，东坡不能辨。"（周裕锴校注《石门文字禅校注》第 9 册，上海：上海古籍出版社，2021 年版，第 4119 页）

由此可证，四库馆臣所言谢无逸"以诗名宣、政间"及称赞无逸《江神子》一词"语意清丽"，他作亦"极煅炼之工"，皆有迹可循，良非虚美。

[5] 漫叟《题溪堂词》："谢无逸，临川进士，自号溪堂。学古高杰，文词煅炼，篇篇有古意，而尤工于诗词。黄山谷尝读其诗云：'晁、张流也，恨未识面耳。'其诗曰：'山寒石发瘦，水落溪毛雕。'又曰：'老凤垂头噤不语，枯木槎牙噪春鸟。'其词曰：'黛浅眉痕沁，红添酒面潮。'又曰：'鱼跃冰池飞玉尺，云横石岭拂鲛绡。'皆百炼乃出冶者，晁、张又将避一舍矣。漫叟题。"（毛晋《宋六十名家词》，上海：上海古籍出版社，1989 年版，第

233—234 页）

考《冷斋夜话》卷一："东坡在儋耳，有姜唐佐从乞诗。唐佐，朱崖人，亦书生。东坡借其手中扇，大书其上曰：'沧海何曾断地脉，朱崖从此破天荒。'又《书司命宫杨道士息轩》曰：'无事此静坐，一日是两日。若活七十年，便是百四十。黄金不可成，白发日夜出。开眼三十秋，速于驹过隙。是故东坡老，贵汝一念息。时来登此轩，望见过海席。家山归未得，题诗寄屋壁。'又尝醉插茉莉，嚼槟榔，戏书姜秀郎几间曰：'暗麝著人簪茉莉，红潮登颊醉槟榔。'其超放如此。"（上海古籍出版社编《宋元笔记小说大观》第 2 册，上海：上海古籍出版社，2001 年版，第 2171 页）可证《菩萨蛮》第一阕"黛浅眉痕沁，红添酒面潮"乃苏轼残句。

馆臣言"鱼跃练江抛玉尺"为宋人王令语，误。当为晚唐人语，馆臣不察。

叶梦得《石林诗话》卷下："使晚唐诸子为之，便当如'鱼跃练波抛玉尺，莺穿丝柳织金梭'体矣。"（何文焕辑《历代诗话》上册，北京：中华书局，1981 年版，第 431 页）可证"鱼跃练江抛玉尺"实乃借鉴晚唐人诗句，非馆臣所言宋人王令语。

[6] 毛晋《溪堂词跋》曰："近来吴门钞本多《花心动》一阕，其词云：'风里杨花，轻薄性，银烛高烧心热，香饵悬钩，鱼不轻吞，辜负钓儿虚设。桑蚕到老丝长绊，针刺眼，泪流成血。思量起，拈枝花朵，果儿难结。海样情深忍撒。似梦里相逢，不胜欢悦。出水双莲，摘取一枝可惜，并头分析。猛期月满会姮娥，谁知是，出生新月。折翼鸟，甚是于飞时节。'疑是赝笔，不敢混入，附记以俟识者。湖南毛晋识。"（毛晋《宋六十名家词》，上海：上海古籍出版社，1989 年版，第 238 页）

[7] 朱彝尊《词综》卷八所选谢逸词，首篇为《花心动》："风里杨花，轻薄性，银烛高烧心热。香饵悬钩，鱼不轻吞，辜负钓儿虚设。桑蚕到老丝长绊，针刺眼泪流成血。思量起，粘枝花朵，果儿难结。海样深情忍撒！似梦里相逢，不成欢悦。出水双莲，摘取一枝，可惜并头分析。猛期月满会姮娥，谁知是出生新月。折翼鸟，甚是于飞时节？"（朱彝尊《词综》，上海：上海古籍出版社，2005 年版，第 177 页）

万树《词律》卷十八："至沈天羽续集收'风里杨花'一首，谓是谢无逸所作。查《溪堂集》内并无此词，余以为必非无逸所作。盖于'海'字作

'高'，'未'字作'悬'，'更'字作'花'，'锁'字作'双'，已皆失调，而'待拈'句作'猛期月满会姮娥'不知此句即配前段'半褰'句，乃'会'字用'去'，'娥'字用'平'，'垂杨'句作'甚日于飞时节'，'甚日'二字用仄，'于飞'二字用平，全失体格矣。岂有无逸大名家而作此落腔词乎。且其语鄙陋不堪，沈氏亟赏之，并引恶滥，可笑歪娼伧卒口中之'挂枝'句以为媲美，何其村丑至此，可为一叹。"（万树《词律》，上海：上海古籍出版社，1984年版，第408页）

而《花心动》一调创自周邦彦，以史达祖《花心动》为正体。馆臣所提五家词分别为周邦彦《花心动》："帘卷青楼，东风暖，杨花乱飘晴昼。兰衩褪香，罗帐褰红，绣枕旋移相就。海棠花谢春融暖，偎人恁、娇波频溜。象床稳，鸳衾谩展，浪翻红绉。一夜情浓似酒。香汗渍鲛绡，几番微透。鸾困凤慵，娅姹双眉，画也画应难就。问伊可煞□人厚。梅萼露、胭脂檀口。从此后，纤腰为郎管瘦。"（唐圭璋编《全宋词》第2册，北京：中华书局，1965年版，第623页）

张元幹《花心动》："水馆风亭，晚香浓、一番芰荷新雨。簟枕乍闲，襟裾初试，散尽满天祥暑。断云却送轻雷去。疏林外、玉钩微吐。夜渐永，秋惊败叶，凉生亭户。天上佳期久阻。银河畔、仙车缥缈云路。旧怨未平，幽欢驻恨入半天风露。绮罗人散金猊冷，醉魂到、华胥深处。洞户悄、南楼画角自语。"（唐圭璋编《全宋词》第2册，北京：中华书局，1965年版，第1103页）

赵长卿《花心动》："风软寒轻，暗香飘、扑面无限清楚。乍淡乍浓，应想前村，定是早梅初吐。马儿行过坡儿下，危桥外、竹梢疏处。半斜露。花花蕊蕊，灿然满树。一饷看花凝伫。因念我西园，玉英真素。最是系心，婉娩精神，伴得水云仙侣。断肠没奈人千里，无计向、钗头频觑。泪如雨。那堪又还日暮。"（唐圭璋编《全宋词》第3册，北京：中华书局，1965年版，第1769—1770页）

史达祖《花心动》："风约帘波，锦机寒、难遮海棠烟雨。夜酒未苏，春枕犹敧，曾是误成歌舞。半褰薇帐云头散，奈愁味、不随香去。尽沈静、文园更渴，有人知否。懒记温柔旧处。偏只怕、临风见他桃树。绣户锁尘，锦瑟空弦，无复画眉心绪。待拈银管书春恨，被双燕、替人言语。意不尽，垂杨几千万里。"（唐圭璋编《全宋词》第4册，北京：中华书局，1965年版，

第 2333 页）

高观国《花心动》："碧藓封枝，点寒英、疏疏玉清冰洁。梦忆旧家，春与新恩，曾映寿阳妆额。绿裙青袂南邻伴，应怪我、精神都别。恨衰晚，春风意思，顿成羞怯。犹念横斜性格。恼和靖吟魂，自来清绝。斜傍劲松，偷倚修篁，总是岁寒相识。绿阴结子当时意，到如今、芳心消歇。小桥夜，清愁倦陪澹月。"（唐圭璋编《全宋词》第 4 册，北京：中华书局，1965 年版，第 2352 页）

综上可知，四库馆臣所言"是词随意填凑，颇多失调，措语尤鄙俚不文"有所凭据。

再考《国色天香》卷二《刘生觅莲记》上册："风里杨花，轻薄性，银镯高烧心热，香饵悬钓，鱼不轻吞，枉把钓儿虚设。桑蚕到老丝长绊，针刺眼，泪流成血。思量起，粘枝花朵，果儿难结。海样深情忍撇。似梦里相逢，不成欢悦。出水双莲，摘取一枝可惜，并头分析。猛期月满会姮娥，谁知是，出生新月。折翼鸟，甚是于飞时节。"（《古本小说集成》编委会编《古本小说集成》第 1 辑第 157 册，上海：上海古籍出版社，1991 年版，第 160—161 页）由此可证，《花心动》一阕出自明传奇《刘生觅莲记》一书，确非逸作，四库馆臣所言"其为赝作，盖无疑义"为是。

13 东堂词一卷（江苏巡抚采进本）

宋毛滂撰。滂有《东堂集》，已著录[1]。此词一卷，载于马端临《经籍考》，与今本相合[2]。盖其文集久佚，今乃裒录成帙。其词集则别本孤行，幸而得存也[3]。端临又引《百家诗序》，称其罢杭州法曹时，以赠妓词"今夜山深处，断魂分付潮回去"句，见赏于苏轼。其词为《惜分飞》，今载集中[4]。然集中有"太师生辰词"数首，实为蔡京而作[5]。蔡绦《铁围山丛谈》载其父柄政时，滂献一词甚伟丽，骤得进用者，当即在此数首之中。则滂虽由轼得名，实附京以得官，徒擅才华，本非端士。方回《瀛奎律髓》乃以为守正之士，盖偶未及考[6]。其词则情韵特胜，陈振孙谓滂"他词虽工，终无及苏轼所赏一首者"，亦随人作计之见，非笃论也[7]。其文集、词集并称"东堂"者，滂令武康时，改"尽心堂"为"东堂"。集中《蓦山溪》一阕，自注其事甚悉云[8]。

【笺注】

[1] 毛滂传见陆心源《宋史翼》卷二十七："毛滂字泽民，江山人。元祐中为杭州法曹，东坡为守，滂秩满去，会有歌赠别小词，东坡问谁作，以毛法曹对。坡语客曰：'郡僚有词人而不及知，某之罪也。'翼日，折简追还，留连数月，滂因此得名。官至祠部员外郎、知秀州。有《东堂集》。"（陆心源撰《宋史翼》中册，杭州：浙江古籍出版社，2017 年版，第 630 页）亦可参考谈钥《嘉泰吴兴志》卷十五与今人姜亮夫《毛滂生年考》（《中国历代人物年谱集目》，杭州：杭州大学图书馆数据组，1962 年版）。

《东堂词》点校本，可参见周少雄点校《毛滂集》（杭州：浙江古籍出版社，1999 年版）。

另，《文渊阁四库全书》集部第 1123 册已著录《东堂集》。

[2] 见马端临《文献通考》卷二百四十六《经籍七十三》："《东堂词》一卷。"（马端临《文献通考》下册，北京：中华书局，1986 年版，第 1944 页）

[3] 毛滂《东堂词》有单刻本和诗文集合刻本两种。其集外单刻本主要为《百家词》本，今传世有毛晋《宋六十名家词》本及朱孝臧《彊村丛书》本。而诗文集合刻本则有嘉禾刊本与《永乐大典》本，嘉禾刊本明代尚存，后散佚，今不传，四库馆臣所采为《永乐大典》本。《文渊阁四库全书总目》第 4 册第 171—172 页《东堂集》提要云："谨从《永乐大典》搜采裒辑，厘为诗四卷、文六卷，仍还其十卷之旧。其书简即附入文集，不复别编；至所作《东堂词》，则毛晋已刊入《六十家词》中，世多有其本，今亦别著于录焉。"

关于《东堂词》版本流传概况，可参考今人王兆鹏《宋代文学传播探原·东堂词》篇（王兆鹏《宋代文学传播探原》，武汉：武汉大学出版社，2013 年版，第 254—256 页）。

[4] 马端临《文献通考》卷二百四十六《经籍七十三》载《百家诗序》云："元祐中，东坡守杭，泽民为法曹掾，公以众人遇之，秩满辞去。是夕宴客，有籍妓歌赠别小词，卒章云：'今夜山深处，断魂分付潮回去。'坡问谁作，妓以毛法曹对。公语坐客曰：'郡僚有词人不及知，某之罪也。'翼日，折简追还，留连数月。泽民由此知名。"（马端临《文献通考》下册，北京：中华书局，1986 年版，第 1944 页）该词见于《文渊阁四库全书》集部第 1487 册《东堂词》第 320 页。

[5] 查《文渊阁四库全书》集部第 1487 册《东堂词》，集中《清平乐》（娟娟月满）、《清平乐》（瀛洲春酒）及《清平乐》（雪余寒退）3 首，《绛都春》（余寒尚峭）1 首，皆为毛滂献京之作。

[6] 蔡绦《铁围山丛谈》卷第二："昔我先人鲁公遭逢圣主，立政建事以致康泰，每区区其间。有毛滂泽民者有时名，上一词甚伟丽，而骤得进用。"（上海：上海古籍出版社编《宋元笔记小说大观》第 3 册，上海：上海古籍出版社，2001 年版，第 3055 页）

关于方回之评，馆臣有误。馆臣所言方回评毛滂为守正之士，查阅《瀛奎律髓》有关毛滂所有评语皆无所见。然，《瀛奎律髓》卷之二十《梅花类》于张道洽《梅花》诗有方回评张泽民为守正之士相关材料，其注云："实斋张公道洽，字泽民……前是尝为广州司里，里中新贵马天骥为帅，刘朔齐、震孙为仓使。天骥怒其作《越王台》诗若讥己者，朔齐将举改官，夺以他畀，泽民不屑也。"（李庆甲集评校点方回《瀛奎律髓汇评》第 3 册，上海：上海古籍出版社，2020 年版，第 827—828 页）由此可知，因毛滂与张道洽之字皆为泽民，馆臣误记二人事迹，其所评"守正之士"当为张泽民，而非毛泽民。

而关于毛滂人品，历来有所争议。冯煦《蒿庵论词》："词为文章末技，固不以人品分升降。然如毛滂之附蔡京，史达祖之依侂胄，王安中之反复，曾觌之邪佞，所造虽深，识者薄之。"（唐圭璋《词话丛编》第 4 册，北京：中华书局，2005 年版，第 3587—3588 页）

胡薇元《岁寒居词话》云："毛滂《东堂词》。其罢杭州法曹别妓《惜分飞》'今夜山深处，断魂分付潮回去'句，见赏于东坡。《铁围山丛谈》，蔡绦记其父京柄政时，滂献词伟丽，今集中太师生辰数首。盖虽由坡公得名，而其得官则附京。士人徒擅才华，而随人作计，人品亦在中下。"（唐圭璋《词话丛编》第 5 册，北京：中华书局，2005 年版，第 4031 页）

而况周颐《历代词人考略》卷十四按语言："毛泽民词中有寿蔡京数首，遂贻'本非端士'之讥。方毛之寿蔡也，蔡之奸犹未大著也。其后吴君特亦以寿贾相词为世诟病。方吴之寿贾也，贾方以干济闻于时。而其卒致奸庸误国，亦非君特所预知也。且即如蔡京生辰以诗词为祝者，其姓名未易更仆数。而毛之词独传，是则毛之至不幸，而君特殆亦一例也。泽民为武康令，慈爱惠下，政平讼简，讵非端士？若以寸楮之投为毕生之玷，持论未免太苛。然而文字不可以假人操觚家，宜慎之又慎矣。"（葛渭君《词话丛编补编》第 6 册，北京：中华书局，2013 年版，第 4086 页）

另，馆臣论毛滂、王安中、曾觌等人人品与才品持论不公。评毛滂"徒擅才华，本非端士"，详情参见《东堂词》条；论王安中"为人反覆炎凉，虽不足道，然才华富艳，亦不可掩"，详情参见《初寮词》条。言曾觌"为谈艺者所不齿。而才华富艳，实有可观"，详情参见《海野词》条。据此可见，同是人品有瑕疵而才华富艳者，馆臣持论有违公允，尚有抑毛而扬王、曾之嫌。

[7] 陈振孙《直斋书录解题》卷二十一："本以'断魂分付潮回去'见赏东坡得名，而他词虽工，未有能及此者。"（陈振孙《直斋书录解题》，上海：上海古籍出版社，1987 年版，第 618 页）《四库全书简明目录》卷二十

《东堂词》言:"滂初以《惜分飞》词为苏轼所赏;后竟以寿词媚蔡京得官,颇干清议。然其词实工,《书录解题》谓他词皆不及苏轼所赏之一首,则随人作计之见也。"(永瑢等著《四库全书简明目录》下册,上海:古典文学出版社,1957年版,第889页)据此可佐证,四库馆臣并非完全认同陈氏所言。

[8]毛晋《东堂词跋》云:"泽民自叙少时喜笔砚,浅事徒能诵古人纸上语。尝知武康县,改'尽心堂'为'东堂',簿书狱讼之暇,辄觞咏自娱,托其声于《蓦山溪》,如图画然。凡诗文、画简、乐府,总名《东堂集》,盛行于世。昔人谓因《赠琼芳》一词见赏东坡得名。"(毛晋《宋六十名家词》,上海:上海古籍出版社,1989年版,第119页)

《文渊阁四库全书》集部第1487册第328页《东堂词》之《蓦山溪》(东堂先晓),其题下注曰:"东堂,武康县令舍尽心堂也,仆改名东堂。治平中,越人王震所作。自吴兴刺史府与五县令舍,无得与东堂争广丽者。去年仆来,见其突兀出薉荟间,而菌生梁上,鼠走户内,东西两便室,蛛网粘尘,蒙络窗户。守舍无有丈夫履声,姑以告云:前大夫忧民劳苦,眠饭于簿书狱讼间。是堂也,向十余间倾挠于万艾中,鹊啸其上,狸经其下,磨镰泽斧,以十夫日往刈之,才可入。欲以居人,则有覆压之患。取以为薪,则又可怜。试择其蝼蚁之全,加以斧斤,乃能为亭二,为庵、为斋、为楼各一,虽卑隘仅可容膝,然清泉修竹,便有远韵。又伐恶木十许根,而好山不约自至矣。乃以生远名楼,画舫名斋,潜玉名庵,寒秀、阳春名亭,花名坞,蝶名径。而叠石为渔矶,编竹为鹤巢,皆在北池上。独阳春西窗高山最多,又有酴醾一架。仆顷少时喜笔砚浅事,徒能诵古人纸上语,未尝与天下史师游,以故邑人甚愚其令,不以寄枉直,虽有疾苦,曾不以告也。庭院萧然,鸟雀相呼,仆乃得饶食晏眠,无所用心于东堂之上。戏作长短句一首,托其声于《蓦山溪》云。"

14 片玉词二卷，补遗一卷（浙江巡抚采进本）

宋周邦彦撰[1]。邦彦，字美成，钱塘人。元丰中献《汴都赋》，召为太乐正。徽宗朝仕至徽猷阁待制，出知顺昌府，徙处州卒。自号清真居士。《宋史·文苑传》称邦彦"疏隽少检，不为州里推重。好音乐，能自度曲，制乐府长短句，词韵清蔚"[2]。《艺文志》载《清真居士集》十一卷，盖其诗文全集久已散佚，其附载诗余与否，不可复考[3]。陈振孙《书录解题》载其词有《清真集》二卷，《后集》一卷。此篇名曰《片玉》，据毛晋跋称为宋时刊本所题，原作二卷，其补遗一卷，则晋采各选本成之。疑旧本二卷即所谓《清真集》，晋所掇拾，乃其《后集》所载也。卷首有强焕序，与《书录解题》所传合[4]。其词多用唐人诗句，隐括入调，浑然天成。长篇尤富艳精工，善于铺叙[5]。陈郁《藏一话腴》谓其以乐府独步，贵人、学士、市侩、妓女，皆知其词为可爱，非溢美也[6]。又邦彦本通音律，下字用韵，皆有法度。故方千里和词，一一按谱填腔，不敢稍失尺寸。今以两集互校，如《隔浦莲近拍》"金丸落惊飞鸟"句，毛本注云："按谱此处宜三字二句。"然千里词作"夷犹终日鱼鸟"，则周词本是"金丸惊落飞鸟"，非三字二句[7]。又《荔枝香近》"两两相依燕新乳"句，止七字，千里词作"深涧，斗泻飞泉洒甘乳"句，凡九字。观柳永、吴文英二集，此调亦俱作九字句，不得谓千里为误。则此句尚脱二字[8]。又《玲珑四犯》"细念想梦魂飞乱"句七字，毛本因旧谱误脱"细"字，遂注曰："按谱宜是六言。"不知千里词正作"顾鬓影翠云零乱"七字，则此句"细"字非衍文[9]。又《西平乐》"争知向此征途，区区伫立尘沙"二句，共十二字，千里和云："流年迅景，霜风败苇惊沙"，止十字，则此句实误衍二字[10]。至于《兰陵王》尾句"似梦里泪暗滴"，六仄字成句，观史达祖此调，此句作"欲下处似认得"，亦止用六仄字，可以互证。毛本乃于"梦"字下，增一"魂"字，作七字句，尤为舛误，今并厘正之[11]。据《书录解题》，有曹杓字季中、号一壶居士者，曾注《清真词》二卷，今其书不传[12]。

【笺注】

[1] 周邦彦传见《宋史》卷四百四十四（脱脱《宋史》，北京：中华书局，1977年版），亦可参见王国维《清真先生遗事》中的《清真年表》（《王国维先生全集·续编》第3册，台北：台湾大通书局印行，1976年版）与龙榆生《清真词研究》中的《清真先生年谱》（《龙榆生论学术论文集》，北京：中华书局，2008年版）。

《片玉词》点校本，可参见孙虹校注，薛瑞生订补《清真集校注》（北京：中华书局，2003年版）与罗忼烈笺注《清真集笺注》（上海：上海古籍出版社，2008年版）。

[2] 馆臣言"邦彦……元丰中献《汴都赋》，召为太乐正"，误。当为"太学正"。

《宋史·文苑传》卷四百四十四："周邦彦字美成，钱塘人。疏隽少检，不为州里推重，而博涉百家之书。元丰初，游京师，献《汴都赋》余万言，神宗异之，命侍臣读于迩英阁，召赴政事堂，自太学诸生一命为正……徽宗欲使毕礼书，复留之。逾年乃知隆德府，徙明州，入拜秘书监，进徽猷阁待制、提举大晟府。未几，知顺昌府，徙处州。卒，年六十六，赠宣奉大夫。邦彦好音乐，能自度曲，制乐府长短句，词韵清蔚，传于世。"（脱脱《宋史》，北京：中华书局，1977年版，第13126页）

又据李焘《续资治通鉴长编》卷三百四十四："神宗元丰七年三月壬戌，诏太学外舍生周邦彦为试太学正，寄理县主簿、尉。邦彦献《汴都赋》，上以太学生献赋颂者以百数，独邦彦文采可取，故擢之。"（李焘《续资治通鉴长编》第23册，北京：中华书局，1985年版，第8266页）

据上述材料可知，四库馆臣误"太学正"为"太乐正"。

[3] 《宋史·艺文志》卷二百八："周邦彦《清真居士集》十一卷。"（脱脱《宋史》，北京：中华书局，1977年版，第5379页）

[4] 陈振孙《直斋书录解题》卷二十一："《清真词》二卷，《后集》一卷，周邦彦美成撰。"（陈振孙《直斋书录解题》，上海：上海古籍出版社，

1987 年版，第 618 页）

毛晋《片玉词跋》："美成于徽宗时提举大晟乐府，故其词盛传于世。余家藏凡三本，一名《清真集》，一名《美成长短句》，皆不满百阕。最后得宋刻《片玉集》二卷，计调百八十有奇，晋阳强焕为叙。余见评注庞杂，一一削去，厘其讹谬。间有兹集不载、错见清真诸本者，附补遗一卷，美成庶无遗憾云。若乃诸名家之甲乙，久著人间，无待予备述也。湖南毛晋识。"（毛晋《宋六十名家词》，上海：上海古籍出版社，1989 年版，第 195 页）

毛晋《宋六十名家词》所载强焕《题周美成词》："暇日从容式燕嘉宾，歌者在上，果以公之词为首唱。夫然后知邑人爱其词，乃所以不忘其政也。余欲广邑人爱之之意，故哀公之词，旁搜远绍，仅得百八十有二章，厘为上下卷，乃辍俸余，鸠工锓木，以寿其传，非惟慰邑人之思，亦蕲传之有所托，俾人声其歌者，足以知其才之优于为邑如此，故冠之以序，而述其意云。公讳邦彦，字美成，钱塘人也。淳熙岁在上章困敦孟陬月围赤奋若，晋阳强焕序。"（毛晋《宋六十名家词》，上海：上海古籍出版社，1989 年版，第 178 页）

[5] 陈振孙《直斋书录解题》卷二十一："《清真词》二卷、《后集》一卷，周邦彦美成撰。多用唐人诗语隐括入律，浑然天成。长调尤善铺叙，富艳精工，词人之甲乙也。"（陈振孙《直斋书录解题》，上海：上海古籍出版社，1987 年版，第 618 页）

又张炎《词源》卷下："美成词只当看他浑成处，于软媚中有气魄，采唐诗融化如自己者，乃其所长。惜乎意趣却不高远。所以出奇之语，以白石骚雅句法润色之，真天机云锦也。"（唐圭璋《词话丛编》第 1 册，北京：中华书局，2005 年版，第 266 页）

贺裳《皱水轩词筌》："长调推秦、柳、周、康为巤律，然康惟《满庭芳》冬景一词，可称禁脔，余多应酬铺叙，非芳旨也。周清真虽未高出，大致匀净，有柳攲花斫之致，沁人肌骨处，视淮海不徒娣姒而已。弇州谓其能入丽字，不能入雅字，诚确。谓能作景语不能作情语，则不尽然。但生平景胜处为多耳。"（唐圭璋《词话丛编》第 1 册，北京：中华书局，2005 年版，第 705 页）

[6]《文渊阁四库全书》子部第 865 册第 559 页陈郁《藏一话腴》外编卷上："周邦彦字美成，自号清真，二百年来，以乐府独步。贵人、学士、市侩、妓女，知美成词为可爱，而能知美成为何如人者，百无一二也。"

[7] 毛晋《和清真词跋》："美成当徽庙时提举大晟乐府，每制一词，名流辄依律赓唱，独东楚方千里，乐安杨泽民，有《和清真全词》各一卷，或合为《三英集》行世。花庵词客止选千里《过秦楼》《风流子》《诉衷情》三阕。而泽民不载，岂杨劣于方耶？湖南毛晋识。"（毛晋《宋六十名家词》，上海：上海古籍出版社，1989年版，第384页）《文渊阁四库全书总目》卷二百九十八《和清真词》："此集皆和周邦彦词。邦彦妙解声律，为词家之冠，所制诸调，不独音之平仄宜遵，即仄字中上、去、入三音，亦不容相混。所谓分刌节度，深契微芒。故千里和词，字字奉为标准。"（《文渊阁四库全书总目》第5册第291页）

万树《词律》卷十一："'金丸落'六字，汲古刻注云：'一作：金丸落飞鸟。'按谱此处应三字两句，宜作'金丸落，惊飞鸟'，毛氏可谓订正矣……况千里乃和清真者，原作'夷犹终日鱼鸟'则周词本是'金丸惊落飞鸟'，而误以'惊落'为'落惊'耳。"（万树《词律》，上海：上海古籍出版社，1984年版，第259页）

又据夏承焘《四库全书词籍提要校议》之《片玉词》条："方千里作'夷犹终日鱼鸟'，误'落惊'为'惊落'，杨泽民作'绵蛮时啭黄鸟'，亦同方作，其后陆游、赵彦端、史达祖诸家填此调者，皆从方体。疑句法之误，实起方氏。《提要》反据方作改周词，大误。"（《夏承焘集》第2册，杭州：浙江古籍出版社，2017年版，第194—195页）夏先生所言极是。

[8] 万树《词律》卷十一："此和清真词，字字相同，只'深涧'句周本作'看两两相依燕新乳'，此词却多一字。耆卿此句，作'遥认众里盈盈好身段'，梦窗作'天上未比人间更情苦'，则原应九字。而周本于'看'字上落一字，或系'闲'字、'愁'字也。"（万树《词律》，上海：上海古籍出版社，1984年版，第257页）

[9] 万树《词律》卷十五："'细念想'句本七字，观徽宗、梅溪、松山等作皆同，而方千里和此词，正作'顾鬓影翠云零乱'，其为七字何疑。旧谱去一'细'字，各书多仍其误，故汲古刻《片玉词》有'按谱宜是六言，无细字'之注也。各家惟竹屋一首六字，或亦脱落，或有此体。然谓有此体则可，谓周词六字则不可，盖有千里和词为证也。"（万树《词律》，上海：上海古籍出版社，1984年版，第351页）

[10]《词律》卷十七："如此长调只用七韵，初疑有误，乃不惟千里和

词一字无讹，查梦窗所作亦字字相同，可知古人细心，不若今人自以为是也。但方词及吴稿俱于'争知'句下无'区区'二字，方云'流年迅景，霜风败苇惊沙'，吴云'当时燕子，无言对立斜晖'，似不宜更赘两字，恐此篇'区区'二字或'征途'二字是误多耳。"（万树《词律》，上海：上海古籍出版社，1984 年版，第 392 页）

[11]《词律》卷二十："此调尾句六字俱是仄声，自有《兰陵王》以来，即便六仄字，无一平者，而《谱》何冒昧若此耶？汲古刻《片玉》亦作'似梦魂里泪暗滴'，何其所见略同，岂'梦'字之下必应联'魂'字耶？"（万树《词律》，上海：上海古籍出版社，1984 年版，第 444 页）

[12] 陈振孙《直斋书录解题》卷二十一："《注清真词》二卷，曹杓季中注。自称一壶居士。"（陈振孙《直斋书录解题》，上海：上海古籍出版社，1987 年版，第 632 页）

15 初寮词一卷（安徽巡抚采进本）

宋王安中撰。安中有《初寮集》，已著录[1]。其为人反覆炎凉，虽不足道，然才华富艳，亦不可掩[2]。《花庵词选》载其词，如《小重山》之"橡烛垂珠清漏长""庭留春笋缓飞觞"，《蝶恋花》之"翠雾萦纤消篆印，笛声恰度秋鸿阵"等句，皆为当世所称。就文论文，亦南北宋间佳手也[3]。《书录解题》载《初寮词》一卷，与今本合[4]。考集内《安阳好》九阕，吴曾《能改斋漫录》称"韩魏公皇祐初镇维扬，曾作《维扬好》词四章。其后，熙宁中罢相镇安阳，复作《安阳好》十章，人多传之"云云[5]。据曾所录之一首，即此集内"形胜魏西州"一首。安阳为魏郡地，安中未曾镇彼，似此词宜属韩琦，显然误入。殆又经后人裒辑，非陈氏所见原本矣。疑以传疑，姑存之以备考证焉[6]。

【笺注】

[1] 王安中传见《宋史》卷三百五十二（脱脱《宋史》，北京：中华书局，1977年版）。

《初寮词》今人尚未精点精校。

另，《文渊阁四库全书》集部第1127册已著录《初寮集》。

[2] 杨慎《词品》卷之三："王初寮，字安中，名履道，初为东坡门下士，诗文颇得膏腴。……其后附蔡京，遂叛东坡，其人不足道也。"（唐圭璋《词话丛编》第1册，北京：中华书局，2005年版，第477—478页）

据《宋史·王安中传》卷三百五十二："政和间，天下争言瑞应，廷臣辄笺表贺，徽宗观所作，称为奇才。"（脱脱《宋史》，北京：中华书局，1977年版，第11124页）

《庐陵周益国文忠公集》卷五三《初寮先生前集后序》："天才英迈，笔力有余，于文于诗，皆环奇高妙，无所不能。"（王蓉贵、白井顺点校《周必大全集》第 1 册，成都：四川大学出版社，2017 年版，第 501 页）

周紫芝《太仓稊米集》卷六十七："徽宗皇帝在位岁久，文士诗人一时辈出，不减元和、长庆间，人物如参政翟公、待制韩公、翰林汪公、初寮先生王公，皆以文辞自显，号为杰出不可跂及者，余未易弹数也。初寮盖文健而深，诗丽而雅。至于制诰，浑厚足以风动四方。"（《文渊阁四库全书》集部第 1141 册第 481 页）

由此可证，四库馆臣所言王安中"才华富艳，亦不可掩"甚是。

另，馆臣论毛滂、王安中、曾觌等人人品与才品持论不公。评毛滂"徒擅才华，本非端士"，详情参见《东堂词》条；论王安中"为人反复炎凉，虽不足道，然才华富艳，亦不可掩"，详情参见《初寮词》条。言曾觌"为谈艺者所不齿。而才华富艳，实有可观"，详情参见《海野词》条。据此可见，同是人品有瑕疵而才华富艳者，馆臣持论有违公允，尚有抑毛而扬王、曾之嫌。

[3] 杨慎《词品》卷之三："王初寮……其词有'橡烛垂珠清漏长''迟留春笋缓催觞'之句。又'天与麟符行乐分。缓带轻裘，雅宴催云鬓。翠雾萦纤销篆印。筝声恰度秋鸿阵'。为时所称。"（唐圭璋《词话丛编》第 1 册，北京：中华书局，2005 年版，第 477—478 页）

四库馆臣此处"庭""飞""消""笛"等字与黄升本有所差异。黄升《花庵词选》卷之六《小重山》："橡烛垂珠清漏长。酒黏衫袖湿，有余香。红牙双捧旋排行。将歌处，相向更匀妆。明月映东墙。海棠花径密，迸流光，迟留春笋缓催觞。菊堂静，人已候虚廊。"（黄升《花庵词选》，北京：中华书局，1958 年版，第 108 页）此处四库本"庭留春笋缓飞觞"作"庭""飞"，黄升本则作"迟""催"。《花庵词选》卷之六《蝶恋花》："千古铜台今莫问。流水浮云，歌舞西陵近。烟柳有情看不尽。东风约定年年信。天与麟符行乐分。缓带轻裘，雅宴催云鬓。翠雾萦纤销篆印。筝声恰度秋鸿阵。"（黄升《花庵词选》，北京：中华书局，1958 年版，第 108—109 页）此处四库本"翠雾萦纤消篆印，笛声恰度秋鸿阵"作"消""笛"，黄升本则作"销""筝"。

另，《四库全书简明目录》卷二十："安中人不足称，然学出苏轼、晁说之。其文章之富艳，亦不可掩。以其余技填词，犹清丽芊眠，与专门者联镳并驾。"（永瑢等著《四库全书简明目录》下册，上海：古典文学出版社，1957 年版，第 890 页）四库馆臣评王安中为"南北宋间佳手"，良非虚美。

[4] 陈振孙《直斋书录解题》卷二十一："《初寮词》一卷，王安中撰。"（陈振孙《直斋书录解题》，上海：上海古籍出版社，1987 年版，第 620 页）

[5] 吴曾《能改斋漫录》卷十七："韩魏公皇祐初镇扬州，《本事集》载公亲撰《维扬好》词四章，所谓'二十四桥千步柳，春风十里上珠帘'者是也。其后熙宁初，公罢相，出镇安阳，公复作《安阳好》词十章，其一云：'安阳好，形胜魏西州。曼衍山河环故国，升平歌吹沸高楼。和气镇飞浮。笼画陌，乔木几春秋。花外轩窗排远岫，竹间门巷带长流。风物更清幽。'其二云：'安阳好，戟户使君官。白昼锦衣清宴处，铁楹丹树画图中。壁记旧三公，棠讼悄，池馆北园通。夏夜泉声来枕簟，春来花气透帘帷。行乐与何穷。'余八章不记。"（吴曾《能改斋漫录》下册，上海：上海古籍出版社，1979 年版，第 495—496 页）

另，曹元忠《笺经室遗集》卷十三："吾友甘遁属景写娄韩绿卿前辈家藏汲古阁旧钞《初寮词》讫，因取毛刻六十家词校之，知钞本原出宋椠，编次有法，刻本则依调类列，颠倒失序，又往往改易款式，更非庐山真面。如送耿太尉赴阙'尧天雨露'词，本作《木兰花》，列于《一络索》'欲访瑶台'词后，今改作《玉楼春》，列'秋鸿只向'词后矣。《蝶恋花》注云'六花冬词'，本先题'长春花口号'五字，次'露桃烟杏'云云，再题'词'字，次'曲径深丛'云云。以下山茶、蜡梅、红梅、迎春、小桃同此。今但题《蝶恋花》，次'露桃烟杏'云云，又次'曲径深丛'云云，再题'右长春花'四字，直至小桃皆然，而口号与词，眉目不清矣。然犹有《乐府雅词》所载《木兰花》'送耿太尉'，及六花队冬词《蝶恋花》并口号，可见宋本旧式也。若《安阳好》原注云'九首并口号破子'，本先题'口号'二字，次'赋尽三都'云云，再题'一'字，次'安阳好，形胜魏西州'云云，以下接二三四五六七八九词，款式同此。然后入破子《清平乐》'烟云千里'词。今但题《安阳好》，注云'有口号'，次'赋尽三都'云云，又次《安阳好》'形胜魏西州'云云，直至末阕'千古邺台都'词，而'烟云千里'词以其亦《清平乐》调，移于'花枝欹脱'词后，反在《安阳好》词前，若忘其为破子者。惟《能改斋漫录》乐府门尚称《安阳好》十章，当合破子计之。"（《清代诗文集汇编》编纂委员会编《清代诗文集汇编》第 790 册，上海：上

海古籍出版社，2010 年版，第 534 页）

据《文渊阁四库全书》集部第 1487 册《初寮词》之《安阳好》，其阕数为九章，且《安阳好》题下注云"有口号"，四库馆臣言吴曾作"十章"语，其当合口号破子记之之数也。

[6] 关于《安阳好》是否为王安中所作，历来存有争议。今人饶宗颐《词集考》卷二云："《四库提要》谓安中未曾镇安阳，因据吴曾《漫录》属之韩魏公。细案此词，如云'王谢族''世多贤''相君园'等语，若谓魏公所作，岂不自夸；又如'两世风流今可见''曾映两貂蝉''簪绂看家传''乔木几春秋'等语，则直似徽宗初，韩忠彦拜尚书仆射后，他人献讼之词；又如'来劝学''泮水戏儒官'等语，则作者似是相州学官。且此阕后之《小重山》题云'相州荣归池上作'，又不能借口安中未到安阳也。以理推之，谓建中时，安中作此以颂韩忠彦，当无大误；确证尚待考，而词则应照旧本存《初寮集》中；吴曾所云，疑记闻有参差欠惬处。"（饶宗颐《词集考》，北京：中华书局，1992 年版，第 87 页）

以内证考之，可佐证该词非韩琦本人所作。四库馆臣仅以王安中未曾镇安阳而妄断该阕属韩琦，甚是牵强。关于该词是否属王安中，确证尚待考之，姑且存疑。

16　圣求词一卷（安徽巡抚采进本）

宋吕滨老撰。滨老字圣求，嘉兴人[1]。陈振孙《书录解题》作"吕渭老"。考嘉定壬申赵师岕序，亦作"滨老"。二字形似，其取义亦同，未详孰是也[2]。滨老在北宋末颇以诗名。师岕称其《忧国诗》二联，《痛伤诗》二联，《释愤诗》二联，皆为徽、钦北狩而作。忧国诗有"尚喜山河归帝子，可怜麋鹿入王宫"语，则南渡时尚存矣。其诗在师岕时已无完帙，词则至今犹传[3]。《书录解题》作一卷，与此本相合。杨慎《词品》称其《望海潮》《醉蓬莱》《扑蝴蝶近》《惜分钗》《薄幸》《选冠子》《百宜娇》等阕佳处不减少游，《东风第一枝·咏梅》不减东坡之"绿毛么凤"。今考《咏梅》词，集中不载，仅附见毛晋跋中。晋跋亦不言所据，未详其故[4]。晋跋又称其《惜分钗》一阕，尾句用二叠字，较陆游《钗头凤》用三叠字更有别情[5]。不知滨老为徽宗时人，游乃宁宗时人，《钗头凤》词实因《惜分钗》旧调而变平仄相间为仄韵相间耳[6]。晋似谓此调反出于《钗头凤》，未免偶不检也。

【笺注】

[1] 关于吕滨老传，文献极其贫乏，载其生平事迹较明晰者除赵师岕《吕圣求词序》外，另有厉鹗《宋诗纪事》、沈季友《檇李诗系》及地方志《崇祯〈嘉兴县志〉》。

《圣求词》今人尚未精点精校。

厉鹗《宋诗纪事》卷四十二："渭老字圣求，嘉兴人。宣、靖间朝士。"（厉鹗《宋诗纪事》第 2 册，上海：上海古籍出版社，1983 年版，第 1086 页）

沈季友《檇李诗系》卷二："渭老一作滨老，字圣求，嘉兴人。宣和末朝士。有集不传，仅从赵师秀序其词中得一诗，称其讽咏中卒寓爱君忧国意，不但弄笔墨清新俊逸而已。又有句云：'忧国忧身到白头，此生风雨一沙鸥。'又云：'尚喜山河归帝子，可怜麋鹿入王宫。'又云：'未湔秾绍血，谁发谏臣章。'缙绅巨贤多录稿家藏，但不窥全帙，未能为刊行。由此序观之，则当时已无镂本矣，惜哉。"（《文渊阁四库全书》集部第 1475 册第 41 页）考《文渊阁四库全书》集部第 1487 册第 383 页《圣求词序》，四库馆臣此处将"赵师岁"误作"赵师秀"。

《崇祯〈嘉兴县志〉》卷十四："吕渭老，字圣求，有文行，以诗名。宣和末为朝士，归老于家。今所存有词二卷，计一百三十余首。"（《日本藏中国罕见地方志丛刊》之《崇祯〈嘉兴县志〉》，北京：书目文献出版社，1991年版，第 608 页）

[2] 陈振孙《直斋书录解题》卷二十一："《吕圣求词》一卷，携李吕渭老圣求撰。宣和末人，尝为朝士。"（陈振孙《直斋书录解题》，上海：上海古籍出版社，1987 年版，第 625 页）赵师岁《圣求词序》："圣求居嘉兴，名滨老，尝位周行，归老于家云。嘉定壬申中秋，朝奉大夫、成都路转运判官赵师岁序。"（《文渊阁四库全书》集部第 1487 册第 383 页）

[3] 赵师岁《圣求词序》："世谓少游诗似曲，子瞻曲似诗，其然乎？至荆公《桂枝香》词，子瞻称之：'此老真野狐精也。'诗词各一家，惟荆公备众作，艳体虽乐府柔丽之语，亦必工致，真一代奇材。后数十年，当宣和末，有吕圣求者，以诗名，讽咏中率寓爱君忧国意，不但弄笔墨清新俊逸而已。其《忧国诗》云：'忧国忧身到白头，此生风雨一沙鸥。'又云：'尚喜山河归帝子，可怜麋鹿入王宫。'《痛伤诗》云：'尘断征车□，云低□帐深。古今那有此，天地亦何心。'《释愤诗》云：'未湔秾绍血，谁发谏臣章。'赤心皆□诗史气象，搢绅巨贤多录稿家藏但不窥全帙，未能为刊行也。一日，复得《圣求词集》一编，婉媚深窈，视美成、耆卿伯仲耳。余因念圣求诗词俱可以传后，惜不见他所著述，以是知世间奇才未乏也。士友辈将刻《圣求词》，求序于余，故余得言其大概。"（《文渊阁四库全书》集部第 1487 册第 383 页）

[4]《直斋书录解题》载《吕圣求词》一卷，可参见本注 [2]，《文渊阁四库全书》集部第 1487 册第 383—403 页亦载一卷。

杨慎《词品》卷之一："圣求在宋人不甚著名，而词甚工。如《醉蓬莱》《扑蝴蝶近》《惜分钗》《薄幸》《选冠子》《百宜娇》《豆黄叶》《鼓笛慢》，佳处不减少游。"（唐圭璋《词话丛编》第 1 册，北京：中华书局，2005 年版，第 440 页）"吕圣求《东风第一枝》……古今梅词，以坡仙'绿毛么凤'为第一，此亦在魁选矣。"（唐圭璋《词话丛编》第 1 册，北京：中华书局，2005 年版，第 462 页）

毛晋《圣求词跋》："吕圣求，名渭老，或云滨老，携李人。有声宣和间。其咏梅词寄调《东风第一枝》，先辈与坡仙《西江月》并称，兹集中不载，不知何故。其词云：'老树浑苔，横枝末叶，青春肯误芳约。背阴未返冰魂，阳梢已含红萼。佳人寒怯，谁惊起、晓来梳掠。是月斜窗外栖禽，霜冷珠间幽鹤。云淡淡、粉痕渐薄。风细细、冻香又落。叩门喜伴金樽；倚阑怕听画角。依稀梦里，半面浅窥珠箔。甚时重写鸾笺，去访旧游东阁。'"（毛晋《宋六十名家词》，上海：上海古籍出版社，1989 年版，第 560 页）

[5] 毛晋《圣求词跋》："又《惜分钗》，其自制新谱也，尾句用二叠字，云'重重'，又云'忡忡'，较之陆放翁《钗头凤》尾句云'错错错''莫莫莫'，更有别韵。"（毛晋《宋六十名家词》，上海：上海古籍出版社，1989 年版，第 560 页）

[6] 万树《词律》卷八："《钗头凤》……四段凡两仄韵，结用三叠字，前后同。按，此三叠字与《醉春风》中三叠字，须用得隽雅有味方佳。如此词精丽，非俗手所能，后人欲填此词，务须仿其声响。词句末一字上去互叶，原不妨，然观此词，前用'手''酒''柳'三上，后用'旧''瘦''透'三去，何其心细而法严？若此词可妄作乎？然此论入微闻者，莫不掩口而哂其迂矣"，"《惜分钗》……四段仄平间用，以二叠字结之。前后同。按，此与《钗头凤》相类，故题皆用'钗'字。但此换平韵，《钗头凤》换仄韵，此叠两字，《钗头凤》叠三字。然体格声响确是同类，且题名'钗'字相合，故列于此。"（万树《词律》，上海：上海古籍出版社，1984 年版，第 201—202 页）

查历史年表可知，北宋徽宗朝（1101—1125）与南宋宁宗朝（1195—1224）两朝相隔近一个世纪，四库馆臣所言"《钗头凤》词实因《惜分钗》旧调而变平仄相间为仄韵相间"为是。

17　友古词一卷 （安徽巡抚采进本）

宋蔡伸撰[1]。伸字伸道，莆田人。襄之孙，自号友古居士。宣和中，官彭城倅。历官左中大夫[2]。《书录解题》载伸《友古词》一卷，此本卷数相合[3]。伸尝与向子𬤇同官彭城漕属，故屡有赠子𬤇词[4]。而子𬤇《酒边词》中所载倡酬人姓氏甚夥，独不及伸，未详其故[5]。伸词固逊子𬤇，而才致笔力亦略相伯仲。即如《南乡子》一阕，自注云：因向词有"凭书续断肠"句而作。今考向词乃《南歌子》，以伸词相较，其婉约未遽相逊也[6]。毛晋刊本，颇多疏舛，如《飞雪满群山》一调，晋注云"又名《扁舟寻旧约》"。不知此乃后人从本词后阕起句改名，非有异体，亦不应即以名本词[7]。《惜奴娇》一调，晋注云"一作《粉蝶儿》"。不知《粉蝶儿》另有一调，与《惜奴娇》判然不同[8]。至《青玉案》和贺方回韵，前阕"处"字韵讹作"地"字，贺此调，南宋诸人和者不知凡几，晋不能互勘其误，益为失考矣[9]。

【笺注】

[1] 蔡伸传见《宋史翼》卷九（陆心源撰《宋史翼》上册，杭州：浙江古籍出版社，2017 年版），亦可参考周必大《庐陵周益国文忠公集》卷六十三《中大夫赠特进蔡公伸神道碑》（王蓉贵、白井顺点校《周必大全集》第 2 册，成都：四川大学出版社，2017 年版）（按，此处当为"伸道"，蔡伸，字伸道。"神道"乃"伸"字讹为"神"字，碑名有误。）及明人柯维骐《宋史新编》卷一百二（《续修四库全书》编纂委员会编《续修四库全书》史部第310 册，上海：上海古籍出版社，2002 年版）。

《友古词》今人尚未精点精校。

[2] 毛晋《友古词》跋："伸道，莆田人，别号友古居士，忠惠公之孙也。"（毛晋《宋六十名家词》，上海：上海古籍出版社，1989 年版，第 466

页）周必大《庐陵周益国文忠公集》卷六十三："二十六年十月庚寅以疾卒。明年正月壬辰，葬武进县怀德南乡潭墅之原，享年六十有九。积官左中大夫。"（王蓉贵、白井顺点校《周必大全集》第2册，成都：四川大学出版社，2017年版，第585—586页）

[3] 陈振孙《直斋书录解题》卷二十一："《友古词》一卷，左中大夫莆田蔡伸伸道撰。自号友古居士。君谟之孙。"（陈振孙《直斋书录解题》，上海：上海古籍出版社，1987年版，第622页）

[4]《文渊阁四库全书》集部第1487册第415页《友古词》之《南乡子》词序："宣和壬寅，予与向伯恭俱为大漕属官。向有词云'凭书续断肠'，因为此词。"词云："木落雁南翔，锦鲤殷勤为渡江。泪墨银钩相忆字，成行。滴损云笺小凤皇。陈事费思量，回首烟波卷夕阳。尽道凭书聊破恨，难忘。及至书来更断肠。"

[5] 王兆鹏《向子諲年谱》："宣和四年壬寅（1122），芗林三十八岁。芗林在淮南转运判官任，与同僚蔡伸有词唱和。……芗林《南歌子》词云：'梁苑千花乱，隋堤一水长。眼前风物总悲凉。何况眉头心上，不相忘。因梦聊携手，凭书续断肠。已惊蝴蝶过东墙，更被风吹鸿雁，不成行。'"（王兆鹏《两宋词人年谱》，台北：文津出版社，1994年版，第495—496）参考本注[4] 王兆鹏所考可知，确有蔡伸与向子諲唱和之实。

考《文渊阁四库全书》集部第1487册《酒边词》一百七十八阕，所载人数达七十人，可考唱和者四十有六人。分别为赵子崧（伯山）、李师明（太冲）、何栗（文缜）、倪涛（巨济）、苏过（叔党）、叶宗谔（梦授）、王仲嶷（丰父）、张元幹（仲宗，即"廛隐"）、范致虚（范帅）、徐俯（师川）、刘芮（子驹）、刘荀（子卿）、梁仲敏（梁使君）、汪藻（彦章）、洪刍（驹父）、苏坚（伯固）、李彭（商老）、富直柔（洛滨老人）、李弥逊（筠翁）、认子严（壬令尹）、曾端伯（慥）、赵子淔（正之）、李纲（洪州李相公）、韩璜（叔夏）、李久善、程德远、赵士儵（番禺齐安郡王）、杨迪（遵道）、王羲叔（夏卿）、杨愿（谨仲）、鲁瀚（子明）、刘曼容、张昌（师言）、朱震（子发）、范冲（元长）、陈与义（去非）、晁咏之（之道）、吕本中（居仁）、曾几（吉甫）、宋映（景晋）、王伯淮（景源）、王洋（元渤）、刘敞（公是先生）、赵彦正、韩瓒（公圭）、邓庚（端友）等人。由此可证，馆臣所言"倡酬人姓氏甚夥，独不及伸"为是。

[6] 蔡伸《南乡子》词序可参见注 [4]。向子諲《南歌子》词云："梁苑千花乱，隋堤一水长。眼前风物总悲凉。何况眉头心上，不相忘。因梦聊携手，凭书续断肠。已惊蝴蝶过东墙，更被风吹鸿雁，不成行。"（《文渊阁四库全书》集部第 1487 册第 544 页）

关于蔡伸词、向子諲词孰佳孰次，历来争论不少，诸如毛晋《友古词跋》曰："其和向伯恭木犀诸阕，亦逊《酒边集》三舍矣。"（毛晋《宋六十名家词》，上海：上海古籍出版社，1989 年版，第 466 页）

胡薇元《岁寒居词话》："蔡伸《友古词》……而子諲《酒边词》不及友古。"（唐圭璋《词话丛编》第 5 册，北京：中华书局，2005 年版，第 4029 页）

冯煦《蒿庵论词》："蔡伸道与向伯恭尝同官彭城漕属，故屡有酬赠之作。毛氏谓其逊《酒边》三舍，殊非笃论。考其所作，不独《菩萨蛮》'花冠鼓翼'一首，雅近南唐。即《蓦山溪》之'孤城莫角'、《点绛唇》之'水绕孤城'诸调，与《苏武慢》之前半，亦几几入清真之室。恐子諲且望而却步，岂惟伯仲间耶？至以厥祖忠惠谱荔支，而怪其集中无一语及《玉堂红》者，是犹责工部之不咏海棠也。"（唐圭璋《词话丛编》第 4 册，北京：中华书局，2005 年版，第 3590 页）

汪东《唐宋词选评语》："伸道与向伯恭同官，屡有酬赠，芗林稍近豪放，苦少凝练之功；友古颇为婉约，终乏深沉之致。要之其才约略相等，乃毛晋既谓其逊《酒边》三舍，冯煦又谓'子諲望而却步'，抑扬过情，皆非笃论也。"（《词学》编辑委员会编辑《词学》第二辑，上海：华东师范大学出版社，1983 年版，第 80 页）

可见，馆臣言"伸词固逊子諲"颇乖公允，而伸道、子諲二人"才致笔力亦略相伯仲"乃属实评。

[7]《文渊阁四库全书》集部第 1487 册《友古词》之《雪飞满群山》词注曰"又名《扁舟寻旧约》"，该词下阕云"长记得、扁舟寻旧约，听小窗风雨，灯火昏昏"，可证毛晋确以后阕起句名本调，馆臣所言"毛晋刊本，颇多疏舛"为是。另考万树《词律》卷十九："《飞雪满群山》……又一体，一百七字，又名《扁舟寻旧约》，蔡伸。"（万树《词律》，上海：上海古籍出版社，1984 年版，第 415 页）亦从毛晋之误，粗疏故也。

[8] 考《文渊阁四库全书》集部第 1487 册第 426 页所载《惜奴娇》题

下注"一作《粉蝶儿》",其词云:"隔阔多时,算彼此、难存济。咫尺地、千山万水。眼眼相看,要说话、都无计。只是。唱曲儿、词中认意。雪意垂垂,更刮地、寒风起。怎禁这几夜意。未散痴心,便指望、长偎倚。只替。那火桶儿、与奴暖被。"万树《词律》卷十:"《惜奴娇》⋯⋯《友古词》:'只是。唱曲儿、词中认意。''只替。火桶儿,与奴暖睡。'读者不觉其在两字用韵,因于题下讹注'一作《粉蝶儿》',不知《粉蝶儿》自另一调。判然不同也。"(万树《词律》,上海:上海古籍出版社,1984年版,第231页)可证,馆臣所言甚是。

[9]毛晋《宋六十名家词》所载《友古词》之《青玉案》题下注"和贺方回韵",其词曰:"参差弱柳长堤路。弱柳外,征帆去。皓齿明眸娇态度。回头一梦,断肠千里。不到相逢地。来时约略春将莫。幽恨空余锦中句。小院重门深几许,桃花依旧,出墙临水。乱落如红雨。"(毛晋《宋六十名家词》,上海:上海古籍出版社,1989年版,第457页)

万树《词律》卷十:"《青玉案》⋯⋯又一体,六十七字,贺铸。凌波不过横塘路。但目送,芳尘去。锦瑟年华谁与度。月楼花院,绮窗朱户。惟有春知处。碧云冉冉衡皋暮。彩笔空题断肠句。试问闲愁知几许,一川烟草,满城风絮。梅子黄时雨","此前第二句六字,后第二句七字,'户'字、'絮'字叶韵者,各调中惟此为中正之则,人因此词呼为《贺梅子》。词情词律,高压千秋。无怪一时推服。涪翁有云'解道江南肠断句,世间惟有贺方回',信非虚言。按,此词和者甚众。"(万树《词律》,上海:上海古籍出版社,1984年版,第237—238页)可证,毛晋本确讹"处"字韵为"地"字,失考矣。

18　和清真词一卷（安徽巡抚采进本）

　　宋方千里撰。千里，信安人，官舒州签判[1]。李蓘《宋艺圃集》尝录其《题真源宫》一诗，其事迹则未之详也[2]。此集皆和周邦彦词。邦彦妙解声律，为词家之冠，所制诸调，不独音之平仄宜遵，即仄字中上去入三音，亦不容相混。所谓分刌节度，深契微芒。故千里和词，字字奉为标准[3]。今以两集相较，中有调名稍异者。如《浣溪沙》目录与周词相同，而题则误作《浣沙溪》。《荔枝香》周词作《荔枝香近》，吴文英《梦窗稿》亦同，此集独少"近"字[4]。《浪淘沙》周词作《浪淘沙慢》，盖《浪淘沙》制调之始，皇甫松惟七言绝句，李后主始用双调，亦止五十四字，周词至百三十三字之多，故加以慢字。此去慢字，即非此调。盖皆传刻之讹，非千里之旧[5]。又其字句互异者，如《荔枝香》第二调前阕"是处池馆春遍"，周词作"但怪灯偏帘卷"，不惟音异，平仄亦殊[6]。《霜叶飞》前阕"自遍拂尘埃，玉镜羞照"句止九字，周词作"透入、清辉半晌，特地留残照"，共十一字。则和词必上脱二字[7]。《塞垣春》前阕结句"短长音如写"句止五字，周词作"一怀幽恨如写"，乃六字句，则和词亦脱一字。后阕"满堆襟袖"，周词作"两袖珠泪"，则第二字不用平声，和词当为"堆满襟袖"之误[8]。《三部乐》前阕"天际留残月"句止五字，周词作"何用交光明月"，亦六字句，则和词又脱一字。[9]若《六丑》之分段，以"人间春寂"句属前半阕之末，周词刊本亦同，然证以吴文英此调，当为过变之起句，则两集传刻俱讹也[10]。据毛晋跋，乐安杨泽民亦有和清真词，或合为《三英集》刊行。然晋所刻六十一家之内，无泽民词，又不知何以云然矣[11]。

【笺注】

　　[1] 关于方千里生平，史书、方志、笔记小说皆无详细记载，生卒年不

82

详，履历不明，文献不足故。然，黄升《花庵词选》、朱彝尊《词综》、厉鹗《宋诗纪事》等书尚有零星记载。

黄升《中兴以来绝妙词选》卷之九："方千里，三衢人，和美成词。"（黄升《花庵词选》，北京：中华书局，1958 年版，第 348 页）

朱彝尊《词综》卷十八："方千里，三衢人。有《和清真词》。"（朱彝尊《词综》，上海：上海古籍出版社，2005 年版，第 411 页）按，王宏生笺证《方千里传》："《词综》卷八十同。"（傅璇琮、程章灿主编《宋才子传笺证·南宋后期卷》，沈阳：辽海出版社，2011 年版，第 660 页）此条引书卷数有误。查朱彝尊《词综》"方千里"词条，当为卷十八。

厉鹗《宋诗纪事》卷四十二："千里，官舒州签判。"（厉鹗《宋诗纪事》第 2 册，上海：上海古籍出版社，1983 年版，第 1063 页）

《和清真词》今人尚未精点精校。

[2]《文渊阁四库全书》集部第 1382 册第 784 页李蓘《宋艺圃集》卷十二方千里《题真源宫》："万岁丹霞府，千函蕊笈书。时时瞻绛节，往往下云车。近与刚风接，高连上帝居。登前望南岳，清眸彻空虚。"

[3] 毛晋《片玉词跋》："美成于徽宗时提举大晟乐府，故其词盛传于世。"（毛晋《宋六十名家词》，上海：上海古籍出版社，1989 年版，第 195 页）

陈振孙《直斋书录解题》卷二十一："周邦彦美成……多用唐人诗语檃括入律，浑然天成。长调尤善铺叙，富艳精工，词人之甲乙也。"（陈振孙《直斋书录解题》，上海：上海古籍出版社，1987 年版，第 618 页）

潜说友《咸淳临安志》卷六十六："邦彦能文章，妙解音律，名其堂曰'顾曲'，乐府盛行于世。"（《中国方志丛书》之《咸淳临安志》，台北：成文出版社，1970 年版，第 647 页）

《文渊阁四库全书》子部第 865 册第 559 页陈郁《藏一话腴》外编卷上："周邦彦字美成，自号清真，二百年来，以乐府独步。"

据此可知，馆臣评周邦彦为词家之冠冕，着实公允。

又，毛晋《和清真词跋》："美成当徽庙时提举大晟乐府，每制一词，名流辄依律赓唱，独东楚方千里，乐安杨泽民，有《和清真全词》各一卷，或合为《三英集》行世。花庵词客止选千里《过秦楼》《风流子》《诉衷情》三阕。而泽民不载，岂杨劣于方耶？"（毛晋《宋六十名家词》，上海：上海古籍出版社，1989 年版，第 384 页）

许田《屏山词话》："清真词香艳精致，最有法度。方千里和清真词，四声无一字不合，则可知词不可任意为平仄以自便也。"（孙克强编《清代词话全编》第 4 册，南京：凤凰出版社，2019 年版，第 546 页）

由此观之，方千里填词确实奉周邦彦为圭臬，馆臣所言甚是。

[4] 据《文渊阁四库全书》集部第 1487 册第 363 页周邦彦《片玉词》卷下，其题为《浣溪沙》。而《文渊阁四库全书》集部第 1487 册第 437 页方千里《和清真词》，其题则为《浣沙溪》，确如馆臣所言目录与周邦彦词相同，然题误也。

《文渊阁四库全书》集部第 1487 册第 343 页周邦彦《片玉词》卷上，其题为《荔枝香近》。而《文渊阁四库全书》集部第 1487 册第 434 页方千里《和清真词》，其题为《荔枝香》，如馆臣所言其集少"近"字。

[5] 万树《词律》卷一："《浪淘沙》（二十八字），皇甫松……此亦七言绝句，平仄不拘，观刘、白诸作皆切本调名，非泛用也。……又一体（以下双调，又名《卖花声》，五十四字），南唐李后主……自南唐后俱用此调"，"《浪淘沙慢》（一百三十三字），周邦彦……精绽悠扬，真千秋绝调，其用去声字尤不可及。观竹山和词，通篇四声一字不殊，岂非词调有定格耶？故可平可仄俱不敢填。"（万树《词律》，上海：上海古籍出版社，1984 年版，第74—76 页）

《钦定词谱》卷一："《浪淘沙》（第一体，单调二十八字，四句三平韵），皇甫松……此与宋人《浪淘沙慢》不同，盖宋人借旧曲名，另倚新腔。此七言绝句也。按，《浪淘沙》词，创自刘、白，刘词九首与此同，惟白词六首皆拗体耳。"（蔡国强著《词律考正》，上海：华东师范大学出版社，2019 年版，第 34 页）

《钦定词谱》卷三十七："《浪淘沙慢》……又一体（第三体，双调一百三十三字，前段九句六仄韵，后段十五句十仄韵），周邦彦……方千里、杨泽民、吴文英、陈允平俱有和词。"（蔡国强著《词律考正》，上海：华东师范大学出版社，2019 年版，第 1349—1350 页）然，《文渊阁四库全书》集部第1487 册第 436 页方千里和词为《浪淘沙》，盖传抄镌刻中，脱文所致，非方千里之误。

由上述可知，馆臣所言"此去慢字……盖皆传刻之讹，非千里之旧"为是。

[6] 据万树《词律》卷十一："《荔枝香近》（七十三字），周邦彦……'卷'字应是叶韵，但千里和词通本皆字字模仿，此调亦平仄不异，而于'无端'以下作'莺啼燕语交加，是处池馆春遍。风外，认得笙歌近远'。'馆'字不用平声，而'遍'字不和'卷'字，未审何故？或疑'卷'字原非叶韵，则自'舄履'起二十八字，直至'远'字方叶韵，必无是理也。"（万树《词律》，上海：上海古籍出版社，1984 年版，第 257 页）

《钦定词谱》卷十八："又一体（第八体，双调七十三字，前段七句三仄韵，后段七句四仄韵），周邦彦……按，方词平仄如一，惟前段第六句，或作'是处池馆春遍'，不押'卷'字韵者，误。"（蔡国强《词律考正》，上海：华东师范大学出版社，2019 年版，第 569—570 页）

[7]《钦定词谱》卷三十五："《霜叶飞》（第一体，双调一百十一字，前段十句六仄韵，后段十句五仄韵），周邦彦……此调以此词为正体，若方词、张词之减字，张词别首之句读小异，沈词二首及黄词之摊破句法，皆变格也"，"又一体（第二体，双调一百九字，前后段各十句五仄韵），方千里……此和周词，惟前段第一句不押韵，第九句减二字异。"（蔡国强《词律考正》，上海：华东师范大学出版社，2019 年版，第 1278—1279 页）

查《文渊阁四库全书》集部第 1487 册第 345 页周邦彦《霜叶飞》："又透入、清辉半晌，特地留照。"而提要则为"透入、清辉半饷，特地留残照"，馆臣脱"又"字，衍"残"字。

据此可知，馆臣所言"和词必上脱二字"为是，方千里和词《霜叶飞》"自遍拂尘埃，玉镜羞照"当为变体。

[8]《词律》卷十四："《塞垣春》（九十六字），周邦彦……观千里和词，其四声无字不同，未便臆注。只各处所刻千里词，前结俱作'短长音如写'，比此少一字，愚谓必无此体，方上句云'听黄鹂啼红树'，则此句必于'短长音'下落一'韵'字或'调'字耳。人不可但见《词统》《词综》等所载，而误认有此五字句格也。'两袖珠泪'方和云'堆满襟袖'，而自汲古刻及《统》《综》等书，皆倒作'满堆'，不知此二字不可用仄平，说见后注《谱》《图》。"（万树《词律》，上海：上海古籍出版社，1984 年版，第 326—327 页）

《钦定词谱》卷二十五："《塞垣春》（第一体，双调九十六字，前段九句六仄韵，后段八句四仄韵），周邦彦……此调以此词为正体，若方、杨和词之减字，吴词之添字，皆变体也"，"又一体（第二体，双调九十五字，前段九句六仄韵，后段八句四仄韵），方千里……此与周词同，惟前段结句减一字异。《词律》谓此句必脱一字，但按杨泽民词，亦作五字句，或宋人另有此体，故为编入。"（蔡国强《词律考正》，上海：华东师范大学出版社，2019年版，第820—821页）

查《文渊阁四库全书》集部第1487册第442页方千里《塞垣春》作"满堆"，其误仍旧未改。此处当为万树所言作"堆满"为是。馆臣已明其误，然《文渊阁四库全书》沿袭其旧，尚未修改。

［9］《词律》卷十五："又一体（九十八字），周邦彦……按，千里和词，于'闻道'句云'奈相送、行客将归'，多一字，但观梦窗、龙川此句皆作七字，或此周词偶落一字，亦未可知。而前苏词亦只六字，故不敢擅定，至方词于'何用'句作'天际留残月'，则'留'字上落一字。"（万树《词律》，上海：上海古籍出版社，1984年版，第345页）

《钦定词谱》卷二十六："又一体（第三体，双调九十九字，前段十句四仄韵，后段九句五仄韵），方千里……此和周邦彦词，惟前段第五句减一字，后段第三句添一字异。"（蔡国强《词律考正》，上海：华东师范大学出版社，2019年版，第902页）

［10］《词律》卷二十："《六丑》（一百四十字），方千里……与清真词平仄无异，篇中诸去声字俱妙，而'占''易''离'尤吃紧。梦窗'渐新鹅映柳'一首，亦皆相合，只'春'字作'翠'字去声，'家'字作'永'字上声耳。汲古刻于'春寂'分段，非。今查《梦窗词》于'隔'字分，则当如右所录也。"（万树《词律》，上海：上海古籍出版社，1984年版，第448—449页）

［11］参考注［3］毛晋《和清真词跋》。

19　石林词一卷（江苏巡抚采进本）

宋叶梦得撰。梦得有《春秋传》，已著录。是编陈振孙《书录解题》作一卷，与今本同[1]。卷首有关注序，称其兄圣功元符中为镇江掾，梦得为丹徒尉，得其小词为多。味其词，婉丽有温、李之风。晚岁落其华而实之，能于简淡时出雄杰，合处不减靖节、东坡云云[2]。考倚声一道，去古诗颇远。集中亦惟《念奴娇》"故山渐近"一首杂用陶潜之语，不得谓之似陶。注所拟殊为不类。至于"云峰横起"一首，全仿苏轼"大江东去"，并即参用其韵。又《鹧鸪天》"一曲青山"后阕，且直用轼诗语足成。是以旧刻颇有与东坡词彼此混入者，则注谓梦得近于苏轼，其说不诬[3]。梦得著《石林诗话》，主持王安石之学，而阴抑苏、黄，颇乖正论[4]。乃其为词，则又挹苏氏之余波[5]。所谓是非之心，有终不可澌灭者耶。卷首《贺新郎》一词，毛晋注："或刻李玉。"考王楙《野客丛书》曰"章茂深常得其妇翁所书《贺新郎》词，首曰'睡起啼莺语'。章疑其误，颇诘之。石林曰'老夫常得之矣。流莺不解语，啼莺解语，见《禽经》'"云云[6]。则确为梦得之作，晋盖未核。又《野客丛书》所记，正谓此句作"啼莺语"，故章冲疑"啼"字"语"字相复。此本乃改为流莺，与王楙所记全然抵牾。知毛晋疏于考证，妄改古书者多矣[7]。

【笺注】

[1] 叶梦得传见《宋史》卷四百四十五（脱脱《宋史》，北京：中华书局，1977 年版），亦可参考今人王兆鹏所著《两宋词人年谱·叶梦得年谱》（台北：文津出版社，1994 年版）。

《石林词》点校本，可参见蒋哲伦笺注《石林词笺注》（上海：上海古籍出版社，2014 年版）。

另，《文渊阁四库全书》经部第 149 册已著录《叶氏春秋传》。

陈振孙《直斋书录解题》卷二十一："《石林词》一卷，叶梦得少蕴撰。"（陈振孙《直斋书录解题》，上海：上海古籍出版社，1987 年版，第 619 页）

[2] 关注《题石林词》："右丞叶公，以经术文章为世宗儒。翰墨之余，作为歌调，亦妙天下。元符中，予兄圣功为镇江掾，公为丹徒尉，得其小词为多。是时妙龄气豪，未能忘怀也。味其词，婉丽绰有温、李之风。晚岁落其华而实之，能于简淡时出雄杰，合处不减靖节、东坡之妙，岂近世乐府之流哉。陈德昭始得之，喜甚。出以示余。挥汗而书，不知暑气之去也。《诗》云：'谁能执热，逝不以濯。'公词之能慰人心盖如此。绍兴十七年七月九日，东庑关注书。"（毛晋《宋六十名家词》，上海：上海古籍出版社，1989 年版，第 211 页）

[3]《念奴娇》第一阕题下注："南归渡扬子作，杂用渊明语"，该词作于少蕴自许昌南归途中并述其归隐之意，词中多隐括陶潜《归去来兮辞》语句。其词曰："故山渐近，念渊明、归意翛然谁论。归去来兮，秋已老、松菊三径犹存。稚子欢迎，飘飘风袂，依约旧衡门。琴书萧散，更欣有酒盈尊。惆怅萍梗无根。天涯行已遍，空负田园。去矣何之窗户小、容膝聊倚南轩。倦鸟知还，晚云遥映，山气欲黄昏。此还真意，故应欲辨忘言。"（《文渊阁四库全书》集部第 1487 册第 453—454 页）如馆臣所言"不类"为是。

《念奴娇》第三阕："云峰横起，障吴关三面，真成尤物。倒卷回潮，目尽处、秋水黏天无壁。绿鬓人归，如今虽在，空有千茎雪。追寻如梦，漫余诗句犹杰。闻道尊酒登临，孙郎终古恨，长歌时发。万里云屯，瓜步晚、落日旌旗明灭。鼓吹风高，画船遥想，一笑吞穷发。当时曾照，更谁重问山月。"（《文渊阁四库全书》集部第 1487 册第 454 页）该词为叶梦得与友人唱和时回忆旧游北固山之作，不仅隐括苏轼《念奴娇·赤壁怀古》词句，且用其韵。确如四库馆臣言"全仿苏轼'大江东去'，并即参用其韵"。

《鹧鸪天》最后一阕："一曲青山映小池。绿荷阴尽雨离披。何人解识秋堪美，莫为悲秋浪赋诗。携浊酒，绕东篱。菊残犹有傲霜枝。一年好景君须记，正是橙黄橘绿时。梁范坚常谓：欣成惜败者，物之情。秋为万物成功之时，宋玉作悲秋，非是，乃作《美秋赋》云。"（《文渊阁四库全书》集部第 1487 册第 463 页）该词隐括苏轼《赠刘景文》诗句而成。李调元《雨村词话》卷三："叶梦得少蕴《鹧鸪天》一词：'秋堪美'三字如此不轻下，然何后三句全用东坡诗，只少'荷尽已无擎雨盖'句耳，如此作词，太容易也。"（唐圭璋《词话丛编》第2册，北京：中华书局，2005年版，第1429页）由此可证，"梦得近于苏轼"一说，馆臣所言属实。

[4] 方回《瀛奎律髓汇评》卷二十四："石林叶梦得少蕴以妙年出蔡京之门，靖康初守南京，当罢废。胡文定公安国以其才，奏谓不当因蔡氏而弃之。实有文学，诗似半山。然《石林诗话》专主半山而阴抑苏、黄，非正论也。"（李庆甲集评校点方回《瀛奎律髓汇评》中册，上海：上海古籍出版社，1986年版，第1093页）

[5] 王灼《碧鸡漫志》卷二："后来学东坡者叶少蕴、蒲大受，亦得六七，其才力比晁、黄差劣。"（丘珍著《碧鸡漫志校正》，成都：巴蜀书社，2000年版，第34页）关注《题石林词》："味其词，婉丽绰有温、李之风。晚岁落其华而实之，能于简淡时出雄杰，合处不减靖节、东坡之妙，岂近世乐府之流哉。"（毛晋《宋六十名家词》，上海：上海古籍出版社，1989年版，第211页）

又如《虞美人》（落花已作风前舞）一阕，作者历来存疑，或云苏轼，或云周邦彦，后经唐圭璋等人考证，该词属叶梦得无疑。由此可证，叶梦得作词上确把苏轼之余波，以致部分作品"苏、叶"难辨。

[6]《文渊阁四库全书》集部第1487册第451页《贺新郎》词序："或刻李玉。"王楙《野客丛书》卷二十八："章茂深尝得其妇翁石林所书《贺新郎》词，首曰：'睡起啼莺语'，章疑其误，颇诘之。石林曰：'老夫尝考之矣。流莺不解语，啼莺解语，见《禽经》'。"（郑明、王义耀校点《宋元笔记丛书·野客丛书》，上海：上海古籍出版社，1991年版，第413页）

[7] 馆臣言毛晋妄改"流莺"二字，误。"流莺"之讹宋时已见，非毛晋妄改。

关于毛晋是否妄改"流莺"一说，余嘉锡有所辨证。其《四库提要辨证》卷二十四云："此词篇首一句，王楙《野客丛书》卷二十八虽记梦得自言是用《禽经》'啼莺解'语意，然考之诸书，惟《乐府雅词》卷中作'啼莺'（《四部丛刊》影印旧抄本，'啼'字为后人涂去，改作'流'）。余若《花庵词选》后集卷一、《草堂诗余》卷上均作'流莺'。《草堂》并有注云：'韦苏州诗流莺日日啼花间。'是宋人所见之本固有作'流莺'者，则非毛晋妄改也。《夷坚志》又作'闻莺'，与他书复不同。盖宋人之词，本是歌曲，妓女不甚通文义，以'啼莺语'词中少见，遂随意改之，犹之改'寄与'为'寄取'，彼恶知所谓《禽经》《汉志》者耶？观词中'江南梦断横江渚'以下，明是叙真州妓过江相见之事，洪迈所纪，盖得其实。叶筍乃谓详味句意全不相干，殆由年幼不知本事，故曲为之说云尔。"（余嘉锡《四库提要辨证》，北京：中华书局，1980 年版，第 1602—1603 页）

　　由此可证，"啼莺"作"流莺"之讹，宋时已见，非毛晋妄改古书之过。四库馆臣不察，以文字之讹归于毛晋，馆臣此论甚谬。

20　丹阳词一卷（安徽巡抚采进本）

宋葛胜仲撰。胜仲有《丹阳集》，已著录[1]。其词则《书录解题》别载一卷。此为毛晋所刻，盖其单行之本也[2]。胜仲与叶梦得酬唱颇多，而品格亦复相埒。惟叶词中有《鹧鸪天·次鲁卿韵观太湖》一阕，此卷内未见原唱。而此卷有《定风波·燕骆驼桥次少蕴韵》二阕，叶词内亦未见。非当时有所刊削，即传写佚脱[3]。至《浣溪沙》三首，在叶词以为次鲁卿韵，在此卷又以为和少蕴韵。则两者必有一讹，不可得而复考矣[4]。其《江城子》后阕押翁字韵，益可证叶词复押宫字之误[5]。《鹧鸪天·生辰》一词独用仄韵，诸家皆无是体。据调当改《木兰花》。至于字句讹缺，凡《永乐大典》所载者，如《鹧鸪天》后阕，"欢华"本作"欢娱"。第二首后阕"红囊"本作"红裳"。《西江月》第二首后阕，"禜涂"本作"荣涂"。《临江仙》第三首后阕，"擂鼓"本作"醠鼓"。《浣溪沙》第二首后阕，"容貌"本作"容见"。《蓦山溪》第一首前阕，"裋服"本作"袥服"，"摸名"本作"摸石"。第二首后阕，"横石"亦本作"摸石"。第三首前阕，"使登荣"本作"便登荣"，"随柳岸"本作"隋岸柳"。《西江月》第三首后阕，"鲈鱼"本作"鲈莼"。《瑞鹧鸪》后阕，"还过"本作"还遇"。《江城子》第二首后阕，"歌钟"下本有"卷帘风"三字。《蝶恋花》后阕，今本作二方空者，本"黄纸"二字，"龙濩"本作"龙护"。《临江仙》前阕，"儒似"本作"臞仙"。第二首后阕，今本缺十二字，本作"凭谁都卷入芳樽，赋归欢靖节"二句。《醉花阴》前阕，"冻拚万林梅"句，本作"冻柝万林梅"。《浪淘沙》第二首后阕，"关宴"本作"开燕"。皆可证此本校雠之疏[6]。又《永乐大典》本尚有小饮《浣溪沙》一首，九日《南乡子》一首，题灵山广瑞禅院《虞美人》一首，为是本所无，则讹脱又不止字句矣[7]。

【笺注】

[1] 葛胜仲传见《宋史》卷四百四十五（脱脱《宋史》，北京：中华书局，1977 年版），亦可参考今人王兆鹏著《葛胜仲、葛立方年谱》（王兆鹏著《两宋词人年谱》，台北：文津出版社，1994 年版）。

《丹阳词》今人尚未精点精校。

另，《文渊阁四库全书》集部第 1127 册已著录《丹阳集》。

[2] 陈振孙《直斋书录解题》卷二十一："《丹阳词》一卷，葛胜仲撰。"（陈振孙《直斋书录解题》，上海：上海古籍出版社，1987 年版，第 621 页）毛晋《丹阳词跋》："鲁卿、常之，虽不逮李氏、晏氏父子，每填一词，辄流传丝竹。然绍兴、绍圣间，俱负海内重望。其词亦能入雅字。常之《归愚集》，余梓行既久，复订《丹阳词》一卷，以公同好。如鲁卿出处大略，已详鸿庆序中矣。海虞毛晋识。"（毛晋《宋六十名家词》，上海：上海古籍出版社，1989 年版，第 519 页）

[3] 馆臣言葛胜仲与叶梦得唱和词《鹧鸪天》一阕，《丹阳词》内未见葛氏原唱，经查阅，所言甚是。然，《定风波》二阕，馆臣亦言《丹阳词》内未见叶氏原唱，则误。

叶梦得《石林词》之《鹧鸪天》第五阕词序："次韵鲁卿大钱观大湖"，其词云："兰茝空悲楚客秋，旌旗谁见使君游。凌云不隔三山路，破浪聊凭万里舟。公欲去，尚能留。杯行到手未宜休。新诗无物堪伦比，愿探珊瑚出宝钩。"（《文渊阁四库全书》集部第 1487 册第 463 页）据王兆鹏《叶梦得年谱》："宣和六年甲辰（1124），石林四十八岁。……游太湖，有次韵葛胜仲之《鹧鸪天》词。"（王兆鹏《两宋词人年谱》，台北：文津出版社，1994 年版，第 191—192 页）

据此可知，该词作于梦得宣和六年居卞山之时，而葛鲁卿原词已不传矣。馆臣此处表述亦有讹误，即"次韵鲁卿大钱观大湖"讹为"次鲁卿韵观太湖"。

葛鲁卿《丹阳词》之《定风波》词序："与叶少蕴、陈经仲、彦文燕骆驼桥，少蕴作，次韵二首。"其词曰："千叠云山万里流，坐中碧落与鳌头。真意见嬉吾已领，烟景，不辞捧诏久汀洲。老去一官真是漫，溪岸，独余此兴未能收。留与吴儿传胜事，长记，赤栏桥上揽清秋。"另一阕词云："共喜新凉大火流，一声水调听歌头。况有修蛾兼粉领，佳景，谢公无不碍沧洲。
平昔短檠真大漫，气岸，老来都向酒杯收。云水光中修禊事，犹记，转头不
觉已三秋。"（《文渊阁四库全书》集部第 1487 册第 471 页）

此《定风波》二阕作于宣和五年（1123），为葛鲁卿任湖州知州时与梦
得相互唱和之作。梦得先赋词一阕，鲁卿则和词二首，梦得复和一阕。考
《文渊阁四库全书》集部第 1487 册第 455 页《石林词》之《定风波》，梦得
赋词及和词为三、四阕。《定风波》第三阕："千步长虹跨碧流，两山浮影转
螭头。付与诗人都总领，风景，更逢仙客下瀛洲。袅袅凉风吹汗漫，平岸，
遥空新卷绛河收。却怪姮娥真好事，须记，探支明月作中秋。"第四阕："斜
汉初看素月流，坐惊金饼出云头。华发萧然吹素领，光景，何妨分付属沧洲。
莫待霜花飘烂漫，苹岸，更凭佳句尽拘收。解与破除消万事，犹记，一尊同
得二年秋。此鲁卿见和复答之。"

据上述材料可知，馆臣不察原文，妄断叶梦得《定风波》原唱于《石林
词》内未见，甚误。

[4] 据王兆鹏《葛胜仲、葛立方年谱》："宣和六年甲辰（1124）……在知
湖州任，秋与叶梦得同游西余山，有诗唱和。是年秋，鲁卿尝与叶梦得游湖州
城东之西余山，叶梦得有诗纪游，鲁卿作《次韵叶梦得游西余山》……按，鲁
卿尚有《和少蕴石林谷草堂三首》《少蕴内翰和朱氏新治涧泉之什依韵和两
绝》，俱作于此次知湖州期间。因确年难考，附于此。叶梦得原唱，俱佚。"（王
兆鹏《两宋词人年谱》，台北：文津出版社，1994 年版，第 60 页）可知，葛鲁
卿与梦得唱和之作常有散佚之况。

阅此年谱下条："离湖州前，叶梦得饯别，有《浣溪沙》词唱和。离任
前，叶梦得在卞山山居宴别鲁卿，并作《浣溪沙·与鲁卿酌别席上次韵》。席
间，鲁卿作《浣溪沙·少蕴内翰同年宠速且出后堂并制歌词侑觞即席和韵二
首》答之。词有'可怜虚度二年春'云云，鲁卿此次知湖州，历时两年多，
故有此句。席上，鲁卿又作有《浣溪沙·少蕴内翰同年宠速遣妓隐帘吹笙因
成一阕》词。"（王兆鹏《两宋词人年谱》，台北：文津出版社，1994 年版，
第 60 页）可推其情况有二：其一，鉴于葛叶唱和之作常有佚失之况，疑葛鲁
卿先作《浣溪沙》词一阕，后梦得次韵附之，鲁卿再和韵二首答之，后再作
《浣溪沙·少蕴内翰同年宠速遣妓隐帘吹笙因成一阕》词。因首作《浣溪沙》
已佚，馆臣未能查见，因而《浣溪沙》词阕在叶词中为次鲁卿韵，在《丹阳

词》又以为和少蕴韵。据此度之，馆臣言"必有一讹"则谬矣。

其二，因《丹阳词》《石林词》于传抄过程中，字词衍脱、错讹，校勘不精等缘故，梦得《浣溪沙》词名当有讹误。据《葛胜仲、葛立方年谱》此条所载顺序，为梦得先赋词一首，席间，鲁卿作《浣溪沙·少蕴内翰同年宠速且出后堂并制歌词侑觞即席和韵二首》答之。席上，鲁卿又作有《浣溪沙·少蕴内翰同年宠速遣妓隐帘吹笙因成一阕》词。则馆臣所言"则两者必有一讹"为是，其讹者当为梦得之作。

据《浣溪沙》词阕推测之两种情况，馆臣论"《浣溪沙》三首，在叶词以为次鲁卿韵，在此卷又以为和少蕴韵。则两者必有一讹"有武断之嫌，此处因显证不足，姑且存疑。

[5]《文渊阁四库全书》集部第 1487 册第 473 页《丹阳词》之《江城子》二阕，首阕："浮家重过水晶宫。五年中，事何穷。无恙山溪，鬓影落青铜。欲向旧游寻旧事。云散彩，水流东。苔花向我似情钟。舞霜风，雪蒙蒙。应怪使君，颜鬓便衰翁。赖是寻芳无素约。端不恨，绿阴重。"第二阕："飞身疑到广寒宫。玉花中，兴何穷。酒贵旗亭，谁是惜青铜。飘瞥三吴真妙绝。银万里，失西东。草堂红蜡暖歌钟。卷帘风，赏空蒙。丰颊修眉，鹤氅拥仙翁。欲作氍毹花底客。清漏永，禁城重。"而叶梦得和词《江城子》第五阕："甘泉祠殿汉离宫。五云中，渺难穷。永漏通宵，壶矢转金铜。曾从钧天知帝所。孤鹤老，寄辽东。强扶衰病步龙钟。雪花蒙，打窗风。一点青灯，惆怅伴南宫。唯有使君同此恨，丹凤□，水云重。"（《文渊阁四库全书》集部第 1487 册第 456 页）

据王兆鹏《葛胜仲、葛立方年谱》："绍兴元年辛亥（1131），鲁卿六十岁，常之四十岁。鲁卿在知湖州任。正月上元，有词与刘焘、叶梦得、沈与求等唱和。鲁卿《江城子·呈刘无言焘》有'浮家重过水晶宫。五年中，事何穷。''应怪史君，颜鬓便衰翁'云云。"（王兆鹏《两宋词人年谱》，台北：文津出版社，1994 年版，第 76 页）

可见，葛胜仲作于绍兴元年上元节时，此词叶梦得、沈与求及毛开皆有和之。考沈与求《龟溪集》卷三所载和词《葛使君示书，有元夕寒厅孤坐之叹。昨日石林寄示所和江神子，辄亦次韵和呈，因以自见穷寂之态》："月上孤窗，邻唱有渔翁。"其《又和叶左丞石林》："忧国平生，堪笑已成翁。"（《文渊阁四库全书》集部第 1133 册第 155 页）而毛开《樵隐词》所载《江城子·和德初灯夕词次叶石林韵》："翠袖传杯，争劝紫髯翁。"（《文渊阁四库全书》集部第1488 册第218 页）可证"叶词复押宫字之误"，馆臣所言为是。

[6] 查《文渊阁四库全书》所载《丹阳词》之文字错讹，馆臣已改诸阕有《鹧鸪天》："老人痴钝强伸眉。欢娱莫遣笙歌散，归路从教灯影稀。"第二阕："贯珠声断红裳散，踏影人归素月斜。"（《文渊阁四库全书》集部第1487 册第467—468 页）

《西江月》："今朝清赏寄情涯，肯向荣涂索价。"（《文渊阁四库全书》集部第1487 册第470 页）

《蓦山溪》："冶容祛服，摸石道宜男，穿翠霭，度飞桥，影在清漪里。"第二阕："天穿过了，此日穿名地。摸石俯清波，竞追随，新年乐事。"第三阕："不用引离声，便登荣、十洲三岛。画船珠箔，苹末水风凉，隋岸柳，楚台人，景与人俱好。"（《文渊阁四库全书》集部第1487 册第471—472 页）

《西江月》："珪璧新来北苑，鲈莼未减东吴。"（《文渊阁四库全书》集部第1487 册第472 页）

《瑞鹧鸪》："金章紫绶身荣贵，寿福天储昌又炽。怪来一岁四迁官，还遇当生元太岁。"（《文渊阁四库全书》集部第1487 册第473 页）

《江城子》："草堂红蜡暖歌钟，卷帘风，赏空蒙。"（《文渊阁四库全书》集部第1487 册第473 页）

《蝶恋花》："夜宴华堂添酒兴。黄纸除书，远带天香剩。欲泛苕波供续命，不须龙护江心镜。"（《文渊阁四库全书》集部第1487 册第473 页）

《临江仙》："倦客身同舟不系，轻帆来访瞿仙。春风元巳艳阳天。夭桃方散锦，高柳欲飞绵。"第二阕："闻道东溪才二里，银涛直与天连。凭谁都卷入芳尊。赋归欢靖节，消渴解文园。"（《文渊阁四库全书》集部第1487 册第474 页）

《醉花阴》："东皇已有来归耗，十里青山道。冻桥万株梅，一夜妆成，似趁鸣鸡早。"（《文渊阁四库全书》集部第1487 册第475 页）馆臣此处文字有讹谬，讹"株"为"林"。

其未改者，如《临江仙》："绿绮且依流水调，蓬蓬擂鼓催巡。玉堂词客是佳宾，茂林修竹地，大胜永和春。"（《文渊阁四库全书》集部第1487 册第470 页）《浣溪沙》："溪岸沈沈属泛苹，倾城容貌此推轮。可怜虚度二年春"之"容貌"并未改为馆臣所言之"容见"。（《文渊阁四库全书》集部第1487

册第 471 页)

《浪淘沙》："上客即逢辰。况是青春。上林开宴锡尧尊。今夜素娥真解事，偏向人明"之"开宴"并未改作馆臣所言"开燕"。（《文渊阁四库全书》集部第 1487 册第 477 页）

[7] 馆臣言《丹阳词》中不见《南乡子》一阕，误。该词见于《文渊阁四库全书》集部第 1487 册《丹阳词》第 473—474 页。

《南乡子》词序："九日，用玉局翁韵作，呈坐上诸公。"词曰："晴日乱云收。人在苹香柳恽洲。溪上清风楼上醉，飕飕。共折黄花插满头。佳客献还酬，不负山城九日秋。苕碧下青供酩酊，休休。楚客当年浪自愁。"其第二阕："拂槛晓云鲜，销暑楼危竦半天。曾是携宾当荐九，开筵。度水萦山奏管弦。黄菊映华颠，千骑重来已六年。楼下东流当日水，依然。更对周旋旧七贤。"可见，馆臣所言"九日《南乡子》一首……为是本所无"一说，甚误。

21　筠溪乐府一卷（两淮盐政采进本）

宋李弥逊撰。弥逊有《筠溪集》，已著录[1]。此编旧本附缀《筠溪集》末。考弥逊家传称所撰奏议三卷，外制二卷，诗十卷，杂文六卷，与今本《筠溪集》合，而不及乐府，则此集本别行也[2]。凡长短调八十一首。其长调多学苏轼，与柳、周纤秾别为一派，而力稍不足以举之，不及苏之操纵自如。短调则不乏秀韵矣。中多与李纲、富知柔[3]、叶梦得、张元幹唱和之作。又有《鹏举座上歌姬唱夏云峰》一首。考岳飞与汤邦彦，皆字鹏举，皆弥逊同时。然飞于南渡初，倥偬戈马，不应有声伎之事。或当为汤邦彦作欤[4]？开卷寄张仲宗《沁园春》一首，注"《芦川集》误刊"字。然《蝶恋花》第五首，今亦见《芦川集》中，又不知谁误刊也[5]。自《虞美人》以下十二首，皆祝寿之词[6]，颟顸通用，一无可取。宋人词集往往不加刊削，未喻其故。今亦姑仍原本，以存其旧焉。

【笺注】

[1] 李弥逊传见《宋史》卷三百八十二（脱脱《宋史》，北京：中华书局，1977 年版），亦可参考黄宗羲《宋人学案》卷四《李氏家学》（沈善洪主编《黄宗羲全集》第 3 册，杭州：浙江古籍出版社，1992 年版，第 276—277 页）。

《筠溪乐府》今人尚未精点精校。

另，《文渊阁四库全书》集部第 1130 册已著录《筠溪集》。

[2] 《文渊阁四库全书》集部第 1130 册第 829—848 页《筠溪集乐府》末附家传与《文渊阁四库全书》集部第 1487 册《筠溪乐府》末附家传同。《筠溪家传》："公遗稿有奏议三卷，外制二卷，议古三卷，诗十卷，杂文六卷。"（《文渊阁四库全书》集部第 1487 册第 498 页）

[3]《宋史》卷三百七十五:"富直柔,字季申,宰相弼之孙也。""与苏迟、叶梦得诸人游,以寿终于家。"(脱脱《宋史》,北京:中华书局,1977年版,第11617、11619页)由此可证,四库馆臣误"富直柔"为"富知柔",其校勘不细故也。

[4]考厉鹗《宋诗纪事》卷四十一:"南夫,宣和末以太常少卿使金。绍兴中,知泉州,不附和议,落职。"(厉鹗《宋诗纪事》第2册,上海:上海古籍出版社,1983年版,第1052页)《宋史翼》卷九:"连南夫,字鹏举,湖北安陆人。"(陆心源撰《宋史翼》上册,杭州:浙江古籍出版社,2017年版,第185页)《宋登科记考》卷八:"连南夫,字鹏举。安州安陆县人。政和二年上舍释褐,授颍州司理参军。历起居舍人、中书舍人。仕至宝文阁学士、至广州兼广东略安抚使。终官中大夫。"(傅璇琮主编《宋登科记考》,南京:江苏教育出版社,2005年版,第585页)可知,连南夫,字鹏举。

另,《文渊阁四库全书》集部第1487册第489页《筠溪乐府》之《浪淘沙》其二题序:"连鹏举座上次康平仲留别韵",其词曰:"乐事信难逢。莫放匆匆。飞红撩乱减春容。临水不禁频送客,风袖龙钟。小阁画堂东。绮绣相重。樽前谁唱夏云峰。醒后欲寻溪上路,烟水无穷。是日歌姬首唱《夏云峰》。"可知,馆臣所言《鹏举座上歌姬唱夏云峰》当为《浪淘沙》第二阕(连鹏举座上次康平仲留别韵)。

据上述材料可证,鹏举当为连南夫。四库馆臣不察原文,抄录时脱"连"字,错考鹏举为汤邦彦,误。

[5]《文渊阁四库全书》集部第1487册第480页《沁园春》词序:"寄张仲宗,《芦川集》误刊。"张元幹,其字为仲宗。考该词当作于绍兴八年(1138),为李弥逊寄张元幹之作。绍兴八年十有二月,李弥逊、尹焞等人反对朝廷与金人讲和,特台谏于宋高宗,其谏言曰:"今之上策,莫如自治,自治之要,内则进君子而远小人,外则赏当功而罚当罪,使主上之孝悌通于神明,道德成于安强,勿以小智子义而图大功,不胜幸甚。"(李心传《建炎以来系年要录》第5册,卷一百二十四,北京:中华书局,2013年版,第2348页)而作为议和派之秦桧,得其书时已显不悦,当读至"小智子义"之语后,乃大怒,李弥逊由此上书求去。此乃《沁园春》一阕之背景。其细节可参见《建炎以来系年要录》卷一百二十四。据此可知,《沁园春》一阕属《筠溪乐府》无疑,《芦川集》误刊。

另，馆臣言《蝶恋花》误刊《芦川集》中，误。当为《醉花阴》误刊。

考《文渊阁四库全书》集部《筠溪乐府》与《芦川集》各阕，并无四库馆臣所提两集误刊《蝶恋花》一事。查《文渊阁四库全书》集部第1487册《筠溪乐府》第488页《醉花阴》其一："翠箔阴阴笼画阁。昨夜东风恶。香径漫春泥，南北东郊惆怅妨行乐。伤春比似年时觉。潘鬓新来薄。何处不禁愁，雨滴花腮，和泪胭脂落。"及同册所载《芦川集》第598页《醉花阴》其二："翠箔阴阴笼画阁。昨夜东风恶。芳径满香泥，南陌东郊惆怅妨行乐。伤春比似年时恶。潘鬓新来薄。何处不禁愁，雨滴花腮，和泪胭脂落。"两词基本内容如出一辙。由此观之，《筠溪乐府》与《芦川集》存在《醉花阴》误刊一事。

据上述材料可证，非馆臣所言《蝶恋花》误刊《芦川词》中，当为《醉花阴》误刊其中。

[6] 四库馆臣言"自《虞美人》以下十二首，皆祝寿之词"，误。祝寿词阕数当为十三首。

考《文渊阁四库全书》集部第1487册第490—492页所载祝寿词有：《虞美人》（梨花院落溶溶雨）、《醉花阴》（池面芙蕖红散绮）、《醉花阴》（帘卷西风轻雨外）、《感皇恩》（花院小回廊）、《感皇恩》（密竹剪轻绡）、《小重山》（鞭凤骖鸾自斗杓）、《小重山》（星斗心胸锦绣肠）、《花心动》（红日当楼）、《渔家傲》（海角秋高风力骤）、《阮郎归》（黄花犹未拆霜枝）、《醉落拓》（霜林变绿）、《柳梢青》（寿烟笼席）、《点绛唇》（花信争先），合计十三阕。

22　坦庵词一卷（安徽巡抚采进本）

宋赵师使撰。师使字介之，燕王德昭七世孙[1]。集中有和叶梦得、徐俯二词，盖南宋初人也[2]。案陈振孙《书录解题》载《坦庵长短句》一卷，称赵师侠撰。陈景沂《全芳备祖》载《梅花》五言一绝，亦称师侠。与此本互异，未详孰是。盖二字点画相近，犹田肯、田宵，史传亦姑两存耳[3]。毛晋刊本谓师使一名师侠，则似其人本有两名，非事实也[4]。是集前有其门人尹觉序，据云坦庵为文，如泉出不择地，词章乃其余事。其模写体状，虽极精巧，皆本情性之自然[5]。今观其集，萧疏淡远，不肯为剪红刻翠之文，洵词中之高格。但微伤率易，是其所偏[6]。师使尝举进士，其宦游所及，系以甲子，见于各词注中者，尚可指数。大约始于丁亥，而终于丁巳。其地为益阳、豫章、柳州、宜春、信丰、潇湘、衡阳、莆中、长沙[7]。其资阶则不可详考矣。

【笺注】

[1] 赵师侠生平文献匮乏，关于其传可参见《临江府志》卷之十（《天一阁藏明代方志选刊·隆庆临江府志》，上海：上海古籍书店，1962年版）与陆心源《宋诗纪事补遗》卷九十二（陆心源《宋诗纪事补遗》第3册，太原：山西古籍出版社，1997年版）。

《坦庵词》今人尚未精点精校。

[2] 四库馆臣据《坦庵词》中有赵师侠和叶梦得、徐俯之词，断其为南宋初人，误。赵师侠当为南宋中期时人。

考楼钥《攻媿集》卷一百二《益阳县丞赵君墓志铭》："乾道四年夏，君以勤职而又祷旱，重为暑气所乘，疾如痢疟，屏去医药，起居如平时。七月四日晨起犹对问疾者，已而不言，但以手加额，若诵佛然而逝。家人环泣，忽顾曰：'毋扰我。' 良久复瞑目。既晡，卒于官舍之正寝，享年五十有五。兴化通籍朝列，累赠君朝奉大夫。太宜人少君五岁，开封人，左宣教郎、知海门县栋之女，有贤行。"（《文渊阁四库全书》集部第 1153 册第 570 页）可知，师侠之父卒于乾道四年（1168），享年五十有五，其母少其父五岁。可推算出，其父生于宋徽宗赵佶朝政和四年（1114），其母生于宣和元年（1119）。

然，今人饶宗颐《词集考》卷四所推 "似师侠生于建炎元年丁未（1127）以前。"（饶宗颐《词集考》，北京：中华书局，1992 年版，第 162 页）则其父生师侠时为十四岁，其母九岁，与情理不合。故可佐证，师侠生年当为建炎元年以后，非饶宗颐先生所推建炎元年以前，饶先生所推有误。

另，四库馆臣据 "集中有和叶梦得、徐俯二词"，而认为赵师侠与叶梦得、徐俯有唱和之举，考《宋登科记考》卷十："赵师侠……淳熙二年登进士第。"（傅璇琮主编《宋登科记考》，南京：江苏教育出版社，2005 年版，第 1044 页）及彭龟年《止堂集》卷十八《送赵介之赴春陵十首》其二："少年擢两科，才气拚公行。恨无东坡翁，为君赋秋阳。"（《文渊阁四库全书》集部第 1155 册第 925 页）可知，赵师侠于淳熙二年（1175）登科时尚为少年。而师侠词集中之《水调歌头》（和石林韵），据王兆鹏《叶梦得年谱》所考，叶梦得《水调歌头》（次韵叔父寺丞林德祖和休官咏怀）一阕作于绍兴三年（1133），可证师侠登第之年与唱和之年差四十二年，莫师侠出娘胎之际即有此唱和？谬也。

师侠词集中《卜算子》（和徐师川韵赠歌者），考徐俯卒年，《宋史·徐俯传》卷三百七十二："（绍兴）九年，知信州。中丞王次翁论其不理郡事，予祠。明年，卒。"（脱脱《宋史》，北京：中华书局，1977 年版，第 11540 页）可知徐俯卒于绍兴十年（1140），距师侠登第之年三十五年，莫人鬼唱酬之怪事？实乃天方夜谭。

可见，赵师侠和韵二阕当为追加之作，非真有同代唱和之实。况周颐《历代词人考略》卷二十："赵师使之名，一作师侠，误也，当作师使。其字介之，取一介之使之谊。归安陆心源《宋诗纪事补遗》亦作师侠，小传云，淳熙二年进士。《坦庵词》有《和石林韵》（水调歌头）。考《宋史·叶梦得传》，梦得卒于绍兴十八年，下距淳熙二年凡二十七年，时代迥不相合。就令赵举进士甚迟，其在绍兴十八年已前亦年少已甚，而梦得则已耆年高位，何緣与之唱和？且径称之曰石林，若侪辈相等夷者耶？陆氏云云，未知何据，

亦疏于考订矣。"（孙克强编《清代词话全编》第 16 册，南京：凤凰出版社，2019 年版，第 306—307 页）

由此可证，四库馆臣所持凭据"集中有和叶梦得、徐俯二词"一事当非同代唱和之实，应为追加之作。

据《苏辙年谱》卷二十四之《苏文定公谥议》"观公少年擢两科，与其父兄俱以文名世"（孔凡礼撰《苏辙年谱》，北京：学苑出版社，2001 年版，第 673 页）之考述，苏辙擢两科之岁为十有九与二十有三矣，亦可佐证，师侠擢两科之岁应与苏辙相仿。且《论语·为政》有云："吾十有五而志于学，三十而立，四十而不惑。"（阮元校刻《十三经注疏》第 5 册，北京：中华书局，2009 年版，第 5346 页）可知，古人称之为少年，其岁必不过三十也。由此推断，师侠及第年岁应在二十有六上下。自淳熙二年前推二十六年，师侠生年当为绍兴十九年（1149）前后。阅《坦庵集》最后署年为丁巳年（1197），可知，赵师侠经历了宋高宗、宋孝宗、宋光宗、宋宁宗四朝，当为南宋中期时人，非南宋初人。

据上述材料可证，馆臣所言赵师侠"盖南宋初人"，误。当为南宋中期时人。

［3］陈振孙《直斋书录解题》卷二十一："《坦庵长短句》一卷，赵师侠介之撰。"（陈振孙《直斋书录解题》，上海：上海古籍出版社，1987 年版，第 627 页）

陈景沂《全芳备祖》卷一："南山如佳人，迥立不可亲。而况得道者，其间梅子真。赵介庵。"（陈景沂《全芳备祖》，杭州：浙江古籍出版社，2018 年版，第 25 页）可证，四库馆臣言"陈景沂《全芳备祖》……亦称师侠"，误。《全芳备祖》所载《梅花》五言绝句作者为赵介庵（赵彦端），非赵师侠。

另，四库馆臣认为"师使"与"师侠"因二字点画相近，于刊刻流传中互讹，犹田肯、田宵之两存，非也。"师使"当为"师侠"之误，自宋以后，二字才并存。

据古人取名与字间之联系，若推定赵坦庵名为使，字为介，相关典故诸如《周礼注疏》卷三十八："居于其国，则掌行人之劳辱事焉，使则介之。"（阮元校刻《十三经注疏》第 2 册，北京：中华书局，2009 年版，第 1944 页）《战国策》卷七《濮阳人吕不韦贾于邯郸》："大王无一介之使以存之，臣恐其皆有怨心。"（刘向集录《战国策》上册，上海：上海古籍出版社，1985 年版，第 280

页）与《史记》卷八十一："大王遣一介之使至赵，赵立奉璧来。"（泷川资言考证、杨海峥整理《史记会注考证》第6册，上海：上海古籍出版社，2015年版，第3174页）"使"与"介之"之关系正如况周颐所言"取一介之使之谊"。若名为"侠"，字为介之，则典故可追溯《尚书正义·多方》卷十七："尔曷不夹介乂我周王。"（阮元校刻《十三经注疏》第1册，北京：中华书局，2009年版，第488页）此处"夹"与"侠"通，"夹介"即为辅佐之义。

据此可见，坦庵名为"使"或"侠"，从名字互证角度考察，似乎皆通。考《宋史·宗室世系四》卷二百一十八（脱脱《宋史》，北京：中华书局，1977年版，第6085页）及楼钥《攻媿集》卷一百二《益阳县丞赵君墓志铭》（《文渊阁四库全书》集部第1153册第570页）可知，皆作"师侠"。关于"赵师使"一说，则最早见于元刊本。《增订四库简明目录标注》："《坦庵词》一卷，宋赵师使撰。（附录）元刊梦华录有淳熙丁未浚仪赵师使后序。"（邵懿辰撰、邵章续录《增订四库简明目录标注》，上海：上海古籍出版社，2000年版，第945页）《蒙元版刻综录》载："《坦庵词》一卷，宋赵师使撰，元刻本。"（潘国允等编《蒙元版刻综录》，呼和浩特：内蒙古大学出版社，1996年版，第221页）以此推测，自元以来，"师侠"误刻"师使"由来已久，"侠、使"二字并存无疑。

由上述材料可知，"师使"一说，宋代文献尚无记载，元代及其后相关文献则"师使""师侠"并存。其误刻当不早于元代。以此推之，应作"师侠"，而非"师使"。

[4] 毛晋《坦庵词》跋曰："介之，汴人，一名师侠。生于金闺，捷于科第，故其词亦多富贵气。或病其能作浅淡语，不能作绮艳语，余正谓诸家颂酒赓色，已极滥觞，存一淡妆以愧浓抹，亦初集中放翁一流也。"（毛晋《宋六十名家词》，上海：上海古籍出版社，1989年版，第275页）

[5] 尹觉《题坦庵词》："词，古诗流也。吟咏情性，莫工于词，临淄、六一，当代文伯，其乐府犹有怜景泥情之偏，岂情之所钟，不能自己于言耶？坦庵先生，金闺之彦，性天夷旷，吐而为文，如泉出不择地。连收两科，如俯拾芥，词章乃其余事。人见其模写风景、体状物态，俱极精巧，初不知得之之易，以至得趣忘忧，乐天知命，兹又情性之自然也。因为编次，俾镂诸木，观者当自识其胸次云。门人尹觉先之叙。"（毛晋《宋六十名家词》，上海：上海古籍出版社，1989年版，第264—265页）

[6] 沈雄《古今词话·词话》上卷："赵师侠，燕王德昭七世孙，举进士，有《坦庵乐府》。其为文如泉出不择地，词之摹写风景，体状物情，俱极精巧，初不知其得之之易。"（孙克强、刘军政校注《古今词话》，上海：上海古籍出版社，2009 年版，第 27 页）

叶申芗《本事词》卷下："赵师侠坦庵，为南宗之隽，工词章，亦多赠妓之作。"（唐圭璋《词话丛编》第 3 册，北京：中华书局，2005 年版，第 2357 页）

胡薇元《岁寒居词话》："赵师侠《坦庵词》。按陈振孙《书录解题》，《坦庵长短句》，名师侠，疑使乃侠之误。其门人尹觉序云：'坦庵文如泉出不择地，词章乃其余事。其模写体虽极精巧，皆本性情之自然。'今观其集，萧疏淡远，洵为高格。诚如所云，其失也易。"（唐圭璋《词话丛编》第 5 册，北京：中华书局，2005 年版，第 4030 页）

据此可知，四库馆臣所评赵师侠词"萧疏淡远""洵词中之高格"为是，而"但微伤率易"一评与其词多赠妓之作相关。

[7] 考《文渊阁四库全书》集部第 1487 册《坦庵词》数阕词序可知，赵师侠宦游行迹大致为丁亥（1167）——益阳，壬辰（1172）、癸巳（1173）、甲午（1174）——豫章，乙未（1175）中元——自柳州过白莲，己亥（1179）——宜春，辛丑（1181）、癸卯（1183）——信丰，丙午（1186）——螺川，戊申（1188）——潇湘，己酉（1189）——衡阳，壬子（1192）——莆阳、莆中，丙辰（1196）、丁巳（1197）——长沙。

另，近人况周颐《历代词人考略》卷二十："《四库全书·坦庵词提要》：'师使宦游所及，系以甲子，见于各词注中者，尚可指数。大约始丁亥终丁巳。'丁亥为大观元年，则师使举进士当在徽庙初年。"（孙克强编《清代词话全编》第 16 册，南京：凤凰出版社，2019 年版，第 305 页）此处错误有二：其一，况先生所言丁亥为大观元年（1107），误。丁亥当为乾道三年（1167）。其二，况先生所言赵师侠于徽庙初年登进士第，误。查《宋登科记考》卷十："赵师侠……淳熙二年登进士第。"（傅璇琮主编《宋登科记考》，南京：江苏教育出版社，2005 年版，第 1044 页）可知，赵师侠登第之年当为淳熙二年（1175）。

23 酒边词二卷（江苏巡抚采进本）

宋向子諲撰[1]。子諲字伯恭，临江人。钦圣宪肃皇后再从侄。元符初，以恩补官。南渡初，历徽猷阁直学士知平江府，事迹具《宋史》本传[2]。子諲晚年以忤秦桧致仕，卜筑于清江五柳坊杨遵道光禄之别墅，号所居曰芗林[3]。既作七言绝句以纪其事，而复广其声，为《鹧鸪天》一阕[4]。楼钥《攻媿集》尝纪其事。然钥仅述其诗，而不及其词[5]。又子諲之号芗林居士，据《西江月》"五柳坊中烟绿"一阕注，是已在政和年间，钥亦考之未审也[6]。《书录解题》载子諲词有《酒边集》一卷。《乐府纪闻》则称四卷[7]。此本毛晋所刊，分为二卷，上卷曰江南新词，下卷曰江北旧词，题下多自注甲子。新词所注，皆绍兴中作。旧词所注，则政和、宣和中作也。卷首有胡寅序，称退江北所作于后，而进江南所作于前，以枯木之心，幻出葩华，酌元酒之尊，弃置醇味。玩其词意，此集似子諲所自定[8]。然《减字木兰花》"斜江叠翠"一阕注，兼纪"绝笔"云云，已属后人缀入。而此词以后，所载甚多，年月先后，又不以甲子为次。殆后人又有所窜乱，非原本耶[9]？其《浣溪沙》咏严桂第二阕"别样清芬扑鼻来"一首，据注云"曾端伯和"，盖以端伯和词附录集内，而目录乃并作子諲之词，题为《浣溪沙》十二首，则非其旧次明矣[10]。

【笺注】

[1] 向子諲传见《宋史》卷三百七十七（脱脱《宋史》，北京：中华书局，1977 年版），亦可参考钱士升《南宋书》卷二十五（刘晓东等点校《二十五别史》，济南：齐鲁出版社，2000 年版）及王兆鹏著《向子諲年谱》（《两宋词人年谱》，台北：文津出版社，1994 年版）。

《酒边词》点校本，可参见王沛霖、杨钟贤注《酒边词笺注》（南昌：江西人民出版社，1994 年版）。

[2]《宋史》卷三百七十七："向子諲字伯恭，临江人，敏中玄孙，钦圣宪肃皇后再从侄也。元符三年，以后复辟恩，补假承奉郎，三迁知开封府咸平县。……子諲以徽猷阁直学士知平江府。"（脱脱《宋史》，北京：中华书局，1977 年版，第 11639、11642 页）

[3] 楼钥《攻媿集》卷五十二《芗林居士文集序》："芗林居士向公，实文简公五世孙也。……上眷愈渥，擢之户篷，入从出藩，竭其忠力，几至大用。媢嫉者众，而公雅志退休，抗疏面陈，不一而足。卜居临江，古木无艺，多植岩桂。又素慕香山，自号曰'芗林'。有船曰泛宅，高宗亲御翰墨，书四大字及企疏堂以宠其归。公家东望合皂，山连玉笋，靓深如隐君子居。壁皆画以山水木石，门皆装以古刻，灵龟、老鹤驯扰其间。"（《文渊阁四库全书》集部第 1152 册第 803—804 页）

[4]《文渊阁四库全书》集部第 1487 册第 529 页《酒边词》卷上《鹧鸪天》词序："旧史载白乐天归洛阳，得杨常侍旧第，有林泉之致，占一都之胜。芗林居士卜筑清江，乃杨遵道光禄故居也。昔文安先生之所可，而竹木池馆，亦甚似之。其子孙与两苏、公并从游。所谓百花洲者，因东坡而得名，尝为绝句以纪其事。复戏广其声，为是词云。"

[5] 馆臣所言"钥仅述其诗，而不及其词"，误。向子諲诗词，楼钥皆有所述。

《文渊阁四库全书》集部第 1152 册第 804 页楼钥《攻媿集》卷五十二："自著五十诗以形容景物，亦多和篇，尝云：'渊明生于兴宁之乙丑，归以义熙之乙巳，年四十有一。余生于元丰之乙丑，归以绍兴之壬子。'有《述怀》诗云：'我与渊明同甲子，归休已恨七年迟。'又言：'香山得洛阳履道坊杨常侍旧宅，芗林得临江五柳坊杨遵道光禄别墅。'有诗云：'莫问清江与洛阳，山林总是一般香。两家地占西南胜，可是前人例姓杨。'又题乐天真云：'香山与芗林，相去几百祀。丘壑有深情，市朝多见忌。杭州总看山，苏州俱漫仕。才名固不同，出处略相似。'"然文中所言诗"莫问清江与洛阳，山林总是一般香。两家地占西南胜，可是前人例姓杨"数句当为向子諲《鹧鸪天》上阕，楼钥误子諲之词为其诗。

另考《全宋诗》卷一六四六收《鹧鸪天》上阕为子諲之绝句，亦误。考《文渊阁四库全书》集部第 1487 册第 529 页《酒边词》卷上《鹧鸪天》一阕："莫问清江与洛阳，山林总是一般香。两家地占西南胜，可是前人例姓杨。石作枕，醉为乡，藕花菱角满池塘。虽无中岛霓裳奏，独鹤随人意自长。"可证楼钥《攻媿集》既述子諲之诗，亦述子諲之词，非馆臣所言"钥仅述其诗，而不及其词"。

[6] 馆臣言向子諲取芗林之号，楼钥对此"亦考之未审也"，误。楼钥并无所考。

《文渊阁四库全书》集部第 1487 册第 531 页《西江月》词序："政和年间，卜筑宛丘，手植众芗，自号芗林居士。建炎初，解六路漕事，中原俶扰，故庐不得返，卜居清江之五柳坊。绍兴癸丑，罢帅南海，即弃官不仕。乙卯起，以九江郡得转漕江东，入为户部侍郎。辞荣辟谤，出守姑苏。到郡少日，请又力焉，诏可，且赐舟曰泛宅，送之以归。己未暮春，复遂旧隐。时仲舅李公休亦辞春陵郡守致仕，喜赋是词。"四库馆臣据《西江月》词序，认为向子諲之号应为政和年间所取，考今人王兆鹏《向子諲年谱》："政和五年乙未（1115），芗林三十一岁。……芗林《西江月》词序：'政和间，余卜筑宛丘，手植众芗，自号芗林居士。''政和间'，当为本年事。盖政和四年前在江南与京师、咸平任职，而明年又南下江西，据其行止推之，其卜筑宛丘，当在本年罢知咸平县后。且自咸平至宛丘不过二三百里，沿蔡河南下，可直抵宛丘。友人陈与义《香林四首》，即为题咏宛丘芗林而作。"（王兆鹏著《两宋词人年谱》，台北：文津出版社，1994 年版，第 487 页）

据上述材料可证，芗林居士之号取于政和五年罢知咸平县后，查楼钥《攻媿集》，对此并无所考，不知馆臣"钥亦考之未审也"所言据何。盖馆臣误记，未查原文之故。

[7] 陈振孙《直斋书录解题》卷二十一："《酒边集》一卷，户部侍郎向子諲伯恭撰。自号芗林。"（陈振孙《直斋书录解题》，上海：上海古籍出版社，1987 年版，第 621 页）关于《乐府纪闻》，该书作于清康熙十八年至康熙二十六年间，作者无考，书已佚。今人王兆鹏对此有所考证，参见其《乐府纪闻考》（上下）两文。

[8] 《文渊阁四库全书》集部第 1487 册第 524 页胡寅《酒边词原序》："词曲者，古乐府之末造也。古乐府者，诗之傍行也。诗出于《离骚》《楚辞》。而骚辞者，变风变雅之怨而迫、哀而伤者也。其发乎情则同，而止乎礼义则异，名之曰曲，以其曲尽人情耳。方之曲艺，犹不逮焉，其去曲礼则益

远矣。然文章豪放之士，鲜不寄意于此者，随亦自扫其迹，曰谴浪游戏而已也。唐人为之最工者。柳耆卿后出，掩众制而尽其妙，好之者以为不可复加。及眉山苏氏，一洗绮罗香泽之态，摆脱绸缪婉转之度，使人登高望远，举首高歌，而逸怀浩气，超然乎尘垢之外，于是《花间》为皂隶而柳氏为舆台矣。芗林居士步趋苏堂而哜其截者也。观其退江北所作于后，而进江南所作于前，以枯木之心，幻出葩华，酌元酒之尊，弃置醇味，非染而不色，安能及此。余得其全集于公之外孙汶上刘荀子卿，反复厌饫，复以归之，因题其后。公宏才伟绩，精忠大节，在人耳目，固史载之矣。后之人昧其平生，而听其余韵，亦犹读《梅花赋》而未知宋广平欤？武夷胡寅题。"

[9] 毛晋《酒边词》跋曰："伯恭，相家子，钦圣宪肃皇后从侄也。……又绝笔云：'真香妙质，不耐世间风与日。'岂米颠所谓'众香国中来，众香国中去'，芗林亦庶几耶。"（毛晋《宋六十名家词》，上海：上海古籍出版社，1989年版，第233页）查《文渊阁四库全书》集部第1487册第530页《减字木兰花》第二阕词序："绍兴壬申春，芗林瑞香盛开，赋此词。是年三月十有六日辛亥，公下世。此词，公之绝笔也。"按，"是年"及其后数句，皆为后人所添补，非向子諲自注。

考周必大《庐陵周益国文忠公集》卷五十《跋向子諲遗书》："今六十余年，而公曾孙公起以公手稿及省部真本、范冲忠义相勉之书联为一轴，将刻乐石，传之来世，属某题其后。"（王蓉贵、白井顺点校《周必大全集》第1册，成都：四川大学出版社，2017年版，第478页）及楼钥《攻媿集》卷五十二《芗林居士文集序》："公之曾孙公起为湖广总属，分司九江，受知于使君袁和叔燮，介以求序。且言已刊公之家传行状志铭为一编，又刊拘伪楚檄稿及诸贤跋语，他日又将刊家集行于世。……今又尽得公之诗、文、杂著。"（《文渊阁四库全书》集部第1152册第804—805页）可知向子諲文集确有经后人整理且子諲词亦包含其中。馆臣所言"后人又有所窜乱，非原本"为是。

[10]《文渊阁四库全书》集部第1487册第533页《浣溪沙》第六阕词序："附曾端伯和。"其词曰："别样清芬扑鼻来，秋香过后却追回。博山轻雾锁崔嵬。珍重香林一抹手，不教一日不花开。暗中错认是江梅。首二句或刻听罢霓裳梦觉来，天香留得袖中回。"考王兆鹏《向子諲年谱》："绍兴十八年戊辰（1148），芗林六十四岁。……秋日，岩桂花开，不数日谢去。芗林赋《浣溪沙》词寄王庭珪，

庭珪为和一首，曾慥亦有酬唱。"（王兆鹏《两宋词人年谱》，台北：文津出版社，1994 年版，第 562、565 页）可知，该词作于绍兴十八年，为向子諲与曾慥唱和之作，馆臣所言"非其旧次"为是。

24 无住词一卷 <small>（安徽巡抚采进本）</small>

宋陈与义撰。与义有《简斋集》，已著录[1]。陈振孙《书录解题》载其《无住词》一卷。以所居有无住庵，故以名之[2]。与义诗师杜甫，当时称陈、黄之后无逾之者。其词不多，且无长调，而语意超绝。黄升《花庵词选》称其"可摩坡仙之垒"[3]。至于《虞美人》之"及至桃花开后却匆匆"，《临江仙》之"杏花疏影里，吹笛到天明"等句，胡仔《渔隐丛话》亦称其"清婉奇丽"。盖当时绝重其词也[4]。此本为毛晋所刊，仅十八阕。而吐言天拔，不作柳弹莺娇之态，亦无蔬笋之气，殆于首首可传，不能以篇帙之少而废之[5]。方回《瀛奎律髓》称杜甫为一祖，而以黄庭坚、陈师道及与义为三宗。如以词论，则师道为勉强学步，庭坚为利钝互陈，皆迥非与义之敌矣[6]。开卷《法驾导引》三阕，与义已自注其词为拟作。而诸家选本尚有称为赤城韩夫人所制，列之仙鬼类中者。证以本集，亦足订小说之诬焉[7]。

【笺注】

[1] 陈与义传见《宋史》卷四百四十五（脱脱《宋史》，北京：中华书局，1977年版），亦可参考宋人谈钥《嘉泰吴兴志》卷十四（杭州：浙江古籍出版社，2018年版），胡稚《增广笺注简斋诗集三十卷无住词一卷》所载《简斋先生年谱》（《四部丛刊初编》1050册《增广笺注简斋诗集一》，上海：上海书店，1989年版）及今人白敦仁著《陈与义年谱》（北京：中华书局，1983年版）。

《无住词》点校本，可参见吴书荫、金德厚点校《陈与义集》（北京：中华书局，1982年版）与白敦仁校笺《陈与义集校笺》（上海：上海古籍出版社，1990年版）。

另，《文渊阁四库全书》集部第1129册已著录《简斋集》。

［2］考陈振孙《直斋书录解题》卷二十一："《简斋词》一卷，陈与义撰。"（陈振孙《直斋书录解题》，上海：上海古籍出版社，1987 年版，第 620 页）可证，馆臣误《简斋词》为《无住词》，校勘不细故也。

另，考胡稚《简斋先生年谱》可知，无住乃湖州青墩镇僧舍之名，简斋于绍兴间奉祠，寓居此地。词作亦多其时所作，故以题集。该庵名出自《金刚经》："菩萨于法应无所住，行于布施。疏钞云：'言应无所住者，应者，当也。无所住者，心不执着。'"（朱棣集注《金刚般若波罗蜜经集注》，上海：上海古籍出版社，1984 年版，第 39 页）可知"无住"名之由来。

［3］方回《瀛奎律髓汇评》卷一："近逼山谷，远诣老杜。"（李庆甲集评校点方回《瀛奎律髓汇评》，上海：上海古籍出版社，1986 年版，第 41 页）卷十三："简斋诗独是格高，可及子美。"（同上，第 492 页）卷十六："简斋诗即老杜诗也。予平生所见，以老杜为祖，老杜同时诸人皆可伯仲。宋以后山谷一也，后山二也，简斋为三，吕居仁为四，曾茶山为五。"（同上，第 591 页）

黄升《中兴以来绝妙词选》卷一："陈去非，名与义，自号简斋居士。以诗文被简注于高宗皇帝，入参大政。有《无住词》一卷，词虽不多，语意超绝，识者谓其可摩坡仙之垒也。"（黄升《花庵词选》，北京：中华书局，1958 年版，第 167 页）

［4］《苕溪渔隐丛话》后集卷三十四："去非旧有诗云：'风流丘壑真吾事，筹策庙堂非所知。'其后登政府，无所建明，卒如其言。《九日》词云：'九日登临有故常，随晴随雨一传觞。'用退之《淮西碑》欲事故常之语。又《忆洛中旧游》词云：'忆昔午桥桥上饮，坐中多是豪英。长沟流月去无声，杏花疏影里，吹笛至天明。'此数语奇丽，《简斋集》后载数词，惟此词为优。"（胡仔《苕溪渔隐丛话》，北京：人民文学出版社，1962 年版，第 265 页）

［5］馆臣所评无误，如《四库全书简明目录》卷二十："《无住词》一卷，宋陈与义撰。无住，其庵名也。与义诗为南渡第一，词亦吐言天拔，不为花鞞莺娇之态，亦不含蔬笋之气。殆于首首可传，不止如《渔隐丛话》之所称，未可以篇页之少而废之。"（永瑢等著《四库全书简明目录》下册，上海：古典文学出版社，1957 年版，第 892 页）

［6］方回《瀛奎律髓汇评》卷二十六："呜呼！古今诗人当以老杜、山谷、后山、简斋四家为一祖三宗，余可预配飨者有数焉。"（李庆甲集评校点

方回《瀛奎律髓汇评》，上海：上海古籍出版社，1986 年版，第 1149 页）

胡薇元《岁寒居词话》："陈与义简斋《无住词》，才十八首，而首首可传。简斋诗师杜少陵，与山谷、后山为三宗。其词吐言天拔，无蔬笋气。然山谷词利钝互见，后山则勉强学步，迥非与义之敌。"（唐圭璋《词话丛编》第 5 册，北京：中华书局，2005 年版，第 4030 页）

[7]《文渊阁四库全书》集部第 1487 册第 551 页《法驾导引》词序云："世传顷年都下市肆中，有道人携乌衣椎髻女子，买斗酒独饮。女子歌词以侑，凡九阕，皆非人世语。或记之，以问一道士，道士惊曰：'此赤城韩夫人所制水府蔡真君法驾导引也，乌衣女子疑龙云。'得其三而亡其二，拟作三阕。"

《法驾导引》三阕为陈与义在东京时作，考其词序言"女子歌词以侑，凡九阕"及"得其三"，可推知，其亡当有六阕。且胡稚《增广笺注简斋诗集三十卷无住词一卷》其卷数亦作"得其三而亡其六"。（《四部丛刊初编》1050 册《增广笺注简斋诗集四》，上海：上海书店，1989 年版，第 120 页）馆臣所据为毛晋本，从毛本之讹，言"得其三而亡其二"，误。当为"得其三而亡其六"。

关于蔡真君之词阕，宋人已有记载，如洪迈《夷坚志》之《夷坚甲志》卷第七："陈东，靖康间尝饮于京师酒楼，有倡打坐而歌者，东不顾。乃去倚栏独立，歌《望江南》词，音调清越，东不觉倾听。视其衣服皆故弊，时以手揭衣爬搔，肌肤绰约如雪。乃复呼使前，再歌之。其词曰：'阑干曲，红扬绣帘旌。花嫩不禁纤手捻，被风吹去意还惊，眉黛蹙山青。铿铁板，闲引步虚声。尘世无人知此曲，却骑黄鹤上瑶京，风冷月华清。'东问何人制，曰：'上清蔡真人词也。'歌罢，得数钱下楼。亟遣仆追之，已失矣。"（洪迈撰《夷坚志》第 1 册，北京：中华书局，1981 年版，第 57 页）

吴曾《能改斋漫录》逸文："宣和中，太学士人饮于任氏酒肆，忽有一妇人妆饰甚古，衣亦穿弊，肌肤雪色，而无左臂。右手执拍板，乃铁为之。唱词曰：'阑干曲，阑干曲，红扬绣帘旌。花嫩不禁纤手捻，被风吹去意还惊。眉恨蹙山青。'诸公怪其词异，即问之曰：'此何辞也？'答曰：'此上清蔡真人法驾导引也。妾本唐人，遭五季之乱，左手为贼所断。今游人间，见诸公饮酒，求一杯之适耳。'遂与一杯，饮毕而去。诸公送之出门，杳无所见。"（《能改斋漫录》下册，上海：上海古籍出版社，1960 年版，第 559 页）

可证，《法驾导引》一阕于北宋宣和年间已流传民间。陈与义赏其调依声而作，托游仙之名讽时政之实。馆臣以文本为证，纠选本之谬。

另，胡薇元《岁寒居词话》："至开卷《法驾导引》三阕，选本乃作赤城韩夫人仙子作，列入仙鬼类，原作注为拟作，可知小说之谬。"（唐圭璋《词话丛编》第5册，北京：中华书局，2005年版，第4030页）

陈廷焯《白雨斋词话》卷七："诗以穷而后工，倚声亦然，故仙词不如鬼词，哀则幽郁，乐则浅显也。宋代惟白玉蟾脱尽方外气。陈与义拟《法驾导引》三章，亦称佳构。……以清虚之笔，写阔大之景，语带仙气，洗脱凡艳殆尽。"（唐圭璋《词话丛编》第4册，北京：中华书局，2005年版，第3955页）

25　漱玉词一卷（江苏周厚堉家藏本）

宋李清照撰[1]。清照号易安居士，济南人，礼部郎提点京东刑狱格非之女，湖州守赵明诚之妻也。清照工诗文，尤以词擅名[2]。胡仔《苕溪渔隐丛话》称其再适张汝舟，未几反目，有启事上綦处厚云："猥以桑榆之晚景，配兹驵侩之下材。"传者无不笑之[3]。今其启具载赵彦《云麓漫抄》中。李心传《建炎以来系年要录》载其与后夫构讼事尤详[4]。此本为毛晋《汲古阁》所刊，卷末备载其轶事逸文，而不录此篇，盖讳之也。案陈振孙《书录解题》载清照《漱玉词》一卷。又云："别本作五卷。"黄升《花庵词选》则称《漱玉词》三卷，今皆不传。此本仅词十七阕，附以《金石录序》一篇，盖后人裒辑为之，已非其旧[5]。其《金石录后序》与刻本所载，详略迥殊。盖从《容斋随笔》中抄出，亦非完篇也[6]。清照以一妇人，而词格乃抗轶周、柳。张端义《贵耳集》极推其元宵词《永遇乐》、秋词《声声慢》，以为闺阁有此文笔，殆为间气，良非虚美[7]。虽篇帙无多，固不能不宝而存之，为词家一大宗矣。

【笺注】

[1] 李清照传见《宋史》卷四百四十四（脱脱《宋史》，北京：中华书局，1977 年版），亦可参考今人王仲闻《李清照事迹编年》（王仲闻校注《李清照集校注》，北京：人民文学出版社，1979 年版），今人黄墨谷《李清照易安居士年谱》（黄墨谷辑《重辑李清照集》，济南：齐鲁书社，1981 年版）及今人徐培均《李清照年谱》（徐培均笺注《李清照集笺注》，上海：上海古籍出版社，2002 年版）。

《漱玉词》点校本，可参见徐培均笺注《李清照集笺注》（上海：上海古籍出版社，2002 年版）。

[2] 王灼《碧鸡漫志》卷二："易安居士，京东路提刑李格非文叔之女，建康守赵明诚德甫之妻。自少年便有诗名，才力华赡，逼近前辈。"（丘珍校正《碧鸡漫志校正》，北京：人民文学出版社，2015 年版，第 34 页）

宋人朱彧《萍洲可谈》卷中："本朝女妇之有文者，李易安为首称。易安名清照，元祐名人李格非之女。诗之典赡，无愧于古之作者。词尤婉丽，往往出人意表，近未见其比。"（徐培均笺注《李清照集笺注》，上海：上海古籍出版社，2002 年版，第 526 页）

[3] 胡仔《苕溪渔隐丛话》前集卷第六十："近时妇人能文词，如李易安，颇多佳句，小词云：'昨夜雨疏风骤，浓睡不消残酒。试问卷帘人，却道海棠依旧。知否知否，应是绿肥红瘦。''绿肥红瘦'，此语甚新。又《九日》词云：'帘卷西风，人似黄花瘦。'此语亦妇人所难到也。易安再适张汝舟，未几反目，有启事与綦处厚云：'猥以桑榆之晚景，配兹驵侩之下材。'传者无不笑之。"（胡仔《苕溪渔隐丛话》前集卷第六十，北京：人民文学出版社，1962 年版，第 416—417 页）

[4] 馆臣言"赵彦《云麓漫抄》"，误。此处脱"卫"字，当为"赵彦卫《云麓漫抄》"。

赵彦卫《云麓漫抄》卷第十四："李氏自号易安居士，赵明诚德夫之室，李文叔女，有才思，文章落纸，人争传之。小词多脍炙人口，已版行于世，他文少有见者。……又有《投内翰綦公启》：'清照启：素习义方，粗明诗礼。近因疾病，欲至膏肓，牛蚁不分，灰钉已具。尝药虽存弱弟，应门惟有老兵。既尔苍皇，因成造次，信彼如簧之说，惑兹似锦之言。弟既可欺，持官文书来辄信。身几欲死，非玉镜架亦安知？傀儽难言，优柔莫决；呻吟未定，强以同归。视听才分，实难共处。忍以桑榆之晚节，配兹驵侩之下才？身既怀臭之可嫌，惟求脱去；彼素抱璧之将往，决欲杀之。遂肆侵凌，日加殴击。可念刘伶之肋，难胜石勒之拳。局天扣地，敢效谈娘之善诉；升堂入室，素非李赤之甘心。外援难求，自陈何害？岂期末事，乃得上闻。取自宸衷，付之廷尉。被桎梏而置对，同凶丑以陈词。岂惟贾生羞绛灌为伍，何啻老子与韩非同传？但祈脱死，莫望偿金。友凶横者十旬，盖非天降；居囹圄者九日，岂是人为？抵雀捐金，利当安往？将头碎璧，失固可知。实自谬愚，分知狱市。此盖伏遇内翰承旨，搢绅望族，冠盖清流，日下无双，人间第一。奉天克复，本缘陆贽之词；淮蔡底平，实以会昌之诏。哀怜无告，虽未解骖，感

115

戴鸿恩，如真出己；故兹白首，得免丹书。清照敢不省过知惭，扪心识媿？责全责智，已难逃万世之讥；败德败名，何以见中朝之士？虽南山之竹，岂能穷多口之谈？惟智者之言，可以止无根之谤。高鹏尺鹦，本异升沉；火鼠冰蚕，难同嗜好。达人共悉，童子皆知。愿赐品题，与加湔洗。誓当布衣蔬食，温故知新。再见江山，依旧一瓶一钵；重归畎亩，更须三沐三熏。忝在葭莩，敢兹尘渎。'"（赵彦卫撰《云麓漫抄》，北京：中华书局，1996 年版，第 246—247 页）

《建炎以来系年要录》卷五十八："右承奉郎、监诸军审计司张汝舟属吏，以汝舟妻李氏讼其妄增举数入官也。其后有司当汝舟私罪徒，诏除名，柳州编管。十月己酉行遣。李氏，格非女，能为歌词，自号易安居士。己未，罢修局。以议者言修政所讲多刻薄之事，失人心，致天变故也。"（李心传《建炎以来系年要录》第 5 册，北京：中华书局，2013 年版，第 1165 页）

[5] 毛晋《漱玉词跋》："黄叔阳云：'《漱玉集》三卷。'马端临云：'别本分五卷，今一卷。'考诸宋元杂记，大率合诗词杂著为《漱玉集》，则厘全集为三卷无疑矣。第国朝博雅如用修先生，尚慨未见其全，湮没不几久耶。庚午仲秋，余从选卿觅得宋词廿余种，乃洪武三年钞本，订正已，阅数名家中有《漱玉》《断肠》二册。虽卷帙无多，参诸《花庵》《草堂》《彤管》诸书，已浮其半，真鸿宝也。急合梓之，以公同好。末载《金石录后序》，略见易安居士文妙，非止雄于一代才媛，直脱南渡后诸儒腐气，上返魏晋矣。尾附遗事数则，亦罕传者。"（潘景郑校订《汲古阁书跋》，上海：古典文学出版社，1958 年版，第 111—112 页）

陈振孙《直斋书录解题》卷二十一："《漱玉集》一卷，易安居士李氏清照撰。元祐名士格非文叔之女，嫁东武赵明诚德甫。晚岁颇失节。别本分五卷。"（陈振孙《直斋书录解题》，上海：上海古籍出版社，1987 年版，第 621 页）

黄升《花庵词选》卷十："李易安，赵明诚之妻，善为词，有《漱玉集》三卷。"（黄升《花庵词选》，北京：中华书局，1958 年版，第 148 页）

[6]《文渊阁四库全书》集部第 1487 册第 557 页《金石录后序》："予以建中辛巳归赵氏，时丞相作吏部侍郎，家素贫俭，德甫在太学，每朔望谒告出，质衣取半千钱，步入相国寺，市碑文果实归，相对展玩咀嚼。后二年，从官，便有穷尽天下古文奇字之志，传写未见书，买名人书画、古奇器。有持徐熙《牡丹图》求钱二十万，留信宿，计无所出，卷还之，夫妇相向怅怅

者数日。及连守两郡，竭俸入以事铅椠，每获一书，即日勘校装缉，得书画彝鼎，亦摩玩舒卷，摘指疵病，尽一烛为率。故纸札精致，字画全整，冠于诸家。每饭罢，坐归来堂，烹茶，指堆积书史，言某事在某书某卷第几页第几行，以中否胜负为饮茶先后，中则举杯大笑，或至茶覆怀中，不得饮而起。凡书史百家字不刓缺、本不误者，辄市之，储作副本。靖康丙午，德甫守淄川，闻金人犯京师，盈箱溢箧，恋恋怅怅，知其必不为己物。建炎丁未，奔太夫人丧南来，既长物不能尽载，乃先去书之印本重大者，画之多幅者，器之无款识者。已又去书之监本者，画之平常者，器之重大者。所载尚十五车，连舻渡淮、江。其青州故第所锁十间屋，期以明年具舟载之，又化为煨烬。己酉岁六月，德甫驻家池阳，独赴行都，自岸上望舟中告别。予意甚恶，呼曰：'如传闻城中缓急，奈何？'遥应曰：'从众。必不得已，先弃辎重，次衣衾，次书册，次卷轴，次古器。独宗器者可自负抱，与身俱存亡，勿忘之！'径驰马去。秋八月，德甫以病不起。时六宫往江西，予遣二吏部所存书二万卷，金石刻二千本，先往洪州。至冬，洪州陷，遂尽委弃。所谓连舻渡江者，又散为云烟矣。独余轻小卷轴，写本李、杜、韩、柳集，《世说》《盐铁论》，石刻数十副轴，鼎鼐十数，事及南唐书数箧，偶在卧内，岿然独存。上江既不可往，乃之台、温，之衢，之越，之杭，寄物于嵊县。庚戌春，官军收叛卒，悉取去，入故李将军家。岿然者十失五六，犹有五七箧，挈家寓越城，一夕为盗穴壁，负五箧去，尽为吴说运使贱价得之。仅存不成部帙残书策数种。忽阅此书，如见故人，因忆德甫在东莱静治堂，装标初就，芸签缥带，束十卷作一帙，日校二卷，跋一卷，此二千卷，有题跋者五百二卷耳。今手泽如新，墓木已拱，乃知有有必有无，有聚必有散，亦理之常，又胡足道！所以区区记其终始者，亦欲为后世好古博雅者之戒云。"考《容斋四笔》卷五所载《赵德甫金石录》条，四库馆臣本与洪迈本字句确有出入，如四库本"几无所出""得书画彝鼎""摘指""闻金人犯京师""洪州陷""事及南唐书数箧"等，洪本则作"计无所得""得名画彝器""指摘""闻虏犯京师""虏陷洪""及南唐书箧"。（孔凡礼点校《容斋随笔》下册，北京：中华书局，2007 年版，第 685—686 页）

　　[7] 张端义《贵耳集》卷上："易安居士李氏，赵明诚之妻，《金石录》亦笔削其间。南渡以来，常怀京洛旧事。晚年赋《元宵·永遇乐》词云：'落日镕金，暮云合璧'，已自工致。至于'染柳烟轻，吹梅笛怨，春意知几许'，

气象更好。后叠云：'丁今憔悴，风鬟霜鬓，怕见夜间出去。'皆以寻常语度人音律。炼句精巧则易，平淡入调者难。且《秋词·声声慢》：'寻寻觅觅，冷冷清清，凄凄惨惨戚戚。'此乃公孙大娘舞剑手。本朝非无能词之士，未曾有一下十四叠字者。用《文选》诸赋格。后叠又云：'梧桐更兼细雨，到黄昏、点点滴滴。'又使叠字，俱无斧凿痕。更有一奇字云：'守定窗耳，独自怎生得黑'，'黑'字不许第二人押。妇人中有此文笔，殆间气也。有《易安文集》。"（上海古籍出版社编《宋元笔记小说大观》第 4 册，上海：上海古籍出版社，2001 年版，第 4273 页）

26 竹坡词三卷（安徽巡抚采进本）

宋周紫芝撰。紫芝有《太仓稊米集》，已著录[1]。《书录解题》载《竹坡词》一卷，此本作三卷。考卷首高邮孙兢序，称离为三卷，则《通考》一卷乃三卷之误[2]。兢序称共词一百四十八阕，此本乃一百五十阕。据其子栻乾道九年重刊跋，则《忆王孙》为绝笔，初刻止于是篇。其《减字木兰花》《采桑子》二篇，乃栻续得佚稿，别附于末，故与原本数异也[3]。集中《鹧鸪天》凡十三阕。后三阕自注云"予少时酷喜小晏词，故其所作，时有似其体制者，此三篇是。晚年歌之，不甚如人意，聊载乎此"云云。则紫芝填词，本从晏几道入，晚乃刊除秾丽，自为一格。兢序称其少师张耒，稍长师李之仪者，乃是诗文之渊源，非词之渊源也[4]。栻跋称是集先刻于浔阳，讹舛甚多，乃亲自校雠[5]。然集中《潇湘夜雨》一调，实为《满庭芳》，两调相似，而实不同。其《潇湘夜雨》本调，有赵彦端一词可证。自是集误以《满庭芳》当之，《词汇》遂混为一调[6]。至《选声集》列《潇湘夜雨》调，反不收赵词，而止收周词，是愈转愈讹，其失实由于此。又第三卷《定风波》，今实为《琴调相思引》，亦有赵彦端词可证。其《定风波》另有正体，与此不同，皆为疏舛[7]。殆后人又有所窜乱，非栻手勘之旧矣。

【笺注】

[1] 周紫芝传见《宋史翼》卷二十七（陆心源撰《宋史翼》中册，杭州：浙江古籍出版社，2017 年版），亦可参考今人任群著《周紫芝年谱》（西安：世界图书出版社，2014 年版）及今人徐海梅著《周紫芝生平考述暨创作探源》（北京：中国社会科学出版社，2014 年版）。

《竹坡词》今人尚未精点精校。

另，《文渊阁四库全书》集部第 1141 册已著录《太仓稊米集》。

[2] 陈振孙《直斋书录解题》卷二十一："《竹坡词》一卷，周紫芝撰。"（陈振孙《直斋书录解题》，上海：上海古籍出版社，1987年版，第623页）按，《文渊阁四库全书》集部第1487册第562页《竹坡词》所载《孙兢序》："凡一百四十八词，离为三卷。乾道二年上元日，高邮孙兢序。"

馆臣言"《通考》一卷乃三卷之误"，误。南宋时，《竹坡词》一卷本与三卷本并存。

考马端临《文献通考》卷二百四十六："《竹坡词》一卷，陈氏曰：周紫芝撰。"（马端临《文献通考》下册，北京：中华书局，1986年版，第1945页）关于《竹坡词》卷数，是否存在三卷误为一卷之讹，经查阅相关古籍，可知《竹坡词》一卷本最早见于陈氏《直斋书录解题》，而元代马氏《文献通考》对此亦有记载，元代时该本尚存。再者，关于"一"为"三"之误，其概率远低于"一"为"二"之误。因此，馆臣所言"一卷乃三卷之误"不足为信。再考《直斋书录解题》卷二十一《笑笑词集》："自《南唐二主词》而下，皆长沙书坊所刻，号《百家词》。其前数十家皆名公之作，其末亦多有滥吹者。"（陈振孙《直斋书录解题》，上海：上海古籍出版社，1987年版，第629页）可佐证孙氏所载《竹坡词》一卷本当为长沙书坊所刻《百家词》本。推其成书时间应为嘉定三年（1210）左右，由此可知，《竹坡词》一卷本与三卷本皆为南宋时期所并存，非馆臣所言误"三卷"为"一卷"。馆臣不辨其流，武断辨之，以致其误。

[3] 据《竹坡词原序》及《竹坡词原跋》可知，周紫芝词集最早者为乾道二年（1166）浔阳书肆所刻三卷本《竹坡老人词》，该本载词一百四十八首，卷首为孙兢序。其序云："竹坡先生少慕张右史而师之，稍长，从李姑溪游，与之上下其议论。由是尽得前辈作文关纽，其大者固已掀揭汉唐，凌厉骚雅，烨然名一世矣。至其嬉笑之余，溢为乐章，则清丽宛曲，当□□是岂苦心刻意而为之者哉？昔□□先生蔡伯评近世之词，谓苏东坡辞胜乎情，柳耆卿情胜乎辞，辞情兼称者惟秦少游而已，世以为善评。虽然，耆卿不足道也，使伯世见此词，当必有以处之矣。凡一百四十八词，离为三卷。乾道二年上元日，高邮孙兢序。"（《文渊阁四库全书》集部第1487册第562页）后于乾道九年（1173），周楝以此本为基础，进行整理与勘正，增加《减字木兰花》《采桑子》二阕于集中，成一百五十阕本，其卷末附周楝跋文。其《竹坡词原跋》曰："先父长短句一百四十八阕，先是浔阳书肆开行，讹舛甚多，

未及修正，适乡人经由渭宣城搜寻此，未得其半，遂以金受板东下。未几，好事者辐凑访求，鬻书者利其得，又复开成，然比宣城本为善，盖稑亲校雠也。去岁武林复得二章，今继于《忆王孙》之后。先父一时交游，如李端叔、翟公巽、吕居仁、汪彦章、元不伐，莫不推重。平生著述，缀集成七十卷，椠板襄阳。黄州开《楚辞赘说》《诗话》二集，尚有《尺牍》《大闲录》《胜游录》《群玉杂嚼》藏于家，以俟君子广其传云。乾道九年闰正月十五日，男稑拜书。"（《文渊阁四库全书》集部第 1487 册第 584 页）

[4]《文渊阁四库全书》集部第 1487 册第 568 页《鹧鸪天》第十一阕词序："予少时酷喜小晏词，故其所作，时有似其体制者，此三篇是也。晚年歌之，不甚如人意，聊载于此，为长短句之体助云。"查孙觌序云："竹坡先生少慕张右史而师之，稍长，从李姑溪游，与之上下其议论。由是尽得前辈作文关纽，其大者固已掀揭汉唐，凌厉骚雅，烨然名一世矣。至其嬉笑之余，溢为乐章，则清丽宛曲，当□□是岂苦心刻意而为之者哉？"（《文渊阁四库全书》集部第 1487 册第 562 页）可知，馆臣所言孙觌序中所云此乃"诗文之渊源，非词之渊源也"为是。

另，冯煦《蒿庵论词》："周少隐自言少喜小晏，时有似其体制者，晚年歌之，不甚如人意。今观其所指之三篇，在《竹坡集》中，诚非极诣，若以为有类小山，则殊未尽然，盖少隐误认几道为清倩一派，比其晚作，自觉未逮。不知北宋大家，每从空际盘旋，故无椎凿之迹。至竹坡、无住诸君子出，渐于字句间凝炼求工，而昔贤疏宕之致微矣，此亦南北之关键也。"（唐圭璋《词话丛编》第 4 册，北京：中华书局，2005 年版，第 3590—3591 页）

吴梅《词学通论》："孙觌谓竹坡乐章，清丽婉曲，非苦心刻意为之。此言极是。竹坡少师张耒，行辈稍长李之仪，而词则学小山者也。人第赏其《鹧鸪天》之'梧桐叶上三更雨，叶叶声声是别离'，《醉落魄》之'晚寒谁看伊梳掠，雪满西楼，人在阑干角'，《生查子》之'不忍上西楼，怕看来时路'诸语，实皆聪俊句耳。余最爱《品令》登高词。其后半云：'黄花香满。记白苎吴歌软。如今却向乱山丛里。一枝重看，对着西风搔首，为谁肠断。'沉着雄快，似非小山所能也。"（解玉峰编《吴梅词曲论著集》，南京：南京大学出版社，2008 年版，第 54 页）

[5]周稑《竹坡词原跋》云："先父长短句一百四十八阕，先是浔阳书肆开行，讹舛甚多，未及修正，适乡人经由渭宣城搜寻此，未得其半，遂以

金受板东下。未几，好事者辐凑访求，鬻书者利其得，又复开成，然比宣城本为善，盖采亲校雠也。"（《文渊阁四库全书》集部第 1487 册第 584 页）

[6] 馆臣言"《潇湘夜雨》本调，有赵彦端一词可证"，误。当为赵长卿《潇湘夜雨》一词可证。

赵长卿《惜香乐府》卷六《潇湘夜雨》："斜点银釭，高擎莲炬，夜寒不奈微风。重重帘幕，掩堂中。香渐远、长烟袅穟，光不定、寒影摇红。偏奇处，当庭月暗，吐焰如虹。红裳呈艳丽，娥一见，无奈狂踪。试烦他纤手，卷上纱笼。开正好、银花照夜，堆不尽、金粟凝空。叮咛语，频将好事，来报主人公。"（《文渊阁四库全书》集部第 1488 册第 408 页）

万树《词律》卷十三："此调与《满庭芳》相近而实不同。或曰：此即《满庭芳》，起三句无异，'重重帘幕'句虽只七字，然其后段'试烦他'九字与《满庭芳》无异，则此句或于'卷堂中'上落二字未可知。前结句虽只四字，然其后结与《满庭芳》无异，或于'吐焰'上下落一字亦未可知。后起是'丽'字断句，'娥'字上亦落一字。故周紫芝集《潇湘夜雨》凡四首，实即《满庭芳》，是一调而异名耳。余曰：此说固是，但其中前后两七字句对偶整齐，揣其音响，竟与《满庭芳》相去甚远，岂可将'香渐远'与'开正好'亦各删一字，以合《满庭芳》调乎？其另为一调无疑。故列于此，本谱欲黜新名复古调，然实系殊体，不敢不收也。"（万树《词律》，上海：上海古籍出版社，1984 年版，第 314 页）

另，冯煦《蒿庵论词》："坦庵、介庵、惜香，皆宋氏宗室，所作并亦清雅可诵。"（唐圭璋《词话丛编》第 4 册，北京：中华书局，2005 年版，第 3589 页）

据上述材料可知，《潇湘夜雨》一阕乃赵长卿词。且赵彦端《介庵词》并无《潇湘夜雨》一调，盖因赵彦端与赵长卿皆为宋宗室词人，以致馆臣有所混淆。

[7] 万树《词律》卷十三："《潇湘夜雨》（九十三字），赵长卿……《选声》既收《潇湘夜雨》调，而不收此词，反收紫芝之真《满庭芳》以为式，则不可解矣。"（万树《词律》，上海：上海古籍出版社，1984 年版，第 314 页）

卷四："《琴调相思引》（四十六字），赵彦端'拂拂轻阴雨麹尘。小庭深幕堕娇云。好花无几，犹是洛阳春。燕语似知怀旧主，水生只解送行人。可堪诗思，和泪渍罗巾。'周紫芝有此调，《竹坡集》内刻作《定风波令》，必误也。《定风波》原有本调，此只作《相思引》为是。"（万树《词律》，上海：上海古籍出版社，1984 年版，第 137 页）查《文渊阁四库全书》集部第1487 册第 577 页《琴调相思引》，馆臣已纠《琴调相思引》为《定风波》之误。

27 芦川词一卷 <small>（安徽巡抚采进本）</small>

宋张元幹撰。元幹有《芦川归来集》，已著录[1]。《宋史·艺文志》载其词二卷。陈振孙《书录解题》则作一卷，与此本合[2]。案绍兴八年十一月，待制胡铨谪新州，元幹作《贺新郎》词以送，坐是除名。考《宋史·胡铨传》，其上书乞斩秦桧在戊午十一月，则元幹除名自属此时。毛晋跋以为辛酉，殊为未审，仅附订于此[3]。又李纲疏谏和议，亦在是年十一月，纲斯时已提举洞霄宫，元幹又有寄词一阕[4]。今观此集，即以此二阕压卷，盖有深意。其词慷慨悲凉，数百年后，尚想其抑塞磊落之气[5]。然其他作，则多清丽婉转，与秦观、周邦彦可以肩随。毛晋跋曰："人称其长于悲愤，及读《花庵》《草堂》所选，又极妩秀之致。"可谓知言[6]。至称其"洒窗间，惟稷雪"句，引《毛诗疏》为证，谓用字多有出处，则其说似是而实非。词曲以本色为最难，不尚新僻之字，亦不尚典重之字。"稷雪"二字，拈以入词，究为别格，未可以之立制也[7]。又卷内《鹤冲天》调本当作《喜迁莺》。晋乃注云："向作《喜迁莺》，误，今改作《鹤冲天》。"不知《喜迁莺》之亦称《鹤冲天》，乃后人因韦庄《喜迁莺》词有"争看鹤冲天"句而名，调止四十七字。元幹正用其体。晋乃执后起之新名，反以原名为误，尤疏于考证矣[8]。

【笺注】

[1] 张元幹传见厉鹗《宋诗纪事》卷四十五与陆心源《宋史翼》卷七。亦可参考今人黄珅玉著《张元幹研究》（香港：三联书店香港分店，广州：广东人民出版社，1986 年版），王兆鹏著《张元幹年谱》（南京：南京出版社，1989 年版）及夏承焘等人编《唐宋词人年谱续编·张元幹年谱》（《夏承焘集》第 1 册，杭州：浙江古籍出版社，2017 年版）。

《芦川词》点校本，可参见曹济平笺注《芦川词笺注》（上海：上海古籍出版社，1991 年版）。

另，《文渊阁四库全书》集部第 1136 册已著录《芦川归来集》。

[2]《宋史·艺文志》卷二百八："张元幹，《芦川词》二卷。"（脱脱《宋史》，北京：中华书局，1977 年版，第 5375 页）陈振孙《直斋书录解题》卷二十一："《芦川词》一卷，三山张元幹仲宗撰。坐送胡邦衡词得罪秦相者也。"（陈振孙《直斋书录解题》，上海：上海古籍出版社，1987 年版，第 619 页）

[3] 馆臣此处有两则错误：其一，馆臣言绍兴八年（1138）胡铨谪新州，误。当为绍兴十二年（1142）编管新州。其二，馆臣言张元幹绍兴八年遭除名，误。当为绍兴十八年（1148）后。

《宋史》卷三百七十四："（绍兴）八年，宰臣秦桧决策主和，金使以'诏谕江南'为名，中外汹汹。铨抗疏……书既上，桧以铨狂妄凶悖，鼓众劫持，诏除名，编管昭州，仍降诏播告中外。给、舍、台谏及朝臣多救之者，桧迫于公论，乃以铨监广州盐仓。明年，改签书威武军判官。十二年，谏官罗汝楫劾铨饰非横议，诏除名，编管新州。十八年，新州守臣张棣讦铨与客唱酬，谤讪怨望，移谪吉阳军。"（脱脱《宋史》，北京：中华书局，1977 年版，第 11580 页、第 11582—11583 页）按，文中所提铨与客唱酬之事，当指胡铨与张元幹唱酬一事。

《宋史》卷二十九《本纪第二十九·高宗六》："（绍兴八年）十一月……辛亥，以枢密院编修官胡铨上书直谏，斥和议，除名，昭州编管，壬子，改差监广州都盐仓。"（脱脱《宋史》，北京：中华书局，1977 年版，第 537 页）卷三十《本纪第三十·高宗七》："（绍兴十二年）秋七月壬辰朔，福州签判胡铨除名，新州编管。""（绍兴十八年）十一月乙酉朔，升感生帝为上祀。乙亥，胡铨移吉阳军编管。"（脱脱《宋史》，北京：中华书局，1977 年版，第 556、569 页）

另，王明清《挥麈后录》卷之十："绍兴戊午，秦桧之再入相，遣王正道为计议使，以修和盟。十一月，枢密院编修官胡铨邦衡上书曰：'窃谓秦桧、孙近，皆可斩也。臣备员枢属，义不与桧等共戴天！区区之心，愿斩三人头。'……疏入，责为昭州盐仓，而改送吏部，与合入差遣，注福州签判，盖上初无深怒之意也。至壬戌岁，慈宁归养，秦讽台臣论其前言弗效，诏除名勒停，送新州编管。张仲宗元幹寓居三山，以长短句送其行云：'梦绕神州路。怅秋风，连营画角，故宫离黍。底事昆仑倾砥柱，九陌黄流乱注。聚万落千村狐兔。天意从来高难问，况人生易老悲如许。更南浦，送君去。凉生岸，柳销残暑。耿斜河疏星淡月，断云微度。万里江山知何处，回首对床夜语。雁不到，书成谁与？目断青天怀今古，肯儿曹恩怨相尔汝。举大白，唱《金缕》。'邦衡在新兴，尝赋词云：'富贵本无心，何事故乡轻别。空使猿惊鹤怨，误薛萝风月。囊锥刚要出头来，不道甚时节。欲驾巾车归去，有豺狼当辙。'郡守张棣缴上之，以谓讥讪，秦愈怒，移送吉阳军编管。……又数年，秦始闻仲宗之词。仲宗挂冠已久，以它事追赴大理削籍焉。……此段皆邦衡之子澥手为删定。"（上海古籍出版社编《宋元笔记小说大观》第4册，上海：上海古籍出版社，2001年版，第3744—3745页）

据上述材料可知，绍兴八年（1138）胡铨诏除名，编管昭州，后监广州盐仓。绍兴九年（1139）胡铨改签书威武军判官。绍兴十二年（1142）胡铨编管新州。绍兴十八年（1148）胡铨移谪吉阳军。

四库馆臣考胡铨谪新州为绍兴戊午岁（1138），误。当为绍兴十二年（1142）且胡铨至新州编管之际，与张元幹有所唱和，张词《贺新郎》当作于绍兴十二年，今人王兆鹏《张元幹年谱》可佐证。

结合《宋史》胡铨行迹及胡铨之子澥手删定《挥麈后录》记载，绍兴十八年（1148）胡铨因与张元幹唱和之词受小人张棣所讦，移谪吉阳军。此时，张元幹并未因《贺新郎》一词被除名。数年后，秦桧闻张元幹词，乃以它事追赴大理而削其籍。由此可证，四库馆臣所考"元幹除名"自属"戊午十一月"（1138），误。当为绍兴十八年（1148）后。

另，《宋史》卷三百七十四："（绍兴）八年，宰相秦桧决策主和，金使以'诏谕江南'为名，中外汹汹。铨抗疏言曰：'臣谨案，……臣窃谓不斩王伦，国之存亡未可知也。''臣窃谓秦桧、孙近亦可斩也。'"（脱脱《宋史》，北京：中华书局，1977年版，第11580—11582页）可证，四库馆臣所考胡铨上书乞斩秦桧之时为戊午年（1138）为是。

据《芦川词》跋："仲宗，别号芦川居士，三山人。平生忠义自矢，不屑与奸佞同朝，飘然挂冠。绍兴辛酉，胡淡庵上书乞斩秦桧被谪，作《贺新郎》一阕送之，坐是与作诗王民瞻同除名。"（毛晋《宋六十名家词》，上海：上海古籍出版社，1989年版，第411页）可见毛晋言胡铨上书乞斩秦桧为绍兴辛酉年（1141），误也。当为绍兴戊午年（1138），四库馆臣所言"殊为未审"。

[4] 馆臣此处亦有两处错误：其一，馆臣言绍兴八年十一月，李纲疏谏和议，误。当为绍兴八年十二月。其二，馆臣言张元幹绍兴八年十二月又寄词一阕，误。张元幹《贺新郎》其二当为绍兴八年十二月后作。

考《建炎以来系年要录》卷一百二十四："绍兴八年十有二月，……观文殿大学士、提举临安府洞霄宫李纲言：'臣窃见朝廷遣王伦使金国……金人变诈不测，贪婪无厌，纵使听其诏令，奉藩称臣，其志犹未已也，必继有号召，或使亲迎梓宫，或使单车入觐，或使移易将相，或使改革政事，或竭取赋税，或胺削土宇。从之，则无有纪极，一不从则前功尽废，反为兵端。以谓权时之宜，听其邀求，可以无后悔者，非愚则诬也。使国家之势单弱，果不足以自振，不得已而为此，亦无可奈何。今土宇之广，犹半天下；臣民之心，戴宋不忘；与有识者谋之，尚足以有为。岂可忘祖宗之大业，生灵之属望，弗虑弗图，遽自屈服，祈哀乞怜，黄延旦暮之命哉！臣愿陛下特留圣意，且勿轻许。诏群臣讲明利害，可以久长之策，择其善者而从之。'"（李心传《建炎以来系年要录》第5册，卷一百二十四，北京：中华书局，2013年版，第2325页、第2328—2329页）

由此可证，李纲疏谏和议当为"绍兴八年十二月"，非四库馆臣所考"绍兴八年十一月"，馆臣误。此外，张元幹《贺新郎》其二应为绍兴八年十二月李纲疏谏之后作，四库馆臣此处考证亦失误。

另，张仲宗寄李纲《贺新郎》一阕，称之为"压卷之作"，其词曰："曳仗危楼去。斗垂天，沧波万顷，月流烟渚。扫尽浮云风不定，未放扁舟夜渡。宿雁落寒芦深处。怅望关河空吊影，正人间鼻息鸣鼍鼓。谁伴我，醉中舞？十年一梦扬州路。倚高寒，愁生故国，气凌风雨。要斩楼兰三尺剑，遗恨琵琶旧语。谩暗涩，铜华尘土。唤取谪仙平章看，过苕溪尚许垂纶否？风浩荡，欲飞举。"（《文渊阁四库全书》集部第1487册第586页）

[5]《文渊阁四库全书》集部《定斋集》卷十三蔡戡《芦川居士词序》："喜作长短句，其忧国爱君之心，愤世嫉邪之气，间寓于歌诗。绍兴议和，今端明胡公铨志在复仇上书请剑欲斩议者，得罪权臣，窜谪岭海，平生亲党，避嫌畏祸，唯恐去之不速。公作长短句送之，微而不显，哀而不伤，深得《三百篇》讽刺之义，非若后世靡丽之词，狎邪之语，适足劝淫，不可以训。"（《文渊阁四库全书》集部第1157册第702页）

杨慎《词品》卷之三："张仲宗，三山人，以送胡澹庵及寄李纲词得罪，

忠义流也。"(唐圭璋《词话丛编》第1册,北京:中华书局,2005年版,第481页)

张宗橚《词林纪事》卷十:"仲宗坐送胡邦衡及寄李伯纪词除名,其品节可知矣。"(张宗橚辑《词林纪事》,成都:成都古籍书店,1982年版,第280页)四库馆臣所评张元幹词"磊落之气",着实中肯。

[6]毛晋《芦川词》跋:"人称其长于悲愤,及读《花庵》《草堂》所选,又极妩秀之致,真堪与片玉、白石并垂不朽。"(毛晋《宋六十名家词》,上海:上海古籍出版社,1989年版,第411页)

[7]毛晋《芦川词》跋:"凡用字多有出处,如'洒窗间,惟稷雪'云云,见《毛诗疏》:'稷,雪霰也;形如米粒,能穿窗透瓦。'今本改作'霰雪'。又如'薄劣东风,夭斜飞絮'云云,见白香山诗'钱塘苏小小,人道最夭斜',自注:'夭,音歪。'时刻改作'颠斜',便无韵味。姑记之以为妄改古人字句之戒云。古虞毛晋识。"(毛晋《宋六十名家词》,上海:上海古籍出版社,1989年版,第411页)

杨慎《词品》卷之三:"张仲宗,号芦川,填词最工。其《踏莎行》云:'芳草平沙,斜阳远树。无情桃叶江头渡。醉来扶上木兰舟,将愁不去将人去。薄劣东风,夭斜落絮。明朝重觅吹笙路。碧云香雨小楼空,春光已到销魂处。'唐李端诗:'江上晴楼翠霭间,满阑春水满窗山。青枫绿草将愁去,远入吴云暝不还。'此词'将愁不去将人去'一句,反用之。'夭斜'音'歪斜',白乐天诗:'钱塘苏小小,人道最夭斜。'自注:'夭音歪。'若不知其出处,不见其工。词虽一小技,然非胸中有万卷,下笔无一尘,亦不能臻其妙也。"(唐圭璋《词话丛编》第1册,北京:中华书局,2005年版,第480页)

李调元《雨村词话》卷三:"张元幹《芦川词》无一字无来处。"(唐圭璋《词话丛编》第1册,北京:中华书局,2005年版,第1419页)

考《芦川词》用字用句化用前人诗句及典故等情状并非鲜见。诸如《贺新郎》其二:"十年一梦扬州路"改用杜牧《遣怀》诗句"十年一觉扬州梦,占得青楼薄幸名。"(陈允吉校点《杜牧全集》,上海:上海古籍出版社,1997年版,第205页)

《满江红》一阕"春水迷天,桃花浪、几番风恶"化用《杜甫全集》卷十一《春水》诗句"三月桃花浪,江流复旧痕,潮来没沙尾,碧色动柴门"。(高仁标点《杜甫全集》,上海:上海古籍出版社,1997年版,第162页)

《石州慢》一阕"情切。画楼深闭，想见东风，暗销肌雪"中"肌雪"一词引用典故《庄子·逍遥游》："藐姑射之山，有神人居焉，肌肤若冰雪，淖约若处子。不食五谷，吸风饮露。"（王孝鱼点校《庄子集释》，北京：中华书局，1985 年版，第 28 页）

《八声甘州》其一"倚凌空、飞观展营丘，卧轴恍移时。渐微云点缀，参横斗转，野阔天垂"之"微云点缀"乃化用典故《世说新语·言语》上卷："司马太傅斋中夜坐，于时天月明净，都无纤翳。太傅叹以为佳。谢景重在坐，答曰：'意谓乃不如微云点缀。'太傅因戏谢曰：'卿居心不净，乃复强欲滓秽太清邪？'"（王根林校点《世说新语》，上海：上海古籍出版社，2012 年版，第 31 页）诸如此类，俯拾皆是。

据相关词话及《芦川词》数阕，可证其与四库馆臣所持"词曲以本色为最难，不尚新僻之字，亦不尚典重之字"观点相乖。且黄升《中兴以来绝妙词选》卷二评曰："张安国，……有《紫微雅词》，汤衡为序，称其平昔为词未尝著稿，笔酣兴健，顷刻即成，无一字无来处，如《歌头》《凯歌》诸曲，骏发蹈厉，寓以诗人句法者也。"（黄升《花庵词选》，北京：中华书局，1958 年版，第 194 页）该评论亦佐证四库馆臣观点失之偏颇。

[8] 万树《词律》卷四："'街鼓动，禁城开。天上探人回。凤衔金榜出云来。平地一声雷。莺已迁，龙已化。一夜满城车马。家家楼上簇神仙。争看鹤冲天。'……按，此词末有《鹤冲天》三字，故后人又名此词曰《鹤冲天》，是惟此四十七字之《喜迁莺》方可名《鹤冲天》也，乃今人将一百三字之《喜迁莺》，亦名曰《鹤冲天》，而《选声》更注云：'又名《鹤冲霄》'，似此展转讹谬，岂可不加厘正哉。"又云："按，张元幹又一首用此体，汲古不知，乃注云：'向亦作《喜迁莺》，误，今改《鹤冲天》。'以为改正，而实则错，天下事往往如此。而《图谱》等书收作两体者，尤为无识。"（万树《词律》，上海：上海古籍出版社，1984 年版，第 133 页）据此可见，毛晋疏于考证，四库馆臣所言极是。

28 东浦词一卷 （江苏巡抚采进本）

宋韩玉撰[1]。案，是时有二韩玉。刘祁《归潜志》曰："韩府判玉，字温甫，燕人。少读书，尚气节。擢第，入翰林，为应奉文字，后为凤翔府判官。大安中，陕西帅府檄授都统。或诬以有异志，收鞫死狱中。"《金史》《大金国志》并同，此一韩玉也。其人终于金[2]。叶绍翁《四朝闻见录》曰："司马文季使北不屈，生子名通国，盖本苏武之意。通国有大志，尝结北方之豪韩玉举事，未得要领。绍兴初，玉挈家而南，授江淮都督府计议军事。其兄璘在北，亦与通国善。癸未九月，以扇寄玉诗。都督张魏公见诗，甲申春，遣信往大梁，讽璘、通国等。至亳州，为逻者所获，通国、璘等三百余口同日遇害。"此又一韩玉也，其人由金而入宋[3]。考集中有"张魏公生旦""上辛幼安生日""自广中出，过庐陵，赠歌姬段云卿"《水调歌头》三首，"广东与康伯可"《感皇恩》一首，则是集为归宋后所编[4]。故陈振孙《书录解题》有《东浦词》一卷著于录也。毛晋刻其词入《宋六十家词》，又诋其虽与康与之、辛弃疾唱和，相去不止荂罗、无盐。今观其词，虽庆贺诸篇，不免俗滥，晋所摘《且坐令》中二句，亦体近北曲，诚非佳制。然宋人词内，此类至多，何独刻责于玉[5]？且集中如《感皇恩》《减字木兰花》《贺新郎》诸作，未尝不凄清宛转，何独摈置不道，而独纠其"冤家何处"二语？盖明人一代之积习，无不重南而轻北，内宋而外金，晋直以畛域之见，曲相排诋，非真出于公论也[6]。又鄙薄既深，校雠弥略，如《水调歌头》第二首前阕"容饰尚中州"句，"饰"字讹为"饬"字[7]。《曲江秋》前阕"凄凉扬舟"句，本无遗脱，乃于"扬"字下加一方空。后阕"潇然伤"句，"伤"字下当脱一字，乃反不以方空记之[8]。《一剪梅》前阕"只怨闲纵绣鞍尘"句，"怨"字据谱不宜仄[9]。《上西平》调即《金人捧露盘》，前阕"暗惜双雪"句，"惜"字据谱，亦不宜仄。后阕"不如早"句，"早"字下据谱尚脱一字[10]。《贺新郎》第三首后阕"冷"字韵复，当属讹字。《一剪梅》一名《行香子》，乃误作《竹香子》。不知《竹香子》别有一调，与此迥异[11]。上辛幼安《水调歌头》，误脱一"头"字，遂不与《水调歌头》并载，而别立一《水调歌》之名。排比参错，备极讹舛。晋刻宋词，独此集称托友人校雠，殆亦自知其疏漏欤[12]？至《贺新郎》咏水仙以"玉""曲"与"注""女"并叶，《卜算子》以"夜""谢"与"食""月"互叶，则由"玉"参用土音[13]，如林外以"扫"叶"锁"，黄庭坚之以"笛"叶"竹"，非校雠之过矣[14]。

【笺注】

[1] 韩玉传见《金史》卷一百十（脱脱《金史》，北京：中华书局，1975 年版），亦可参考今人王庆生著《金代文学家年谱》第十四卷《韩玉》篇（王庆生著《金代文学家年谱》下册，南京：凤凰出版社，2005 年版）。

《东浦词》今人尚未精点精校。

[2] 刘祁《归潜志》卷第五："韩府判玉，字温甫，燕人。少读书，尚气节。擢第，入翰林，为应奉文字。后为凤翔府判官。大安中，北兵围燕都，夏人连陷边州，陕西帅府檄温甫为都统，募军，得万人。出屯华亭，与夏人战，败之。而温甫毅然有勤王志，因移檄关中，言词忠壮，闻者感动。其檄有云：'人谁无死？有臣子之当为。事至于今，忍君亲之弗顾？勿谓百年身后虚名一听史臣，只如今日目前，何颜以居人世？王侯将相宁有种乎？富贵功名当自致耳。'或诬温甫以有异志，收鞠死狱中。士大夫愤惜。"（崔文印点校《归潜志》，北京：中华书局，1997 年版，第 48 页）

亦可参见《金史》卷一百十（脱脱《金史》，北京：中华书局，1975 年版，第 2429—2430 页）与《大金国志》卷二十八（崔文印校证《大金国志校证》下册，北京：中华书局，1986 年版，第 407—408 页）。

[3] 叶绍翁《四朝闻见录》丙集："司马池之后朴，字文秀，借兵部侍郎使金。金丞相、燕国王完颜宗干见而异之，因授以尚书右丞。朴不屈，然犹纵其出入敌中，生子名通国，字武子，盖本苏武之义。通国有大志，尝结北方之豪。韩玉举事，皆未得要领。绍兴初，玉挈家以南，授京秩江淮都督府计议军事，其兄璘犹在敌中，以弟故与通国善。癸未九月，都督魏公遣张

虬、侯泽往大梁侍璘。璘因以扇赠玉诗云：'雍雍鸣雁落江滨，梦里年来相见频。吟尽楚词招不得，夕阳愁杀倚楼人。'魏公见此诗于甲申岁春，复遣侯泽往大梁讽通国、璘等。行至亳州，为逻者所获。通国、璘与尝所与交聂山三百余口，同日遇害，是岁三月十六日也。"（沈锡麟、冯惠民点校《四朝闻见录》，北京：中华书局，1989 年版，第 99—100 页）

　　[4]《文渊阁四库全书》集部第 1487 册第 618 页《水调歌头》第一阕，词序"张魏公生日"，其词曰："间世真贤出，吉兆梦维熊。玉麟天上谪见，怵薄贯长虹。追念当年筹算，封魏封留勋业，千古事攸同。语云仁者寿，何必喻乔松。嗣天子，乘九五，驭飞龙。分麾契符阃外，凭倚定寰中。由是天才英纵，散入枢庭闲暇，谈笑抚兵戎。伫看金柝静，金鼎篆元功。"此处"张魏公生日""金柝"，毛晋本作"张魏公生旦""骄虏"。而"吉兆梦"，四库本与毛本同，《全宋词》则作"吉梦兆"。

　　《文渊阁四库全书》集部第 1487 册第 618 页《水调歌头》第二阕词序"自广中出，过庐陵，赠歌姬段云卿"，其词曰："有美如花客，容饰尚中州。玉京杳渺天际，与别几经秋。家在金河堤畔，身寄白苹洲末，南北两悠悠。休苦话萍梗，清泪已难收。玉壶酒，倾潋滟，听君讴。伫云却月，新弄一曲洗君忧。同是天涯沦落，何必平生相识，相见且迟留。明日征帆发，风月为君愁。"此处"饰"字，毛本作"饬"字。而"洗君忧"，四库本与毛本同，《全宋词》则作"洗人忧"。

　　《文渊阁四库全书》集部第 1487 册第 618 页《感皇恩》词序"广东与康伯可"，词云："远柳绿含烟，土膏才透。云海微茫露晴岫。故乡何在，梦寐草堂溪友。旧时游赏处，谁携手。尘世利名，于身何有。老去生涯瘵樽酒。小桥流水，一树雪香瘦。故人今夜月，相思否。"

　　《文渊阁四库全书》集部第 1487 册第 621 页《水调歌头》词序"上辛幼安生日"，其词云："重午日过六，灵岳再生申。丰神英毅，端是天上谪仙人。凤蕴机权才略，早岁来归明圣，惊耸汉庭臣。言语秒天下，名德冠朝绅。绣衣节，移方面，政如神。九重隆眷倚注，伟业富经纶。闻道山东出相，行拜紫泥飞诏，归去秉洪钧。寿祉自天锡，安用拟庄椿。"

　　[5] 陈振孙《直斋书录解题》卷二十一："《东浦词》一卷，韩玉温甫撰。"（陈振孙《直斋书录解题》，上海：上海古籍出版社，1987 年版，第 629 页）

　　毛晋《东浦词跋》："韩温甫家于东浦，因以名其词。虽与康顺庵、辛稼轩诸家酬唱，其妍媸相去非萱苎萝、无盐也。余去冬日事畚锸，研田久芜，托友人校雠诸词集以行世，入年读之，如兹集开卷《水调歌头》为之掩鼻。又《且坐令》，其自度曲也，押韵颇峭，但'冤家何处贪欢乐，引得我心儿恶'等语，又未免俳笑矣。"（毛晋《宋六十名家词》，上海：上海古籍出版社，1989 年版，第 576 页）

　　另，《且坐令》中"冤家何处贪欢乐，引得我心儿恶"二句于宋人词内，相类者甚多。诸如黄庭坚《昼夜乐·夜深记得临岐语》："教人每日思量，到处与谁分付。其奈冤家无定据。"（唐圭璋编《全宋词》第 1 册，北京：中华书局，1965 年版，第 414 页）吕渭老《沁园春·复把元宵》："争知道，冤家误我，日许多时。心儿。转更痴迷。"（唐圭璋编《全宋词》第 2 册，北京：中华书局，1965 年版，第 1115 页）石孝友《夜行船·漏永迢迢清夜》："冤家你若不知人，这欢娱、自今权罢。"（唐圭璋编《全宋词》第 3 册，北京：中华书局，1965 年版，第 2044 页）葛长庚《水调歌头·堪笑尘中客》："冤家缠缚，算来不是你风流。"（唐圭璋编《全宋词》第 4 册，北京：中华书局，1965 年版，第 2588 页）馆臣所言毛晋唯独苛责韩玉为是。

　　[6]　冯煦《蒿庵论词》："韩玉《贺新郎》，……两词声情婉约，亦未可以一眚掩也。"（唐圭璋《词话丛编》第 4 册，北京：中华书局，2005 年版，第 3598 页）

　　今人饶宗颐《词集考》之《东浦词》篇："《东浦词》传者二十八首，毛晋颇加嗤诋，《提要》又称其凄清婉转，义各有当。但《提要》讥及明人重南轻北，内宋外金，则涉及题外而不中理。"（饶宗颐《词集考》，北京：中华书局，1992 年版，第 133 页）由此可见，馆臣此论已超词学范畴，当区别待之。

　　[7]　《文渊阁四库全书》集部第 1487 册第 618 页《水调歌头》第二阕词曰："有美如花客，容饰尚中州。"此处馆臣已纠毛晋本"饬"为"饰"。

　　[8]　万树《词律》卷十七："刻本于'扬'字下作一'□'，'伤'字下反不加'□'，误也。"（万树《词律》，上海：上海古籍出版社，1984 年版，第 379 页）

　　[9]　《文渊阁四库全书》集部第 1487 册第 619 页韩玉《一剪梅》："镜里新妆镜外情。小眉幽恨，浅绿低横。只怨闲纵绣鞍尘。不道天涯，萦绊归程。梦里兰闺相见惊。玉香花瘦，春艳盈盈。觉来攲枕转愁人。门外潇潇，风雨

三更。"该阕双调六十字，据《钦定词谱》卷十三周邦彦《一剪梅》按曰："此调以周词、吴词为正体，若卢词、张词、蒋词之添韵，曹词、李词之减字，皆变体也。"（蔡国强考正《钦定词谱考正》，上海：华东师范大学出版社，2017 年版，第 426—428 页）

其中，《钦定词谱》列举《一剪梅》双调六十字者有周邦彦词、吴文英词、卢炳词及张炎词。周词"轻盈微笑舞低回"之"盈"字为平声；吴词"暮云低压小阑干"之"云"字为平声；卢词"几多急管与繁弦"之"多"字为平声；张词"醉归无月傍黄昏"之"归"字为平声；蒋捷词"秋娘容与泰娘娇"之"娘"字为平声。由此可证，韩玉词"只怨闲从绣鞍尘"句，"怨"字确如馆臣所言不宜仄声，当为平声。

[10]《文渊阁四库全书》集部第 1487 册第 619 页韩玉《上西平》："折腰劳，弹冠望，纵飞蓬。笑造化、相戏穷通。风帆浪桨，暮城寒角晓楼钟。暗惜霜雪鬓边来，惊对青铜。萧闲好，何时遂，门横水，径穿松。有无限、杯月襟风。区区个甚，帝尧堂下足夔龙。不如早问溪山，高养吾慵。"该阕脱一字，本为双调七十九字，据《钦定词谱》卷十八高观国《金人捧露盘》按曰："此调以此词及程词为正体，宋词俱照此填。若辛词之减字、贺词之添字，皆变体也。"（蔡国强考正《钦定词谱考正》，上海：华东师范大学出版社，2017 年版，第 595—596 页）

其中，《钦定词谱》卷十八所列举《金人捧露盘》双调七十九字者有高观国词与程垓词。高词"天寒翠袖可怜是"之"寒"字为平声；程词"海棠明月杏花天"之"棠"字为平声。由此可证，韩玉词"暗惜霜雪鬓边来"句，"惜"字如馆臣所言不宜仄声，当为平声。

万树《词律》卷十一："此调因有别名，故各书多复收之，而《图谱》乃收至三体，既收《金人捧露盘》与《上西平》，又收一元人词《上南平》调，奇绝。……东浦刻后结'不如早问溪山，高养吾慵'亦不管其是误落，而亦可另收一体。"（万树《词律》，上海：上海古籍出版社，1984 年版，第 271 页）

又据《钦定词谱》卷十八："金人越调《上平西缠令》即此体也。又，前后段两结，作七字一句，四句一字，按韩玉词，前结'暗催霜雪鬓边来，惊对青铜'，后结'不如闲早问溪山，高养吾慵'，句法正与此同。"（蔡国强考正《钦定词谱考正》，上海：华东师范大学出版社，2017 年版，第 596 页）

"早"字处上脱一字，为"闲"字，与四库本《钦定词谱》同。而《全宋词》
所载韩玉《上平西》："不如闻早问溪山，高养吾慵"句则作"闻"字（唐圭
璋编《全宋词》第3册，北京：中华书局，1965年版，第2056页）。

[11] 冯煦《蒿庵论词》："篇中疑字有可无勘正者，闲亦标注。又或本
词之内，一韵重押，若周紫芝《天仙子》，再出'暝'字，韩玉《贺新郎》，
再出'冷'字之类，偶尔失检，不必为作曲者讳，而两词声情婉约，亦未可
以一眚掩也。"（唐圭璋《词话丛编》第4册，北京：中华书局，2005年版，
第3598页）

然，今人夏承焘对此有所辩驳，其《四库全书词籍提要校议》之《东浦
词》："宋词中有叶复韵者，如黄庭坚《拨棹子》用二'夹'韵，吕渭老《扑
蝴蝶》用二'斗'韵，吴文英《采桑子》用二'时'韵，蒋捷《梅花引》
用二'舟'韵，程垓《四代好》用二'好'韵，戴复古《贺新郎·寄丰宅
之》用二'旧'韵，张继先《苏幕遮》用二'走'韵；此等复韵有分在两片
者，有在一片中者，未必尽属误刻。又，《提要》于《丹阳词》，据其和叶梦
得《江城子》上片用'宫'韵，下片用'翁'韵，证梦得原唱用二'宫'字
为误复，然否亦待再考。"（《夏承焘集》第2册，杭州：浙江古籍出版社，
2017年版，第201—202页）

《钦定词谱》卷十四《行香子》按曰："此调以晁词、苏词、秦词、韩词
为正体，而韩词一体，填者颇少"，"又一体（第五体，双调六十六字，前段
八句四平韵，后段八句五平韵），韩玉。"（蔡国强考正《钦定词谱考正》，上
海：华东师范大学出版社，2017年版，第470、472页）

又据《钦定词谱》卷八："《竹香子》（第一体，双调五十字，前后段个
四句三仄韵），刘过。"（蔡国强考正《钦定词谱考正》，上海：华东师范大学
出版社，2017年版，第258页）与万树《词律》卷六："《竹香子》，五十字，
刘过。"（万树《词律》，上海：上海古籍出版社，1984年版，第168页）

上述可证，《行香子》确非《竹香子》，馆臣所言甚是。

[12] 毛晋《宋六十名家词》所载《东浦词》卷首为《水调歌头》，词序
"张魏公生旦"，而第二十一阕为《水调歌》，词序"上辛幼安生日。"（毛晋
《宋六十名家词》，上海：上海古籍出版社，1989年版，第574、576页）确
如馆臣所言"上辛幼安生日"《水调歌》脱"头"字，未与《水调歌头》并
载，别立一调。

[13] 吴衡照《莲子居词话》卷二："以方言合韵，不独林外词。韩玉《贺新郎》《卜算子》，程垓《满庭芳》《减字木兰花》，赵长卿《水龙吟》，与黄鲁直'老子平生，江南江北，最爱临风笛'，借叶泸邛间音均，词家用韵变例。"（唐圭璋《词话丛编》第3册，北京：中华书局，2005年版，第2424页）

楼俨《洗砚斋集》之《书韩玉〈卜算子〉词后》云："韩玉《卜算子》'杨柳绿成阴'词，'节''月''夜''谢'四韵同押。盖以入声之六月、九屑、与去声二十祃通用，古韵无此例也。按入声韵原有转去声韵者。西河毛氏《古今通韵》，关中李氏《古今韵通》，吴门顾氏《古音表》，均以入声之月、屑，转去声之置、未、霁、泰、卦、队，不闻其二十二祃也。惟周德藻《中原音韵》车、遮部，去声有'夜''谢'字，而以'节'字附于上声，'月'字附于去声。此是元人北曲韵。不知东浦于南渡年间，何以即如此押？岂元以后人所作词，嫁名于韩耶？殊不可解，录出以俟再考。"（楼俨《襄笠轩仅存稿》第2册，清康熙刻本，第95页）

又，王国维《人间词话删稿》："稼轩《贺新郎》词：'柳暗凌波路。送春归猛风暴雨，一番新绿。'又《定风波》词：'从此酒酣明月夜，耳热。''绿''热'二字，皆作上去用。与韩玉《东浦词·贺新郎》以'玉''曲'叶'注''女'，《卜算子》以'夜''谢'叶'食''月'，'食'当作'节'，已开北曲四声通押之祖。"（唐圭璋《词话丛编》第5册，北京：中华书局，2005年版，第4259页）

[14] 杨慎《词品》卷之三："林外，字岂尘，有《洞仙歌》，书于垂虹桥。作道装，不告姓名，饮醉而去。人疑为吕洞宾，传入宫中。孝宗笑曰：'云屋洞天无锁。''锁'与'老'叶韵，则'锁'音'扫'，乃闽音也。侦问之，果闽人林外也。"（唐圭璋《词话丛编》第1册，北京：中华书局，2005年版，第481页）

陆游《老学庵笔记》卷二："鲁直在戎州，作乐府曰：'老子平生，江南江北，爱听临风笛。孙郎微笑，坐来声喷霜竹。'予在蜀见其稿，今俗本改'笛'为'曲'以协韵，非也。然亦疑'笛'字太不入韵。及居蜀久，习其语音，乃知泸戎间谓笛为'独'。故鲁直得借用，亦因以戏之耳。"（《历代史料笔记丛刊》之《唐宋史料笔记丛刊》，北京：中华书局，1997年版，第16页）

29　懒窟词一卷（江苏巡抚采进本）

宋侯置撰[1]。案陈振孙《书录解题》："置字彦周，东武人。绍兴中以直学士知建康。"[2]今考集中有《戏用贺方回韵饯别朱少章》词，则其人当在南宋之初。而《眼儿媚》词题下注曰"效易安体"。易安为李清照之号，亦绍兴初人。置已称效，殆犹杜牧、李商隐集中效沈下贤体之例耶[3]？又有《为张敬夫直阁寿》词，《中秋上刘共甫舍人》词，皆孝宗时人。而《壬午元旦》一词，实为孝宗改元之前一年，则乾道、淳熙间其人尚存，振孙特举其为官之岁耳[4]。置为晁氏之甥，犹有元祐旧家流风余韵，故交游皆胜流。其词亦婉约娴雅，无酒楼歌馆箏邬狼籍之态。虽名不甚著，而在南宋诸家之中，要不能不推为作者[5]。《书录解题》著录一卷，与今本同。毛晋尝刻之《六十家词》中，校雠颇为疏漏。其最甚者，如《秦楼月》即《忆秦娥》，因李白词中有"秦娥梦断秦楼月"句，后人因改此名，本属双词。晋所刻于前阕之末脱去一字，与后阕联属为一，遂似此词别有此体，殊为舛误[6]。他如《水调歌头》之"欢倾拥旌旄"，"倾"字不应作平[7]。《青玉案》之"咫尺清明三月暮"，"暮"字与前阕韵复。又"冉冉年元真暗度"句，"元"字文义不可解，当是"光"字[8]。其《遥天奉翠华引》一首，尤讹误几不可读。今无别本可校，其可改正者改正之，不可考者亦姑仍其旧云[9]。

【笺注】

[1] 侯置生平资料贫乏，可参见《词林纪事》卷九："侯置，字彦周，东武人，晁说之甥，邵兴中，以直学士知建康，有《懒窟词》。"（张宗橚辑《词林纪事》，成都：成都古籍书店，1982 年版，第 267 页）及今人昌彼得等人编《宋人传记数据索引》："侯置，字彦周，东武人，晁谦之甥，南渡后居长沙。尝官耒阳令，卒于乾道、淳熙间。有《懒窟词》，婉约娴雅，在南宋诸

家中，亦推作者。"（昌彼得等编《宋人传记数据索引》第 2 册，北京：中华书局，1988 年版，第 1693 页）

《懒窟词》今人尚未精点精校。

按，《词林纪事》误晁谦之为晁说之，当改。据《景定建康志》卷十四："（绍兴十五年）四月十一日，敷文阁直学士、右朝奉大夫晁谦之知府事兼江东安抚使。"（中华书局编辑部编《宋元方志丛刊》第 2 册，北京：中华书局，1990 年版，第 1498 页）陈振孙《直斋书录解题》卷二十一："其曰母舅晁留守者，谦之也。"（陈振孙《直斋书录解题》，上海：上海古籍出版社，1987 年版，第 626 页）及《懒窟词》所载《朝中措·建康大雪戏呈母舅晁留守》一阕，可断定侯置之母舅当为晁谦之。且查阅历代文献，尚无晁说之任建康留守一事。

[2] 陈振孙《直斋书录解题》卷二十一："《懒窟词》一卷，东武侯置彦周撰。其曰母舅晁留守者，谦之也。绍兴中以直学士知建康。"（陈振孙《直斋书录解题》，上海：上海古籍出版社，1987 年版，第 626 页）

[3]《文渊阁四库全书》集部第 1487 册第 631 页《青玉案》第三阕词序"戏用贺方回韵饯别朱少章"，同册第 634 页所载《眼儿媚》词序"效易安体"。

晁公武《郡斋读书志》卷第十八："《沈亚之集》十卷，右唐沈亚之，字下贤，长安人。元和十年进士。泾原李汇辟掌书记，为秘鲁书省正字。……尝游韩愈门，李贺、杜牧、李商隐俱有拟下贤诗，亦当时名辈所称许云。"（孙猛校证《郡斋读书志校证》，上海：上海古籍出版社，1990 年版，第 901 页）杜牧仿效"沈下贤体"之诗有《沈下贤》，《杜牧全集》卷二："斯人清唱何人和，草径苔芜不可寻。一夕小敷山下梦，水如环佩月如襟。"（陈允吉校点《杜牧全集》，上海：上海古籍出版社，1997 年版，第 22 页）

李商隐则有《拟沈下贤》，《玉溪生诗集笺注》卷三："千二百轻鸾，春衫瘦著宽。倚风行稍急，含雪语应寒。带火遗金斗，兼珠碎玉盘。河阳看花过，曾不问潘安。"（冯浩笺注《玉溪生诗集笺注》，上海：上海古籍出版社，1979 年版，第 577 页）

[4] 张敬夫，即张栻，其传见《宋史》卷四百二十九。刘共甫，即刘珙，其传见《宋史》卷三百八十六。此处四库馆臣之误有二：一误侯置知建康；二误陈振孙所特举者乃其为官之岁。

今人饶宗颐对此有所考辨。据《词集考·别集类》卷三："置，字彦周，东武人，南渡后似寓居湖南。《直斋书录》云：'其曰母舅晁留守者，谦之也，绍兴中以直学士知建康。'案谦之，即绍兴十八年刊《花间集》于建康者，直斋'知建康'句，自属谦之；四库馆臣乃误会以属侯寘，审《懒窟词》作于建康数者，并有颂府主意，如'甘棠''归觐'之句，不应自誉自祷也。集中有饯朱少章词，……当是建炎二年春间饯其奉使之作。集中题年干者最后为'壬午元宵'，则绍兴三十二年也。……馆臣称侯寘知建康，似误从《千顷堂书目》。"（饶宗颐《词集考》，北京：中华书局，1992 年版，第 122 页）今人李裕民《四库提要订误》卷四《懒窟词》亦有所辨（李裕民《四库提要订误》，北京：中华书局，2005 年版，第 455 页）。

[5] 馆臣评侯寘"犹有元祐旧家流风余韵，故交游皆胜流"，可从侯寘《懒窟词》大量优秀赠答词中得以体现。其所交胜流，如《青玉案·戏用贺方回韵饯别朱少章》之朱弁、《水调歌头·上饶送程伯禹尚书》之程瑀、《苏武慢·湖州赵守席上作》之赵淑泠、《水调歌头·为郑子礼提刑寿》之郑思恭、《满江红·中秋上刘恭甫舍人》《朝中措·元夕上潭帅刘共甫舍人》之刘珙、《水调歌头·为张敬夫直阁寿》之张栻、《瑞鹤仙·为刘信叔大尉寿》之刘锜、《满江红·和徐叔至御带》之徐叔至及《阮郎归·为张丞寿》之张丞等。正如毛晋跋语所言"渭阳之谊甚笃"。

毛氏《懒窟词》跋曰："彦周，东武人，晁氏甥也。渭阳之谊甚笃，如《玉楼春》《青玉案》《朝中措》《瑞鹧鸪》诸调，情见乎词矣。其《席上送行》云：'后夜萧萧葭苇岸，一樽酌见离情。'不让徐勉送客曲。弇州先生病美成不能作情语，彦周殆能作情语者耶？"（毛晋《宋六十名家词》，上海：上海古籍出版社，1989 年版，第 526 页）

又，况周颐《蕙风词话续编》卷一："《念奴娇·探梅》换头云：'休恨雪小云娇，出群风韵，已觉桃花俗。'颇能为早梅传神。'雪小云娇'四字连用，甚新。又，《西江月·赠蔡仲常侍儿初娇》云：'豆蔻梢头年纪，芙蓉水上精神。幼云娇玉两眉春，京洛当时风韵。'芙蓉句亦妙于传神。'幼云娇玉'四字亦新。"（唐圭璋《词话丛编》第 5 册，北京：中华书局，2005 年版，第 4531 页）由此可佐证侯寘词作中确有馆臣所评"婉约娴雅"特色。

[6]《钦定词谱》卷五："元高拭词注：商调。按，此词昉自李白，自唐迄元，体各不一。要其源，皆从李词出也。因词有'秦娥梦断秦楼月'句，故名《忆秦娥》，更名《秦楼月》。"（蔡国强考正《钦定词谱考正》，上海：

华东师范大学出版社，2017 年版，第 158 页）毛晋《宋六十名家词》所载《懒窟词》之《秦楼月》一阕，上阕二十一字确与下阕二十五字相连一体。馆臣所言为是。

[7] 毛晋《宋六十名家词》所载《懒窟词》之《水调歌头》第三阕"清晓欢倾拥旌旄"句，"倾"字作平声。四库本则改作"清晓欢颂拥旌旄"，"颂"字作仄声。据《钦定词谱》卷二十三《水调歌头》正体为双调九十五字，前段九句四平韵，与侯置该阕同。该调正体有毛滂词、周紫芝词与苏轼词，其上阕第十八字皆为仄声。可知，馆臣于四库本已纠毛本平声"倾"字为仄声"颂"字之误。另，《全宋词》亦作"颂"字，与四库本同。

[8] 毛晋《宋六十名家词》所载《懒窟词》之《青玉案》第一阕："东风一夜吹晴雨。小园里、春如许。桃李无言情难诉。阳关车马，灞桥风月，移入江天暮。双旌明日留难住。今夕清觞且频举。咫尺清明三月暮。寻芳宾客，对花杯酌，回首西江路。"（毛晋《宋六十名家词》，上海：上海古籍出版社，1989 年版，第 523 页）四库本、《全宋词》本皆同，此处下阕"咫尺清明三月暮"与上阕"移入江天暮"重韵，馆臣所言为是。

另，《青玉案》第三阕，毛晋本作"冉冉年元真暗度"。（毛晋《宋六十名家词》，上海：上海古籍出版社，1989 年版，第 524 页）《文渊阁四库全书》集部第 1487 册第 631 页所载此句，已纠毛本之误，作"冉冉年光真暗度"，《全宋词》本同。

[9] 毛晋本《遥天奉翠华引》："雪消楼外山。正秦淮、翠蕴回澜。香梢豆蔻，红轻犹怕春寒。晓光浮画栊，卷绣帘、风暖玉钩闲。紫府仙人，花园羽帔星冠。蓬莱阆苑，意倦游、常戏世间。佩麟旧都，江左襦裤歌欢。只恐催归觐，剩宴都、休诉酒杯宽。明岁应看君，钩容舞袖歌鬟。"（毛晋《宋六十名家词》，上海：上海古籍出版社，1989 年版，第 521—522 页）四库本改"翠蕴"为"翠藻"，《全宋词》则作"翠溢"。四库本改"世间"为"人间"，《全宋词》本则与毛本同。四库本改"佩麟旧都，江左襦裤歌欢"为"佩麟江左，旧都襦裤歌欢"，《全宋词》本与毛晋本同。毛晋本与四库本作"明岁应看君"处，《全宋词》本则删"君"字。

30　逃禅词一卷（安徽巡抚采进本）

宋扬无咎撰。无咎字补之，自号逃禅老人，清江人[1]。诸书"扬"或作"杨"。按《图绘宝鉴》称"无咎祖汉子云，其书从才不从木"，则作"杨"，误也[2]。高宗时秦桧擅权，无咎耻于依附，遂屡征不起。其人品甚高，所画墨梅，历代宝重，遂以技艺掩其文章。然词格殊工，在南宋之初，不忝作者[3]。陈振孙《书录解题》载无咎《逃禅词》一卷，与今本合[4]。毛晋跋称："或误以为晁补之词。"则晁无咎亦字补之，二人名字俱同，故传写误也[5]。集中《明月棹孤舟》四首，晋注云："向误作《夜行船》，今按谱正之。"案此调即是《夜行船》，亦即是《雨中花》，诸家词虽有小异，按其音律，要非二调。无咎此词，实与赵长卿、吴文英词中所载之《夜行船》，无一字不同。晋第见《词谱》收黄在轩词，名《明月棹孤舟》，不知明月即夜，棹即行，孤舟即船。近时万树《词律》始辨之，晋盖未及察也[6]。又《相见欢》，本唐腔正名，宋人则名为《乌夜啼》，与《锦堂春》之亦名《乌夜啼》，名同实异，晋注"向作《乌夜啼》，误"，尤考之未详[7]。至《点绛唇》原注用苏轼韵，其后阕尾韵，旧本作"裹"字，晋因改作"堁"字，并详载"堁"字义训于下。实则苏词末句，乃"破"字韵，"裹"字且误，而"堁"字尤为臆改[8]。明人刊书，好以意窜乱，往往如此。今姑仍晋本录之，而附纠其缪如右[9]。

【笺注】

[1] 扬无咎相关生平材料可参见董更《书录》卷下："杨无咎，字补之。清江人，后寓居豫章。学率更，小变其体，江西碑碣多其所书。善画梅，人并蓄其书画以为珍玩。余家率更邕禅师塔铭刻后有其亲题云：'余于率更为入室上足。'小楷殊清劲可爱。余又收其文集，世所不传，后毁于火深，可惜

也。"（《文渊阁四库全书》子部第 814 册第 312 页）

　　朱谋垔《画史会要》卷三："扬补之，字无咎，号逃禅老人，南昌人也。祖汉子云，其书从才不从木。高宗朝，以不直秦桧，累征不起。又自号清夷长者，水墨人物学李伯时，梅竹松石水仙，笔法清淡闲野，为世一绝。"（《文渊阁四库全书》子部第 816 册第 487 页）

　　陆心源《宋史翼》卷三十六："扬无咎，字补之，号逃禅老人，又号清夷长者，清江人，后寓豫章，汉子云之后，其字从才不从木。高宗时，以不直秦桧所为，累征不起。书学率更，小变其体，小字尤清劲。尝自题所藏《邕禅师碑》后云：'予于率更，为入室上足。'水墨人物学李伯时，梅竹松石笔法闲野，为一世绝。江西人得其一幅，价不下千百金。"（陆心源撰《宋史翼》下册，杭州：浙江古籍出版社，2017 年版，第 956—957 页）

　　《逃禅词》今人尚未精点精校。

　　[2] 历代书籍作"杨"或"扬"，分歧由来已久。诸如陈振孙《直斋书录解题》卷二十一作"杨"。（陈振孙《直斋书录解题》，上海：上海古籍出版社，1987 年版，第 624 页）

　　董更《书录》卷下作"杨"。（《文渊阁四库全书》子部第 814 册第 312 页）《临江府志》卷十二《人物·隐逸传》亦作"杨"。（《天一阁藏明代方志选刊·隆庆临江府志》，上海：上海古籍书店，1962 年版，第 81 页）

　　而邓椿《画继》卷四作"扬"。（《文渊阁四库全书》子部第 813 册第 519 页）

　　考《图绘宝鉴》卷四云："扬补之，字无咎，号逃禅老人，南昌人也。祖汉子云，其书从'才'不从'木'。高宗朝以不直秦桧累征不起，又自号清夷长者。"（《元代古籍集成》第二辑《图绘宝鉴》，北京：北京师范大学出版社，2016 年版，第 109 页）可证，扬无咎之姓实为"扬"也。

　　[3] 关于扬无咎之评价，《四部丛刊初编》集部《后村先生大全集》卷之一百单七《杨补之词画》云："艺之至者不两能，善画者不必妙词翰，有词翰者类不工画。前代惟王维、郑虔兼之。维以词客画师自命，虔有三绝之名。本朝文湖州、李龙眠亦然。过江后称杨补之，其墨梅擅天下，身后寸纸千金。所制梅词《柳稍青》十阕，不减《花间》《香奁》及小晏、秦郎得意之作。词画既妙，而行书姿媚精绝，可与陈简斋相伯仲，顷见碑本，已堪宝玩，况真迹乎。孟芳此卷，宜颜曰逃禅三绝。"（刘克庄《后村先生大全集》第 26

册，上海：上海书店，1989 年版，第 104 页）

《吴师道集》第十八卷《跋东坡枯木竹石杨补之墨梅》云："右东坡先生《枯木竹石》及逃禅杨补之《墨梅折枝》二作，虽不同时，皆绝品也。坡公一代宗工，使补之早及其门，被赏识，岂减文与可、李伯时辈哉！然坡公之画，人见之者，特以为文章学行之余事；补之为人有高节，文词字画皆清雅遒丽，而世独以梅称。士之以艺名者，真不幸哉。"（邱居里、邢新欣点校《吴师道集》下册，杭州：浙江古籍出版社，2012 年版，第 650 页）由此可见，扬无咎画名胜于词名，四库馆臣曰"以技艺掩其文章"，所言无误，馆臣对于扬无咎"词格殊工，在南宋之初，不忝作者"之评价，着实中肯。

[4] 陈振孙《直斋书录解题》卷二十一："《逃禅词》一卷，清江杨无咎补之撰。世所传'江西墨杨'，即其人也。"（陈振孙《直斋书录解题》，上海：上海古籍出版社，1987 年版，第 624—625 页）

[5] 毛晋《逃禅词》跋曰："补之，清江人，世所传江西墨梅，即其人也。其诗文亦不多见。向有《补之词》行世，或谓是晁补之，谬矣。"（毛晋《宋六十名家词》，上海：上海古籍出版社，1989 年版，第 492 页）

晁补之其名补之，字无咎。四库馆臣将晁、扬二人之名与字相混淆，甚误。参详《晁无咎词六卷》注 [3]。

[6] 四库馆臣《逃禅词》所用版本为毛晋本，《文渊阁四库全书》集部第 1487 册第 661 页《明月棹孤舟》下注："向误作《夜行船》，后三阕同误，今按谱正之。"考万树《词律》卷七："按黄在轩有《明月棹孤舟》词，逃禅亦有四首，俱与此赵词一字无异。汲古注云：'向误作《夜行船》。今按谱正之，改为《明月棹孤舟》。'盖逃禅四首词载于《雨中花》之后，《夜行船》之前，故毛氏以为订正如此也。不知此调即是《夜行船》。试将四词与他处《夜行船》对校，无不相同，必因'夜行船'三字，而以'明月'代'夜'字，'棹'代'行'字，'孤舟'代'船'字也。是则《夜行船》与《明月棹孤舟》为一调，无疑矣。而观此赵词，则《夜行船》亦即《雨中花令》。"（万树《词律》，上海：上海古籍出版社，1984 年版，第 180 页）可证，四库馆臣所言"晋盖未及察也"，所言甚是。

[7] 万树《词律》卷二："此调本唐腔，薛昭蕴一首，正名《相见欢》，宋人则名为《乌夜啼》；而《锦堂春》亦名《乌夜啼》，因致传讹不少，今断以此调，从唐人为《相见欢》，而《锦堂春》亦仍其名，俱不以《乌夜啼》

乱之。庶为画一。《啸余》既收《相见欢》，复收《乌夜啼》，误。《图谱》既收《乌夜啼》，复收《上西楼》，且又收《忆真妃》，尤误。"（万树《词律》，上海：上海古籍出版社，1984 年版，第 95—96 页）

　　而毛晋于《文渊阁四库全书》集部第 1487 册第 662 页《逃禅词》之《相见欢》下注："向作《乌夜啼》，误。"且其跋曰："无论字句之舛讹，章次之颠倒，即调名如《一斛珠》误作《品令》、《相见欢》误作《乌夜啼》之类，亦不可条举，今悉一一厘正。但散花庵词客一无选录，岂谓其多献寿之章，无丽情之句耶？《草堂集》止载'痴牛騃女'一调，又逸其名。后人妄注毛东堂，可恨。坊本无据，反令人疑《香奁》之或凝或偓云。"（《宋六十名家词》，上海：上海古籍出版社，1989 年版，第 492 页）可见，毛晋于该词考辨未详，四库馆臣所言"尤考之未详"甚是。

　　[8]《文渊阁四库全书》集部第 1487 册第 663 页《点绛唇》词序："赵育才席上用东坡韵赠歌者。"其词曰："小阁清幽，胆瓶高插梅千朵。主宾欢坐。不速还容我。换羽移宫，绝唱谁能和。伊知么。暂听些个，已觉丝成堁"，其尾下注曰："堁者，尘起，貌言其声之绕梁也。一作'裹'字者，误。"考苏轼《点绛唇》："闲倚胡床，庾公楼外峰千朵。与谁同坐。明月清风我。别乘一来，有唱应须和。还知么。自从添个，风月平分破。"（邹同庆、王宗堂著《苏轼词编年校注》中册，北京：中华书局，2002 年版，第 630 页）

　　关于"堁"字是否为臆改，今人夏承焘《唐宋词论丛·四库全书词籍提要校议》有所考证，其言曰："苏轼此词结句云：'还知么，自从添个，风月平分破。'毛本《逃禅词》结云：'伊知么，暂听些个，已觉丝成堁。'注云：'堁者尘起貌，言其声之绕梁也，一作'裹'字误。'提要谓毛易'裹'作'堁'为臆改，是也。惟逃禅此句依字义当作'裹'，'丝成裹'谓白发成束，不得依苏词改作'破'字。案宋人和词有偶改原唱一二韵者，如：方千里和周邦彦侧犯改'静'韵为'迥'；葛胜仲和叶梦得江城子改'官'韵为'翁'。逃禅此词，殆同此例；否则所见苏词与今本不同也。"（《夏承焘集》第 2 册，杭州：浙江古籍出版社，1997 年版，第 202 页）

　　[9]关于明人刊书一事，赵一清《杨慎水经补注》云："吾是以叹明人刻书而书亡。"（郑德坤纂辑《水经注研究史料汇编》上册，台北：艺文印书馆，1984 年版，第 26 页）

　　严可均《铁桥漫稿》卷八："明人习气好作聪明，变乱旧章，是谓刻书而书亡。"(《续修四库全书》编纂委员会编《续修四库全书》集部第 1489 册，上海：上海古籍出版社，2002 年版，第 48 页）

顾广圻《思适斋书跋》卷三："明中叶以后，刻书无不臆改。"（顾广圻著《思适斋书跋》，上海：上海古籍出版社，2007 年版，第 76 页）

陆心源《仪顾堂题跋》卷一《六经雅言图辨跋》："明人书帕本，大抵如是，所谓刻书而书亡者也。"（《清人书目题跋丛刊二》，北京：中华书局，1990 年版，第 20 页）

另，叶德辉《书林清话》卷七《明人不知刻书》《明人刻书改换名目之谬》《明人刻书添改脱误》（叶德辉《书林清话》，上海：复旦大学出版社，2008 年版，第 158—160 页）等篇章亦指出明人刊书上的种种问题。

四库馆臣对此亦多发评论，诸如："明人传刻古书，好意为窜乱。此本亦为妄人强立篇名，颠倒失序，字句舛谬，全失其真。"（《文渊阁四库全书总目》子部第 3 册第 32 页）"明人传刻古书，无不窜乱脱漏者。"（《文渊阁四库全书总目》子部第 3 册第 568 页）"明人传刻古书，每多臆为窜乱。"（《文渊阁四库全书总目》子部第 3 册第 967 页）可见，四库馆臣所言"明人刊书，好以意窜乱，往往如此"，所言极是。

31 于湖词三卷 （安徽巡抚采进本）

宋张孝祥撰。孝祥有《于湖集》，已著录[1]。《宋史·艺文志》载其词一卷。陈振孙《书录解题》亦载《于湖词》一卷[2]。黄升《中兴词选》则称《紫微雅词》，以孝祥曾官中书舍人故也[3]。此本为毛晋所刊，第一卷末，即系以跋，称"恨全集未见"，盖只就《词选》所载二十四阕，更摭四首益之，以备一家。后二卷则无目录，亦无跋语，盖其后已见全集，删其重复，另编为两卷以续之，而首卷则未重刊，故体例特异耳[4]。卷首载陈应行、汤衡两序，皆称其词寓诗人句法，继轨东坡。观其所作，气概亦几几近之[5]。《朝野遗记》称其在建康留守席上，赋《六州歌头》一阕，感愤淋漓，主人为之罢席。则其忠愤慷慨，有足动人者矣[6]。又《耆旧续闻》载：孝祥十八岁时，即有《点绛唇》"流水泠泠"一词，为朱希真所惊赏。或刻孙和仲，或即以为希真作，皆误。今集不载是篇，或以少作而佚之欤[7]？陈应行序称《于湖集》长短句凡数百篇，今本乃仅一百八十余首，则原稿散亡仅存其半，已非当日之旧矣[8]。

【笺注】

[1] 张孝祥传见《宋史》卷三百八十九（脱脱《宋史》，北京：中华书局，1977年版），亦可参见今人宛敏灏《张孝祥年谱》（宛敏灏校《张孝祥词校笺》，北京：中华书局，2010年版）与今人韩酉山《张孝祥年谱》（韩酉山著《张孝祥年谱》，合肥：安徽人民出版社，1993年版）。

《于湖词》点校本，可参见聂世美校点《于湖词》（上海：上海古籍出版社，1985年版）与宛敏灏校《张孝祥词校笺》（北京：中华书局，2010年版）。

另，《文渊阁四库全书》集部第1140册已著录《于湖集》。

[2]《宋史·艺文志》卷二百八："张孝祥文集四十卷，又词一卷，古风、律诗、绝句三卷。"（脱脱《宋史》，北京：中华书局，1977 年版，第 5385 页）

陈振孙《直斋书录解题》卷二十一："《于湖词》一卷，张孝祥安国撰。"（陈振孙《直斋书录解题》，上海：上海古籍出版社，1987 年版，第 622 页）

[3] 黄升《中兴以来绝妙词选》卷二："张安国，名孝祥，号于湖，历阳人。以妙年射策魁天下，不数载，入直中书。有《紫微雅词》，汤衡为序，称其平昔为词未尝著稿，笔酣兴健，顷刻即成，无一字无来处，如《歌头》《凯歌》诸曲，骏发蹈厉，寓以诗人句法者也。"（黄升《花庵词选》，北京：中华书局，1958 年版，第 194 页）

[4] 毛晋《于湖词》跋："字安国，号于湖，蜀之简州人也，后卜居历阳，故陈氏称为历阳人。甲戌，状元及第，出自思陵亲擢，故秦相孙埙居其下。桧忌恶之，以事召致于狱。桧亡，上眷益隆，不数载，入直中书。惜其不年，上尝有用不尽之叹。玉林集中兴词家，选二十有四阕。评云：'旧有《紫薇雅词》，汤衡为序，称其平昔为词未尝著稿，笔酣兴健，顷刻即成，无一字无来处，如《歌头》《凯歌》诸曲，骏发蹈厉，寓以诗人句法者也。'恨全集未见耳，古虞毛晋记。"（毛晋《宋六十名家词》，上海：上海古籍出版社，1989 年版，第 414—415 页）

[5] 陈应行《于湖先生雅词序》："苏明允不工于诗，欧阳永叔不工于赋，曾子固短于韵语，黄鲁直短于散语，苏子瞻词如诗，秦少游诗如词，才之难全也，岂前辈犹不免耶？紫薇张公孝祥，姓字风雷于一世，辞彩日星于群因。其出入皇王，纵横礼乐，固已见于万言之陛对；其判花视草，演丝为纶，固已形于尺一之诏书。至于托物寄情，弄翰戏墨，融取乐府之遗意，铸为毫端之妙词，前无古人，后无来者，散落人间，今不知其几也。比游荆湖间，得公《于湖集》，所作长短句凡数百篇，读之泠然洒然，真非烟火食人辞语。予虽不及识荆，然其潇散出尘之姿，自在如神之笔，迈往凌云之气，犹可以想见也。使天假之年，被之声歌，荐之郊庙，当其《英茎》《韶护》间，作而递奏，非特如是而已。一日凤鸟去，千年梁木摧，予深为公惜也。于湖者，公之别号也。昔陈季常晦其名，自称为龙丘子，尝作《无愁可解》，东坡为之序引。世之不知者，遂以龙丘为东坡之号，予故表而出之。乾道辛卯仲冬朔日，建安陈应行季陆序。"（毛晋《宋六十名家词》，上海：上海古籍出版社，1989 年版，第 411 页）

汤衡《序》："昔东坡见少游《上巳游金明池》诗，有'帘惜千家锦绣垂'之句，曰：'学士又入小石调矣。'世人不察，便谓其诗似词，不知坡之此言，盖有深意。夫镂玉雕琼，裁花剪叶，唐末词人非不美也。然粉泽之工，反累正气。东坡虑其不幸而溺乎彼，故援而止之，惟恐不及。其后元祐诸公，嬉弄乐府，寓以诗人句法，无一毫浮靡之气，实自东坡发之也。于湖紫微张公之词，同一关键。始，公以妙年射策魁天下，不数岁，入直中书，帝将大用之。未几，出守四郡，多在三湖七泽间，何哉？衡谓兹地自屈、贾题品以来，唐人所作，不过《柳枝》《竹枝》词而已，岂以物色分留我公，要与'大江东去'之词相为雄长，故建牙之地不于此而于彼也欤？建安刘温父博雅好事，于公文章翰墨，尤所爱重，片言只字，莫不珍藏。既裒次为法帖，又别集乐府一编，属予序之，以冠于首。衡尝获从公游，见公平昔为词，未尝著稿。笔酣兴健，顷刻即成。初若不经意，反复究观，未有一字无来处，如《歌头》《凯歌》《登无尽藏》《岳阳楼》诸曲，所谓骏发蹈厉，寓以诗人句法者也。自仇池仙去，能继其轨者，非公其谁与哉？览者击节，当以予为知言。乾道辛卯六月望日，陈郡汤衡撰。"（毛晋《宋六十名家词》，上海：上海古籍出版社，1989 年版，第 412 页）

[6]《朝野遗记》所载《六州歌头》云："近张安国在建康留守席上赋一篇云：'长淮望断，关塞莽然平。征尘暗，朔风劲，悄边声。黯销凝。追想当年事，殆天数，非人力。洙泗上，弦歌地，亦膻腥。隔水毡乡，落日牛羊下，区脱纵横。看名王宵猎，骑火一川明。笳鼓悲鸣，遣人惊。念腰间箭，匣中剑，空埃蠹，竟何成。时易失，心徒壮，岁将零。渺渺神京。干羽方怀远，静烽燧，且休兵。冠盖使，纷驰骛，若为情。闻道中原遗老，长南望、翠葆霓旌。遣行人到此，忠愤气填膺，有泪如倾。'歌阕，魏公为罢席而入。"（上海师范大学古籍整理研究所编《全宋笔记》第七编第 2 册，郑州：大象出版社，2015 年版，第 279—280 页）

[7] 馆臣言"流水泠泠"词为张孝祥作，误。该阕当为朱翌所作。据《西塘集耆旧续闻》卷一《待制公朱新仲诗词文》："待制公十八岁时，尝作乐府云：'流水泠泠，断桥斜路横枝亚。雪花飞下。全胜江南画。白壁青钱，欲买应无价。归来也。风吹平野。一点香随马。'朱希真访司农公不值，于几案间见此词，惊赏不已，遂书于扇而去。初不知何人作也。一日，洪觉范见之，扣其所从得，朱具以告。二人因同往谒司农公问之，公亦愕然。客退，

从容询及待制公，公始不敢对，既而以实告司农公。责之，曰：'儿曹读书，正当留意经史间，何用作此等语耶！'然其心实喜之，以为此儿他日必以文名于世。今诸家词集及《渔隐丛话》皆以为孙和仲或朱希真所作，非也。"（孔凡礼点校《西塘集耆旧续闻》，北京：中华书局，2002 年版，第 291 页）由标题可知，"待制公"即朱新仲。

又据《西塘集耆旧续闻》卷一《东坡钞汉书》条云："朱司农载上尝分教黄冈，时东坡谪居黄，未识司农公。……他日，以语其子新仲。"及卷一《欧公荆公辩诗》条曰："中书待制公翌新仲。"（孔凡礼点校《西塘集耆旧续闻》，北京：中华书局，2002 年版，第 289—290 页）可证，朱司农为朱载上，"待制公"为朱载上之子朱新仲（朱翌，字新仲）。馆臣致误如此，盖于此书未曾详阅。

另，关于《点绛唇》（流水泠泠）作者问题，《梅苑》《乐府雅词》皆谓洪觉范（惠洪）作，《花庵词选》则谓朱翌作。今人唐圭璋《朱翌与惠洪、孙和仲》条已辩《点绛唇》（流水泠泠）确为朱翌词而非惠洪或孙和仲词（唐圭璋著《宋词四考》，南京：江苏古籍出版社，1985 年版，第 225 页）。

[8] 陈序参考注 [5]。

32　海野词一卷（安徽巡抚采进本）

宋曾觌撰。觌有《海野集》，已著录[1]。初，孝宗在潜邸时，觌为建王内知客，常与觞咏唱酬[2]。卷首《水龙吟》后阕有云"携手西园宴罢，下瑶台、醉魂初醒"，即纪承宠游宴之事，故用飞盖西园故实。以后常侍宴应制，如《阮郎归》赋燕、《柳梢青》赋柳诸词，亦皆其时所作[3]。觌又尝见东都之盛，故奉使过京，作《金人捧露盘》；邯郸道上，作《忆秦娥》；重到临安，作《感皇恩》等曲。黄升《花庵词选》谓其语多感慨，凄然有黍离之悲[4]。虽与龙大渊朋比作奸，名列《宋史·佞幸传》中，为谈艺者所不齿，而才华富艳，实有可观。过而存之，亦选六朝诗者不遗江总，选唐诗者不遗崔湜、宗楚客例也[5]。

【笺注】

[1] 曾觌传见《宋史》卷四百七十（脱脱《宋史》，北京：中华书局，1977年版），亦可参考柯维骐《宋史新编》卷一百八十五（《续修四库全书》编纂委员会编《续修四库全书》史部第311册，上海：上海古籍出版社，2002年版），李心传《建炎以来朝野杂记》乙集卷六（李心传《建炎以来朝野杂记》第2册，北京：中华书局，2006年版）及厉鹗《宋诗纪事》卷五十七（厉鹗《宋诗纪事》第3册，上海：上海古籍出版社，1983年版）。

《海野词》今人尚未精点精校。

另，《文渊阁四库全书》集部及《文渊阁四库全书总目》皆无著录《海野集》，馆臣此处误记。

[2] 毛晋《海野词跋》："纯甫与龙大渊同为建王内知客，孝宗以二人皆潜邸旧人，觞咏唱酬，字而不名。怙宠恃势，纯甫尤甚，故陈俊卿、虞允文辈交章逐之。然文藻颇有可观，如过京师望丛台诸作，语多感慨，令人有麦

秀黍离之悲。与张抡不时赋词进御，赏赉甚渥。至进月词，一夕西兴共闻天乐，岂天神亦不以人废言也?"（毛晋《宋六十名家词》，上海：上海古籍出版社，1989 年版，第 479 页）

[3]《海野词》所载《水龙吟》："楚天千里无云，露华洗出秋容净。银蟾台榭，玉壶天地，参差桂影。鸳瓦寒生，画檐光射，碧梧金井。听韶华半夜，江梅三弄，风袅袅、良宵永。携手西园宴罢，下瑶台、醉魂初醒。吹箫仙子，骖鸾归路，一襟清兴。鸂鶒楼高，建章门迥，星河耿耿。看沧江潮上，丹枫叶落，浸关山冷。"（《文渊阁四库全书》集部第 1488 册第 33 页）

《文渊阁四库全书》集部第 1488 册第 40 页《阮郎归》词序："上苑初夏侍宴，池上双飞新燕掠水而去，得旨赋之。"其词曰："柳阴庭院占风光，呢喃清昼长。碧波新涨小池塘，双双蹴水忙。萍散漫，絮飘扬。轻盈体态狂。为怜流去落红香，衔将归画梁。"考该词本事，周密《武林旧事》卷七："乾道三年三月初十日，南内遣阁长至德寿宫奏知：'连日天气甚好，欲一二日间恭邀车驾幸聚景园看花，取自圣意选定一日。'太上云：'传语官家，备见圣孝。但频频出去，不惟费用，又且劳动多少人。本宫后园亦有几株好花，不若来日请官家过来闲看。'遂遣提举官同到南内奏过遵依讫。次日进早膳后，车驾与皇后太子过宫起居二殿讫，先至灿锦亭进茶，宣召吴郡王、曾两府已下六员侍宴，同至后苑看花。两廊并是小内侍及幕士。效学西湖，铺放珠翠、花朵、玩具、匹帛，及花篮、闹竿、市食等，许从内人关扑。次至球场，看小内侍抛彩球，蹴秋千。又至射厅看戏，依例宣赐。回至清研亭，看茶蘼，就登御舟，绕堤闲游。亦有小舟数十只，供应杂艺、嘌唱、鼓板、蔬果，与湖中一般。太上倚阑闲看，适有双燕掠水飞过，得指令曾觌赋之，遂进《阮郎归》云：'柳阴庭院占风光，呢喃春昼长。碧波新涨小池塘，双双蹴水忙。萍散漫，絮飞扬。轻盈体态狂。为怜流水落花香。衔将归画梁。'既登舟，知阁张抡进《柳梢青》云：'柳色初浓，余寒似水，纤雨如尘，一阵东风，谷纹微皱，碧沼鳞鳞。仙娥花月精神，奏凤管，鸾弦斗新。万岁声中，九霞杯里，长醉芳春。'曾觌和进云：'桃靥红匀，梨腮粉薄，鸳径无尘，凤阁凌虚，龙池澄碧，芳意鳞鳞。清时酒圣花神，对内苑，风光又新。一部仙韶，九重鸾仗，天上长春。'各有宣赐。"（周密著《武林旧事》，北京：中华书局，2007 年版，第 195—197 页）

[4] 黄升《中兴以来绝妙词选》卷一："曾纯甫，名觌，号海野。东都古

老，及见中兴之盛者。词多感慨，如《金人捧露盘》《忆秦娥》等曲，凄然有黍离之悲。"（黄升《花庵词选》，北京：中华书局，1958年版，第172页）

丁绍仪《听秋声馆词话》卷五："海野及见汴都之盛，逮南渡后，奉使过汴，感赋云：'记神京，繁华地，旧游踪。正御沟、流水溶溶……寂寞东风。'汴都钟鼎胥移，故曾词后阕，尤觉悲凉。"（唐圭璋《词话丛编》第3册，北京：中华书局，2005年版，第2628页）

又，陈廷焯《白雨斋词话》卷六："黍离麦秀之悲，暗说则深，明说则浅。曾纯甫词，如：'雕阑玉砌，空余三十六离宫。'又云：'繁华一瞬，不堪思忆。'又云：'丛台歌舞无消息。金樽玉管空陈迹。'词极感慨，但说得太显，终病浅薄。碧山咏物诸篇，所以不可及。"（唐圭璋《词话丛编》第4册，北京：中华书局，2005年版，第3926页）

俞陛云《唐五代两宋词选释》："此殆放逐后重返都门而作。调倚《感皇恩》，追怀知遇，感慨系之矣。"（俞陛云撰《唐五代两宋词选释》，上海：上海古籍出版社，1985年版，第342页）

[5]《四库全书简明目录》卷二十："其应制诸作，多任务稳。奉使过汴诸作，黄升收入《花庵词选》，称其有黍离之悲。虽与龙大渊并列名《佞幸传》中，然才华富艳，实有可观。过而存之，亦选六朝诗者不废江总之意也。"（永瑢等著《四库全书简明目录》下册，上海：古典文学出版社，1957年版，第894页）

冯煦《蒿庵论词》："词为文章末技，固不以人品分升降。然如毛滂之附蔡京，史达祖之依侂胄，王安中之反复，曾觌之邪佞，所造虽深，识者薄之。"（唐圭璋《词话丛编》第4册，北京：中华书局，2005年版，第3587—3588页）

况周颐《历代词人考略》卷二十八："曾纯甫以文词受知孝宗，乃至觞咏唱酬，字而不名。虽论劾云涌，卒跻显秩。当日侍直从容，固宜有俊语名章，渥邀睿赏。今循诵《海野词》，信能精稳入格，冲融和雅，出色当行，第稍乏神韵耳。"（葛渭君《词话丛编补编》第6册，北京：中华书局，2013年版，第4342页）

对曾觌人品与馆臣之论持反调者有张德瀛《词征》卷五："伯可应制为艳词，谄谀乞进，是柳耆卿、曾纯甫一辈人物，士大夫一朝改行，身名败裂，不可复救。程子曰：'节或移于晚，守或失于终。'其若人乎。"（唐圭璋《词

话丛编》第5册，北京：中华书局，2005年版，第4164页）

　　另，馆臣论毛滂、王安中、曾觌等人人品与才品持论不公。评毛滂"徒擅才华，本非端士"，详情参见《东堂词》条；论王安中"为人反复炎凉，虽不足道，然才华富艳，亦不可掩"，详情参见《初寮词》条。本条言曾觌"为谈艺者所不齿，而才华富艳，实有可观"。据此可见，同是人品有瑕疵而才华富艳者，馆臣持论有违公允，尚有抑毛而扬王、曾之嫌。

33　审斋词一卷（安徽巡抚采进本）

宋王千秋撰。千秋字锡老，审斋其号也，东平人[1]。陈振孙《书录解题》载《审斋词》一卷，而不详其始末[2]。据卷内有《寿韩南涧生日》及《席上赠梁次张》二词。南涧名元吉，隆兴中为吏部尚书。次张名安世，淳熙中为桂林转运使。是千秋为孝宗时人矣[3]。惟安世诗称千秋为"金陵耆旧"，与陈振孙所称为"东平人"不合。或流寓于金陵耶[4]？毛晋跋称其词多酬贺之作。然生日嘏词，南宋人集中皆有，何独刻责于千秋[5]？况其体本《花间》，而出入于东坡门径，风格秀拔，要自不杂俚音。南渡之后，亦卓然为一作手。黄升《中兴词选》不见采录，或偶未见其本耳。晋跋遽以"绝少绮艳"评之，亦殊未允[6]。集中如《忆秦娥》《清平乐》《好事近》《虞美人》《点绛唇》以及咏花诸作，短歌微吟，兴复不浅，何必屯田《乐章》始为情语也[7]？

【笺注】

[1] 王千秋生平资料匮乏，可参见今人昌彼得等人编《宋人传记数据索引》："王千秋，字锡老，号审斋，东平人，孝宗时流寓金陵。著有《审斋词》一卷，风格秀拔，卓然为南渡后一大家。"（昌彼得等人编《宋人传记数据索引》第 1 册，北京：中华书局，1988 年版，第 254 页）及饶宗颐《词集考·别集类》卷四："千秋，字锡老，号审斋，东平人，流寓金陵。毛晋跋其词，录有衡山令梁次张《赠审斋》诗……殆科举不第，其时旅食长沙也。"（饶宗颐《词集考》，北京：中华书局，1992 年版，第 146 页）

《审斋词》今人尚未精点精校。

[2] 陈振孙《直斋书录解题》卷二十一："《审斋词》一卷，东平王千秋锡老撰。"（陈振孙《直斋书录解题》，上海：上海古籍出版社，1987 年版，第 630 页）

[3] 韩元吉传见《宋史翼》卷十四。《宋诗纪事》卷四十八："韩元吉，元吉字无咎，号南涧，许昌人，维四世孙，寓居信州。龙兴间，官吏部尚书。有《南涧甲乙稿》。"（厉鹗《宋诗纪事》第 2 册，上海：上海古籍出版社，1983 年版，第 1228 页）

《宋诗纪事》卷五十一："梁安世，安世字次张，括苍人。绍兴二十四年进士。淳熙中，桂林转运使。有《远堂集》。"（厉鹗《宋诗纪事》第 3 册，上海：上海古籍出版社，1983 年版，第 1275 页）

[4]《全宋诗》卷二五零四梁安世《赠王锡老》："审斋先生世稀有，曾是金陵一耆旧。万卷胸中星斗文，百篇笔下龙蛇走。"（北京大学古文献研究所编《全宋诗》第 46 册，北京：中华书局，1991 年版，第 28961 页）

[5] 毛晋《审斋词》跋："东平王千秋，字锡老。尝见自制联云：'少日羁孤，百口星分于异县，长年忧患，一身蓬转于四方。'其遭逢概可想已。乐府凡六十余调，多酬贺篇，绝少绮艳之态。"（毛晋《宋六十名家词》，上海：上海古籍出版社，1989 年版，第 573 页）

《审斋词》生日嘏词有七首，即《沁园春·晁共道侍郎生日》《南歌子·寿广文》《瑞鹤仙·韩南涧生日》《水调歌头·赵可大生日》《好事近·寿黄仲符》《点绛唇·刘公宝生日》《瑞鹤仙·张四益生日》。南宋词人作生日嘏词之情况普遍存在，毛晋本《宋六十名家词》收录的生日嘏词亦不少，诸如侯置《水调歌头·为张敬夫直阁寿》《瑞鹤仙·为刘信叔大尉寿》《阮郎归·为张丞寿》等。馆臣言毛晋独刻责于千秋，所言有据。

[6] 据《全宋诗》卷二五零四梁安世《赠王锡老》："审斋乐府似花间，何必老夫疥篇右。"（北京大学古文献研究所编《全宋诗》第 46 册，北京：中华书局，1991 年版，第 28961 页）而"花间"之特色，晁谦之《花间集跋》云："右《花间集》十卷，皆唐末才士长短句，情真而调逸，思深而言婉。嗟乎！虽文之靡无补于世，亦可谓工矣。"（杨景龙校注《花间集校注》第 4 册，北京：中华书局，2014 年版，第 1639 页）

关于《审斋词》之介评，亦鲜见。如谢章铤《赌棋山庄词话》卷三："自三唐创雕琼镂玉之文，而五季沿月露风云之旧，求其辞致萧闲，情采标举，则竹坡拑舌，审斋掣肘。"（唐圭璋《词话丛编》第 4 册，北京：中华书局，2005 年版，第 3359 页）

又如冯煦《蒿庵论词》："后山、懒窟、审斋、石屏诸家，并娴雅有余，绵丽不足，与卢叔阳、黄叔旸之专尚细腻者，互有短长。"（唐圭璋《词话丛编》第 4 册，北京：中华书局，2005 年版，第 3590 页）

馆臣所言王千秋之词出入于东坡门径，查文渊阁四库本《审斋词》数阕，其词作总体趋向确有步趋东坡之迹，词阕时而引用苏词语句。如《文渊阁四库全书》集部第 1488 册第 50 页《青玉案·送人赴黄冈令》之"雪堂不远临皋路"，"解鞍君到冬虽暮，传语无忘晒蓑句"引用了苏轼《江城子·梦中了了醉中醒》之"雪堂西畔暗泉鸣"、《浣溪沙·覆块青青麦未苏》之"临皋烟景世间无"与《满庭芳·归去来兮》之"仍传语，江南父老，时与晒渔蓑"句。（唐圭璋编《全宋词》第 1 册，北京：中华书局，1965 年版，第 298、314、278 页）

《文渊阁四库全书》集部第 1488 册第 51 页《贺新郎·短艇横烟渚》之"好趁小蛮针线在，按纶巾，归唤松江渡"引用苏轼《青玉案·三年枕上吴中路》"若到松江呼小渡……春衫犹是，小蛮针线，曾湿西湖雨"句。（唐圭璋编《全宋词》第 1 册，北京：中华书局，1965 年版，第 320 页）

又如《文渊阁四库全书》集部第 1488 册第 59 页《满江红·水满方塘》"认去年，乳燕又双双，飞华屋"化用苏轼《贺新郎·乳燕飞华屋》之首句等。

[7]《文渊阁四库全书》集部第 1488 册《忆秦娥》二阕，《清平乐》二阕，《好事近》二阕，《虞美人》三阕，《点绛唇》一阕。咏花诸作五阕，如第 52 页《菩萨蛮·荼蘼》："流莺不许青春住。催得春归花亦去。何物慰侬怀。荼蘼最后开。青衫冰雪面。细雨斜桥见。莫浪送香来。等闲蜂蝶猜。"《蓦山溪·海棠》："清明池馆。侧卧帘初卷。还是海棠开，睡未足、余醒满面。低头不语，浑似怨东风，心始吐，又惊飞，交现垂杨眼。少陵情浅。花草题评遍。赋得恶因缘，没一字、聊通缱绻。黄昏时候，凝伫怯春寒，笼翠袖，减丰肌，脉脉情何限。"《念奴娇·水仙》："开花借水，信天姿高胜，都无俗格。玉陇娟娟黄点小，依约西湖清魄。绿带垂腰，碧簪篸髻，索句撩元白。西清微笑，为渠模写香色。常记月底风前，水沈肌骨，瘦不禁怜惜。生怕因循纷委地，仙去难寻踪迹。缥槛□□，彤帏密护，不肯轻抛释。等差休问，未容梅□悬□。"第 53 页《解佩令·木犀》："花儿不大，叶儿不美。只一段、风流标致。淡淡梳妆，已赛过、骚人兰芷。古龙涎、怎敢气。开时无奈，风斜雨细。坏得来、零零碎碎。著意收拾，安顿在、胆瓶儿里。且图教、

梦魂旖旎。"第 57 页《满庭芳·二色梅》："蕊小雕琼，花明镕蜡，天教一旦俱芳。丰臞虽异，皆熨水沈香。应笑纷红堕紫，初未识、调粉涂黄。凭肩处，金钿玉珥，不数寿阳妆。思量。谁比似，酥裁笋指，蜜剪蜂房。又何须酾酒，重暖瑶觞。且放侧堆金缕，骊山冷、来浴温汤。谁题品，青枝绿萼，俱未许升堂。"确如馆臣所言"短歌微吟，兴复不浅"。

34 介庵词一卷 (安徽巡抚采进本)

宋赵彦端撰[1]。彦端字德庄，号介庵，魏王廷美七世孙。乾道、淳熙间，以直宝文阁知建宁府，终左司郎官[2]。《宋史·艺文志》载彦端有《介庵集》十卷，《外集》三卷，又有《介庵词》四卷。《书录解题》则仅称《介庵词》一卷[3]。此本为毛晋所刊，亦止一卷。然据其卷后跋语，似又旧刻散佚，仅存此一卷者，未之详也[4]。张端义《贵耳集》载彦端尝赋西湖《谒金门》词，有"波底斜阳红湿"之句，为高宗所喜，有"我家里人也会作此等语"之称。[5]其他篇亦多婉约纤秾，不愧作者。集末《鹧鸪天》十阕，乃为京口角妓萧秀、萧莹、欧懿、刘雅、欧倩、文秀、王婉、杨兰、吴玉九人而作[6]。词格凡猥，皆无可取，且连名入之集中，殆于北里之志，殊乖雅音。自唐宋以来，士大夫不禁狭邪之游[7]。彦端是作，盖亦移于习俗，存而不论可矣。

【笺注】

[1] 赵彦端生平文献匮乏，关于其传可参见韩元吉《南涧甲乙稿》卷二十一《直宝文阁赵公墓志铭》（《丛书集成初编》之韩元吉撰《南涧甲乙稿》，北京：中华书局，1985年版），亦可参考今人钟振振《〈全宋词〉赵彦端小传补正》一文（《陕西师范大学学报（哲学社会科学版）》，2010年3月第2期）与胡可先《南渡词人赵彦端年谱》一文（陶然编《吴熊和教授纪念集》，杭州：浙江大学出版社，2014年版）。

《介庵词》今人尚未精点精校。

[2]《宋诗纪事》卷八十五："彦端字德庄，魏王廷美七世孙。乾道、淳熙间，以直宝文阁知建宁府，终左司郎官。有《介庵集》。"（厉鹗《宋诗纪事》第4册，上海：上海古籍出版社，1983年版，第2069页）

[3]《宋史·艺文志》卷二百八："赵彦端《介庵集》十卷。"（脱脱

《宋史》，北京：中华书局，1977年版，第5378页）

　　陈振孙《直斋书录解题》卷二十一："《介庵词》一卷，赵彦端撰。"（陈振孙《直斋书录解题》，上海：上海古籍出版社，1987年版，第623页）

　　[4] 毛晋《介庵词》跋曰："德庄名噪乾、淳间，官至清大夫，直宝文阁，知建宁府开府事。赐紫金鱼袋，恩遇甚隆，而度量宏博，常戒赵忠定公曰：'谨勿以一魁先置胸中。'可想见其大概矣。余家藏《介庵词》一卷，板甚精良，惜未得其全集。又有《文宝雅词》四卷，中误入孙夫人咏雪词。又曾见《琴趣外篇》六卷，章次颠倒，赝作颇多，不能悉举。至如席上赠人《清平乐》，昔人称为集中之冠，反逸去，可恨坊本之乱真也。"（毛晋《宋六十名家词》，上海：上海古籍出版社，1989年版，第275页）

　　[5] 张端义《贵耳集》卷上："赵介庵名彦端，字德庄，宗室之秀，能作文。赋《西湖·谒金门》：'波底夕阳红绉。'阜陵问谁词？答云：'彦端所作。''我家里人也会作此等语'，喜甚。有《介庵集》三卷。"（上海古籍出版社编《宋元笔记小说大观》第4册，上海：上海古籍出版社，2001年版，第4273页）由此可知，馆臣于此处误"夕阳"为"斜阳"，误"红绉"为"红湿"。

　　另，关于赵彦端《西湖·谒金门》词，历有数评，诸如喻良能《香山集》卷十二《书赵德庄词后》："老眼看书成雾，介庵墨妙金篦。波底斜阳红湿，绝胜彩笔新题。"（《文渊阁四库全书》集部第1151册第719页）

　　沈道宽《话山草堂诗钞》卷一《论词绝句》："不放闲愁人酒酣，王孙芳草怨江南。夕阳红湿苍波底，送尽归云赵介庵。"（《清代诗文集汇编》编纂委员会编《清代诗文集汇编》第506册，上海：上海古籍出版社，2010年版，第491页）

　　冯煦《蒿庵论词》："坦庵、介庵、惜香，皆宋氏宗室，所作并亦清雅可诵。高宗于彦端西湖词，有'我家里人也会作此等语'之称。"（唐圭璋《词话丛编》第4册，北京：中华书局，2005年版，第3589页）

　　[6] 馆臣言《鹧鸪天》十阕为京口角妓九人而作，误。当为《鹧鸪天》十一阕，为十妓而作。

　　查《文渊阁四库全书》集部第1488册第82页《介庵词》之《鹧鸪天》词序："羊城旧名京口，天下最号都会。风轩月馆，艳姬角妓，倍于他所，人以群仙目之。因列十名于后，各赋一阕。"细数《鹧鸪天》阕数十有一首，十阕献十妓，最后一首为总咏。十妓分别为萧秀、萧莹、欧懿、桑雅、刘雅、欧倩、文秀、王婉、杨兰、吴玉。四库馆臣漏"桑雅"之名，误十人为九人，并误《鹧鸪天》十一阕为十阕。

[7]《四库全书简明目录》卷二十："《介庵词》一卷。宋赵彦端撰。彦端尝以'波底斜阳红湿'之句，见赏于高宗。全集亦多婉转纤秾，不愧作者。惟集末《鹧鸪天》十阕，俨然北里之音，颇伤大雅耳。"（永瑢等著《四库全书简明目录》下册，上海：古典文学出版社，1957 年版，第 894 页）此处馆臣亦不察原文，误《鹧鸪天》十一阕为十阕。

叶申芗《本事词》卷下："赵彦端德庄，有介庵词，为宗室之秀。……居京口时，见其风轩月馆，名妓艳姬，倍于他所，人皆以群仙目之。因选其胜者十人，各赋《鹧鸪天》赠之。……按蔡友古有题北里选胜图《鹧鸪天》，所谓居首者，题曰东风第一枝，盖即指此欤？"（唐圭璋《词话丛编》第 3 册，北京：中华书局，2005 年版，第 2345、2347 页）馆臣评介庵赠妓词有乖雅音，盖唐宋以来士大夫狎邪不禁，所言甚是。

35　归愚词一卷（安徽巡抚采进本）

宋葛立方撰。方立有《归愚集》，已著录[1]。宋人之中，父子以填词名家者，惟晏殊、晏几道，后则立方与其父胜仲为最著[2]。其词多平实铺叙，少清新宛转之思，然大致不失宋人规格。流传既久，存之亦可备一家[3]。卷末毛晋跋称，集内《雨中花》《眼儿媚》两调，俱不合谱，未敢妄为更定。今参考诸家词集，其《眼儿媚》乃《朝中措》之讹，欧阳修"平山栏槛倚晴空"一阕可以互证[4]。至《雨中花》调，立方两词叠韵，初无舛误，以音律反覆勘之，实题中脱一"慢"字。京镗、辛弃疾皆有此调。立方词起三句，可依辛词读。第四、第五句，京、辛两作皆作上五下四，立方则作上六下三，虽微有不同，而同是九字。其余则不独字数相符，平仄亦毫无相戾，其为《雨中花慢》亦可无疑。晋盖考之未审[5]。他如《满庭芳》一调，连城十阕，凡后半换头二字，有用韵者，亦有不用韵而直作五字句者[6]。考宋人此词，此二字本无定式，山谷词用韵，书舟词不用韵，立方两存其体，亦非传写有讹也[7]。

【笺注】

[1] 葛立方传见《宋史》卷三百三十三《葛宫传》附传。《续修四库全书》集部第 1317 册《侍郎葛公归愚集》附录《葛立方传》（上海：上海古籍出版社，2002 年版），亦可参考今人王兆鹏著《葛胜仲、葛立方年谱》（王兆鹏著《两宋词人年谱》，台北：文津出版社，1994 年版）按，此处馆臣误"立方"为"方立"，亦或是版刻之误。

《归愚词》今人尚未精点精校。

另，《文渊阁四库全书》集部及《文渊阁四库全书总目》皆未著录《归愚集》，馆臣此处误记。

[2] 父子以填词名家者，先于二晏惟南唐李璟、李煜父子，后于二晏惟葛胜仲、葛立方父子。然宋人之中，葛氏父子词作远逊于晏氏父子。毛晋《丹阳词跋》："鲁卿、常之，虽不逮李氏、晏氏父子每填一词辄流传丝竹，然绍兴、绍圣间，俱负海内重望，其词亦能入雅字。"（毛晋《宋六十名家词》，上海：上海古籍出版社，1989 年版，第 519 页）

许昂霄《词综偶评》："鲁卿父子，门第既高，誉望亦重，特其所作，不逮元献、小山耳。"（唐圭璋《词话丛编》第 2 册，北京：中华书局，2005 年版，第 1575 页）

[3] 况周颐《历代词人考略》卷二十五："《四库全书提要》云其词平实铺叙，少清新宛转之思，然如〔满庭芳〕《评梅》云：'北枝，方半吐，水边疏影，绰约娉婷。问横空皎月，匝地寒霙。何似此花清绝，凭君为、子细推评。'〔好事近〕云：'归语来年心事，秉夜阑红烛。'又前调云：'已是飞花时候，赖东风无力。'未尝不清新宛转也。〔风流子〕《咏梅》云：'淡妆宜瘦，玉骨禁寒。'亦佳句。"（孙克强编《清代词话全编》第 16 册，南京：凤凰出版社，2019 年版，第 410 页）

[4] 毛晋《归愚词跋》："字常之，……其自题草芦曰：'归愚识夷涂，游宦泯捷径。'故文集与诗余俱名《归愚》。第集中如《雨中花》《眼儿媚》诸调，俱不合谱，未敢妄为更定云。"（毛晋《宋六十名家词》，上海：上海古籍出版社，1989 年版，第 433 页）

《词律》卷五："书舟、归愚词，俱以《朝中措》误作《眼儿媚》。毛子晋跋归愚云：'《眼儿媚》不合谱，未敢妄为更定。'岂《朝中措》亦不辨邪？至《图谱》失收此调，更为疏略。"（万树《词律》，上海：上海古籍出版社，1984 年版，第 147 页）

欧阳修《朝中措》："平山阑槛倚晴空。山色有无中。手种堂前垂柳，别来几度春风。文章太守，挥毫万字，一饮千钟。行乐直须年少，尊前看取衰翁。"（唐圭璋编《全宋词》第 1 册，北京：中华书局，1965 年版，第 122 页）

《钦定词谱》卷七评欧阳修《朝中措》："《朝中措》（第一体，双调四十八字，前段四句三平韵，后段五句两平韵），欧阳修……此调以此词为正体，宋人填者甚多。"（蔡国强考正《钦定词谱考正》，上海：华东师范大学出版社，2017 年版，第 202 页）

对比《文渊阁四库全书》集部第 1488 册第 93 页《眼儿媚》："暂时莫荡

出燕然。冰柱冻层檐。时节马蹄归路，杨花乱扑征鞯。如今归去，银铛宜见，七宝床边。待得退朝花底，家人争卷珠帘。"该词双调四十八字，前段四句三平韵，馆臣所言甚是，且《全宋词》已改《眼儿媚》为《朝中措》。（唐圭璋编《全宋词》第2册，北京：中华书局，1965年版，第1347页）

[5]《文渊阁四库全书》集部第1488册第93页《雨中花》其一："壮岁嬉游，乐事几经，青门紫陌芳春。未见廉纤膏雨，浥花尘。濯锦宝丝增艳，洗妆玉颊尤新。向韶光浓处，点染芳菲，总是东君。苏州老子，经雨南园，为谁一扫花林。谁信道、佳声著处，肌润香匀。晓洗何郎汤饼，莫留巫女行云。寄言游子，也须留眄，小驻蹄轮。"其二："寄径睢阳，陌上忽看，夭桃秾李争春。又见楚宫行雨，洗芳尘。红艳霞光夕照，素华琼树朝新。为奇姿芳润，拟倩游丝，留住东君。拾遗杜老，犹爱南塘，寄情萝薜山林。争似此、花如姝丽，獭髓轻匀。不数江陵玉杖，休夸花岛红云。少须澄霁，一番清影，更待冰轮。"

京镗《雨中花》："玉局祠前，铜壶阁畔，锦城药市争奇。正紫蕊缀席，黄菊浮卮。巷陌联镳并辔，楼台吹竹弹丝。登高望远，一年好景，九日佳期。自怜行客，犹对佳宾，留连岂是贪痴。谁会得、心驰北阙，兴寄东篱。惜别未催鹢首，追欢且醉蛾眉。明年此会，他乡今日，总是相思。"（唐圭璋编《全宋词》第3册，北京：中华书局，1965年版，第1847页）按，《词律》卷七《雨中花慢》条："《雨中花慢》，九十六字，京镗。……《图谱》既收稼轩'马上三年'一首作《雨中花慢》矣，又于《续谱》收此调作《雨中花》，淆讹重复，真不可解。"（万树《词律》，上海：上海古籍出版社，1984年版，第182页）

辛弃疾《雨中花慢》："旧雨常来，今□吴讷本作'日'不来，佳人僝僽谁留。幸山中芋栗，今岁全收。贫贱交情落落，古今吾道悠悠。怪新来却见，文反离骚，诗□吴讷本作'发'秦州。功名只道，无之不乐，那知有更堪忧。怎奈向、儿曹抵死，唤不回头。石卧山前认虎，蚁喧床下闻牛。为谁西望，凭栏一饷，却下层楼。"（唐圭璋编《全宋词》第3册，北京：中华书局，1965年版，第1922页）此处"今□"，《词律》卷七作"新雨"；"文反"处《词律》则作"文友"。

葛立方《雨中花》二阕起三句，即"壮岁嬉游，乐事几经，青门紫陌芳春"与"寄径睢阳，陌上忽看，夭桃秾李争春"，可依照辛词"旧雨常来，今□吴讷本作'日'不来，佳人僝僽谁留"读。二阕第四、五句，京镗"正紫蕊缀席，黄菊浮卮"与辛弃疾"幸山中苹栗，今岁全收"皆作前五字后四字，而葛立方二阕"未见廉纤膏雨，浥花尘"与"又见楚官行雨，洗芳尘"作前六字后三字，断句处虽不同，然同为九字。其余则字数大致相符，平仄亦无相戾，馆臣所言葛立方二词当题脱"慢"字，为《雨中花慢》为是。

[6]《文渊阁四库全书》集部第 1488 册第 87—89 页所载《满庭芳》共十阕，分别为《满庭芳·催梅》《满庭芳·和催梅》《满庭芳·探梅》《满庭芳·赏梅》《满庭芳·泛梅》《满庭芳·簪梅》《满庭芳·评梅》《满庭芳·扉映琉璃窗摇云母》《满庭芳·五侄将赴当涂自金坛来别》《满庭芳·胡汝明罢帅归坐间次韵作》。

后半换头二字用韵者二阕，即《满庭芳·催梅》《满庭芳·赏梅》。不用韵者为其他八阕。

[7] 黄庭坚《满庭芳》："修水浓青，新条淡绿，翠光交映虚亭。锦鸳霜鹭，荷径拾幽苹。香渡栏干屈曲，红妆映、薄绮疏棂。风清夜，横塘月满，水净见移星。堪听。微雨过，嫈姗藻荇，琐碎浮萍。便移转，胡床湘簟方屏。练霭鳞云旋满，声不断、檐响风铃。重开宴，瑶池雪沁，山露佛头青。"（唐圭璋编《全宋词》第 1 册，北京：中华书局，1965 年版，第 401—402 页）此处"浓青""栏干""水净"，《词律》卷十三作"柔蓝""栏杆""水静"。《词律》卷十三："按，此调作者如林，尝细加玩校，其中仄韵住句者，须留意不可以其调太稳熟，率笔填之。大抵次句'淡绿'二字，'淡'字平仄不拘，'霜露'必用平仄，'屈曲''月满''藻荇''旋满''雪沁'，俱要仄仄，是此调中得法处。"（万树《词律》，上海：上海古籍出版社，1984 年版，第 313 页）黄词用韵处诸如"亭、苹、棂、星、听、萍、屏、铃、青"。

程垓《满庭芳》："南月惊乌，西风破雁，又是秋满平湖。采莲人尽，寒色战菰蒲。旧信江南好景，一万里、轻觅莼鲈。谁知道，吴侬未识，蜀客已情孤。凭高，增怅望，湘云尽处，都是平芜。问故乡何日，重见吾庐。纵有荷纫芰制，终不似、菊短篱疏。归情远，三更雨梦，依旧绕庭梧。"（唐圭璋编《全宋词》第 3 册，北京：中华书局，1965 年版，第 1993 页）

《词律》卷十三："前后第七句比前词俱多一字，不作俪语，此通用体也。后起二字不用韵，'问故乡'五字亦与前异。"（万树《词律》，上海：上海古籍出版社，1984 年版，第 313 页）

又，《钦定词谱》卷二十四："按，此词起句'南月惊乌'，与晁端礼词之

'雪满貂裘'、向子諲词之'月窟蟠根'、石孝友词之'修竹挍篮'等句同，偶然合韵，旧谱误注用韵，不知此调两句对起，必无首句用韵之理，填者辨之。"（蔡国强考正《钦定词谱考正》，上海：华东师范大学出版社，2017 年版，第 788 页）

36　克斋词一卷（安徽巡抚采进本）

宋沈端节撰。端节字约之，吴兴人[1]。是集见陈振孙《书录解题》，然振孙亦不详其始末。毛晋跋语，疑其即咏《贾耘老苕上水阁》沈会宗之同族，亦无确证[2]。惟《湖州府志》及《溧阳县志》均载端节寓居溧阳，尝令芜湖，知衡州，提举江东茶盐。淳熙间，官至朝散大夫。其说必有所据[3]。独载其词名《充斋集》，则“充”“克”二字形近致讹耳。其词仅四十余阕，多有词而无题[4]。考《花间》诸集，往往调即是题，如《女冠子》则咏女道士，《河渎神》则为送迎神曲，《虞美人》则咏虞姬之类。唐末五代诸词，例原如是。后人题咏渐繁，题与调两不相涉，若非存其本事，则词意俱不可详[5]。集中如《念奴娇》二阕之称太守，《青玉案》第一阕之称使君，第三阕之称贤侯，竟不知所赠何人[6]。至《念奴娇》“寻幽览胜”一阕，似属端节自道。据词中“自笑飘零惊岁晚，欲挂衣冠神武”及“群玉图书，广寒宫殿，一一经行处”云云，则端节固当曾官京职。以其题已佚，遂无可援据[7]。宋人词集，似此者颇少，疑原本必属调与题全，辗转传写，苟趋简易，遂遭删削耳。今无可考补，姑仍其旧。至其吐属婉约，颇具风致，固不以《花庵》《草堂》诸选不见采录减价矣[8]。

【笺注】

[1] 沈端节生平资料较贫乏，其生平概况见《湖州府志》卷五十七及《溧阳县志》卷四。亦可参考今人王兆鹏等著《沈端节考》一文（王兆鹏等著《两宋词人丛考》，南京：凤凰出版社，2007年版，第199—201页）。

《克斋词》今人尚未精点精校。

[2] 陈振孙《直斋书录解题》卷二十一：“《克斋词》一卷，苕溪沈端节约之撰。”（陈振孙《直斋书录解题》，上海：上海古籍出版社，1987年版，第624

页）

毛晋《克斋词跋》："按《花庵》《草堂》二集，俱不载沈端节，故其品行亦无从考。惟马端临云：'字约之，家于苕溪。'岂即沈会宗同族耶？今会宗词亦不多见，其脍炙人口者，惟咏《贾耘老苕上水阁》一阕云：'景物因人成胜概，满目更无尘可碍。等闲帘幕小阑干。衣未解，心先快，明月清风如有待。谁信门前车马隘。别是人间闲世界。坐中无物不清凉，山一带，水一派，流水白云长自在。'苕溪渔隐云：'贾耘老水阁遗址，去余水阁相近，景物清旷，悉如会宗之词。故余尝有句云：三间小阁贾耘老，一首佳词沈会宗。'今读《克斋词》，风致亦甚相类，独长于咏物写景，又不堕郑卫恶习，殆梅溪、竹屋之流欤？"（毛晋《宋六十名家词》，上海：上海古籍出版社，1989年版，第530页）

[3]《湖州府志》卷五十七："沈端节，字约之，吴兴人，寓居溧阳。有才美，令芜湖，知卫州，提举江东茶盐。淳熙间，官至朝散大夫。"（《中国方志丛书》之《湖州府志》，台北：成文出版社，1970年版，第1085页）

《溧阳县志》卷四："沈端节，字约之，吴兴人，寓居溧阳。有才□，知芜湖，主管官诰院，知卫州，提举江东茶盐奉祠。淳熙间，卒官至朝散大夫。"（《弘治溧阳县志》5卷本，明弘治十一年刻本，爱如生《中国基本古籍库》，第280页）

[4] 据《文渊阁四库全书》集部第1488册《克斋词》，收词四十四阕，有词无题者十五阕。

[5]《花庵词选》卷一："唐词多缘题，所赋《临江仙》则言仙事。《女冠子》则述道情，《河渎神》则咏祠庙。大概不失本题之意，尔后渐变，去题远矣。"（黄升《花庵词选》，北京：中华书局，1958年版，第32页）

杨慎《词品》卷之一："唐词多缘题所赋，《临江仙》则言水仙，《女冠子》则述道情，《河渎神》则咏祠庙，《巫山一段云》则状巫峡。如此词题曰《醉公子》，即咏公子醉也。尔后渐变，与题远矣。"（唐圭璋《词话丛编》第1册，北京：中华书局，2005年版，第432页）

唐圭璋《云谣集杂曲子校释》："古词调即是题，题意与调名相合。后人填词，始别具题意，与调名无关。此集无题，正是初期词体。《花间》无题，则仍保存初期体制也。如《拜新月》有'万家向月下，祝告深深跪'之语，《喜秋天》有'芳林玉露催，花蕊金风触'之语，《破阵子》有'携剑弯弓沙碛边'之语，《竹枝子》有'垂珠泪滴，点点滴成斑'之语，《天仙子》有'五陵原上有仙娥'之语，《凤归云》有'待亲回故里'之语，《洞仙歌》有'华烛光辉，深下屏帏'之语，《柳青娘》咏柳青娘之类，《内家娇》咏内家之美，《浣溪沙》咏人如西子之美，皆题意与调名相合也。"（唐圭璋《词学论丛》，上海：上海古籍出版社，1986 年版，第 749 页）

[6]《文渊阁四库全书》集部第 1488 册第 98 页《念奴娇》其一："灯宵渐近，更兵尘初息，韶华偏早。太守风流张宴乐，不管江城寒峭。"其二："争似太守仁贤，慈祥恺悌，赋政多闲暇。"

《青玉案》："使君标韵如徐庾。更名节、高千古。卧治姑溪才小驻。"按，此处馆臣言《青玉案》有其三，此论误。查《克斋词》毛晋本、四库全书本，皆为一阕，并无馆臣所言《青玉案》有多阕者。馆臣所言"第三阕之称贤侯"乃为《洞仙歌》其三"正干戈耆定，禾黍丰登，人意乐，歌舞贤侯美政"。

[7]《文渊阁四库全书》集部第 1488 册第 101 页《念奴娇》其四："寻幽览胜，凭危栏、极目风烟平楚。自笑飘零惊岁晚，欲挂衣冠神武。芳甸时巡，醉乡日化，庭实名花旅。阆风蓬顶，自来不见烽火。宴罢玉宇琼楼，醉中都忘却，瑶池归路。俯瞰尘寰千万落，渺渺峰端栖雾。群玉图书，广寒宫殿，一一经行处。相羊物外，旷怀高视千古。"

[8] 查《文渊阁四库全书》集部第 1488 册《克斋词》四十四阕，有题者二十九阕，有词而无题者十五阕。另，《全宋词》则收沈端节词四十五阕，新增《感皇恩》一首。

张侃《拙轩词话》："沈端节字约之，……用俗语而婉丽。"（唐圭璋《词话丛编》第 1 册，北京：中华书局，2005 年版，第 193 页）

毛晋《克斋词跋》："今读《克斋词》，风致亦甚相类，独长于咏物写景，又不堕郑卫恶习，殆梅溪、竹屋之流欤？"（毛晋《宋六十名家词》，上海：上海古籍出版社，1989 年版，第 530 页）

冯煦《蒿庵论词》："《提要》谓沈端节吐属婉约，颇具风致，似尚未尽克斋之妙。周氏济论词之言曰：'初学词求空，空则灵气往来，既成格调求实，实则精力弥满。'克斋所造，已臻实地。而〔南歌子〕'远树昏鸦闹'一阕，尤为字字沉向，匪仅以婉约擅长也。"（唐圭璋《词话丛编》第 4 册，北京：中华书局，2005 年版，第 3593 页）

37 龙川词一卷，补遗一卷（安徽巡抚采进本）

宋陈亮撰。亮有《三国纪年》，已著录[1]。《宋史·艺文志》载其词四卷，今不传[2]。此集凡词三十首，已具载本集，然前后不甚铨次。此本为毛晋所刻，分调类编[3]。复有晋跋，称据家藏旧刻，盖摘出别行之本。又补遗七首，则从黄升《花庵词选》采入者，词多纤丽，与本集迥殊，或疑赝作。毛晋跋称黄升与亮俱南渡后人，何至谬误若此？或升惟选绮丽一种，而亮子沈所编本集，特表其父磊落骨干，故若出二手云云[4]。考亮虽与朱子讲学，而不废北里之游。其与唐仲友相忤，谗构于朱子，朱子为其所卖，误兴大狱。即由亮狎台州官妓，嘱仲友为脱籍，仲友沮之之故。事载《齐东野语》第十七卷中[5]。则其词体杂香奁，不足为异。晋之所跋，可谓得其实矣[6]。

【笺注】

[1] 陈亮传见《宋史》卷四百三十六（脱脱《宋史》，北京：中华书局，1977 年版），亦可参考今人姜书阁《陈同甫年谱》（姜书阁笺注《陈亮龙川词笺注》，北京：人民文学出版社，1980 年版）与邓广铭《陈龙川传》（邓广铭著《陈龙川传》，北京：生活·读书·新知三联书店，2007 年版）。

《龙川词》点校本，可参见姜书阁笺注《陈亮龙川词笺注》（北京：人民文学出版社，1980 年版）与夏承焘校笺《龙川词校笺》（上海：上海古籍出版社，1982 年版）。

另，《文渊阁四库全书总目》史部第 2 册第 825 页《史评类存目一》已著录《三国纪年》。

[2]《宋史·艺文志》卷二百八："陈亮集四十卷，又外集《词》四卷。"（脱脱《宋史》，北京：中华书局，1977 年版，第 5378 页）

[3] 毛晋《龙川词跋》曰："第本集载《词选》三十阕，无甚诠次。如

寄辛幼安《贺新郎》三首，错见前后。予家藏《龙川词》一卷，又每调类分，未知孰是。读至卷终，不作一妖语媚语，殆所称不受人怜者欤？"（毛晋《宋六十名家词》，上海：上海古籍出版社，1989 年版，第 446 页）

[4] 毛晋《龙川词补遗跋》曰："余正喜同甫不作妖语媚语，偶阅《中兴词选》，得《水龙吟》以后七阕，亦未能超然。但无一调合本集者，或云赝作。盖花庵与同甫俱南渡后人，何至误谬若此？或花庵专选绮艳一种，而同甫子沈所编本集特表阿翁磊落骨干，故若出二手。况本集云《词选》，则知同甫之词不止于三十阕。即补此花庵所选，亦安得云全豹耶？姑梓之以俟博雅君子。"（毛晋《宋六十名家词》，上海：上海古籍出版社，1989 年版，第 447 页）

[5] 周密《齐东野语》卷十七："朱晦庵按唐仲友事，或云吕伯恭尝与仲友同书会，有隙，朱主吕故抑唐，是不然也。盖唐平时恃才轻晦庵，而陈同父颇为朱所进，与唐每不相下。同父游台，尝狎籍妓，嘱唐为脱籍，许之。偶郡集，唐语妓云：'汝果欲从陈官人邪？'妓谢，唐云：'汝须能忍饥受冻乃可。'妓闻，大恚。自是陈至妓家，无复前之奉承矣。陈知为唐所卖，亟往见朱。朱问：'近日小唐云何？'答曰：'唐谓公尚不识字，如何作监司？'朱衔之，遂以部内有冤狱，乞再巡按。既至台，适唐出迎少稽，朱益以陈言为信，立索郡印，付以次官，乃摭唐罪具奏，而唐亦作奏驰上。时唐乡相王淮当轴，既进呈，上问王，王奏：'此秀才争闲气耳。'遂两平其事，详见周平园、王季海日记。"（张茂鹏点校《齐东野语》，北京：中华书局，1983 年版，第 323 页）

[6] 毛晋《龙川词跋》："读至卷终，不作一妖语媚语，殆所称不受人怜者欤？湖南毛晋识。"《龙川词补遗跋》曰："余正喜同甫不作妖语媚语，……或花庵专选绮艳一种，而同甫子沈所编本集特表阿翁磊落骨干，故若出二手。"（毛晋《宋六十名家词》，上海：上海古籍出版社，1989 年版，第 446—447 页）

王弈清《历代词话》卷八："陈同父开拓万古之心胸，推倒一世之豪杰，而作词乃复幽秀。"（唐圭璋《词话丛编》第 2 册，北京：中华书局，2005 年版，第 1239 页）

沈祥龙《论词随笔》："以词为小技，此非深知词者。词至南宋，如稼轩、同甫之慷慨悲凉，碧山、玉田之微婉顿挫，皆伤时感事，上与风骚同旨，可薄为小技乎？若徒作侧艳之体，淫哇之音，则谓之小也亦宜。"（唐圭璋《词话丛编》第 5 册，北京：中华书局，2005 年版，第 4059 页）

38　稼轩词四卷（江苏巡抚采进本）

宋辛弃疾撰。弃疾有《南烬纪闻》，已著录[1]。其词慷慨纵横，有不可一世之概，于倚声家为变调。而异军特起，能于翦红刻翠之外，屹然别立一宗，迄今不废[2]。观其才气俊迈，虽似乎奋笔而成，然岳珂《桯史》记弃疾自诵《贺新凉》《永遇乐》二词，使座客指摘其失，珂谓《贺新凉》词首尾二腔语句相似，《永遇乐》词用事太多，弃疾乃自改其语，日数十易，累月犹未竟，其刻意如此云云，则未始不由苦思得矣[3]。《书录解题》载《稼轩词》四卷，又云："信州本十二卷，视长沙本为多。"此本为毛晋所刻，亦为四卷，而其总目又注原本十二卷，殆即就信州本而合并之欤[4]？其集旧多讹异，如二卷内《丑奴儿近》一阕，前半是本调，残阙不全，自"飞流万壑"以下则全首系《洞仙歌》，盖因《洞仙歌》五阕即在此调之后，旧本遂误割第一首以补前词之阙，而五阕之《洞仙歌》遂止存其四。近万树《词律》中辨之甚明，此本尚未及订正[5]。其中"叹轻衫帽几许红尘"句，据其文义，"帽"字上尚有一脱字，树亦未经勘及，斯足证扫叶之喻矣[6]。今并详为勘定。其必不可通而无别本可证者，则姑从阙疑之义焉。

【笺注】

[1] 辛弃疾传见《宋史》卷四百一（脱脱《宋史》，北京：中华书局，1977 年版），亦可参见今人蔡义江《辛弃疾年谱》（蔡义江等编著《辛弃疾年谱》，济南：齐鲁书社，1987 年版）与今人邓广铭《辛稼轩年谱》（邓广铭著《辛稼轩年谱》，上海：上海古籍出版社，1997 年版）。

《稼轩词》点校本，可参见邓广铭笺注《稼轩词编年笺注》（上海：上海古籍出版社，1978 年版），吴企明校笺《辛弃疾词校笺》（上海：上海古籍出版社，2018 年版）与辛更儒笺注《辛弃疾词编年笺注》（北京：中华书局，

2018 年版）。

　　另，《文渊阁四库全书》及《文渊阁四库全书总目》皆未著录《南烬纪闻》，馆臣此处误记。

　　《南烬纪闻录》旧题辛弃疾撰，因该书记事谬妄者甚多，或云此乃伪书。朱彝尊《日下旧闻考》卷一百五十五《存疑》云："《窃愤录》《南烬纪闻录》，皆伪书也，其纪钦宗留燕事迹与《北狩行录》《燕云录》不同，盖未足深信者。"（于敏中等编纂《日下旧闻考》，北京：北京古籍出版社，1985 年版，第2501 页）

　　且，《文渊阁四库全书》子部第 869 册王士祯《居易录》卷一："《南烬纪闻》所载北狩事，率不可信，或谓是不得志于宣和、靖康间者所为，理当然也。"（《文渊阁四库全书》子部第 869 册第 317—318 页）可见，朱、王二人皆谓《南烬纪闻录》为伪书，然二人并无显证辨之。《南烬纪闻录》伪书一说，暂且存疑。《全宋笔记》第四编第 4 册已收录辛弃疾《南烬纪闻录》一书。

　　[2] 馆臣所评，与《稼轩词》历来之评论，不外乎特色、变体等范畴，实乃大同小异。如范开《稼轩词序》："器大者声必闳，志高者意必远。知夫声与意之本原，则知歌词之所自出。是盖不容有意于作为，而其发越著见于声音言意之表者，则亦随其所蓄之浅深，有不能不尔者存焉耳。世言稼轩居士辛公之词似东坡，非有意于学坡也，自其发于所蓄者言之，则不能不坡若也。"（辛更儒笺注《辛弃疾词编年笺注》下册，北京：中华书局，2018 年版，第 1246 页）

　　王世贞《艺苑卮言》："词至辛稼轩而变，其源实自苏长公，至刘改之诸公极矣。南宋如曾觌、张抡辈应别之作，志在铺张，故多雄丽。稼轩辈抚时之作，意存感慨，故饶明爽。然秾情致语，几于尽矣。"（唐圭璋《词话丛编》第 1 册，北京：中华书局，2005 年版，第 391 页）

　　又如冯班《钝吟全集》之《钝吟老人文稿》："词体琐碎，入宋而文格始昌，名人大手，集中皆有官商之语。辛稼轩当宋之南，抱英雄之志，有席卷中原之略，厄于时运，势不得展，长短句□涛涌雷发，坡公以后，一人而已。"（《清代诗文集汇编》编纂委员会编《清代诗文集汇编》第 20 册，上海：上海古籍出版社，2010 年版，第 61 页）

　　[3] 岳珂《桯史》卷三："稼轩以词名，每燕必命侍妓歌其所作。特好

歌《贺新郎》一词，自诵其警句曰：'我见青山多妩媚，料青山见我应如是。'
又曰：'不恨古人吾不见，恨古人不见吾狂耳。'每至此，辄拊髀自笑，顾问坐
客何如，皆叹誉如出一口。既而又作一《永遇乐》，序北府事，首章曰：'千古
江山，英雄无觅孙仲谋处。'又曰：'寻常巷陌，人道寄奴曾住。'其寓感慨者，
则曰：'可堪回首，佛狸祠下，一片神鸦社鼓。凭谁问：廉颇老矣，尚能饭否？'
特置酒召数客，使妓叠歌，益自击节，遍问客，必使摘其疵，孙谢不可。客或
措一二辞，不契其意，又弗答，然挥羽四视不止。余时年少，勇于言，偶坐于
席侧，稼轩因诵启语，顾问再四。余率然对曰：'待制词句，脱去今古轸辙，每
见集中有解道此句，真宰上诉，天应嗔耳之序，尝以为其言不诬。童子何知，
而敢有议？然必欲如范文正以千金求《严陵祠记》一字之易，则晚进尚窃有疑
也。'稼轩喜，促膝亟使毕其说。余曰：'前篇豪视一世，独首尾两腔，警语差
相似；新作微觉用事多耳。'于是大喜，酌酒而谓坐中曰：'夫君实中予痼。'乃
味改其语，日数十易，累月犹未竟，其刻意如此。"（吴企明点校《桯史》，北
京：中华书局，1997 年版，第 38—39 页）

　　[4]《文渊阁四库全书》史部第 674 册第 890 页《直斋书录解题》卷二
十一："《稼轩词》四卷，宝谟阁待制济南辛弃疾幼安撰。信州本十二卷，视
长沙为多。"马端临《文献通考》卷二百四十六《经籍考七十三》："《稼轩
词》四卷，陈氏曰：宝谟阁待制辛弃疾幼安撰。信州本十二卷，视长沙为
多。"（马端临《文献通考》下册，北京：中华书局，1986 年版，第 1945 页）

　　然，上海古籍出版社 1987 年版《直斋书录解题》则作"《稼轩词》一
卷"。（徐小蛮、顾美华点校《直斋书录解题》下册，上海：上海古籍出版
社，1987 年版，第 622 页）盖点校者校对失误。

　　毛晋《宋六十名家词》一集总目："第十册，《稼轩词》四卷，原本十二
卷。"（毛晋《宋六十名家词》，上海：上海古籍出版社，1989 年版，第 3 页）

　　[5]万树《词律》卷四："其所谓第二段者，则前半仍是《丑奴儿》，而
后半则非《丑奴儿》矣。'午睡'以下十二字，原是本调，分作三句，'洒'
字是叶韵者，其下则此调残缺不全。'野鸟飞来'又是一七个字。……而
'野'之字上缺一字，'又是一'之下竟全遗失矣。至'飞流万壑'以下，及
所谓第三段者，则系完全一首《洞仙歌》。前段'依旧'止，后段'人生'
起也。细细校对，无一字不合，只'叹轻衫帽'之'衫'字下，落一'短'
字耳。以《洞仙歌》全首强借为《丑奴儿》之尾，岂非大怪事乎？又细考

之，稼轩原集《丑奴儿近》之后，即载《洞仙歌》五阕，当时不知因何遗失《丑奴儿》后半，竟将《洞仙歌》一阕错补其后，故集中遂以《丑奴儿》作一百四十六字，而后《洞仙歌》止存四阕矣。"（万树《词律》，上海：上海古籍出版社，1984 年版，第 126 页）

[6]《文渊阁四库全书》集部第 1488 册第 151 页《洞仙歌》词云："叹青衫帽。"其下按语："帽字上当脱一字。"据万树《词律》卷四："细细校对，无一字不合，只'叹轻衫帽'之'衫'字下，落一'短'字耳。"（万树《词律》，上海：上海古籍出版社，1984 年版，第 126 页）"轻衫短帽"为宋代一种流行服色，如陆游《剑南诗稿》卷八十一之《湖上》："寒食初过谷雨前，轻衫短帽影翩翩。"（钱仲联校注《剑南诗稿校注》，上海：上海古籍出版社，2005 年版，第 4384 页）又如连文凤《百正集》卷中所载《冬日早行》："客里闲关去路赊，轻衫短帽朔风斜。"（《丛书集成初编》之连文凤撰《百正集》，北京：中华书局，1985 年版，第 14 页）

39　西樵语业一卷 （江苏巡抚采进本）

宋杨炎正撰。炎正字济翁，庐陵人[1]。陈振孙《书录解题》载《西樵语业》一卷，杨炎正济翁撰。马端临《文献通考》引之，误以"正"字为"止"字[2]。毛晋刻《六十家词》，遂误以杨炎为姓名，以止济翁为别号。近时所印，始改刊杨炎正姓名。跋中止济翁字，亦追改为杨济翁。然旧印之本，与新印之本并行，名字两歧，颇滋疑惑[3]。故厉鹗《宋诗纪事》辨之曰：尝见《西樵语业》旧抄本，作杨炎正济翁。后考《武林旧事》载杨炎正《钱塘迎酒歌》一首，《全芳备祖》亦载此诗，称杨济翁，是炎正其名，济翁其字可见云云[4]。今观辛弃疾《稼轩词》中屡有与杨济翁赠答之作[5]。又杨万里《诚斋诗话》曰："余族弟炎正，字济翁，年五十二乃登第，初为宁远簿，甚为京丞相所知。有启上丞相云：'秋惊一叶，感蒲柳之先知。春到千花，叹桑麻之后长。'丞相遂厚待，除掌故之令。"其始末甚明，足证厉鹗所辨为不误，而毛氏旧印之本为不足凭矣[6]。是集词仅三十七首，而因辛弃疾作者凡六首[7]。其纵横排奡之气，虽不足敌弃疾，而屏绝纤秾，自抒清俊，要非俗艳所可拟。一时投契，盖亦有由云[8]。

【笺注】

[1] 杨炎正生平资料较贫乏，《宋史》与《宋史翼》皆无其传。杨万里《诚斋集》卷七十六所载《静庵记》、卷一百零五所载《尺牍·答余丞相》有其生平零散介绍（辛更儒笺校《杨万里集笺校》第 6 册、第 8 册，北京：中华书局，2007 年版），亦可参考今人钟振振《〈全宋词〉杨炎正小传辑补》一文。

《西樵语业》今人尚未精点精校。

[2] 陈振孙《直斋书录解题》卷二十一："《西樵语业》一卷，庐陵杨炎

止济翁撰。"（陈振孙《直斋书录解题》，上海：上海古籍出版社，1987年版，第628页）

马端临《文献通考》卷二百四十六："《西樵语业》一卷，陈氏曰：'庐陵杨炎止济翁撰。'"（马端临《文献通考》下册，北京：中华书局，1986年版，第1946页）

[3] 旧印本《宋六十名家词》所载《西樵语业》开篇云："《西樵语业》，宋杨炎。"其跋曰："止济翁，庐陵人也。"（毛晋《宋六十名家词》，上海：上海古籍出版社，1989年版，第305、308页）而《文渊阁四库全书》集部第1488册第205页《西樵语业》为毛晋新印本，其开篇改为"《西樵语业》，宋杨炎正"。其跋亦改为"杨济翁，庐陵人也"。（《文渊阁四库全书》集部第1488册第211页）

[4] 厉鹗《宋诗纪事》卷五十七："杨炎正，炎正字济翁，庐陵人。厉按：炎正工词，有《西樵语业》一卷。毛氏汲古阁刊本误作杨炎号止济翁。予见旧抄本作杨炎正济翁，是炎正其名，济翁其字也。今考《武林旧事》有杨炎正诗，《全芳备祖》有杨炎正诗，即是一人，毛氏之误可见矣。"（厉鹗《宋诗纪事》第3册，上海：上海古籍出版社，1983年版，第1442页）

[5] 辛弃疾与杨炎正赠答之作有《水调歌头·舟次扬州，和杨济翁、周显先韵》《满江红·江行，简杨济翁、周显先》《蝶恋花·和杨济翁韵，首句用丘宗卿书中语》《蝶恋花·继杨济翁韵，饯范南伯知县归京口》《蝶恋花·席上赠杨济翁侍儿》。

[6] 杨万里《诚斋诗话》："余族弟炎正，字济翁，作一启以解之云：'讳名不讳姓，虽存羊枣之遗文；言在不言徵，亦有杏坛之故事。'上官遂举之。济翁年五十二乃登第，初任宁远簿，甚为京丞相所知，有启上丞相云：'秋惊一叶，感蒲柳之先知；春到千花，叹桑麻之后长。'丞相遂下待，除掌故之令。"（丁福保辑《历代诗话续编》上册，北京：中华书局，1983年版，第157页）

[7] 《文渊阁四库全书》集部第1488册《西樵语业》有三十七阕，其为辛弃疾所作者有六阕，分别为《水调歌头·呈辛龙兴》《满江红·寿稼轩》《贺新郎·寄辛潭州》《洞仙歌·寿稼轩》《鹊桥仙·寿稼轩》《蝶恋花·稼轩坐间作首句用丘六书中语》。

[8] 毛晋《西樵语业跋》："《语业》一卷，俊逸可喜，不作妖艳情态，虽非词家能品，其品之闲闲可想见云。"（毛晋《宋六十名家词》，上海：上

海古籍出版社，1989年版，第308页）李调元《雨村词话》卷二："炎正《西樵语业》有《诉衷情》词云：'露珠点点欲团霜，分冷与纱窗。''团霜''分冷'四字最工。如《生查子》句云：'人好欺花色。''欺'字亦工，盖能炼句故也。"（唐圭璋《词话丛编》第2册，北京：中华书局，2005年版，第1407页）

冯煦《蒿庵论词》："有与幼安周旋而即效其体者，若西樵、洺水两家，惜怀古味薄，济翁笔亦不健，比诸龙洲，抑又次焉。"（唐圭璋《词话丛编》第4册，北京：中华书局，2005年版，第3593页）

况周颐《历代词人考略》卷三十："刘改之模范稼轩，《龙洲词》中不少婉约绵丽之作，正与济翁略同。"（葛渭君《词话丛编补编》第6册，北京：中华书局，2013年版，第4382页）

40　樵隐词一卷（安徽巡抚采进本）

宋毛开撰[1]。开字平仲，信安人。旧刻题曰三衢，盖偶从古名也。尝为宛陵、东阳二州倅。所著有《樵隐集》十五卷，尤袤为之序。今已不传[2]。陈振孙《书录解题》载《樵隐词》一卷。此刻计四十二首，据毛晋跋，谓得自杨梦羽家秘藏抄本，不知即振孙所见否也[3]。开他作不甚著，而小词最工。卷首王木叔题词，有"或病其诗文视乐府颇不逮"之语，盖当时已有定论矣[4]。集中《满江红》"泼火初收"一阕，尤为清丽芊眠，故杨慎《词品》特为激赏[5]。其《江城子》一阕注"次叶石林韵"，后半"争劝紫霜翁"句，实押"翁"字，而今本《石林词》，此句乃押"宫"字，于本词为复用，可订《石林词》刊本之讹[6]。至于《瑞鹤仙》一调，宋人诸本并同。此本乃题与目录俱讹作《瑞仙鹤》。又《燕山亭》前阕，"密映窥，亭亭万枝开遍"句止九字，考曾觌此调，作"寒垒宣威，紫绶几垂金印"共十字，则"窥"字上下必尚脱一字。尾句"愁酒醒、绯千片"止六字，曾觌此调，作"长占取、朱颜绿鬓"共七字。则"绯"字上下又必尚脱一字[7]。其余如《满庭芳》第一首注中，"东阳"之讹"东易"；第三首注中，"西安"之讹"四安"。《好事近》注中，"陈天予"之讹"陈天子"。鲁鱼纠纷，则毛本校雠之疏矣[8]。陈正敏《遁斋闲览》载开为郡，因陈牒妇人立雨中，作《清平调》一词。事既媟亵，且开亦未尝为郡，此宋人小说之诬，晋不收其词，特为有识[9]。今附辨于此，亦不复补入云。

【笺注】

[1] 毛开生平资料较匮乏，其相关记载见陆游《剑南诗稿》卷十一《访毛平仲问疾与其子适同游柯山观王质烂柯遗迹》（钱仲联校注《剑南诗稿校注》，上海：上海古籍出版社，2005 年版），周必大《周文忠公文集》卷一

《送毛平仲》诗序（王蓉贵、白井顺点校《周必大全集》，成都：四川大学出版社，2017 年版）及厉鹗《宋诗纪事》卷四十九（厉鹗《宋诗纪事》，上海：上海古籍出版社，1983 年版）。

《樵隐词》今人尚未精点精校。

[2] 陈振孙《直斋书录解题》卷十八："《樵隐集》十五卷，信安毛开平仲撰。……与尤遂初厚善，临终以书别之，嘱以志墓。延之即为铭，又序其集。"（陈振孙《直斋书录解题》，上海：上海古籍出版社，1987 年版，第 543 页）厉鹗《宋诗纪事》卷四十九："毛开，开字平仲，三衢人，友之子。仕止宛陵、东阳二州倅。有《樵隐集》。"（厉鹗《宋诗纪事》第 2 册，上海：上海古籍出版社，1983 年版，第 1238 页）

[3] 陈振孙《直斋书录解题》卷二十一："《樵隐词》一卷，毛开平仲撰。"（陈振孙《直斋书录解题》，上海：上海古籍出版社，1987 年版，第 625 页）

毛晋《樵隐词跋》："平仲，三衢人，仕止州倅。……杨用修云：'毛开小词一卷，惟余家有之。'极赏其'泼火初收'一阕，今亦不多见。余近得杨梦羽先生秘藏《宋元名家词》抄本二十七种，内有《樵隐诗余》一卷，共四十二首，调名二十有三，亟梓而行之，庶不与集俱湮耳。"（毛晋《宋六十名家词》，上海：上海古籍出版社，1989 年版，第 243 页）

[4] 王木叔《题樵隐词》："平仲为人，傲世自高，与时多忤，独与锡山尤遂初厚善，临终以书别之，嘱以志墓。遂初既为墓志铭，又序其集。或病其诗文视乐府颇不逮，其然，岂其然乎？"（毛晋《宋六十名家词》，上海：上海古籍出版社，1989 年版，第 239 页）

[5] 杨慎《词品》卷之五："毛开小词一卷，惟予家有之。其《满江红》云：'泼火初收，秋千外，轻烟漠漠。春渐远，绿杨芳草，燕飞池阁。已著单衣寒食后，夜来还是东风恶。对空山、寂寂杜鹃啼，梨花落。伤别恨，闲情作。十载事，惊如昨。向花前月下，共谁行乐。飞盖低迷南苑路，湔裙怅望东城约。但老来、憔悴惜春心，年年觉。'此作亦佳，聊记于此。"（唐圭璋《词话丛编》第 1 册，北京：中华书局，2005 年版，第 516—517 页）

[6]《文渊阁四库全书》集部第 1488 册第 218 页毛开《江城子·和德初灯夕词次叶石林韵》："神仙楼观梵王宫。月当中。望难穷。坐听三通，谯鼓报笼铜。还忆当年京辇旧，车马会，五门东。华堂歌舞间笙钟。夕香蒙。度花风。翠袖传杯，争劝紫髯翁。归去不堪春梦断，烟雨晓，乱山重。"

《文渊阁四库全书》集部第 1487 册第 456 页叶梦得《江城子·次韵葛鲁卿上元》："甘泉祠殿汉离宫。五云中。渺难穷。永漏通宵，壶矢转金铜。曾从钩天知帝所，孤鹤老，寄辽东。强扶衰病步龙钟。雪花蒙。打窗风。一点青灯，惆怅伴南宫。唯有使君同此恨，丹凤□，水云重。"

[7] 毛晋本《樵隐词》目录作《瑞仙鹤》，题名作《瑞仙鹤》。（毛晋《宋六十名家词》，上海：上海古籍出版社，1989 年版，第 239—240 页）万树《词律》卷十七："《瑞鹤仙》一百二字，毛开……汲古刻《樵隐词》题作《瑞仙鹤》，误。"（万树《词律》，上海：上海古籍出版社，1984 年版，第 381 页）

万树《词律》卷十五："《燕山亭》九十九字，曾觌。……塞垒宣威，紫绶几垂金印……长占取、朱颜绿鬓"，"汲古刻《樵隐词》'塞垒'下二句云'密映窥，亭亭万枝开遍'，乃'窥'字下脱一字。尾句云'愁酒醒、绯千片'，亦于'绯'字上下落一字。"（万树《词律》，上海：上海古籍出版社，1984 年版，第 352—353 页）

[8] 毛晋本《樵隐词》所载《满庭芳》第一阕词序："自宛陵易倅东易，留别诸同僚。"第三阕词序："行次四安，用前韵，寄章叔通、沈无隐。"（毛晋《宋六十名家词》，上海：上海古籍出版社，1989 年版，第 241 页）《文渊阁四库全书》所收录《樵隐词》，已纠正《满庭芳》第一阕词注"东阳"讹为"东易"之误。

馆臣言毛开《满庭芳》第三阕词注"西安"讹为"四安"，馆臣误。今人吴熊和对此有所考证，其言曰："宛陵，今安徽宣州。东阳，指婺州。四安，即泗安镇，在今浙江长兴县西南安溪北岸，地处浙皖交通冲要。毛开自宛陵倅移东阳，当经四安至临安，再赴东阳，故第三首有'两度过神州'之句，盖指自临安赴任宛陵，再移东阳，其间一年左右。"（吴熊和主编《唐宋词汇评》第 2 册，杭州：浙江教育出版社，2004 年版，第 1861 页）

据此可证，《满庭芳》第三阕词注"四安"无误。"西安"当为馆臣误判，且四库本《满庭芳》与《全宋词》本皆作"四安"。

[9] 徐釚《词苑丛谈》卷三："毛开为郡，见一妇人陈牒立雨中，作《清平乐》云：'醉红宿翠。髻鬌乌云坠。管是夜来不睡，那更今朝早起。春风满搦腰支，阶前小立多时。恰恨一番春雨，想应湿透鞋儿。'宋人小说盛称此词。"（《词苑丛谈》，上海：上海古籍出版社，1981 年版，第 55 页）

《衢县志》卷二十六："《遁斋闲览》称毛开为郡，因陈牒妇人立雨中，作《清平调》云：'醉红宿翠。髻弹乌云坠。管是夜来不睡，那更今朝早起。春风满搦腰支，阶前小立多时。恰恨一番春雨过，相应湿透鞋儿。'按毛开任宛陵、东阳二州倅，未尝为郡，且事亦媟亵。今考毛晋《樵隐词》刊本不载此词，知好事者之伪托耳。"（郑永禧纂修《浙江省衢县志》，台北：成文出版社，1984 年，第 2728 页）

41　放翁词一卷 (江苏巡抚采进本)

宋陆游撰。游有《入蜀记》，已著录[1]。《书录解题》载《放翁词》一卷。毛晋所刊《放翁全集》，内附《长短句》二卷。此本亦晋所刊，又并为一卷，乃集外别行之本[2]。据卷末有晋跋云"余家刻《放翁全集》，已载《长短句》二卷，尚逸一二调，章次亦错见，因载订入名家"云云[3]。则较集本为精密也。游生平精力尽于为诗，填词乃其余力，故今所传者仅乃诗集百分之一。刘克庄《后村诗话》谓其时掉书袋，要是一病。杨慎《词品》则谓其纤丽处似淮海，雄快处似东坡[4]。平心而论，游之本意，盖欲驿骑于二家之间，故奄有其胜，而皆不能造其极。要之，诗人之言，终为近雅，与词人之冶荡有殊。其短其长，故具在是也[5]。叶绍翁《四朝闻见录》载韩侂胄喜游附己，至出所爱四夫人号满头花者索词，有"飞上锦褓红皱"之句，今集内不载[6]。盖游老而堕节，失身侂胄，为一时清议所讥。游亦自知其误，弃其稿而不存。《南园阅古泉记》不编于《渭南集》中，亦此意也。而终不能禁当代之传述，是亦可为炯戒者矣[7]。

【笺注】

[1] 陆游传见《宋史》卷三百九十五（脱脱《宋史》，北京：中华书局，1977 年版），亦可参考今人于北山《陆游年谱》（于北山著《陆游年谱》，上海：上海古籍出版社，1985 年版）与欧小牧《陆游年谱》（欧小牧著《陆游年谱》，北京：人民文学出版社，1981 年版）。

《放翁词》点校本，可参见夏承焘、吴熊和笺注《放翁词编年笺注》（上海：上海古籍出版社，1981 年版）。

另，《文渊阁四库全书》史部第 460 册已著录《入蜀记》。

[2] 陈振孙《直斋书录解题》卷二十一："《放翁词》一卷，陆游撰。"

（陈振孙《直斋书录解题》，上海：上海古籍出版社，1987 年版，第 621 页）
《文渊阁四库全书》集部第 1163 册所收《渭南文集》乃毛晋所辑，其目录确
存词二卷，即卷四十九与卷五十。而集部第 1148 册《放翁词》乃毛晋另刊之
集外别行本。

　　[3] 毛晋《放翁词》跋："余家刻《放翁全集》，已载《长短句》二卷，
尚逸一二调，章次亦错见，因载订入名家。杨用修云：'纤丽处似淮海，雄慨
处似东坡。'予谓：'超爽处更似稼轩耳。'古虞毛晋记。"（毛晋《宋六十名
家词》，上海：上海古籍出版社，1989 年版，第 130 页）

　　[4] 据《文渊阁四库全书》集部第 1163 册所收《剑南诗稿》《渭南文
集》《放翁诗选》等作品，确如馆臣所言陆游生平精力在于诗，其词作不及诗
作百分之一。

　　馆臣言陆游之作常常掉书袋一评出自《后村诗话》，误。当出自刘克庄
跋语。

　　《后村先生大全集》卷之九十九《刘叔安感秋八词》："近岁放翁、稼轩
一扫纤艳，不事斧凿，高则高矣，但时时掉书袋，要是一癖。"（王蓉贵等校
点《后村先生大全集》，成都：四川大学出版社，2008 年版，第 2571 页）经
查阅《后村诗话》，并无此条，该语当出自刘克庄题跋类。

　　杨慎《词品》卷之五："放翁词纤丽处似淮海，雄慨处似东坡。"（唐圭
璋《词话丛编》第 1 册，北京：中华书局，2005 年版，第 513 页）

　　[5] 刘克庄《后村诗话》续集卷四："放翁词长短句……其激昂感慨者，
稼轩不能过；飘逸高妙者，与陈简斋、朱希真相颉颃；流丽绵密者，欲出晏叔
原、贺方回之上，而世歌之者绝少。"（王秀梅点校《后村诗话》，北京：中华
书局，1983 年版，第 138—139 页）

　　田同之《西圃词说》："诗词风气，正相自循。贞观、开元之诗，多尚淡
远。大历、元和后，温、李、韦、杜渐入香奁，遂启词端。《金荃》《兰畹》
之词，概崇芳艳。南唐、北宋后，辛、陆、姜、刘渐脱香奁，仍存诗意。"
（唐圭璋《词话丛编》第 2 册，北京：中华书局，2005 年版，第 1452 页）

　　冯煦《蒿庵论词》："剑南屏除纤艳，独往独来，其逋峭沉郁之概，求之
有宋诸家无可方比。《提要》以为'诗人之言，终为近雅，与词人之冶荡有
殊'，是也。至谓游'欲驿骑东坡、淮海之间，故奄有其胜，而皆不能造其
极'，则或非放翁之本意欤？"（唐圭璋《词话丛编》第 4 册，北京：中华书

局，2005 年版，第 3593 页）

[6] 叶绍翁《四朝闻见录》乙集："韩喜陆附己，至出所爱四夫人擘阮琴起舞，索公为词，有'飞上锦袘红绉'之语。"（沈锡麟、冯惠民点校《四朝闻见录》，北京：中华书局，1989 年版，第 65 页）

[7] 据陈振孙《直斋书录解题》卷十八："晚由严陵召为南宫舍人。将内禅，益公荐直北门，上终不用。及韩氏用事，游既挂冠久矣，有幼子泽不逮，为侂胄作《南园记》，起为大蓬。"（陈振孙《直斋书录解题》，上海：上海古籍出版社，1987 年版，第 541 页）

《文渊阁四库全书》集部第 1163 册第 313 页《渭南文集》之《原传》："游才气超逸，尤长于诗。晚年再出，为韩侂胄撰《南园阅古泉记》，见讥清议。朱熹尝言其能太高迹太近，恐为有力者所牵挽，不得全其晚节。盖有先见之明焉。"

王初桐《小嫏嬛词话》卷二："陆放翁生时，母梦秦少游，故以秦名为字，而字其名。又有'小李白'之号。其词一扫纤秾，不事斧凿，艺苑称之。晚年为韩侂胄撰《南园阅古泉记》，见讥清议，尚论者惜焉。《四朝闻见录》：韩侂胄喜陆附己，至出所爱四夫人擘阮琴起舞，索公为词，有'飞上锦袘红皱'之语，今放翁集中无此词。"（屈兴国编《词话丛编二编》第 2 册，杭州：浙江古籍出版社，2013 年版，第 1038 页）

42　知稼翁词一卷_{（安徽巡抚采进本）}

　　宋黄公度撰。公度有《知稼翁集》，已著录[1]。所作词一卷，已见集中。此则毛晋所刊别行本也。词仅十三调，共十四阕[2]。据卷末其子沃跋语，乃收拾未得其半，录而藏之以传后裔者[3]。每词之下，系以本事，并详及同时倡酬诗文。公度之生平本末，可以见其大概，较他家词集，特为详备[4]。至汪藻《点绛唇》词"乱鸦啼后，归思浓于酒"句，吴曾《能改斋漫录》改窜作"晓鸦啼后，归梦浓于酒"，兼凭虚撰一事实，殊乖本义。沃因其父有和词，辨正其讹，自属确凿可据[5]。乃朱彝尊选《词综》，犹信吴曾曲说，改藻原词，且坐《草堂》以擅改之罪。不知《草堂》惟以"归思"作"归兴"，其余实未尝改，彝尊殆偶误记欤[6]？

【笺注】

　　[1] 黄公度传见《宋史翼》卷二十四（陆心源撰《宋史翼》中册，杭州：浙江古籍出版社，2017 年版），亦可参考厉鹗《宋诗纪事》卷四十五及《文渊阁四库全书》集部第 1139 册《知稼翁集》所载《知稼翁集原序》与《知稼翁集跋》二文。

　　《知稼翁词》今人尚未精点精校。

　　另，《文渊阁四库全书》集部第 1139 册已著录《知稼翁集》。

　　[2]《文渊阁四库全书》集部第 1488 册《知稼翁词》词调有 11 调，即《点绛唇》《千秋岁》《菩萨蛮》《青玉案》《卜算子》《好事近》《眼儿媚》《朝中措》《一剪梅》《满庭芳》《浣溪沙》。收词 15 首。

　　[3] 毛晋《知稼翁词》跋："有文集十一卷，子沃编以行世。……近来闽中镂版甚善，末幅有讳崇翰者，纪录详挚。倘历代先贤名集，尽得文孙各为表章如知稼翁者，不大快耶。"（毛晋《宋六十名家词》，上海：上海古籍

出版社，1989 年版，第 580 页）

[4] 据《文渊阁四库全书》集部第 1488 册《知稼翁词》，其无本事者有二，即《朝中措》第一阕与《一剪梅》。馆臣所言"每词之下，系以本事"，误。《知稼翁词》并非每词皆系本事。

[5] 吴曾《能改斋漫录》卷十六："汪彦章在翰苑，屡致言者。尝作《点绛唇》云：'永夜厌厌，画檐低月山衔斗。起来搔首，梅影横窗瘦。好个霜天，闲却传杯手。君知否？晓鸦啼后，归梦浓如酒。'或问曰：'归梦浓如酒，何以在晓鸦啼后？'公曰：'无奈这一队畜生聒噪何。'"（吴曾《能改斋漫录》下册，上海：上海古籍出版社，1979 年版，第 481 页）

《文渊阁四库全书》集部第 1488 册《知稼翁词》所载《点绛唇》词下本事曰："汪藻彦章出守泉南，移知宣城，内不自得，乃赋词云：'新月娟娟，夜寒江静山衔斗。起来搔首。梅影横窗瘦。好个霜天，闲却传杯手。君知否？乱鸦啼后，归兴浓如酒。'公时在泉南签幕，依韵作此送之。又有送汪内翰移镇宣城长篇，见集中。比有《能改斋漫录》载汪在翰苑，屡致言者，尝作《点绛唇》云云。最末句：'晓鸦啼后，归梦浓如酒。'或问曰：'归梦浓如酒，何以在晓鸦啼后？'汪曰：'无奈这一队畜生何。'不惟事失其实，而改窜二字，殊乖本义。"

[6] 朱彝尊《词综》卷十一："永夜厌厌，画檐低月山衔斗。起来搔首，梅影横窗瘦。好个霜天，闲却传杯手。君知否？晓鸦啼后，归梦浓于酒。……按：'晓鸦'《草堂》改作'乱鸦'，'归梦'改作'归兴'，便少意味。今从吴虎臣《能改斋漫录》正之。"（朱彝尊《词综》，上海：上海古籍出版社，2005 年版，第 242—243 页）

《草堂诗余》前集卷之下："新月娟娟，夜寒江静山衔斗。起来搔首。梅影横窗瘦。好个霜天，闲却传杯手。君知否？乱鸦啼后，归兴浓如酒。"（阙名编《草堂诗余》，北京：中华书局，1958 年版，第 58 页）

据注 [5] 中《点绛唇》本事，朱彝尊《草堂诗余》已改正两处，非如馆臣所言仅改"归思"作"归兴"，朱彝尊亦改"晓鸦"作"乱鸦"。由此可见，非朱彝尊误记，乃馆臣误记。

43　蒲江词一卷（江苏巡抚采进本）

宋卢祖皋撰[1]。祖皋字申之，又字次夔，号蒲江，永嘉人。登庆元五年进士。嘉定中为军器少监，权直学士院。祖皋为楼钥之甥，学有渊源，尝与永嘉四灵以诗相倡和。然诗集不传[2]。惟《贵耳集》载其《玉堂有感》《松江别友》二绝句，《舟中独酌》一联。《梅涧诗话》载其《庙山道中》一绝句。《全芳备祖》载其《酴醾》一绝句。僧《北涧集》附载其《读书》《种橘》二绝句。《东瓯诗集》载其《雨后得月小饮怀赵天乐》五言一律而已[3]。《贵耳集》又称其小词纤雅，曰《蒲江集》，然不言卷数。陈振孙《书录解题》著录一卷。其篇数多寡，亦不可考[4]。此本为明毛晋所刻，凡二十五阕。今以黄升《花庵词选》相校，则前二十四阕，悉《词选》之所录，惟最后《好事近》一阕，为晋所增入。疑原集散佚，晋特抄撮黄升所录，以备一家耳[5]。其中字句与《词选》颇有异同，如开卷《贺新郎》"荒词谁继风流后"句，《词选》作"荒祠"。《水龙吟》"带酒离恨"句，"带酒"《词选》作"带将"。《乌夜啼》第三首后阕"昨日几秋风"句，"昨日"《词选》作"昨夜"。并应以《词选》为长，晋盖未及详校[6]。惟《贺新郎》序首"沈传师"字，晋注《词选》作"传帅"，然今《词选》实作"传师"，则不知晋所据者何本矣[7]。至《鹧鸪天》后阕"丁宁须满玉西东"句，据文应作"玉东西"，而此词实用东韵，则由祖皋偶然误用。如黄庭坚之押秦西巴为巴西，非校者之误也[8]。

【笺注】

[1] 卢祖皋传见《南宋馆阁录续录》卷八、卷九（张富祥点校《南宋馆阁录续录》，北京：中华书局，1998 年版），《宋会要辑稿·选举》二十一（刘琳等校点《宋会要辑稿》，上海：上海古籍出版社，2014 年版）及《雍正

浙江通志》卷一百八十二（凤凰出版社编《中国地方志集成·省志辑·浙江》，南京：凤凰出版社，2010 年版）。

《蒲江词》今人尚未精点精校。

[2]《南宋馆阁录续录》卷九："卢祖皋字申之，温州永嘉县人，庆元五年曾从龙榜进士出身，治书。"（张富祥点校《南宋馆阁录续录》，北京，中华书局，1998 年版，第 348 页）

毛晋《蒲江词跋》："卢祖皋，字申之，自号蒲江居士，永嘉人，楼大防之甥也。一时永嘉诗人争学晚唐体。徐照，字道晖；徐玑玑，字文渊；翁卷，字灵舒；赵师秀，字紫芝；称为四灵，与申之倡和，莫能伯仲。惜其诗集不传。"（毛晋《宋六十名家词》，上海：上海古籍出版社，1989 年版，第 589 页）

[3] 张端义《贵耳集》卷上："曾为《玉堂有感》诗：'两山风雨故留寒，九陌香泥苦未干。开到海棠春烂漫，担头时得数枝看。'有《舟中独酌》诗：'山川似旧客怀老，天地何言春事深。'《松江别诗》：'明月垂虹几度秋，短篷长是系人愁。暮烟疏雨分携地，更上松江百尺楼。'余领先生词外之旨。"（上海古籍出版社编《宋元笔记小说大观》第 4 册，上海：上海古籍出版社，2001 年版，第 4277 页）

韦居安《梅涧诗话》卷中："蒲江卢祖皋申之《庙山道中》诗云：'粉黄蛱蝶绕疏篱，山崦人家挂酒旗。细雨嫩寒衫袖薄，客中知是菊花时。'语意清新，颇能模写村居景趣。"（丁福保辑《历代诗话续编》中册，北京：中华书局，1983 年版，第 565 页）

陈景沂《全芳备祖》卷之十五："雪颗云条一架春，酒中风度梦中闻。东风不是无颜色，过了梅花便到君。"（陈景沂《全芳备祖》，杭州：浙江古籍出版社，2018 年版，第 369 页）

释居简《北涧诗集》卷五："《卢蒲江雪夜约同直省中出示采菊读书煎茶种橘四诗索危秘书诸名胜同赋》：'拙须务速巧须迟，尽巧依稀与拙宜。除却艺兰纫楚佩，反骚只有落英诗。糁葵负腹媿便便，偶上蓬莱借榻眠。梦过子云还问字，梦醒龙液冷无烟。亭亭古砌剪霜苔，密琐疏棍冷不开。纱帽笼头防俗客，小团新锡上方来。青压低枝欲破香，秋迟风燥未曾霜。枳蕃江北令人笑，更试仙山与道乡。'"（《北涧诗集》9 卷本，清钞本，爱如生《中国基本古籍库》，第 84 页）

曾唯辑《东瓯诗存》所载《雨后得月小饮怀赵天乐》："梅天此夜稀，嘉月弄光辉。不饮强呼酒，欲眠重启扉。语高惊鹤睡，坐久见鸟飞。想见湖居友，扁舟不肯归。"（张如元、吴佐仁校补《东瓯诗存》上册，上海：上海社会科学院出版社，2006 年版，第 244 页）

[4] 张端义《贵耳集》卷上："蒲江卢申之祖皋，貌宇修整，作小词纤雅，曰《蒲江集》。"（上海古籍出版社编《宋元笔记小说大观》第 4 册，上海：上海古籍出版社，2001 年版，第 4276 页）

陈振孙《直斋书录解题》卷二十一："《蒲江集》一卷，永嘉卢祖皋申之撰。"（陈振孙《直斋书录解题》，上海：上海古籍出版社，1987 年版，第 631 页）

[5]《花庵词选》收录卢祖皋词二十四阕，分别为《贺新郎》二阕、《宴清都》一阕、《鱼游春水》一阕、《倦寻芳》一阕、《西江月》一阕、《清平乐》一阕、《乌夜啼》三阕、《谒金门》二阕、《水龙吟》二阕、《洞仙歌》一阕、《鹧鸪天》二阕、《摸鱼儿》一阕、《夜飞鹊慢》一阕、《渔家傲》一阕、《木兰花慢》一阕、《沁园春》一阕、《菩萨蛮》一阕、《满江红》一阕。而毛晋本《蒲江词》确如馆臣所言，另收《好事近》一阕，计词二十五阕。

[6]《中兴以来绝妙词选》卷之八："《贺新郎》……抚荒祠、谁继风流后"，"《水龙吟》……带将离恨"，"《乌夜啼》……昨夜几秋风。"（黄升《花庵词选》，北京：中华书局，1958 年版，第 324 页、第 326—327 页）而毛晋本则作"《贺新郎》……抚荒词、谁继风流后"，"《水龙吟》……带酒离恨。带酒一作带将"，"《乌夜啼》……昨日几秋风"。（毛晋《宋六十名家词》，上海：上海古籍出版社，1989 年版，第 587—588 页）

[7] 馆臣曰"晋注《词选》作'传帅'，然今《词选》实作'传师'"，误。当为晋注《词选》为"傅师"，而今《词选》为"传师"。

《中兴以来绝妙词选》卷之八《贺新郎》词序："彭传师于吴江三高堂之前。"（黄升《花庵词选》，北京：中华书局，1958 年版，第 324 页）

毛晋本《贺新郎》词序则"彭傅师于吴江三高堂之前"。（毛晋《宋六十名家词》，上海：上海古籍出版社，1989 年版，第 587 页）

据上述材料可证，毛晋本与花庵本当为"传""傅"之别，非馆臣所言"传帅"与"传师"之别。

[8]"玉东西"，即酒杯或酒之代称。而卢祖皋此阕为酒杯意，如张邦基《墨庄漫录》卷四："王禹玉丞相寄程公辟诗云：'舞急锦腰迎十八，酒酣玉盏照东西。'乐府六幺曲有花十八，古有玉东西杯，其对甚新也。"（孔凡礼点

校《墨庄漫录》，北京：中华书局，2002年版，第109页）

黄庭坚《次韵吉老十小诗》其六："佳人斗南北，美酒玉东西。"（刘琳等校点《黄庭坚全集》第2册，成都：四川大学出版社，2001年版，第1128页）

又如周紫芝《潇湘夜雨》："仙翁醉，问春何处，春在玉东西。"（唐圭璋编《全宋词》第2册，北京：中华书局，1965年版，第884页）查《文渊阁四库全书》集部第1488册第255页《浦江词》所载《鹧鸪天》："纤指轻拈小砑红。自调宫羽按歌童。寒余芍药阑边雨，香落酴醾架底风。闲意态，小房栊。丁宁须满玉西东。一春醉得莺花老，不似年时怨玉容。"此处为押东韵，而将"玉东西"改作"玉西东"。此外，辛弃疾《临江仙》（春色饶君白发了）、葛胜仲《次韵子充九日建天宁道场罢遂游尧祠》与吴儆《浣溪沙·和前次范石湖韵》等词作为叶韵，亦将"玉东西"改作"玉西东"。由此可见，卢祖皋为叶韵而改，不应算作误用。

《韩非子·说林上》第二十二："孟孙猎得麑，使秦西巴持之归，其母随之而啼，秦西巴弗忍而与之。"（《新编诸子集成》之王先慎撰《韩非子集解》，北京：中华书局，2003年版，第206—207页）可证黄庭坚《有怀半山老人再次韵二首》其二："啜羹不如放麑，乐羊终愧巴西。"（刘琳等校点《黄庭坚全集》第1册，成都：四川大学出版社，2001年版，第194页）中的"巴西"为"秦西巴"。而黄庭坚为叶韵而改，不应视为误用。

44　平斋词一卷（安徽巡抚采进本）

宋洪咨夔撰。咨夔有《春秋说》，已著录[1]。是编为毛晋所刊。晋跋称未见其集，盖汲古阁偶无其本，仅见其词也[2]。咨夔以才艺自负，新第后上书卫王，自宰相至州县，无不揭摭其短。遂为时相所忌，十年不调[3]。故其词淋漓激壮，多抑塞磊落之感，颇有似稼轩、龙洲者[4]。晋跋乃徒以王岐公文多富贵气拟之，殊为未允[5]。咨夔父名钺，号谷隐，有诗名。咨夔出蜀时，得书数千卷，藏萧寺。父子考论讽诵，学益宏肆。词注内所称老人，即其父也。其子勋、焘、熹亦皆能绍其家学。《鹧鸪天》"为老人寿"后阕云："诸孙认取翁翁意，插架诗书不负人"，可想见其世业之盛。又《汉宫春》一阕，乃庆其父七十作[6]。据《平斋集》有《壬辰小雪前奉亲游道场何山》五言古诗一首，中有句云："老亲八十健"，而集内未载其词，疑其传稿尚多散佚矣[7]。

【笺注】

[1] 洪咨夔传见《宋史》卷四百六（脱脱《宋史》，北京：中华书局，1977 年版），亦可参见《咸淳临安志》卷六十七《洪咨夔传》（《中国方志丛书》之《咸淳临安志》，台北：成文出版社，1970 年版，第 657—658 页），今人刘荣平等人著《洪咨夔行年考》一文（《中国韵文学刊》，2011 年 10 月第 4 期，第 98—103 页）与管琴《洪咨夔年谱》一文（《国学学刊》，2012 年第 2 期，第 106—128 页）。

《平斋词》点校本，可参见侯体健点校《洪咨夔集》下册（杭州：浙江古籍出版社，2015 年版）。

另，《文渊阁四库全书》经部第 156 册已著录《洪氏春秋说》。

[2] 毛晋《平斋词》跋："舜俞，于潜人。……今抄所著两汉诏暨诗文行世。楼大防又极赏《大冶赋》一篇。予恨未见全集。"（毛晋《宋六十名家

词》，上海：上海古籍出版社，1989 年版，第 509 页）

[3] 厉鹗《宋诗纪事》卷六十一："洪平斋新第后，上卫王书，自宰相至州县，无不捃撕其短。大概云：'昔之宰相，端委庙堂，进退百官；今之宰相，招权纳贿，倚势作威而已。'凡及一职，必如上式，俱用'而已'二字。时相怒，十年不调。洪有《桃符》云：'未得之乎一字力，只因而已十年闲。'"（厉鹗《宋诗纪事》第 3 册，上海：上海古籍出版社，1983 年版，第 1532 页）

[4] 近人况周颐《历代词人考略》卷三十六："《四库全书提要》云《平斋词》颇有似稼轩、龙洲者。今阅洪词，细审之，其中所怀蕴蓄郁勃不能自己，及至放笔为词，慷慨淋漓，自然与辛、刘契合，非刻意模仿辛、刘也。其词如《贺新郎·咏梅用甄龙友韵》……仍以清疏擅胜，唯'觉''脚'两韵体格近似辛、刘耳。弁阳翁《绝妙好词》录其《眼儿媚》'平沙芳草渡头村'云云，此等词似非平斋本色，集中亦不多见。草窗选词，未免偏重婉丽一派。"（葛渭君《词话丛编补编》第 6 册，北京：中华书局，2013 年版，第 4498 页）

[5] 毛晋《平斋词》跋："舜俞，于潜人。……其诗余四十有奇，多送行献寿之作，无判花嗜酒之篇，昔人谓王岐公文多富贵气，余于舜俞之词亦云。"（毛晋《宋六十名家词》，上海：上海古籍出版社，1989 年版，第 509 页）

[6]《咸淳临安志》卷六十七："父钺，号谷隐，有诗名"，"咨夔出蜀时，得书数千卷。藏萧寺。父子考论讽诵，学益闳肆"，"子勋、焘、熹皆能绍其家学。"（《中国方志丛书》之《咸淳临安志》，台北：成文出版社，1970 年版，第 657—658 页）

《平斋词》之《鹧鸪天·为老人寿》后阕云："诸孙认取翁翁意，插架诗书不负人。"（毛晋《宋六十名家词》，上海：上海古籍出版社，1989 年版，第 508 页）词中"老人"即洪咨夔父洪钺。

《平斋词》之《汉宫春》："南极仙翁，占太微元盖，洞府为家。身骑若木倒景，手弄青霞。芙蓉飞旆，映一川、新绿平沙。好与问，东风结子，几回开遍桃花。况是初元玉历，更循环数起，希有年华。长把清明夜气，养就丹砂。麻姑送酒，安期生、遗枣如瓜。欢醉后，呼儿烹试，头纲小凤团茶。"（毛晋《宋六十名家词》，上海：上海古籍出版社，1989 年版，第 507 页）

[7]《洪咨夔集·附录三》所载《四部丛刊续编本张元济跋》："按《四库·平斋词提要》谓'《平斋集》有《壬辰小雪前奉亲游道场何山》五言古

诗一首，中有句云「老亲八十健」，而集内未载其词，疑其传稿尚多散佚，云云。今此诗明在第八卷内，是馆臣所见汪如藻本必已残阙可知。古书残阙事所恒有，后之人乃必窜易原编，分析卷数，泯其迹以欺世，是则最可憾耳。"（侯体健点校《洪咨夔集》下册，杭州：浙江古籍出版社，2015 年版，第 1102 页）据此可知，馆臣所见为阙本，并非集内未载。

《平斋集》卷八《道场山》："何山如幽人，道场如大家。穰穰衲子脚，刺刺骚翁牙。挟隽控寒飙，搜光蹑晨霞。危颠矫崒堵，平畴略污邪。岩泉跑虎涌，径松鬐龙拏。钟梵破深寂，金碧开纷葩。修廊步屧峻，杰阁望眼赊。山势佩玦玦蠹，湖光镜奁奓。清苔杳霭入，古弁空蒙遮。列翠不可唾，群籁无敢哗。坐我旃檀林，酌之枪旗茶。宇定岫出云，语妙天雨华。吾生久堕甑，昔游惯乘槎。夷犹庐阜阳，宿留岷江涯。高曾凌峤栈，卑或搜崖注。昨梦难历省，此行足雄夸。老亲八十健，闲俦二三嘉。拍浮一叶眇，收揽万景奢。富贵上蔡犬，贫贱东陵瓜。未须笑落铎，谁能苦觰沙。候门占噪鹊，旋槱趁归鸦。奇事恐没没，举诗属僧伽。"（侯体健点校《洪咨夔集》上册，杭州：浙江古籍出版社，2015 年版，第 200 页）

45 白石道人歌曲四卷，别集一卷（监察御史许宝善家藏本）

宋姜夔撰。夔有《绛帖平》，已著录[1]，此其乐府词也。夔诗格高秀，为杨万里等所推。词亦精深华妙，尤善自度新腔，故音节文采，并冠绝一时。其诗所谓"自制新词韵最娇，小红低唱我吹箫"者，风致尚可想见[2]。惟其集久无善本，旧有毛晋汲古阁刊板，仅三十四阕，而题下小序往往不载原文。康熙甲午，陈撰刻其诗集，以词附后，亦仅五十八阕，且小序及题下自注，多意为删窜，又出毛本之下[3]。此本从宋椠翻刻，最为完善。卷一宋铙歌十四首、越九歌十首、琴曲一首。卷二词三十三首，总题曰"令"。卷三词二十首，总题曰"慢"。卷四词十三首，皆题曰"自制曲"[4]。《别集》词十八首，不复标立总名，疑后人所掇拾也。其九歌皆注律吕于字旁，琴曲亦注指法于字旁，皆尚可解。惟"自制曲"一卷及二卷《鬲溪梅令》《杏花天影》《醉吟商小品》《玉梅令》，三卷之《霓裳中序第一》，皆记拍于字旁[5]。宋代曲谱今不可见，亦无人能歌，莫辨其似波似磔，宛转欹斜，如西域旁行字者，节奏安在。然歌词之法，仅仅留此一线，录而存之，安知无悬解之士能寻其分刌者乎。鲁鼓薛鼓亡其音而留其谱，亦此意也[6]。旧本卷首冠以《诗说》，仅三页有余，殆以不成卷帙，附词以行。然夔自有《白石道人诗集》，列于词集，殊为不类。今移附诗集之末，此不复录焉[7]。

【笺注】

[1] 姜夔传见《宋史翼》卷二十八（陆心源撰《宋史翼》中册，杭州：浙江古籍出版社，2017年版），亦可参见夏承焘《姜白石系年》（夏承焘著《唐宋词人年谱》，上海：上海古籍出版社，1978年版）及贾文昭编《姜夔资料汇编》（贾文昭编《姜夔资料汇编》，北京：中华书局，2011年版）。

《白石道人歌曲四卷别集一卷》点校本，可参见夏承焘笺校《姜白石词编年笺校》（上海：上海古籍出版社，1981年版）与陈书良笺注《姜白石词笺注》（北京：中华书局，2009年版）。

另，《文渊阁四库全书》史部第682册已著录《绛帖平》。

[2] 杨万里《诚斋诗话》："自隆兴以来，以诗名者，林谦之、范致能、陆务观、尤延之、萧东夫，近时后进有张镃功父、赵蕃昌父、刘翰武子、黄景说严老、徐似道渊子、项安世平甫、巩丰仲至、姜夔尧章。"（丁福保辑《历代诗话续编》上册，北京：中华书局，1983年版，第142页）

陈振孙《直斋书录解题》卷二十："《白石道人集》三卷。鄱阳姜夔尧章撰。千岩萧东夫识之于年少客游，以其兄之子妻之。石湖范至能尤爱其诗，杨诚斋亦爱之，尝称其《岁除舟行十绝》，以为有裁云缝月之妙思，敲金戛玉之奇声。夔颇解音律，进乐书免解。不第而卒。词亦工。"（陈振孙《直斋书录解题》，上海：上海古籍出版社，1987年版，第606页）

黄升《题白石词》："姜夔字尧章，自号白石道人，中兴诗家名流，其《岁除舟行十绝》脍炙人口。词极精妙，不减清真乐府。其间高处，有美成所不能及。善吹箫，自制曲，初则率意为长短句，然后协以音律云。"（毛晋《宋六十名家词》，上海：上海古籍出版社，1989年版，第207页）

姜夔《过垂虹》："自作新词韵最娇，小红低唱我吹箫。曲终过尽松陵路，回首烟波十四桥。"（刘乃昌选注《姜夔诗词选注》，上海：上海古籍出版社，1983年版，第14页）

[3] 经查阅毛晋本《白石词》阕数与题下小序概况及陈撰自刊本《白石词》收词概况，确如馆臣所言。

另，洪正治《陈刊白石词序》："白石自定诗一卷，世鲜流传；词五卷，所存止草窗、花庵撰录数十首而已。比搜得藏本，顾诗中如《奉天台录》《闲咏》《小孙纳妇》，悉系同时姜特立所作。词虽倍于旧数，然《点绛唇》咏草一首，复见诸林处士集中；盖嬗世既寡，讹脱相承，所不免矣。"（夏承焘笺校《姜白石词编年笺校》，上海：上海古籍出版社，1981年版，第190页）

此可佐证馆臣所言陈撰自刊本"多意为删窜""出毛本之下"之断。关于《白石词》版本概况，今人夏承焘已作考辨，可参见其《姜白石词编年笺校》附录《版本考》一文。

[4]《文渊阁四库全书》集部第1488册第270页《白石道人歌曲》卷一收录《圣宋铙歌鼓吹曲》十四首、第273页收录越九歌十首、琴曲一首。第

278页卷二总题曰"令"，收词三十三阕。第285页卷三总题曰"慢"，收词二十阕。第292页卷四总题曰"自制曲"，收词十三阕。

夏承焘《版本考》云："四库著录白石歌曲四卷、别集一卷。注'监察御史许宝善家藏本'，谓是从宋椠翻刻。郑文焯曰：'谛审其分卷，实与陆刻无异。据陆氏自叙，合为四卷，实自伊厘定。当时白石歌曲刻本，嘉泰旧版已久佚不可复得，即贵与马氏本亦少流传，汲古阁但依花庵选卅四阕，康熙甲午玉山人所刊合集及歙县洪正治本，俱以意屬乱，姜忠肃祠堂本犹未见于世，以提要所据为善本者，当即陆淳川乾隆癸亥从元钞镂版，同时许宝善因以进呈。以其所刊谱式大似宋椠，故目之为完善也。'予从西湖文澜阁见丁氏补钞四库本姜词，分卷款式一同陆本。……四库本出自陆本无疑。四库修书始于乾隆卅七年，成于四十七年。盖后于姜文龙本而早于姜熙本也。"（夏承焘笺校《姜白石词编年笺校》，上海：上海古籍出版社，1981年版，第164页）

[5]《文渊阁四库全书》集部第1488册第300—303页《白石道人歌曲别集》收词十八阕，即《小重山令》1阕、《念奴娇》1阕、《卜算子》8阕、《洞仙歌》1阕、《蓦山溪》1阕、《永遇乐》1阕、《虞美人》1阕、《永遇乐》1阕、《水调歌头》1阕、《汉宫春》2阕，但未标立总名。查阅越九歌十首及琴曲一首，确如馆臣所言皆注律吕于字旁，琴曲亦注指法于字旁。然其二卷《隔溪梅令·仙吕调》《杏花天影》《醉吟商小品》《玉梅令·高平调》，卷三《霓裳中序第一》及卷四"自制曲"全部，皆记拍于字旁。

[6]况周颐《蕙风词话》卷一："《四库提要》云：'宋代曲谱，今不可见。《白石词》皆记拍于句旁，莫辨其似波似磔，婉转欹斜，如西域旁行字者，节奏安在。'考《四库存目》著录宋张炎《乐府指迷》一卷，《提要》云：'其书分词源、制曲、句法、字面、虚字、清空、意趣、用事、咏物、节序、赋情、离情、令曲、杂论十四篇。'即《词源》下卷，不知何所本，而以沈伯时《乐府指迷》之名名之。而其上卷，则当时并未经见。故于白石谱字，竟不能辨识也。宋燕乐谱字，流传至今者绝鲜。日本贞亨初（当中国康熙初）所刻《增类群书类要事林广记》（吾国西颖陈元靓编辑）卷八《音乐举要》，有管色指法谱字，与白石所记政同。卷九《乐星图谱》所列《律吕隔八相生图》及《四宫清声律生八十四调》，于诸谱字之阴阳配合，剖析尤详。卷二文艺类有黄钟宫散套曲，为《愿成双令》《愿成双慢》（已上系官拍），《狮子序》《本宫破子》《赚》《双胜子》《急三句儿》等名，首尾完具，节拍分明。

读《白石词》者，得此可资印证。"（唐圭璋《词话丛编》第 5 册，北京：中华书局，2005 年版，第 4532 页）

　　[7] 经查阅《文渊阁四库全书》集部第 1175 册《白石道人诗集》，确如馆臣所言列《诗说》于《诗集》之末。

附　录

一、《文渊阁四库全书总目·词曲类一》考证汇总

1　珠玉词一卷（江苏巡抚采进本）

《名臣录》称殊词名《珠玉集》，张子野为之序。

【考证】

考《四部丛刊》本《五朝名臣言行录》与《文渊阁四库全书》本《宋名臣言行录》两者所涉晏殊传，皆无殊集及张先作序之记载，四库馆臣误。

关于是否有张先作序一事，考《唐宋诸贤绝妙词选》卷三："晏同叔名殊，以神童出身。仁宗朝宰相，谥元献公。有词名《珠玉集》，张子野为序。"（黄升《花庵词选》，北京：中华书局，1958年版，第64页）可证确有张先作序一事。

另，据夏承焘《唐宋词人年谱·张子野年谱》所载，张先作此序时，已66岁。今本不见此序，盖传写时已佚。

赵与时《宾退录》记殊幼子几道尝称殊词不作妇人语。今观其集，绮艳之词不少。盖几道欲重其父名，故作是言，非确论也。

【考证】

陈振孙《直斋书录解题》卷二十一："《珠玉集》一卷，晏元献公殊撰。其子几道尝言，'先公为词，未尝作妇人语'，以今考之，信然。"（陈振孙

《直斋书录解题》，上海：上海古籍出版社，1987年版，第615页）

然，四库馆臣观殊词所言与振孙所考反之，四库馆臣以"绮艳"为由，故作此论，实非妥帖。

集中《浣溪沙》春恨词"无可奈何花落去，似曾相识燕归来"二句，乃殊《示张寺丞王校勘》七言律中腹联，《复斋漫录》尝述之。

【考证】

吴曾《能改斋漫录》卷十一："晏元献公赴杭州，道过维扬，憩大明寺，瞑目徐行，使侍史诵壁间诗板，戒其勿言爵里姓名，终篇者无几。又使别诵一诗云：'水调隋宫曲，当年亦九成。哀音已亡国，废沼尚留名。仪凤终陈迹，鸣蛙只沸羹。凄凉不可问，落日下芜城。'徐问之，江都尉王琪诗也。召至同饭，又同步游池上。时春晚已有落花，晏云：'每得句书墙壁间，或弥年未尝强对，且如无可奈何花落去，至今未能也。'王应声曰：'似曾相识燕归来。'自此辟置，又荐馆职，遂跻侍从矣。"（吴曾《能改斋漫录》，上海：上海古籍出版社，1960年版，第306页）

考《宋史》卷三百一十二《王琪传》："琪字君玉，儿童时已能为歌诗。起进士，调江都主簿。上时务十二事，请建义仓，置营田，减度僧，罢鬻爵，禁锦绮、珠贝，行乡饮、籍田，复制科，兴学校。仁宗嘉之，除馆阁校勘、集贤校理。"（脱脱《宋史》，北京：中华书局，1977年版，第10245页）及《续资治通鉴长编》卷一百三："（天圣三年十一月）辛巳，诏凡配隶罪人……前江都县主簿王琪上疏陈十事，曰复制科，禁锦绮、珠贝，置营田，立义仓，减度僧，罢鬻爵、榷酤、和籴，行乡饮、籍田，复阅武之法，兴郡学，令公卿子弟入国学，置五经博士、进士专经。上以琪学通世务，特命试学士院。甲申，受大理评事、馆阁校勘。"（李焘《续资治通鉴长编》第8册，北京：中华书局，1985年版，第2392页）

据此可证，王琪馆阁校勘一职因其上书仁宗皇帝所得，非晏殊举荐。且王琪得其馆职乃天圣三年（1025）十一月甲申，查《宋史·仁宗纪》与《续资治通鉴长编》等相关史料，天圣元年及天圣四年间（1023—1026），并无晏殊扬州行迹之载。《能改斋漫录》此条乃臆谈。四库馆臣疏于考证，引以为例，尤可哂矣。

2　六一词一卷（江苏巡抚采进本）

蔡绦《西清诗话》云："欧阳词之浅近者，谓是刘辉伪作。"

【考证】

《文渊阁四库全书》子部第 873 册曾慥《类说》卷五十七《西清诗话》、《文渊阁四库全书》子部第 880 册陶宗仪《说郛》卷八十一《西清诗话》及明抄本蔡绦《西清诗话》（张伯伟《稀见本宋人诗话四种》，南京：江苏古籍出版社，2002 年版）皆无此条记载，疑该条已佚或四库馆臣误记。

而此则材料见于沈雄《古今词话·词评》上卷引《西清诗话》云："欧阳词之浅近者，谓是刘辉伪作。又云：元丰中，崔公度跋冯正中《阳春录》，其间有入《六一词》者。今柳三变词，亦有杂入《平山堂集》者，则浮艳者皆非公作也。"（孙克强、刘军政校注《古今词话》，上海：上海古籍出版社，2009 年版，第 288 页）

再者，关于刘辉伪作一事，陈振孙《直斋书录解题》卷二十一有所暗示，其云："《六一词》一卷，欧阳文忠公撰。……亦有鄙亵之语一二厕其中，当是仇人无名子所为也。"（陈振孙《直斋书录解题》，上海：上海古籍出版社，1987 年版，第 616 页）

查《宋史》卷三百一十九："知嘉祐二年贡举。时士子尚为险怪奇涩之文，号'太学体'，修痛排抑之，凡如是者辄黜。毕事，向之嚣薄者伺修出，聚噪于马首，街逻不能制；然场屋之习，从是遂变。"（脱脱《宋史》，北京：中华书局，1977 年版，第 10378 页）及《宋名臣言行录后集》卷二："河北方小治，而二府诸公相继以党议罢去。公慨然上书论之，用事者益怒。会公之外甥女张嫁公族人晟，以失行系狱，言事者乘此，欲并中公，遂起诏狱，穷治张资产。上使中官监劾之，卒辨其诬，犹降官知滁州。……权知贡举，是时进士为文，以诡异相高，号太学体。文体大坏，公患之，所取率以词义近古为贵，比以险怪知名者，黜去殆尽。榜出，怨议纷然。久之乃服，然文章自是变而复古。"（《文渊阁四库全书》史部第 449 册第 158—159 页）欧阳修清誉受损一事可见其端倪。

　　另，叶梦得《石林诗话》卷下："至和嘉祐间，场屋举子为文尚奇涩，读或不能成句。欧阳文忠公力欲革其弊，既知贡举，凡文涉雕刻者，皆黜之。时范景仁、王禹玉、梅公仪、韩子华同事，而梅圣俞为参详官，未引试前，唱酬诗极多。文忠'无哗战士衔枚勇，下笔春蚕食叶声'，最为警策。圣俞有'万蚁战时春昼永，五星明处夜堂深'，亦为诸公所称。及发榜，平时有声，如刘辉辈，皆不预选，士论颇汹汹。"（何文焕辑《历代诗话》，北京：中华书局，1981 年版，第 429 页）及陈振孙《直斋书录解题》卷十七亦云："《刘状元东归集》十七卷，大理评事铅山刘辉之道撰。辉，嘉祐四年进士第一人，《尧舜性仁赋》，至今人所传诵。始在场屋有声，文体奇涩，欧公恶之，下第。及是在殿庐得其赋，大喜，既唱名，乃辉也，公为之愕然。盖与前所试文如出二人手，可谓速化矣。仕止于郡幕，年三十六以卒。世传辉既黜于欧阳公，怨愤造谤，为猥亵之词。"（陈振孙《直斋书录解题》，上海：上海古籍出版社，1987 年版，第 500 页）

　　据上述材料可知，欧阳修当时为改革太学体文风，得罪举子居多，刘辉便是其一。刘辉以伪作诬陷欧阳修清誉，乃情理之事。

　　《名臣录》亦云："修知贡举，为下第举子刘辉等所忌，以《醉蓬莱》《望江南》诬之。"

【考证】

　　查《文渊阁四库全书》本《宋名臣言行录》与《三朝名臣言行录》所涉欧阳修传，皆无此条，四库馆臣误。

　　考沈雄《古今词话·词评》上卷引《名臣录》云："仁宗景祐中，欧阳修为馆阁校理，两宫之隙，奏事帘前，复主濮议，举朝倚重。复知贡举，为下第刘辉等所忌，以《醉蓬莱》《望江南》诬之。"（孙克强、刘军政校注《古今词话》，上海：上海古籍出版社，2009 年版，第 287 页）有此一说，不知沈雄所见《名臣录》此条所据何本，四库本不见此条，疑当时已佚或馆臣所见乃沈雄《古今词话》本引言。

　　另，《钱氏私志》："欧知贡举时，落第举人作《醉蓬莱》词以讥之，词极丑诋，今不录。"（《丛书集成初编》之钱世昭撰《钱氏私志》，北京：中华书局，1991 年版，第 3 页）可佐证，举子作《醉蓬莱》词诬欧公清誉属实。

3　乐章集一卷（江苏巡抚采进本）

陈振孙《书录解题》载其《乐章集》三卷。

【考证】

查陈振孙《直斋书录解题》卷二十一："《乐章集》九卷，柳三变耆卿撰。"（陈振孙《直斋书录解题》，上海：上海古籍出版社，1987 年版，第 616页）可证，馆臣此处误"九卷"为"三卷"。

据王兆鹏《柳永〈乐章集〉》一文可知，南宋后期陈振孙《直斋书录解题》所载《乐章集》九卷本为嘉定间长沙书坊所刻《百家词》本。至清代尚有宋刻本《乐章集》，后经劳权手抄精校，《乐章集》三卷本面世。此处馆臣误陈氏"九卷本"为"三卷"，疑其当时所见《乐章集》三卷本为劳权本，故有所混淆。

关于《乐章集》版本流传概况，见王兆鹏《柳永〈乐章集〉》一文（王兆鹏《宋代文学传播探原》，武汉：武汉大学出版社，2013 年版，第 198—200 页）。

4　安陆集一卷（兵部侍郎纪昀家藏本）

案仁宗时有两张先，皆字子野。其一博州人，枢密副使张逊之孙，天圣三年进士，官至知亳州，卒于宝元二年，欧阳修为作墓志者是也。

【考证】

此处馆臣言"张先，……博州人，枢密副使张逊之孙，天圣三年进士"，误。博州张先当为天圣二年（1024）进士。

张逊传见《宋史》卷二百六十八，《宋史·列传第二十七》载："张逊，博州高唐人。……端拱初，迁盐铁使。二年，授宣徽北院使、签署枢密院事。

未几，兼枢密副使、知院事……太宗嘉之，诏以其卒分配州郡。数月，逊卒，年五十六，时至道元年也……子敏中，初补供奉官。……敏中子先，进士及第。"（脱脱《宋史》，北京：中华书局，1977年版，第9222—9224页）

由此观之，张敏中为张逊之子无疑。再考《欧阳修诗文集校笺》卷二十七《张子野墓志铭》："吾友张子野既亡之二年，其弟充以书来请曰'吾兄之丧，将以今年三月某日葬于开封，不可以不铭，铭之莫如子宜'。呜呼！予虽不能铭，然乐道天下之善以传焉，况若吾子野者，非独其善可铭，又有平生之旧、朋友之恩与其可哀者，皆宜见于予文，宜其来请与于予也。……子野之世，曰赠太子太师讳某，曾祖也；宣徽北院使、枢密副使、累赠尚书令讳逊，皇祖也；尚书比部郎中讳敏中，皇考也。曾祖姚李氏，陇西郡夫人；祖姚宋氏，昭应郡夫人，孝章皇后之妹也；姚李氏，永安县太君。"（洪本健校笺《欧阳修诗文集校笺》中册，上海：上海古籍出版社，2009年版，第742页）可证，博州张先乃张敏中之子，张逊乃博州张先之祖父。且知张先祖籍为博州高唐（今属山东）

另，夏承焘《张子野年谱》"逊太宗端拱间为枢密副使，时代与博州张先相接；惟逊高唐人，知非博州张先之祖。是北宋同时有三张先也"。（夏承焘《唐宋词人年谱》，上海：上海古籍出版社，1978年版，第171页）此论误。

考《旧唐书·地理志》卷三十九："博州上隋武阳郡之聊城县。武德四年，平窦建德，置博州，领聊城、武水、堂邑、茌平，仍置莘亭、灵泉、清平、博平、高唐凡九县。"（刘昫等撰《旧唐书》，北京：中华书局，1975年版，第1495页）可证夏先生应误博州与高唐为两县，不知博州与高唐乃郡县关系。

另考《宋登科记考》卷四："张先，字子野。开封府人。逊孙，充兄。天圣二年登进士第，初授汉阳军司理参军。终知亳州鹿邑县。"（傅璇琮主编《宋登科记考》，南京：江苏教育出版社，2005年版，第127页）可知博州张先乃天圣二年进士。

查《宋史·仁宗纪》与《文献通考》卷三，天圣三年并无进士登第之况。由此观之，四库馆臣误博州张先登第年号"天圣二年"为"天圣三年"。

自明以来，并其词集亦不传，故毛晋刻六十家词，独不及先。此本乃近时安邑葛鸣阳所辑，凡诗八首，词六十八首。其编次虽以诗列词前，而为数无几。今从其多者为主，录之于《词曲类》中。

【考证】

关于《安陆集》流传情况，周密《齐东野语》卷十五《张氏十咏图》谓藏有"旧京本"，即北宋汴京刻本，后由杨赞取刻于湖州郡斋。然，方回《瀛奎律髓汇评》卷四十七："子野诗集，湖州有之，近亡其本。"（李庆甲集评校点方回《瀛奎律髓汇评》下册，上海：上海古籍出版社，1986年版，第1750页）可知，此本即杨赞刻本，后亡佚。张先之孙张有《复古编》末附张先《安陆集》一卷，清人葛鸣阳辑录《安陆集》所据此本，葛氏刊本又为四库馆臣所用版本。

按，《文渊阁四库全书》经部第225册收录张有《复古编》十一卷（第679—748页），前载《复古编》原序一文，尾有后序一文，尚未见其附有《安陆集》一卷及葛氏跋语。查《文渊阁四库全书补遗》集部第15册第625—626页，《安陆集》葛鸣阳跋语："余既刻张谦中《复古编》，考其家世，盖卫侍丞维之曾孙，都官郎中先之孙也。维有《曾乐轩稿》，先有《安陆集》，残阙之余散见他书。先以乐府擅名一时，毛氏《六十家词》初不及先，今搜辑遗逸，得如干首，合其诗为一卷。然因端踵事，实阶于《复古编》也，故并为锓木。归安丁小雅杰、海宁沈匏尊心醇、曲阜桂未谷馥、吾乡宋芝山葆淳同与校雠，佐余不逮云。乾隆辛丑二月安邑葛鸣阳跋。"关于张先词集版本概况，可参考蒋哲伦、杨万里《唐宋词书录》（长沙：岳麓书社，2007年版）。

查《文渊阁四库全书》集部第1487册第81—99页，《安陆集》收录张先词68首，卷末收入张先诗8首，词位于诗之先，且无葛鸣阳跋语。

另，《文渊阁四库全书》所用版本误收词四首，即《浣溪沙》（锦帐重重卷暮霞）与《满庭芳》（红蓼花繁）为秦观词，《浣溪沙》（水满池塘花满枝）为赵令畤词，《菩萨蛮》（哀筝一弄湘江曲）为晏几道词。可见，四库馆臣在裒辑张先词时，作品考证上稍显不足。

案《石林诗话》《瀛奎律髓》，"草声"并误作"棹声"，近时安邑葛氏刊本据《渔隐丛话》改正，今从之。

【考证】

《文渊阁四库全书》集部第 1487 册《安陆集》第 91—92 页："浮萍破处见山影，小艇归时闻草声。"查《瀛奎律髓汇评》卷四十七《西溪无相院》云："浮萍破处见山影，小艇归时闻棹声。"（李庆甲集评校点《瀛奎律髓汇评》下册，上海：上海古籍出版社，2008 年版，第 1750 页）

然，叶梦得《石林诗话》并未见此条，四库馆臣误记。

《渔隐丛话》前集卷三十七载："东坡云'子野诗笔老健，歌词乃其余波耳'。《湖州西溪》诗云'浮萍断处见山影，野艇归时闻草声'。"（《文渊阁四库全书》集部第 1480 册第 250 页）

对比《苏轼文集》与《渔隐丛话》二者所引苏跋，文字有几处不同，即《苏轼文集》作"子野诗笔老妙，歌词乃余技耳"，《渔隐丛话》作"子野诗笔老健，歌词乃余波耳"。此外，针对《四库全书》所收葛氏刊本《安陆集》"浮萍破处见山影，小艇归时闻草声"一句，与《苏轼文集》、《瀛奎律髓汇评》及《渔隐丛话》皆有不同。如《苏轼文集》为"小艇归时闻草声"，《瀛奎律髓汇评》为"小艇归时闻棹声"，《渔隐丛话》为"野艇归时闻草声"，原文可参考《安陆集》本注与注 [9]。

6 山谷词一卷 （江苏巡抚采进本）

陈振孙于《晁无咎词》条下引补之语曰："今代词手惟秦七、黄九，他人不能及也。"于此集条下又引补之语曰："鲁直间作小词固高妙，然不是当行家语，自是著腔子唱好诗。"二说自相矛盾。

【考证】

陈振孙《直斋书录解题》卷二十一："《晁无咎词》一卷，晁补之撰。晁尝云今代词手惟秦七、黄九，他人不能及也。然二公之词，亦自有不同者，若晁无咎佳者，固未多逊也。"（陈振孙《直斋书录解题》，上海：上海古籍出版社，1987 年版，第 617 页）

馆臣言陈振孙于《山谷词》下引晁氏评黄庭坚词非当行家语，误。该评语当出自吴曾《能改斋漫录》卷十六。

考陈振孙《直斋书录解题》所载《山谷词》无跋语，而吴曾《能改斋漫录》卷十六《黄鲁直词谓之著腔诗》引晁无咎评云："黄鲁直间作小词，固高妙，然不是当行家语，是著腔子唱好诗。"（吴曾《能改斋漫录》下册，上海：上海古籍出版社，1979 年版，第 469 页）由此可知。四库馆臣引书有误。

7 淮海词一卷（浙江巡抚采进本）

而校雠尚多疏漏，如集内《长相思》"铁瓮城高"一阕，乃用贺铸韵，尾句作"鸳鸯未老否"。《词汇》所载，则作"鸳鸯未老绸缪"。考当时杨无咎亦有此调，与观同赋，注云"用方回韵"，其尾句乃"佳期永卜绸缪"，知《词汇》为是矣。

【考证】

《词律》卷二："秦尾句汲古刻作'鸳鸯未老否'，误也。《词汇》刻'鸳鸯未老绸缪'为是。但此词第二句，是'蒜山渡阔'。'蒜''渡'二字，作去声甚妙。正与杨词'淡''障'二字合。《词汇》乃作'金山'，'金山'平声。一字之讹，相去河汉矣。"（万树《词律》，上海：上海古籍出版社，1984 年版，第 97 页）

杨无咎《长相思》序云："己卯岁留涂上，同诸交泛舟，至卢家洲登小阁，追用贺方回韵，以资坐客歌笑。"其词云："急雨回风，淡云障日，乘闲携客登楼。金桃带叶，玉李含朱，一尊同醉青州。福善桥头。记檀槽凄绝，春笋纤柔。窗外月西流。似浔阳、商妇邻舟。况得意情怀，倦妆模样，寻思可奈离愁。何妨乘逸兴，任征帆、直抵芦洲。月怯花羞。重见相、欢情更稠。问何时，佳期卜夜绸缪。"（《文渊阁四库全书》集部第 1487 册第 663 页）

查《文渊阁四库全书》集部第 1487 册第 191 页秦观《长相思》："铁瓮城高，蒜山渡阔，干云十二层楼。开尊待月，掩箔披风，依然灯火扬州。绮陌南头。记歌名宛转，乡号温柔。曲槛俯清流。想花阴、谁系兰舟。念凄绝秦弦，感深荆赋，相望几许凝愁。勤勤裁尺素，奈双鱼、难渡瓜洲。晓鉴堪羞。潘鬓点、吴霜渐稠。幸于飞、鸳鸯未老绸缪。"已纠毛晋刻本之误。

另，亦可参详卓回编《古今词汇初编》一书。考《贺方回词》卷第一

《望扬州》："铁瓮城高，蒜山渡阔，干云十二层楼。开尊待月，卷箔披风，依然灯火扬州。绣陌南头。记歌名宛转，乡号温柔。曲槛俯清流。想花阴、谁系兰舟。念凄绝秦弦，感深荆赋，相望几许凝愁。殷勤裁尺素，奈双鱼、难渡瓜洲。晓鉴堪羞。潘鬓点、吴霜渐稠。幸于飞、鸳鸯未老，不应同是悲秋。"（朱祖谋《彊村丛书》，上海：上海古籍出版社，1989 年版，第 1510页）可知，贺词与秦词于句上有所差异，如秦词"掩箔披风"，贺词作"卷箔披风"；秦词"绮陌南头"，贺词作"绣陌南头"；秦词"勤勤裁尺素"，贺词作"殷勤裁尺素"；秦词"幸于飞、鸳鸯未老绸缪"，贺词作"幸于飞、鸳鸯未老，不应同是悲秋"。

关于该词为秦作或贺作，历来存有争议，至今尚无定论。四库馆臣认为《长相思》一阕当为秦作。《词律》卷二："逃禅自注此词，乃用贺方回韵。而淮海'铁瓮城高'一首，与此韵脚相同。想扬州怀古，秦、贺同作也。"（万树《词律》，上海：上海古籍出版社，1984 年版，第 97 页）可知万树认为该词乃秦、贺同作。

《贺方回词》卷一朱祖谋《贺方回词校记》："此词又见秦淮海词，作《长相思》。按扬补之有《次贺方回韵》作，此词为贺作无疑，秦词误收入。"（朱祖谋《彊村丛书》，上海：上海古籍出版社，1989 年版，第 1545 页）可知朱祖谋认为该阕为贺作。

今人夏承焘、唐圭璋亦有别论。夏承焘《贺方回年谱》："'铁瓮城高'即方回望扬州词而误入秦集者，非秦作也。《老学庵笔记·八》谓方回挽王蘧诗亦见于秦集；殆以二家风格相近，故多互误。《提要》说非。"（夏承焘著《唐宋词人年谱》，上海：上海古籍出版社，1978 年版，第 300 页）亦认为贺作。按，查《文渊阁四库全书》本、中华书局《唐宋史料笔记丛刊》本及上海古籍出版社《宋元笔记小说大观》本之《老学庵笔记》皆无夏承焘所言卷八此条，不知夏氏所见何本或引书有误，姑且存疑。

唐圭璋《宋词互见考》云："案此首秦观词，见《淮海词》，用贺方回韵。扬补之亦有《次贺方回韵》。惟今本《东山词》残缺不完，原韵竟佚而不见也。"（唐圭璋著《宋词四考》，南京：江苏古籍出版社，1985 年版，第264—265 页）认为此阕乃秦作。

8　书舟词一卷（安徽巡抚采进本）

《古今词话》谓号虚舟，盖字误也。

【考证】

馆臣言"《古今词话》谓号虚舟"，误。查沈雄《古今词话·词评》上卷四五条《程垓书舟词》："《词品》曰：'程垓，字正伯，眉山人，东坡中表之戚也。其《酷相思》《四代好》《折红英》皆佳，故盛以词名。独尚书尤公以为正伯之文过于词。'《梅墩词话》曰：'沉水熨香年似日，薄云垂帐夏如秋。书舟佳句也。'"（孙克强、刘军政校注《古今词话》，上海：上海古籍出版社，2009 年版，第 298 页）尚未见四库馆臣所言"《古今词话》谓号虚舟"字样。

另，杨慎《词品》卷之三："程正伯，号书舟。"（唐圭璋《词话丛编》第 1 册，北京：中华书局，2005 年版，第 473 页）冯金伯《词苑萃编》卷十二《纪事三》："眉山程正伯，号虚舟。"（唐圭璋《词话丛编》第 3 册，北京：中华书局，2005 年版，第 2032 页）又清胡薇元《岁寒居词话》："程垓正伯书舟词。眉山人，亦字虚舟。"（唐圭璋《词话丛编》第 5 册，北京：中华书局，2005 年版，第 4030 页）考《文渊阁四库全书》集部第 1487 册第 208 页程垓《望江南》后自注"家有拟舫名书舟"及其词作四次提及"书舟"字样，可知"书舟"应是其建于水上的书房，其寓意当为盛满诗书的小船。此命名与杨万里《钓雪舟倦睡》之"钓雪舟"相似。程正伯因其书斋之名而自号"书舟"，乃属情理之中。

又如清邹祗谟《远志斋词衷》称其为"程书舟"。（唐圭璋《词话丛编》第 1 册，北京：中华书局，2005 年版，第 646 页）可知"虚舟"当为"书舟"之误。四库馆臣言《古今词话》字误"号书舟"为"号虚舟"一说，经考证，《古今词话》查无此条，四库馆臣误。

《书录解题》载垓《书舟词》一卷，传本或作《书舟雅词》二卷。

【考证】

陈振孙《直斋书录解题》卷二十一："《书丹词》一卷，眉山程垓正伯撰。王称季平为作序。"（陈振孙《直斋书录解题》，上海：上海古籍出版社，1987年版，第624页）可见，四库馆臣所记"丹"为"舟"，误。

另，关于《直斋书录解题》之"丹"字，清张宗泰《鲁岩所学集》卷六《再跋书录解题》："按垓与东坡为中表，而其词乃编入南宋诸家中，时代舛矣。又垓家有拟坊名'书舟'，故以名集，而此作'书丹'者，亦误也。"（《清代诗文集汇编》编纂委员会编《清代诗文集汇编》第516册，上海：上海古籍出版社，2010年版，第274页）可知，"丹"乃"舟"之误。

考《词谱》载：《江城子》亦名《江神子》，应以名《摊破江神子》为是。详其句格，亦属垓本色。其题为康作，当属传讹。

【考证】

此处疑馆臣混淆《词谱》卷二与卷二十一的内容。馆臣所考《词谱》载"《江城子》亦名《江神子》"为卷二的内容且该卷未收录程垓与康与之二人词作，馆臣此处断言《词谱》卷二所载词牌名为《摊破江神子》实属不当。经核查，《词谱》卷二十一收录词牌名《摊破江城子》及阐述其由来，并收录程垓词作，且《四库全书》所收程词亦名为《摊破江城子》。另，馆臣言"其题为康作，当属传讹"，经查阅，《词谱》与《四库全书》皆题为程作，而万树《词律》卷二误《江城梅花引》为康作。

《御定词谱》卷二："《江城子》五体，又名《江神子》。"（《文渊阁四库全书》集部第1495册第25页）且《御定词谱》卷二所提《江城子》五体，未见程垓之作。

《御定词谱》卷二十一："《江城梅花引》八体，又名《摊破江城子》。""《江城梅花引》，按万俟咏《梅花引》句读与《江城子》相近，故可合为一调。程垓词换头句藏短韵者，名《摊破江城子》。"（《文渊阁四库全书》集部第1495册第359、368页）《御定词谱》卷二十一见程垓之作，其名为《江城子梅花引》。

据此可知，四库馆臣所言"《词谱》载《江城子》亦名《江神子》"为

《御定词谱》卷二之内容；而"应以名《摊破江神子》为是"为《御定词谱》卷二十一之内容。可见，馆臣此处断言《词谱》卷二所载词牌名应为《摊破江神子》实属不当。

另，万树《词律》卷二："《江城梅花引》，康与之……此词又误刻《书舟词》中，题曰《摊破江神子》，然则此调只应名为《摊破江城子》可耳。……于此调又竟作《梅花引》，益与五十七字之《梅花引》相混。故今以此附于《江城子》之后，而《梅花引》仍另列云。"（万树《词律》，上海：上海古籍出版社，1984 年版，第 93 页）

9　小山词一卷（江苏巡抚采进本）

又《古今词话》载程叔微之言曰："伊川闻人诵叔原词'梦魂惯得无拘检，又踏杨花过谢桥'，曰'鬼语也'，意颇赏之。"然则几道之词，固甚为当时推挹矣。

【考证】

查《古今词话》，并无此说，馆臣误记。该说见于邵博《邵氏闻见后录》卷十九："程叔微云：伊川闻诵晏叔原'梦魂惯得无拘检，又踏杨花过谢桥'长短句，笑曰：'鬼语也。'意亦赏之。程晏三家有连云。"（刘德权等点校《邵氏闻见后录》，北京：中华书局，1983 年版，第 151 页）

10　晁无咎词六卷（江苏巡抚采进本）

《柳塘词话》则称其词集亦名《鸡肋》，又称补之常自铭其墓，名《逃禅词》。

【考证】

此处馆臣所引沈雄《柳塘词话》存登第年号、作品作者、文献材料之误。
沈雄《柳塘词话》卷四："巨野晁无咎，登元祐进士，通判扬州。名《鸡肋词》，又称济北词人。晁补之尝自铭其墓，名《逃禅词》。与鲁直、文潜、少游为苏门四学士。"（葛渭君《词话丛编补编》第 2 册，北京：中华书局，2013 年版，第 822 页）经考证，《柳塘词话》有三处错误：其一，晁补之非元祐登进士科，当为元丰二年（1079）举进士。《宋登科记考》卷六："晁补之，字无咎，自号归来子。济州钜野县人。元丰二年举进士，礼部别试第一，登进士第，初授澶州司户参军。"（傅璇琮主编《宋登科记考》，南京：江苏教育出版社，2005 年版，第 374 页）

其二，《逃禅词》作者非晁无咎，当为扬无咎，沈雄混淆二人之作。

其三，经查证，尚无文献有《鸡肋词》字样，沈雄所言《鸡肋词》当属误记。

据此可知，馆臣不考原文，未纠《柳塘词话》之误，疏忽故也。

考杨补之亦字无咎，其词集名曰《逃禅》，不应名字相同，集名亦复蹈袭，或误合二人为一欤？

【考证】

馆臣言"杨补之亦字无咎"，认为晁、扬二人名与字相同，误。扬之字为补之，晁之字为无咎，足见馆臣名字张冠李戴之讹。

陆心源《宋史翼》卷三十六："扬无咎字补之，号逃禅老人，又号清夷长者，清江人，后寓豫章，汉子云之后，其字从才不从木。"（陆心源撰《宋史翼》下册，杭州：浙江古籍出版社，2017 年版，第 956—957 页）董更《书录》卷下："杨无咎，字补之。"（《文渊阁四库全书》子部第 814 册第 312 页）以此可知，扬补之其名为无咎，补之乃其字。

《宋史》卷四百四十四："晁补之字无咎，济州钜野人。"（脱脱《宋史》，北京：中华书局，1977 年版，第 13111 页）王称《东都事略》卷一百十六《文艺传九十九》："晁补之，字无咎，宗悫之曾孙也。"（《文渊阁四库全书》史部第 382 册第 759 页）据此可知，晁补之其名补之，字无咎。

据上述材料可证，晁、扬二人名与字皆不同，四库馆臣将晁、扬二人之名与字相混淆，其考证失误。

另，《图绘宝鉴》卷四："扬补之，字无咎，号逃禅老人，南昌人也。祖汉子云,其书从'才'不从'木'。高宗朝以不直秦桧累征不起,又自号清夷长者。"(《元代古籍集成》第二辑《图绘宝鉴》,北京:北京师范大学出版社,2016 年版,第 109 页)可证,补之姓为"扬"而非"杨",为扬雄之后。四库馆臣于该提要中误"扬"为"杨",其考证、校勘不细故也。

陈振孙于《淮海词》下,记补之之言曰:"少游词如'斜阳外,寒鸦数点,流水绕孤村',虽不识字人,亦知是天生好言语。"观所品题,知补之于此事特深,不但诗文之擅长矣。

【考证】

查陈振孙《直斋书录解题》卷二十一《淮海集》词条,并无馆臣所引晁补之语,且四库馆臣错"集"字为"词"字。

考吴曾《能改斋漫录》卷十六《黄鲁直词谓之著腔诗》引晁无咎评本朝乐章云:"近世以来,作者皆不及秦少游,如'斜阳外,寒鸦万点,流水绕孤村',虽不识字人,亦知是天生好言语。"(吴曾《能改斋漫录》下册,上海:上海古籍出版社,1979 年版,第 469 页)可证,四库馆臣于作品引句处缺乏考证,以致其误。

11 姑溪词一卷（安徽巡抚采进本）

此本为毛晋刊,凡四十调,共八十有八阕。

【考证】

查《文渊阁四库全书》集部第 1487 册所用毛晋本《姑溪词》,其词牌名 40 调,合计词 86 首。毛晋《姑溪词》跋曰:"端叔,赵郡人,辟为中山幕府。因代范忠宣作遗表得罪,编置当涂,即家焉。自号姑溪居士。客春从玉峰得《姑溪词》一卷,凡四十调,共八十有八阕,惜卷尾《踏莎行》为鼠所损耳。"(《文渊阁四库全书》集部第 1487 册第 295 页)馆臣于该提要所称"凡四十调,共八十有八阕",经查阅,《姑溪词》确有四十调,然阕数实为八十有六阕,而非八十有八阕,毛晋跋语与四库馆臣皆误。

12 溪堂词一卷 _{（安徽巡抚采进本）}

然"红潮登颊醉槟榔"本苏轼语，"鱼跃练江抛玉尺"亦王令语，皆剽窃前辈旧文，不为佳句。

【考证】

馆臣言"鱼跃练江抛玉尺"为宋人王令语，误。当为晚唐人语，馆臣不察。

叶梦得《石林诗话》卷下："使晚唐诸子为之，便当如'鱼跃练波抛玉尺，莺穿丝柳织金梭'体矣。"（何文焕辑《历代诗话》上册，北京：中华书局，1981年版，第431页）可证"鱼跃练江抛玉尺"实乃借鉴晚唐人诗句，非馆臣所言宋人王令语。

13 东堂词一卷 _{（江苏巡抚采进本）}

则滂虽由轼得名，实附京以得官，徒擅才华，本非端士。方回《瀛奎律髓》乃以为守正之士，盖偶未及考。

【考证】

关于方回之评，馆臣有误。馆臣所言方回评毛滂为守正之士，查阅《瀛奎律髓》有关毛滂所有评语皆无所见。然，《瀛奎律髓》卷之二十《梅花类》于张道洽《梅花》诗有方回评张泽民为守正之士相关材料，其注云："实斋张公道洽，字泽民……前是尝为广州司里，里中新贵马天骥为帅，刘朔齐、震孙为仓使。天骥怒其作《越王台》诗若讥己者，朔齐将举改官，夺以他畀，泽民不屑也。"（李庆甲集评校点方回《瀛奎律髓汇评》第3册，上海古籍出版社，2020年版，第827—828页）由此可知，因毛滂与张道洽之字皆为泽民，馆臣误记二人事迹，其所评"守正之士"当为张泽民，而非毛泽民。

14 片玉词二卷补遗一卷（浙江巡抚采进本）

邦彦，字美成，钱塘人。元丰中献《汴都赋》召为太乐正。

【考证】

馆臣言"邦彦，……元丰中献《汴都赋》，召为太乐正"，误。当为"太学正"。

《宋史·文苑传》卷四百四十四："周邦彦字美成，钱塘人。疏隽少检，不为州里推重，而博涉百家之书。元丰初，游京师，献《汴都赋》余万言，神宗异之，命侍臣读于迩英阁，召赴政事堂，自太学诸生一命为正……徽宗欲使毕礼书，复留之。逾年乃知隆德府，徙明州，入拜秘书监，进徽猷阁待制、提举大晟府。未几，知顺昌府，徙处州。卒年六十六，赠宣奉大夫。邦彦好音乐，能自度曲，制乐府长短句，词韵清蔚，传于世。"（脱脱《宋史》，北京：中华书局，1977 年版，第 13126 页）

又据李焘《续资治通鉴长编》卷三百四十四："神宗元丰七年三月壬戌，诏太学外舍生周邦彦为试太学正，寄理县主簿、尉。邦彦献《汴都赋》，上以太学生献赋颂者以百数，独邦彦文采可取，故擢之。"（李焘《续资治通鉴长编》第 23 册，北京：中华书局，1985 年版，第 8266 页）

据上述材料可知，四库馆臣误"太学正"为"太乐正"。

16 圣求词一卷（安徽巡抚采进本）

宋吕滨老撰。滨老字圣求，嘉兴人。

【考证】

沈季友《槜李诗系》卷二："渭老一作滨老，字圣求，嘉兴人。宣和末朝士。有集不传，仅从赵师秀序其词中得一诗，称其讽咏中卒寓爱君忧国意，不但弄笔墨清新俊逸而已。又有句云：'忧国忧身到白头，此生风雨一沙鸥。'又云：'尚喜山河归帝子，可怜麋鹿入王宫。'又云：'未湔秽绍血，谁发谏臣章。'缙绅巨贤多录稿家藏，但不窥全帙，未能为刊行。由此序观之，则当时已无镂本矣，惜哉。"（《文渊阁四库全书》集部第 1475 册第 41 页）考《文渊阁四库全书》集部第 1487 册第 383 页《圣求词序》，四库馆臣此处将"赵师峹"误作"赵师秀"。

20　丹阳词一卷（安徽巡抚采进本）

胜仲与叶梦得酬唱颇多，而品格亦复相埒。惟叶词中有《鹧鸪天·次鲁卿韵观太湖》一阕，此卷内未见原唱。而此卷有《定风波·燕骆驼桥次少蕴韵》二阕，叶词内亦未见。

【考证】

馆臣言葛胜仲与叶梦得唱和词《鹧鸪天》一阕，《丹阳词》内未见葛氏原唱，经查阅，所言甚是。然，《定风波》二阕，馆臣亦言《丹阳词》内未见叶氏原唱，则误。

叶梦得《石林词》之《鹧鸪天》第五阕词序："次韵鲁卿大钱观大湖"，其词云："兰茝空悲楚客秋，旌旗谁见使君游。凌云不隔三山路，破浪聊凭万里舟。公欲去，尚能留。杯行到手未宜休。新诗无物堪伦比，愿探珊瑚出宝钩。"（《文渊阁四库全书》集部第 1487 册第 463 页）据王兆鹏《叶梦得年谱》："宣和六年甲辰（1124），石林四十八岁。……游太湖，有次韵葛胜仲之《鹧鸪天》词。"（王兆鹏《两宋词人年谱》，台北：文津出版社，1994 年版，第 191—192 页）

据此可知，该词作于梦得宣和六年居卞山之时，而葛鲁卿原词已不传矣。馆臣此处表述亦有讹误，即"次韵鲁卿大钱观大湖"讹为"次鲁卿韵观太湖"。

葛鲁卿《丹阳词》之《定风波》词序："与叶少蕴、陈经仲、彦文燕骆驼桥，少蕴作，次韵二首。"其词曰："千叠云山万里流，坐中碧落与鳌头。真意见嬉吾已领，烟景，不辞捧诏久汀洲。老去一官真是漫，溪岸，独余此兴未能收。留与吴儿传胜事，长记，赤栏桥上揽清秋。"另一阕词云："共喜新凉大火流，一声水调听歌头。况有修蛾兼粉领，佳景，谢公无不碍沧洲。

平昔短檠真大漫，气岸，老来都向酒杯收。云水光中修禊事，犹记，转头不觉已三秋。"（《文渊阁四库全书》集部第 1487 册第 471 页）

此《定风波》二阕作于宣和五年（1123），为葛鲁卿任湖州知州时与梦得相互唱和之作。梦得先赋词一阕，鲁卿则和词二首，梦得复和一阕。考《文渊阁四库全书》集部第 1487 册第 455 页《石林词》之《定风波》，梦得赋词及和词为三、四阕。《定风波》第三阕："千步长虹跨碧流，两山浮影转螭头。付与诗人都总领，风景，更逢仙客下瀛洲。袅袅凉风吹汗漫，苹岸，遥空新卷绛河收。却怪姮娥真好事，须记，探支明月作中秋。"第四阕："斜汉初看素月流，坐惊金饼出云头。华发萧然吹素领，光景，何妨分付属沧洲。莫待霜花飘烂漫，平岸，更凭佳句尽拘收。解与破除消万事，犹记，一尊同得二年秋。此鲁卿见和复答之。"

据上述材料可知，馆臣不察原文，妄断叶梦得《定风波》原唱于《石林词》内未见，甚误。

至《浣溪沙》三首，在叶词以为次鲁卿韵，在此卷又以为和少蕴韵。则两者必有一讹，不可得而复考矣。

【考证】

据王兆鹏《葛胜仲、葛立方年谱》："宣和六年甲辰（1124）……在知湖州任，秋与叶梦得同游西余山，有诗唱和。是年秋，鲁卿尝与叶梦得游湖州城东之西余山，叶梦得有诗纪游，鲁卿作《次韵叶梦得游西余山》……按，鲁卿尚有《和少蕴石林谷草堂三首》《少蕴内翰和朱氏新治涧泉之什依韵和两绝》，俱作于此次知湖州期间。因确年难考，附于此。叶梦得原唱，俱佚。"（王兆鹏《两宋词人年谱》，台北：文津出版社，1994 年版，第 60 页）可知，葛鲁卿与梦得唱和之作常有散佚之况。

阅此年谱下条："离湖州前，叶梦得饯别，有《浣溪沙》词唱和。离任前，叶梦得在卞山山居宴别鲁卿，并作《浣溪沙·与鲁卿酌别席上次韵》。席间，鲁卿作《浣溪沙·少蕴内翰同年宠速且出后堂并制歌词侑觞即席和韵二首》答之。词有'可怜虚度二年春'云云，鲁卿此次知湖州，历时两年多，故有此句。席上，鲁卿又作有《浣溪沙·少蕴内翰同年宠速遣妓隐帘吹笙因成一阕》词。"（王兆鹏《两宋词人年谱》，台北：文津出版社，1994 年版，第 60 页）可推其情况有二：其一，鉴于葛叶唱和之作常有佚失之况，疑葛鲁卿先作《浣溪沙》词一阕，后梦得次韵附之，鲁卿再和韵二首答之，后再作《浣溪沙·少蕴内翰同年宠速遣妓隐帘吹笙因成一阕》词。因首作《浣溪沙》已佚，馆臣未能查见，因而《浣溪沙》词阕在叶词中为次鲁卿韵，在《丹阳词》又以为和少蕴韵。据此度之，馆臣言"必有一讹"则谬矣。

其二，因《丹阳词》《石林词》于传抄过程中，字词衍脱、错讹，校勘不精等缘故，梦得《浣溪沙》词名当有讹误。据《葛胜仲、葛立方年谱》此条所载顺序，为梦得先赋词一首，席间，鲁卿作《浣溪沙·少蕴内翰同年宠速且出后堂并制歌词侑觞即席和韵二首》答之。席上，鲁卿又作有《浣溪沙·少蕴内翰同年宠速遣妓隐帘吹笙因成一阕》词。则馆臣所言"则两者必有一讹"为是，其讹者当为梦得之作。

据《浣溪沙》词阕推测之两种情况，馆臣论"《浣溪沙》三首，在叶词以为次鲁卿韵，在此卷又以为和少蕴韵。则两者必有一讹"有武断之嫌，此处因显证不足，姑且存疑。

《浣溪沙》第二首后阕，"容貌"本作"容见"。……《醉花阴》前阕，"冻拼万林梅"句，本作"冻柈万林梅"。《浪淘沙》第二首后阕，"关宴"本作"开燕"。皆可证此本校雠之疏。

【考证】

《醉花阴》："东皇已有来归耗，十里青山道。冻柈万株梅，一夜妆成，似趁鸣鸡早。"（《文渊阁四库全书》集部第 1487 册第 475 页）馆臣此处文字有讹谬，讹"株"为"林"。

其未改者，如《浣溪沙》："溪岸沈沈属泛苹，倾城容貌此推轮。可怜虚度二年春。"之"容貌"并未改为馆臣所言之"容见"。（《文渊阁四库全书》集部第 1487 册第 471 页）

《浪淘沙》："上客即逢辰。况是青春。上林开宴锡尧尊。今夜素娥真解事，偏向人明"之"开宴"并未改作馆臣所言"开燕"。（《文渊阁四库全书》集部第 1487 册第 477 页）

又《永乐大典》本尚有小饮《浣溪沙》一首，九日《南乡子》一首，题灵山广瑞禅院《虞美人》一首，为是本所无，则讹脱又不止字句矣。

【考证】

馆臣言《丹阳词》中不见《南乡子》一阕，误。该词见于《文渊阁四库全书》集部第 1487 册《丹阳词》第 473—474 页。

《南乡子》词序："九日，用玉局翁韵作，呈坐上诸公"，词曰："晴日乱云收。人在苹香柳恽洲。溪上清风楼上醉，飕飕。共折黄花插满头。佳客献还酬，不负山城九日秋。茗碧下青供酩酊，休休。楚客当年浪自愁。"其第二阕："拂槛晓云鲜，销暑楼危竦半天。曾是携宾当荐九，开筵。度水萦山奏管弦。黄菊映华颠，千骑重来已六年。楼下东流当日水，依然。更对周旋旧七贤。"可见，馆臣所言"九日《南乡子》一首……为是本所无"一说，甚误。

21　筠溪乐府一卷（两淮盐政采进本）

中多与李纲、富知柔、叶梦得、张元幹唱和之作。

【考证】

《宋史》卷三百七十五："富直柔，字季申，宰相弼之孙也。""与苏迟、叶梦得诸人游，以寿终于家。"（脱脱《宋史》，北京：中华书局，1977 年版，第 11617、11619 页）由此可证，四库馆臣误"富直柔"为"富知柔"，其校勘不细故也。

然《蝶恋花》第五首，今亦见《芦川集》中，又不知谁误刊也。

【考证】

馆臣言《蝶恋花》误刊《芦川集》中，误。当为《醉花阴》误刊。

考《文渊阁四库全书》集部《筠溪乐府》与《芦川集》各阕，并无四库馆臣所提两集误刊《蝶恋花》一事。查《文渊阁四库全书》集部第 1487 册《筠溪乐府》第 488 页《醉花阴》其一："翠箔阴阴笼画阁。昨夜东风恶。香径漫春泥，南北东郊惆怅妨行乐。伤春比似年时觉。潘鬓新来薄。何处不禁愁，雨滴花腮，和泪胭脂落。"及同册所载《芦川集》第 598 页《醉花阴》其二："翠箔阴阴笼画阁。昨夜东风恶。芳径满香泥，南陌东郊惆怅妨行乐。伤春比似年时恶。潘鬓新来薄。何处不禁愁，雨滴花腮，和泪胭脂落。"两词基本内容如出一辙。由此观之，《筠溪乐府》与《芦川集》存在《醉花阴》误刊一事。

据上述材料可证，非馆臣所言《蝶恋花》误刊《芦川词》中，当为《醉花阴》误刊其中。

自《虞美人》以下十二首，皆祝寿之词，颠顶通用，一无可取。

【考证】

四库馆臣言"自《虞美人》以下十二首，皆祝寿之词"，误。祝寿词阕数当为十三首。

考《文渊阁四库全书》集部第 1487 册第 490—492 页所载祝寿词有：《虞美人》（梨花院落溶溶雨）、《醉花阴》（池面芙蕖红散绮）、《醉花阴》（帘卷西风轻雨外）、《感皇恩》（花院小回廊）、《感皇恩》（密竹剪轻绡）、《小重山》（鞭凤骖鸾自斗杓）、《小重山》（星斗心胸锦绣肠）、《花心动》（红日当楼）、《渔家傲》（海角秋高风力骤）、《阮郎归》（黄花犹未拆霜枝）、《醉落拓》（霜林变绿）、《柳梢青》（寿烟笼席）、《点绛唇》（花信争先），合计十三阕。

22 坦庵词一卷（安徽巡抚采进本）

集中有和叶梦得、徐俯二词，盖南宋初人也。

【考证】

四库馆臣据《坦庵词》中有赵师侠和叶梦得、徐俯之词，断其为南宋初人，误。赵师侠当为南宋中期时人。

考楼钥《攻媿集》卷一百二《益阳县丞赵君墓志铭》："乾道四年夏，君以勤职而义祷旱，重为暑气所乘，疾如痢疟，屏去医药，起居如平时。七月四日晨起犹对问疾者，已而不言，但以手加额，若诵佛然而逝。家人环泣，忽顾曰：'毋扰我。'良久复瞑目。既晡，卒于官舍之正寝，享年五十有五。兴化通籍朝列，累赠君朝奉大夫。太宜人少君五岁，开封人，左宣教郎、知海门县栋之女，有贤行。"（《文渊阁四库全书》集部第1153册第570页）可知，师侠之父卒于乾道四年（1168），享年五十有五，其母少其父五岁。可推算出，其父生于宋徽宗赵佶朝政和四年（1114），其母生于宣和元年（1119）。

然，今人饶宗颐《词集考》卷四所推"似师侠生于建炎元年丁未（1127）以前。"（饶宗颐《词集考》，北京：中华书局，1992年版，第162页）则其父生师侠时为十四岁，其母九岁，与情理不合。故可佐证，师侠生年当为建炎元年以后，非饶宗颐先生所推建炎元年以前。饶先生所推有误。

另，四库馆臣据"集中有和叶梦得、徐俯二词"，而认为赵师侠与叶梦得、徐俯有唱和之举，考《宋登科记考》卷十："赵师侠，……淳熙二年登进士第。"（傅璇琮主编《宋登科记考》，南京：江苏教育出版社，2005年版，第1044页）及彭龟年《止堂集》卷十八《送赵介之赴春陵十首》其二："少年擢两科，才气挢公行。恨无东坡翁，为君赋秋阳。"（《文渊阁四库全书》集部第1155册第925页）可知，赵师侠于淳熙二年（1175）登科时尚为少年。而师侠词集中之《水调歌头》（和石林韵），据王兆鹏《叶梦得年谱》所考，叶梦得《水调歌头》（次韵叔父寺丞林德祖和休官咏怀）一阕作于绍兴三年（1133），可证师侠登第之年与唱和之年差四十二年，莫师侠出娘胎之际即有此唱和？谬也。

师侠词集中之《卜算子》（和徐师川韵赠歌者），考徐俯卒年，《宋史·徐俯传》卷三百七十二："（绍兴）九年，知信州。中丞王次翁论其不理郡事，予祠。明年，卒。"（脱脱《宋史》，北京：中华书局，1977年版，第11540页）可知徐俯卒于绍兴十年（1140），距师侠登第之年三十五年，莫人鬼唱酬之怪事？实乃天方夜谭。

可见，赵师侠和韵二阕当为追加之作，非真有同代唱和之实。况周颐《历代词人考略》卷二十："赵师使之名，一作师侠，误也，当作师使。其字介之，取一介之使之谊。归安陆心源《宋诗纪事补遗》亦作师侠，小传云，淳熙二年进士。《坦庵词》有《和石林韵》（水调歌头）。考《宋史·叶梦得传》，梦得卒于绍兴十八年，下距淳熙二年凡二十七年，时代迥不相合。就令赵举进士甚迟，其在绍兴十八年已前亦年少已甚，而梦得则已耆年高位，何缘与之唱和？且径称之曰石林，若侪辈相等夷者耶？陆氏云云，未知何据，亦疏于考订矣。"（孙克强编《清代词话全编》第16册，南京：凤凰出版社，2019年版，第306—307页）

由此可证，四库馆臣所持凭据"集中有和叶梦得、徐俯二词"一事当非同代唱和之实，应为追加之作。

据《苏辙年谱》卷二十四之《苏文定公谥议》"观公少年擢两科，与其父兄俱以文名世"（孔凡礼撰《苏辙年谱》，北京：学苑出版社，2001年版，第673页）之考述，苏辙擢两科之岁为十有九与二十有三矣，亦可佐证，师侠擢两科之岁应与苏辙相仿。且《论语·为政》有云："吾十有五而志于学，三十而立，四十而不惑。"（阮元校刻《十三经注疏》第5册，北京：中华书局，2009年版，第5346页）可知，古人称之为少年，其岁必不过三十也。由此推断，师侠及第年岁应在二十有六上下。自淳熙二年前推二十六年，师侠生年当为绍兴十九年（1149）前后。阅《坦庵集》最后署年为丁巳年（1197），可知，赵师侠经历了宋高宗、宋孝宗、宋光宗、宋宁宗四朝，当为南宋中期时人，非南宋初人。

据上述材料可证，馆臣所言赵师侠"盖南宋初人"，误。当为南宋中期时人。

与此本互异，未详孰是。盖二字点画相近，犹田肯、田宵，史传亦姑两存耳。

【考证】

四库馆臣认为"师使"与"师侠"因二字点画相近，于刊刻流传中互讹，犹田肯、田宵之两存，非也。"师使"当为"师侠"之误，自宋以后，二字才并存。

据古人取名与字间之联系，若推定赵坦庵名为使，字为介，相关典故诸如《周礼注疏》卷三十八："居于其国，则掌行人之劳辱事焉，使则介之。"（阮元校刻《十三经注疏》第2册，北京：中华书局，2009年版，第1944页）《战国策》卷七《濮阳人吕不韦贾于邯郸》："大王无一介之使以存之，臣恐其皆有怨心。"（刘向集录《战国策》上册，上海：上海古籍出版社，1985年版，第280页）与《史记》卷八十一："大王遣一介之使至赵，赵立奉璧来。"（泷川资言考证、杨海峥整理《史记会注考证》第6册，上海：上海古籍出版社，2015年版，第3174页）"使"与"介之"之关系正如况周颐所言"取一介之使之谊"。若名为"侠"，字为介之，则典故可追溯《尚书正义·多方》卷十七："尔曷不夹介乂我周王。"（阮元校刻《十三经注疏》第1册，北京：中华书局，2009年版，第488页）此处"夹"与"侠"通，"夹介"即为辅佐之义。

据此可见，坦庵名为"使"或"侠"，从名字互证角度考察，似乎皆通。考《宋史·宗室世系四》卷二百一十八（脱脱《宋史》，北京：中华书局，1977年版，第6085页）及楼钥《攻媿集》卷一百二《益阳县丞赵君墓志铭》（《文渊阁四库全书》集部第1153册第570页）可知，皆作"师侠"。关于"赵师使"一说，则最早见于元刊本。《增订四库简明目录标注》："《坦庵词》一卷，宋赵师使撰。（附录）元刊梦华录有淳熙丁未浚仪赵师使后序。"（邵懿辰撰、邵章续录《增订四库简明目录标注》，上海：上海古籍出版社，2000年版，第945页）《蒙元版刻综录》载："《坦庵词》一卷，宋赵师使撰，元刻本。"（潘国允等编《蒙元版刻综录》，呼和浩特：内蒙古大学出版社，1996年版，第221页）以此推测，自元以来，"师侠"误刻"师使"由来已久，"侠、使"二字并存无疑。

由上述材料可知，"师使"一说，宋代文献尚无记载，元代及其后相关文献则"师使""师侠"并存。其误刻当不早于元代。以此推之，应作"师侠"，而非"师使"。

23　酒边词二卷（江苏巡抚采进本）

楼钥《攻媿集》尝纪其事。然钥仅述其诗，而不及其词。

【考证】

馆臣所言"钥仅述其诗，而不及其词"，误。向子諲诗词，楼钥皆有所述。

《文渊阁四库全书》集部第 1152 册第 804 页楼钥《攻媿集》卷五十二：
"自著五十诗以形容景物，亦多和篇，尝云：'渊明生于兴宁之乙丑，归以义熙之乙巳，年四十有一。余生于元丰之乙丑，归以绍兴之壬子。'有《述怀》诗云：'我与渊明同甲子，归休已恨七年迟。'又言：'香山得洛阳履道坊杨常侍旧宅，芗林得临江五柳坊杨遵道光禄别墅。'有诗云：'莫问清江与洛阳，山林总是一般香。两家地占西南胜，可是前人例姓杨。'又题乐天真云：'香山与芗林，相去几百祀。丘壑有深情，市朝多见忌。杭州总看山，苏州俱漫仕。才名固不同，出处略相似。'"然文中所言诗"莫问清江与洛阳，山林总是一般香。两家地占西南胜，可是前人例姓杨"数句当为向子諲《鹧鸪天》上阕，楼钥误子諲之词为其诗。

另考《全宋诗》卷一六四六收《鹧鸪天》上阕为子諲之绝句，亦误。考《文渊阁四库全书》集部第 1487 册第 529 页《酒边词》卷上《鹧鸪天》一阕："莫问清江与洛阳，山林总是一般香。两家地占西南胜，可是前人例姓杨。石作枕，醉为乡，藕花菱角满池塘。虽无中岛霓裳奏，独鹤随人意自长。"可证楼钥《攻媿集》既述子諲之诗，亦述子諲之词，非馆臣所言"钥仅述其诗，而不及其词"。

又子諲之号芗林居士，据《西江月》"五柳坊中烟绿"一阕注，是已在政和年间，钥亦考之未审也。

【考证】

馆臣言向子諲取芗林之号，楼钥对此"亦考之未审也"，误。楼钥并无所考。

《文渊阁四库全书》集部第 1487 册第 531 页《西江月》词序："政和年间，卜筑宛丘，手植众芗，自号芗林居士。建炎初，解六路漕事，中原骚扰，故庐不得返，卜居清江之五柳坊。绍兴癸丑，罢帅南海，即弃官不仕。乙卯起，以九江郡得转漕江东，入为户部侍郎。辞荣辟谤，出守姑苏。到郡少日，请又力焉，诏可，且赐舟曰泛宅，送之以归。己未暮春，复遂旧隐。时仲舅李公休亦辞春陵郡守致仕，喜赋是词。"四库馆臣据《西江月》词序，认为向子諲諲之号应为政和年间所取，考今人王兆鹏《向子諲年谱》："政和五年乙未（1115），芗林三十一岁。……芗林《西江月》词序：'政和间，余卜筑宛丘，手植众芗，自号芗林居士。''政和间'，当为本年事。盖政和四年前在江南与京师、咸平任职，而明年又南下江西，据其行止推之，其卜筑宛丘，当在本年罢知咸平县后。且自咸平至宛丘不过二三百里，沿蔡河南下，可直抵宛丘。友人陈与义《香林四首》，即为题咏宛丘芗林而作。"（王兆鹏著《两宋词人年谱》，台北：文津出版社，1994 年版，第 487 页）

据上述材料可证，芗林居士之号取于政和五年罢知咸平县后，查楼钥《攻媿集》，对此并无所考，不知馆臣"钥亦考之未审也"所言据何。盖馆臣误记，未查原文之故。

24　无住词一卷（安徽巡抚采进本）

开卷《法驾导引》三阕，与义已自注其词为拟作。

【考证】

《文渊阁四库全书》集部第 1487 册第 551 页《法驾导引》词序云："世传顷年都下市肆中，有道人携乌衣椎髻女子，买斗酒独饮。女子歌词以侑，凡九阕，皆非人世语。或记之，以问一道士，道士惊曰：'此赤城韩夫人所制水府蔡真君法驾导引也，乌衣女子疑龙云。'得其三而亡其二，拟作三阕。"

《法驾导引》三阕为陈与义在东京时作，考其词序言"女子歌词以侑，凡九阕"及"得其三"，可推知，其亡当有六阕。且胡稚《增广笺注简斋诗集三十卷无住词一卷》其卷数亦作"得其三而亡其六"。（《四部丛刊初编》1050 册《增广笺注简斋诗集四》，上海：上海书店，1989 年版，第 120 页）馆臣所据为毛晋本，从毛本之讹，言"得其三而亡其二"，误。当为"得其三而亡其六"。

25　漱玉词一卷（江苏周厚堉家藏本）

今其启具载赵彦《云麓漫抄》中。

【考证】

馆臣言"赵彦《云麓漫抄》"，误。此处脱"卫"字，当为"赵彦卫《云麓漫抄》"。

赵彦卫《云麓漫抄》卷第十四："李氏自号易安居士，赵明诚德夫之室，李文叔女，有才思，文章落纸，人争传之。小词多脍炙人口，已版行于世，他文少有见者。……又有《投内翰綦公启》：'清照启：素习义方，粗明诗礼。近因疾病，欲至膏肓，牛蚁不分，灰钉已具。尝药虽存弱弟，应门惟有老兵。既尔苍皇，因成造次，信彼如簧之说，惑兹似锦之言。弟既可欺，持官文书来辄信。身几欲死，非玉镜架亦安知？俛俛难言，优柔莫决；呻吟未定，强以同归。视听才分，实难共处。忍以桑榆之晚节，配兹驵侩之下才？'"（赵彦卫撰《云麓漫抄》，北京：中华书局，1996年版，第246—247页）

26　竹坡词三卷（安徽巡抚采进本）

《书录解题》载《竹坡词》一卷，此本作三卷。考卷首高邮孙兢序，称离为三卷，则《通考》一卷乃三卷之误。

【考证】

馆臣言"《通考》一卷乃三卷之误"，误。南宋时，《竹坡词》一卷本与三卷本并存。

考马端临《文献通考》卷二百四十六："《竹坡词》一卷，陈氏曰：周紫芝撰。"（马端临《文献通考》下册，北京：中华书局，1986年版，第1945页）关于《竹坡词》卷数，是否存在三卷误为一卷之讹，经查阅相关古籍，可知《竹坡词》一卷本最早见于陈氏《直斋书录解题》，而元代马氏《文献通考》对此亦有记载，元代时该本尚存。再者，关于"一"为"三"之误，其概率远低于"一"为"二"之误。因此，馆臣所言"一卷乃三卷之误"不足为信。

再考《直斋书录解题》卷二十一《笑笑词集》："自《南唐二主词》而下，皆长沙书坊所刻，号《百家词》。其前数十家皆名公之作，其末亦多有滥吹者。"（陈振孙《直斋书录解题》，上海：上海古籍出版社，1987年版，第

629 页）可佐证孙氏所载《竹坡词》一卷本当为长沙书坊所刻《百家词》本。推其成书时间应为嘉定三年（1210）左右，由此可证，《竹坡词》一卷本与三卷本皆为南宋时期所并存，非馆臣所言误"三卷"为"一卷"。馆臣不辨其流，武断辨之，以致其误。

其《潇湘夜雨》本调，有赵彦端一词可证。

【考证】

馆臣言"《潇湘夜雨》本调，有赵彦端一词可证"，误。当为赵长卿《潇湘夜雨》一词可证。

赵长卿《惜香乐府》卷六《潇湘夜雨》："斜点银釭，高擎莲炬，夜寒不奈微风。重重帘幕，掩堂中。香渐远、长烟袅穟，光不定、寒影摇红。偏奇处，当庭月暗，吐焰如虹。红裳呈艳丽，娥一见，无奈狂踪。试烦他纤手，卷上纱笼。开正好、银花照夜，堆不尽、金粟凝空。叮咛语，频将好事，来报主人公。"（《文渊阁四库全书》集部第 1488 册第 408 页）

万树《词律》卷十三："此调与《满庭芳》相近而实不同。或曰：此即《满庭芳》，起三句无异，'重重帘幕'句虽只七字，然其后段'试烦他'九字与《满庭芳》无异，则此句或于'卷堂中'上落二字未可知。前结句虽只四字，然其后结与《满庭芳》无异，或于'吐焰'上下落一字亦未可知。后起是'丽'字断句，'娥'字上亦落一字。故周紫芝集《潇湘夜雨》凡四首，实即《满庭芳》，是一调而异名耳。余曰：此说固是，但其中前后两七字句对偶整齐，揣其音响，竟与《满庭芳》相去甚远，岂可将'香渐远'与'开正好'亦各删一字，以合《满庭芳》调乎？其另为一调无疑。故列于此，本谱欲黜新名复古调，然实系殊体，不敢不收也。"（万树《词律》，上海：上海古籍出版社，1984 年版，第 314 页）

另，冯煦《蒿庵论词》："坦庵、介庵、惜香，皆宋氏宗室，所作并亦清雅可诵。"（唐圭璋《词话丛编》第 4 册，北京：中华书局，2005 年版，第 3589 页）

据上述材料可知，《潇湘夜雨》一阕乃赵长卿词。且赵彦端《介庵词》并无《潇湘夜雨》一调，盖因赵彦端与赵长卿皆为宋宗室词人，以致馆臣有所混淆。

27　芦川词一卷（安徽巡抚采进本）

案绍兴八年十一月，待制胡铨谪新州，元幹作《贺新郎》词以送，坐是除名。考《宋史·胡铨传》，其上书乞斩秦桧在戊午十一月，则元干除名自属此时。毛晋跋以为辛酉，殊为未审，仅附订于此。

【考证】

馆臣此处有两则错误：其一，馆臣言绍兴八年（1138）胡铨谪新州，误。当为绍兴十二年（1142）编管新州。其二，馆臣言张元幹绍兴八年遭除名，误。当为绍兴十八年（1148）后。

《宋史》卷三百七十四："（绍兴）八年，宰臣秦桧决策主和，金使以'诏谕江南'为名，中外汹汹。铨抗疏……书既上，桧以铨狂妄凶悖，鼓众劫持，诏除名，编管昭州，仍降诏播告中外。给、舍、台谏及朝臣多救之者，桧迫于公论，乃以铨监广州盐仓。明年，改签书威武军判官。十二年，谏官罗汝楫劾铨饰非横议，诏除名，编管新州。十八年，新州守臣张棣讦铨与客唱酬，谤讪怨望，移谪吉阳军。"（脱脱《宋史》，北京：中华书局，1977年版，第11580页、第11582—11583页）按，文中所提铨与客唱酬之事，当指胡铨与张元幹唱酬一事。

《宋史》卷二十九《本纪第二十九·高宗六》："（绍兴八年）十一月……辛亥，以枢密院编修官胡铨上书直谏，斥和议，除名，昭州编管，壬子，改差监广州都盐仓。"（脱脱《宋史》，北京：中华书局，1977年版，第537页）卷三十《本纪第三十·高宗七》："（绍兴十二年）秋七月壬辰朔，福州签判胡铨除名，新州编管。""（绍兴十八年）十一月乙酉朔，升感生帝为上祀。乙亥，胡铨移吉阳军编管。"（脱脱《宋史》，北京：中华书局，1977年版，第556、569页）

另，王明清《挥麈后录》卷之十："绍兴戊午，秦桧之再入相，遣王正道为计议使，以修和盟。十一月，枢密院编修官胡铨邦衡上书曰：'窃谓秦桧、孙近，皆可斩也。臣备员枢属，义不与桧等共戴天！区区之心，愿斩三人头。'……疏入，责为昭州盐仓，而改送吏部，与合入差遣，注福州签判，盖上初无深怒之意也。至壬戌岁，慈宁归养，秦讽台臣论其前言弗效，诏除名勒停，送新州编管。张仲宗元干寓居三山，以长短句送其行云：'梦绕神州路。怅秋风，连营画角，故宫离黍。底事昆仑倾砥柱，九陌黄流乱注。聚万落千村狐兔。天意从来高难问，况人生易老悲如许。更南浦，送君去。凉生岸，柳销残暑。耿斜河疏星淡月，断云微度。万里江山知何处，回首对床夜语。雁不到，书成谁与？目断青天怀今古，肯儿曹恩怨相尔汝。举大白，唱《金缕》。'邦衡在新兴，尝赋词云：'富贵本无心，何事故乡轻别。空使猿惊鹤怨，误薜萝风月。囊锥刚要出头来，不道甚时节。欲驾巾车归去，有豺狼当辙。'郡守张棣缴上之，以谓讥讪，秦愈怒，移送吉阳军编管。……又数年，秦始闻仲宗之词。仲宗挂冠已久，以它事追赴大理削籍焉。……此段皆邦衡之子澥手为删定。"（上海古籍出版社编《宋元笔记小说大观》第4册，上海：上海古籍出版社，2001年版，第3744—3745页）

据上述材料可知，绍兴八年（1138）胡铨诏除名，编管昭州，后监广州盐仓。绍兴九年（1139）胡铨改签书威武军判官。绍兴十二年（1142）胡铨编管新州。绍兴十八年（1148）胡铨移谪吉阳军。

四库馆臣考胡铨谪新州为绍兴戊午岁（1138），误。当为绍兴十二年（1142）。且胡铨至新州编管之际与张元干有所唱和，张词《贺新郎》当作于绍兴十二年，今人王兆鹏《张元干年谱》可佐证。

结合《宋史》胡铨行迹及胡铨之子澥手删定《挥麈后录》记载，绍兴十八年（1148）胡铨因与张元干唱和之词受小人张棣所讦，移谪吉阳军。此时，张元干并未因《贺新郎》一词被除名。数年后，秦桧闻张元干词，乃以它事追赴大理而削其籍。由此可证，四库馆臣所考"元干除名"自属"戊午十一月"（1138），误。当为绍兴十八年（1148）后。

又李纲疏谏和议，亦在是年十一月，纲斯时已提举洞霄宫，元干又有寄词一阕。

【考证】

馆臣此处亦有两处错误：其一，馆臣言绍兴八年十一月，李纲疏谏和议，误。当为绍兴八年十二月。其二，馆臣言张元幹绍兴八年十二月又寄词一阕，误。张元幹《贺新郎》其二当为绍兴八年十二月后作。

考《建炎以来系年要录》卷一百二十四："绍兴八年十有二月，……观文殿大学士、提举临安府洞霄宫李纲言：'臣窃见朝廷遣王伦使金国……金人变诈不测，贪婪无厌，纵使听其诏令，奉藩称臣，其志犹未已也，必继有号召，或使亲迎梓宫，或使单车入觐，或使移易将相，或使改革政事，或竭取赋税，或朘削土宇。从之，则无有纪极，一不从则前功尽废，反为兵端。以谓权时之宜，听其邀求，可以无后悔者，非愚则诬也。使国家之势单弱，果不足以自振，不得已而为此，亦无可奈何。今土宇之广，犹半天下；臣民之心，戴宋不忘；与有识者谋之，尚足以有为。岂可忘祖宗之大业，生灵之属望，弗虑弗图，遽自屈服，祈哀乞怜，黄延旦暮之命哉！臣愿陛下特留圣意，且勿轻许。诏群臣讲明利害，可以久长之策，择其善者而从之。'"（李心传《建炎以来系年要录》第 5 册，卷一百二十四，北京：中华书局，2013 年版，第 2325 页、第 2328—2329 页）

由此可证，李纲疏谏和议当为"绍兴八年十二月"，非四库馆臣所考"绍兴八年十一月"，馆臣误。此外，张元幹《贺新郎》其二应为绍兴八年十二月李纲疏谏之后作，四库馆臣此处考证亦失误。

30　逃禅词一卷（安徽巡抚采进本）

毛晋跋称："或误以为晁补之词"。则晁无咎亦字补之，二人名字俱同，故传写误也。

【考证】

毛晋《逃禅词》跋曰："补之，清江人，世所传江西墨梅，即其人也。其诗文亦不多见。向有《补之词》行世，或谓是晁补之，谬矣。"（毛晋《宋六十名家词》，上海：上海古籍出版社，1989 年版，第 492 页）

晁补之其名补之，字无咎。四库馆臣将晁、扬二人之名与字相混淆，甚误。参详《晁无咎词六卷》注 [3] 或本附录第 10 条。

32 海野词一卷（安徽巡抚采进本）

宋曾觌撰。觌有《海野集》，已著录。

【考证】

《文渊阁四库全书》集部及《文渊阁四库全书总目》皆无著录《海野集》，馆臣此处误记。

34 介庵词一卷（安徽巡抚采进本）

张端义《贵耳集》载彦端尝赋西湖《谒金门》词，有"波底斜阳红湿"之句，为高宗所喜，有"我家里人也会作此等语"之称。其他篇亦多婉约纤秾，不愧作者。

【考证】

张端义《贵耳集》卷上："赵介庵名彦端，字德庄，宗室之秀，能作文。赋《西湖·谒金门》：'波底夕阳红绉。'阜陵问谁词？答云：'彦端所作。''我家里人也会作此等语'，喜甚。有《介庵集》三卷。"（上海古籍出版社编《宋元笔记小说大观》第4册，上海：上海古籍出版社，2001年版，第4273页）由此可知，馆臣于此处误"夕阳"为"斜阳"，误"红绉"为"红湿"。

集末《鹧鸪天》十阕，乃为京口角妓萧秀、萧莹、欧懿、刘雅、欧倩、文秀、王婉、杨兰、吴玉九人而作。

【考证】

馆臣言《鹧鸪天》十阕为京口角妓九人而作，误。当为《鹧鸪天》十一阕，为十妓而作。

查《文渊阁四库全书》集部第1488册第82页《介庵词》之《鹧鸪天》词序："羊城旧名京口，天下最号都会。风轩月馆，艳姬角妓，倍于他所，人以群仙目之。因列十名于后，各赋一阕。"细数《鹧鸪天》阕数十有一首，十阕献十妓，最后一首为总咏。十妓分别为萧秀、萧莹、欧懿、桑雅、刘雅、欧倩、文秀、王婉、杨兰、吴玉。四库馆臣漏"桑雅"之名，误十人为九人，并误《鹧鸪天》十一阕为十阕。

35　归愚词一卷（安徽巡抚采进本）

宋葛立方撰。方立有《归愚集》，已著录。

【考证】

此处馆臣误"立方"为"方立"，亦或是版刻之误。且《文渊阁四库全书》集部及《文渊阁四库全书总目》皆未著录《归愚集》，馆臣此处误记。

38　稼轩词四卷（江苏巡抚采进本）

宋辛弃疾撰。弃疾有《南烬纪闻》，已著录。

【考证】

《文渊阁四库全书》及《文渊阁四库全书总目》皆未著录《南烬纪闻》，馆臣此处误记。

《南烬纪闻录》旧题辛弃疾撰，因该书记事谬妄者甚多，或云此乃伪书。朱彝尊《日下旧闻考》卷一百五十五《存疑》云："《窃愤录》《南烬纪闻录》，皆伪书也，其纪钦宗留燕事迹与《北狩行录》《燕云录》不同，盖未足深信者。"（于敏中等编纂《日下旧闻考》，北京：北京古籍出版社，1985年版，第2501页）

且，《文渊阁四库全书》子部第869册王士祯《居易录》卷一："《南烬纪闻》所载北狩事，率不可信，或谓是不得志于宣和、靖康间者所为，理当然也。"（《文渊阁四库全书》子部第869册第317—318页）可见，朱、王二人皆谓《南烬纪闻录》为伪书，然二人并无显证辨之。《南烬纪闻录》伪书一说，暂且存疑。《全宋笔记》第四编第4册已收录辛弃疾《南烬纪闻录》

一书。

41　放翁词一卷（江苏巡抚采进本）

刘克庄《后村诗话》谓其时掉书袋，要是一病。

【考证】

馆臣言陆游之作常常掉书袋一评出自《后村诗话》，误。当出自刘克庄跋语。

《后村先生大全集》卷之九十九《刘叔安感秋八词》："近岁放翁、稼轩一扫纤艳，不事斧凿，高则高矣，但时时掉书袋，要是一癖。"（王蓉贵等校点《后村先生大全集》，成都：四川大学出版社，2008 年版，第 2571 页）经查阅《后村诗话》，并无此条，该语当出自刘克庄题跋类。

42　知稼翁词一卷（安徽巡抚采进本）

每词之下，系以本事，并详及同时倡酬诗文。

【考证】

据《文渊阁四库全书》集部第 1488 册《知稼翁词》，其无本事者有二，即《朝中措》第一阕与《一剪梅》。馆臣所言"每词之下，系以本事"，误。《知稼翁词》并非每词皆系本事。

乃朱彝尊选《词综》，犹信吴曾曲说，改藻原词，且坐《草堂》以擅改之罪。不知《草堂》惟以"归思"作"归兴"，其余实未尝改，彝尊殆偶误记欤。

【考证】

朱彝尊《词综》卷十一："永夜厌厌，画檐低月山衔斗。起来搔首，梅影横窗瘦。好个霜天，闲却传杯手。君知否？晓鸦啼后，归梦浓于酒。……按：

'晓鸦'《草堂》改作'乱鸦'，'归梦'改作'归兴'，便少意味。今从吴虎臣《能改斋漫录》正之。"（朱彝尊《词综》，上海：上海古籍出版社，2005年版，第242—243页）

《草堂诗余》前集卷之下："新月娟娟，夜寒江静山衔斗。起来搔首。梅影横窗瘦。好个霜天，闲却传杯手。君知否。乱鸦啼后。归兴浓如酒。"（阙名编《草堂诗余》，北京：中华书局，1958年版，第58页）

据上述材料可知，朱彝尊《草堂诗余》已改正两处，非如馆臣所言仅改"归思"作"归兴"，朱彝尊亦改"晓鸦"作"乱鸦"。由此可见，非朱彝尊误记，乃馆臣误记。

43　蒲江词一卷（江苏巡抚采进本）

惟《贺新郎》序首"沈传师"字，晋注《词选》作"传帅"，然今《词选》实作"传师"，则不知晋所据者何本矣。

【考证】

馆臣曰"晋注《词选》作'传帅'，然今《词选》实作'传师'"，误。当为晋注《词选》为"傅师"，而今《词选》为"传师"。

《中兴以来绝妙词选》卷之八《贺新郎》词序："彭传师于吴江三高堂之前。"（黄升《花庵词选》，北京：中华书局，1958年版，第324页）

毛晋本《贺新郎》词序则"彭傅师于吴江三高堂之前"。（毛晋《宋六十名家词》，上海：上海古籍出版社，1989年版，第587页）

据上述材料可证，毛晋本与花庵本当为"传""傅"之别，非馆臣所言"传帅"与"传师"之别。

至《鹧鸪天》后阕"丁宁须满玉西东"句，据文应作"玉东西"，而此词实用东韵，则由祖皋偶然误用。如黄庭坚之押秦西巴为巴西，非校者之误也。

【考证】

"玉东西"，即酒杯或酒之代称。查《文渊阁四库全书》集部第1488册第

255页《浦江词》所载《鹧鸪天》："纤指轻拈小砑红。自调宫羽按歌童。寒余芍药阑边雨，香落酴醿架底风。闲意态，小房栊。丁宁须满玉西东。一春醉得莺花老，不似年时怨玉容。"此处为押东韵，而将"玉东西"改作"玉西东"。此外，辛弃疾《临江仙》（春色饶君白发了）、葛胜仲《次韵子充九日建天宁道场罢遂游尧祠》与吴儆《浣溪沙·和前次范石湖韵》等词作为叶韵，亦将"玉东西"改作"玉西东"。由此可见，卢祖皋为叶韵而改，不应算作误用。

《韩非子·说林上》第二十二："孟孙猎得麑，使秦西巴持之归，其母随之而啼，秦西巴弗忍而与之。"（《新编诸子集成》之王先慎撰《韩非子集解》，北京：中华书局，2003年版，第206—207页）可证黄庭坚《有怀半山老人再次韵二首》其二："啜羹不如放麑，乐羊终愧巴西。"（刘琳等校点《黄庭坚全集》第1册，成都：四川大学出版社，2001年版，第194页）中的"巴西"为"秦西巴"。而黄庭坚为叶韵而改，不应视为误用。

二、《文渊阁四库全书总目·词曲类一》考证统计表

序号	书名	失误归因	学界已考	本书所考
1	《珠玉词》	引书有误		√
2	《珠玉词》	品评偏颇		√
3	《珠玉词》	人事失考		√
4	《六一词》	引书有误		√
5	《六一词》	引书有误		√
6	《乐章集》	卷数有误		√
7	《安陆集》	时间有误		√
8	《安陆集》	《文渊阁四库全书》集部第1487册《安陆集》误收他人之词4首		√
9	《安陆集》	引书有误		√
10	《山谷词》	引书有误		√
11	《淮海词》	论证争议		√
12	《书舟词》	引书有误		√

序号	书名	失误归因	学界已考	本书所考
13	《书舟词》	文字讹误		√
14	《书舟词》	人事失考	√	
15	《书舟词》	论断不当		√
16	《小山词》	引书有误		√
17	《小山词》	引文有误	√	
18	《晁无咎词》	引书有误		√
19	《晁无咎词》	人事失考		√
20	《晁无咎词》	引书有误		√
21	《姑溪词》	阕数有误		√
22	《溪堂词》	引文有误		√
23	《东堂词》	引语有误		√
24	《片玉词》	文字讹误		√
25	《初寮词》	评价之失	√	
26	《圣求词》	《文渊阁四库全书》集部第 1487 册《圣求词序》文字讹误		√
27	《石林词》	人事失考	√	
28	《丹阳词》	作品失考		√
29	《丹阳词》	评价之失		√
30	《丹阳词》	文字讹误		√
31	《丹阳词》	作品失考		√
32	《筠溪乐府》	文字讹误		√
33	《筠溪乐府》	文字讹误	√	
34	《筠溪乐府》	作品失考		√
35	《筠溪乐府》	阕数有误		√
36	《坦庵词》	人事失考		√
37	《坦庵词》	人事失考		√
38	《酒边词》	作品失考		√
39	《酒边词》	作品失考		√

续表

序号	书名	失误归因	学界已考	本书所考
40	《无住词》	阕数有误		√
41	《漱玉词》	文字讹误		√
42	《竹坡词》	卷数有误		√
43	《竹坡词》	作品失考		√
44	《芦川词》	时间有误		√
45	《芦川词》	时间有误		√
46	《懒窟词》	人事失考	√	
47	《逃禅词》	人事失考		√
48	《于湖词》	人事失考	√	
49	《海野词》	作品失考		√
50	《介庵词》	文字讹误		√
51	《介庵词》	阕数有误		√
52	《归愚词》	作品失考		√
53	《稼轩词》	作品失考		√
54	《樵隐词》	人事失考	√	
55	《放翁词》	引文有误		√
56	《知稼翁词》	作品失考		√
57	《知稼翁词》	论断有误		√
58	《蒲江词》	作品失考		√
59	《蒲江词》	论断有误		√

主要参考文献

一、著作

［1］纪昀，永瑢，等. 文渊阁四库全书总目［M］. 台北：台湾商务印书馆，1986.

［2］纪昀，永瑢，等. 文渊阁四库全书［M］. 台北：台湾商务印书馆，1986.

［3］中国方志丛书［M］. 台北：成文出版社，1970.

［4］永瑢，等. 四库全书总目［M］. 北京：中华书局，1965.

［5］北京大学古文献研究所. 全宋诗［M］. 北京：中华书局，1991.

［6］唐宋史料笔记丛刊［M］. 北京：中华书局，1997.

［7］阮元. 十三经注疏［M］. 北京：中华书局，2009.

［8］中国古籍总目编纂委员会. 中国古籍总目集部［M］. 北京：中华书局，2012.

［9］日本藏中国罕见地方志丛刊［M］. 北京：书目文献出版社，1991.

［10］北京图书馆. 古籍珍本丛刊［M］. 北京：书目文献出版社，1998.

［11］国家图书馆. 地方志人物传记资料丛刊华东卷［M］. 北京：北京图书馆出版社，2007.

［12］李山. 元代古籍集成［M］. 北京：北京师范大学出版社，2016.

［13］永瑢，等. 四库全书简明目录［M］. 上海：古典文学出版社，1957.

［14］辞海编辑委员会. 辞海［M］. 上海：上海辞书出版社，1982.

［15］四部丛刊初编［M］. 上海：上海书店，1989.

［16］上海书店出版社. 天一阁明代方志选刊续编［M］上海：上海书店，1990.

[17] 中国地方志集成浙江府县志辑 [M]. 上海：上海书店，2011.

[18] 上海图书馆. 中国丛书综录 [M]. 上海：上海古籍出版社，1982.

[19] 古本小说集成编委会. 古本小说集成 [M]. 上海：上海古籍出版社，1991.

[20] 邵懿辰. 增订四库简明目录标注 [M]. 邵章，续录. 上海：上海古籍出版社，2000.

[21] 上海古籍出版社. 宋元笔记小说大观 [M]. 上海：上海古籍出版社，2001.

[22] 续修四库全书编纂委员会. 续修四库全书 [M]. 上海：上海古籍出版社，2002.

[23] 清代诗文集汇编编辑委员会. 清代诗文集汇编 [M]. 上海：上海古籍出版社，2010.

[24] 杭州大学图书馆数据组. 中国历代人物年谱集目 [M]. 杭州：杭州大学图书馆数据组，1962.

[25] 浙江大学中国古代书画研究中心. 全宋画集 [M]. 杭州：浙江大学出版社，2010.

[26] 上海师范大学古籍整理研究所. 全宋笔记 [M]. 郑州：大象出版社，2015.

[27] 四库全书存目丛书编纂委员会. 四库全书存目丛书 [M]. 济南：齐鲁书社，1997.

[28] 二十五别史 [M]. 刘晓东，等点校. 济南：齐鲁出版社，2000.

[29] 四库全书存目丛书补编 [M]. 济南：齐鲁书社，2001.

[30] 刘向. 战国策 [M]. 上海：上海古籍出版社，1985.

[31] 司马迁. 史记会注考证 [M]. 泷川资言，考证. 杨海峥，整理. 上海：上海古籍出版社，2015.

[32] 刘义庆. 世说新语 [M]. 杭州：浙江古籍出版社，1986.

[33] 刘义庆. 世说新语笺疏 [M]. 余嘉锡，笺疏. 北京：中华书局，2016.

[34] 谢朓. 谢宣城诗集 [M]. 北京：中华书局，1985.

[35] 谢朓. 谢宣城集校注 [M]. 曹融南，校注. 上海：上海古籍出版社，1991.

［36］徐陵. 玉台新咏笺注［M］. 穆克宏, 点校. 北京：中华书局, 1985.

［37］李商隐. 玉溪生诗集笺注［M］. 冯浩, 笺注. 上海：上海古籍出版社, 1979.

［38］许浑. 丁卯集笺证［M］. 罗时进, 笺注. 北京：中华书局, 2012.

［39］赵崇祚. 花间集校注［M］. 杨景龙, 校注. 北京：中华书局, 2014.

［40］刘昫, 等. 旧唐书［M］. 北京：中华书局, 1975.

［41］张端义. 贵耳集［M］. 北京：中华书局, 1958.

［42］黄升. 花庵词选［M］. 北京：中华书局, 1958.

［43］阙名. 草堂诗余［M］. 北京：中华书局, 1958.

［44］陈亮. 陈亮龙川词笺注［M］. 姜书阁, 笺注. 北京：人民文学出版社, 1980.

［45］洪迈. 夷坚志［M］. 何卓, 点校. 北京：中华书局, 1981.

［46］苏轼. 苏轼诗集［M］. 孔凡礼, 点校. 北京：中华书局, 1982.

［47］周密. 齐东野语［M］. 张茂鹏, 点校. 北京：中华书局, 1983.

［48］邵博. 邵氏闻见后录［M］. 刘德权, 等点校. 北京：中华书局, 1983.

［49］刘克庄. 后村诗话［M］. 王秀梅, 点校. 北京：中华书局, 1983.

［50］李焘. 续资治通鉴长编［M］. 北京：中华书局, 1985.

［51］陈善. 扪虱新话［M］. 北京：中华书局, 1985.

［52］韩元吉. 南涧甲乙稿［M］. 北京：中华书局, 1985.

［53］连文凤. 百正集［M］. 北京：中华书局, 1985.

［54］宇文懋昭. 大金国志校证［M］. 崔文印, 校证. 北京：中华书局, 1986.

［55］欧阳修. 欧阳修词笺注［M］. 黄畬, 笺注. 北京：中华书局, 1986.

［56］苏轼. 苏轼文集［M］. 孔凡礼, 点校. 北京：中华书局, 1986.

［57］叶绍翁. 四朝闻见录［M］. 沈锡麟, 等点校. 北京：中华书局, 1989.

［58］钱世昭. 钱氏私志［M］. 北京：中华书局, 1991.

［59］柳永. 乐章集校注［M］. 薛瑞生, 校注. 北京：中华书局, 1994.

［60］赵彦卫. 云麓漫钞［M］. 北京：中华书局, 1996.

［61］陆游. 老学庵笔记［M］. 北京：中华书局, 1997.

[62] 岳珂. 桯史 [M]. 吴企明，点校. 北京：中华书局，1997.

[63] 陈騤. 南宋馆阁录续录 [M]. 张富祥，点校. 北京：中华书局，1998.

[64] 陈鹄. 西塘集耆旧续闻 [M]. 孔凡礼，点校. 北京：中华书局，2002.

[65] 张邦基. 墨庄漫录 [M]. 孔凡礼，点校. 北京：中华书局，2002.

[66] 周邦彦. 清真集校注 [M]. 孙虹，校注；薛瑞生，订补. 北京：中华书局，2003.

[67] 周密. 武林旧事 [M]. 北京：中华书局，2007.

[68] 洪迈. 容斋随笔 [M]. 孔凡礼，点校. 北京：中华书局，2007.

[69] 杨万里. 杨万里集笺校 [M]. 辛更儒，笺校. 北京：中华书局，2007.

[70] 姜夔. 姜白石词笺注 [M]. 陈书良，笺注. 北京：中华书局，2009.

[71] 张孝祥. 张孝祥词笺校 [M]. 宛敏灏，笺校. 北京：中华书局，2010.

[72] 李心传. 建炎以来系年要录 [M]. 北京：中华书局，2013.

[73] 辛弃疾. 辛弃疾词编年笺注 [M]. 辛更儒，笺注. 北京：中华书局，2018.

[74] 吴曾. 能改斋漫录 [M]. 上海：上海古籍出版社，1960.

[75] 陆游. 放翁词编年笺注 [M]. 夏承焘，等笺注. 上海：上海古籍出版社，1981.

[76] 曾敏行. 独醒杂志 [M]. 朱杰人，标校. 上海：上海古籍出版社，1986.

[77] 陈振孙. 直斋书录解题 [M]. 上海：上海古籍出版社，1987.

[78] 张先. 张子野词 [M]. 吴熊和，校点. 上海：上海古籍出版社，1988.

[79] 晁公武. 郡斋读书志校证 [M]. 孙猛，校证. 上海：上海古籍出版社，1990.

[80] 王楙. 野客丛书 [M]. 郑明，等校点. 上海：上海古籍出版社，1991.

[81] 晁补之，等. 晁氏琴趣外篇晁叔用词 [M]. 刘乃昌，等校. 上海：

上海古籍出版社，1991.

[82] 张元幹. 芦川词笺注 [M]. 曹济平, 笺注. 上海：上海古籍出版社, 1991.

[83] 李清照. 李清照集笺注 [M]. 徐培均, 笺注. 上海：上海古籍出版社, 2002.

[84] 陆游. 剑南诗稿校注 [M]. 钱仲联, 校注. 上海：上海古籍出版社, 2005.

[85] 晏殊, 等. 二晏词笺注 [M]. 张草纫, 笺注. 上海：上海古籍出版社, 2008.

[86] 秦观. 淮海居士长短句笺注 [M]. 徐培均, 笺注. 上海：上海古籍出版社, 2008.

[87] 周邦彦. 清真集笺注 [M]. 罗忼烈, 笺注. 上海：上海古籍出版社, 2008.

[88] 欧阳修. 欧阳修诗文集校笺 [M]. 洪本健, 校笺. 上海：上海古籍出版社, 2009.

[89] 黄庭坚. 山谷词校注 [M]. 马兴荣, 等校注. 上海：上海古籍出版社, 2011.

[90] 叶梦得. 石林词笺注 [M]. 蒋哲伦, 笺注. 上海：上海古籍出版社, 2014.

[91] 欧阳修. 欧阳修词校注 [M]. 胡可先, 等校注. 上海：上海古籍出版社, 2015.

[92] 苏轼, 傅干. 东坡词傅干注校证 [M]. 刘尚荣, 校证. 上海：上海古籍出版社, 2016.

[93] 柳永. 乐章集校笺 [M]. 陶然, 等校笺. 上海：上海古籍出版社, 2016.

[94] 张先. 张先集编年校注 [M]. 吴熊和, 等校注. 杭州：浙江古籍出版社, 1996.

[95] 毛滂. 毛滂集 [M]. 周少雄, 点校. 杭州：浙江古籍出版社, 1999.

[96] 洪咨夔. 洪咨夔集 [M]. 侯体健, 点校. 浙江：浙江古籍出版社, 2015.

[97] 谈钥. 嘉泰吴兴志 [M]. 侯体健, 点校. 杭州：浙江古籍出版

社，2018.

[98] 陈景沂. 全芳备祖 [M]. 杭州：浙江古籍出版社，2018.

[99] 胡仔. 苕溪渔隐丛话 [M]. 北京：人民文学出版社，1962.

[100] 晁补之. 晁补之词编年笺注 [M]. 乔力，校注. 济南：齐鲁书社，1992.

[101] 向子諲. 酒边词笺注 [M]. 王沛霖，等笺注. 南昌：江西人民出版社，1994.

[102] 苏轼. 苏轼文集 [M]. 顾之川，校点. 长沙：岳麓书社，2000.

[103] 王灼. 碧鸡漫志校正 [M]. 丘珍，校正. 成都：巴蜀书社，2000.

[104] 刘克庄. 后村先生大全集 [M]. 王蓉贵，等校点. 成都：四川大学出版社，2008.

[105] 李之仪. 李之仪诗词笺注 [M]. 史月梅，笺注. 郑州：郑州大学出版社，2020.

[106] 刘祁. 归潜志 [M]. 崔文印，点校. 北京：中华书局，1997.

[107] 脱脱，等. 辽史 [M]. 北京：中华书局，1974.

[108] 脱脱，等. 金史 [M]. 北京：中华书局，1975.

[109] 脱脱，等. 宋史 [M]. 北京：中华书局，1985.

[110] 马端临. 文献通考 [M]. 北京：中华书局，1986.

[111] 方回. 瀛奎律髓汇评 [M]. 李庆甲，集评校点. 上海：上海古籍出版社，1986.

[112] 吴师道. 吴师道集 [M]. 邱居里，等点校. 杭州：浙江古籍出版社，2012.

[113] 夏文彦. 图绘宝鉴 [M]. 北京：北京师范大学出版社，2016.

[114] 毛晋. 汲古阁书跋 [M]. 潘景郑，校订. 上海：古典文学出版社，1958.

[115] 毛晋. 宋六十名家词 [M]. 上海：上海古籍出版社，1989.

[116] 万树. 词律 [M]. 北京：中华书局，1957.

[117] 彭定求，等. 全唐诗 [M]. 北京：中华书局，1960.

[118] 何文焕. 历代诗话 [M]. 北京：中华书局，1981.

[119] 周济. 宋四家词选 [M]. 北京：中华书局，1985.

[120] 郭庆藩. 庄子集释 [M]. 王孝鱼，点校. 北京：中华书局，1985.

[121] 陆心源. 仪顾堂题跋 [M]. 北京：中华书局，1990.

[122] 王夫之，等. 清诗话 [M]. 上海：上海古籍出版社，1978.

[123] 钱谦益. 钱注杜诗 [M]. 上海：上海古籍出版社，1979.

[124] 厉鹗. 宋诗纪事 [M]. 上海：上海古籍出版社，1983.

[125] 朱彝尊. 词综 [M]. 上海：上海古籍出版社，2005.

[126] 曾唯. 东瓯诗存 [M]. 张如元，等校补. 上海：上海社会科学院出版社，2006.

[127] 顾广圻. 思适斋书跋 [M]. 上海：上海古籍出版社，2007.

[128] 沈雄. 古今词话 [M]. 孙克强，等校注. 上海：上海古籍出版社，2009.

[129] 徐松. 宋会要辑稿 [M]. 刘琳，等点校. 上海：上海古籍出版社，2014.

[130] 王念孙. 读书杂志 [M]. 徐炜君，等校点. 上海：上海古籍出版社，2014.

[131] 王引之. 经传释词 [M]. 李花蕾，校点. 上海：上海古籍出版社，2014.

[132] 杨希闵. 十五家年谱丛书 [M]. 扬州：江苏扬州人民出版社，1960.

[133] 张宗橚. 词林纪事 [M]. 成都：成都古籍书店，1982.

[134] 于敏中，等. 日下旧闻考 [M]. 北京：北京古籍出版社，1985.

[135] 陆心源. 宋诗纪事补遗 [M]. 太原：山西古籍出版社，1997.

[136] 叶德辉. 书林清话 [M]. 上海：复旦大学出版社，2008.

[137] 陆心源. 宋史翼 [M]. 杭州：浙江古籍出版社，2017.

[138] 陶元藻. 全浙诗话 [M]. 蒋寅，点校. 杭州：浙江古籍出版社，2017.

[139] 丁福保. 历代诗话续编 [M]. 北京：中华书局，1983.

[140] 俞陛云. 唐五代两宋词选释 [M]. 上海：上海古籍出版社，1985.

[141] 叶恭绰. 遐庵小品 [M]. 北京：北京出版社，1998.

[142] 朱祖谋. 彊村丛书 [M]. 上海：上海古籍出版社，1989.

[143] 梁启超. 梁启超全集 [M]. 北京：北京出版社，1999.

[144] 王国维. 王国维先生全集 [M]. 台北：台湾大通书局，1976.

[145] 罗忼烈. 词学杂俎 [M]. 成都：巴蜀书社，1990.

[146] 余嘉锡. 四库提要辨证 [M]. 北京：中华书局，1980.

[147] 李裕民. 四库提要订误 [M]. 北京：书目文献出版社，1990.

[148] 胡玉缙. 四库全书总目提要补正 [M]. 上海：上海书店，1998.

[149] 周振甫. 唐诗宋词元曲全集 [M]. 合肥：黄山书社，1999.

[150] 夏承焘，等. 宋词鉴赏辞典 [M]. 上海：上海辞书出版社，2003.

[151] 夏承焘. 夏承焘集 [M]. 杭州：浙江古籍出版社，2017.

[152] 唐圭璋. 全宋词 [M]. 北京：中华书局，1965.

[153] 唐圭璋. 宋词三百首笺注 [M]. 上海：上海古籍出版社，1979.

[154] 唐圭璋，潘君昭. 唐宋词学论集 [M]. 济南：齐鲁书社，1985.

[155] 唐圭璋. 宋词四考 [M]. 南京：江苏古籍出版社，1985.

[156] 唐圭璋. 词学论丛 [M]. 上海：上海古籍出版社，1986.

[157] 唐圭璋. 词话丛编 [M]. 北京：中华书局，2005.

[158] 唐圭璋，王兆鹏. 词学探微 [M]. 北京：商务印书馆，2020.

[159] 龙榆生. 龙榆生全集 [M]. 上海：上海古籍出版社，2017.

[160] 缪钺. 缪钺说词 [M]. 上海：上海古籍出版社，1999.

[161] 宛敏灏. 词学概论 [M]. 北京：中华书局，2009.

[162] 闵定庆. 花间集论稿 [M]. 海口：南方出版社，1999.

[163] 闵定庆. 孙涛诗话二种 [M]. 福州：福建人民出版社，2016.

[164] 闵定庆. 潮州《西湖山志》校笺 [M]. 北京：中国社会科学出版社，2020.

[165] 陈水云. 清代词学发展史论 [M]. 北京：学苑出版社，2005.

[166] 陈水云. 明清词研究史 [M]. 武汉：武汉大学出版社，2006.

[167] 陈水云，等. 唐宋词在明末清初的传播与接受 [M]. 北京：中国社会科学出版社，2010.

[168] 陈水云. 清代词学思想流变 [M]. 北京：社会科学文献出版社，2018.

[169] 曹辛华. 中国词学研究 [M]. 福州：福建人民出版社，2006.

[170] 曹辛华. 唐宋诗词的文体观照 [M]. 北京：中华书局，2011.

[171] 王兆鹏. 两宋词人年谱 [M]. 台北：文津出版社，1994.

[172] 王兆鹏. 词学史料学 [M]. 北京：中华书局，2004.

[173] 王兆鹏. 两宋词人丛考 [M]. 南京：凤凰出版社，2007.

[174] 王兆鹏. 宋代文学传播探原 [M]. 武汉：武汉大学出版社，2013.

[175] 孙克强. 唐宋人词话 [M]. 郑州：河南文艺出版社，1999.

[176] 孙克强. 清代词学 [M]. 北京：中国社会科学出版社，2004.

[177] 孙克强. 清代词话全编 [M]. 南京：凤凰出版社，2019.

[178] 朱崇才. 词话丛编续编 [M]. 北京：人民文学出版社，2010.

[179] 葛渭君. 词话丛编补编 [M]. 北京：中华书局，2013.

[180] 屈兴国. 词话丛编二编 [M]. 杭州：浙江古籍出版社，2013.

[181] 吴慰祖. 四库采进书目 [M]. 北京：商务印书馆，1960.

[182] 王重民. 中国善本书提要 [M]. 上海：上海古籍出版社，1983.

[183] 金启华. 唐宋词集序跋汇编 [M]. 台北：台湾商务印书馆，1993.

[184] 张玉来. 中原音韵校本 [M]. 北京：中华书局，2013.

[185] 解玉峰. 吴梅词曲论著集 [M]. 南京：南京大学出版社，2008.

[186] 昌彼得，等. 宋人传记数据索引 [M]. 北京：中华书局，1988.

[187] 潘国允，等. 蒙元版刻综录 [M]. 呼和浩特：内蒙古大学出版社，1996.

[188] 郑永禧. 浙江省衢县志 [M]. 台北：成文出版社，1984.

[189] 饶宗颐. 饶宗颐二十世纪学术文集 [M]. 台北：新文丰出版股份有限公司，1988.

[190] 饶宗颐. 词集考 [M]. 北京：中华书局，1992.

[200] 傅璇琮. 宋才子传笺证 [M]. 沈阳：辽海出版社，2011.

[201] 傅璇琮. 宋登科记考 [M]. 南京：江苏教育出版社，2005.

[202] 傅璇琮，等. 唐人选唐诗新编 [M]. 北京：中华书局，2014.

[203] 傅璇琮. 书林清话 [M]. 郑州：大象出版社，2015.

[204] 卢燕新，等. 傅璇琮先生学术研究文集 [M]. 北京：商务印书馆，2012.

[205] 吴熊和. 唐宋词通论 [M]. 杭州：浙江古籍出版社，1985.

[206] 吴熊和. 唐宋词汇评 [M]. 杭州：浙江教育出版社，2004.

[207] 陶然. 吴熊和教授纪念集 [M]. 杭州：浙江大学出版社，2014.

[208] 蒋哲伦，杨万里. 唐宋词书录 [M]. 长沙：岳麓书社，2007.

[209] 孔凡礼. 苏轼年谱 [M]. 北京：学苑出版社，2001.

[210] 邹同庆, 王宗堂. 苏轼词编年校注 [M]. 北京: 中华书局, 2002.

[211] 白敦仁. 陈与义年谱 [M]. 北京: 中华书局, 1983.

[212] 刘乃昌. 姜夔诗词选注 [M]. 上海: 上海古籍出版社, 1983.

[213] 郑永晓. 黄庭坚年谱新编 [M]. 北京: 社会科学文献出版社, 1997.

[214] 严杰. 欧阳修年谱 [M]. 南京: 南京出版社, 1993.

[215] 黄宝华. 黄庭坚评传 [M]. 南京: 南京大学出版社, 1998.

[216] 黄庭坚全集 [M]. 刘琳, 等校点. 成都: 四川大学出版社, 2001.

[217] 韩酉山. 张孝祥年谱 [M]. 合肥: 安徽人民出版社, 1993.

[218] 蔡义江, 等. 辛弃疾年谱 [M]. 济南: 齐鲁书社, 1987.

[219] 邓广铭. 辛稼轩年谱 [M]. 上海: 上海古籍出版社, 1997.

[220] 邓广铭. 陈龙川传 [M]. 北京: 生活·读书·新知三联书店, 2007.

[221] 于北山. 陆游年谱 [M]. 上海: 上海古籍出版社, 1985.

[222] 欧小牧. 陆游年谱 [M]. 北京: 人民文学出版社, 1981.

[223] 贾文昭. 姜夔资料汇编 [M]. 北京: 中华书局, 2011.

[224] 秦子卿. 秦淮海年谱考订笺证 [M]. 南宁: 广西人民出版社, 1991.

[225] 徐培均. 秦少游年谱长编 [M]. 北京: 中华书局, 2002.

[226] 周义敢, 等. 晁补之资料汇编 [M]. 北京: 中华书局, 2008.

[227] 黄墨谷. 重辑李清照集 [M]. 济南: 齐鲁书社, 1981.

[228] 徐海梅. 周紫芝生平考述暨创作探源 [M]. 北京: 中国社会科学出版社, 2014.

[229] 刘天文. 柳永年谱及系年词考笺 [M]. 成都: 巴蜀书社, 2005.

[230] 唐红卫, 等. 二晏年谱长编 [M]. 天津: 南开大学出版社, 2016.

[231] 周必大全集 [M]. 王蓉贵, 等点校. 成都: 四川大学出版社, 2017.

[232] 杜甫全集 [M]. 高仁, 标点. 上海: 上海古籍出版社, 1997.

[233] 杜牧全集 [M]. 陈允吉, 校点. 上海: 上海古籍出版社, 1997.

[234] 金刚般若波罗蜜经集注 [M]. 朱棣, 集注. 上海: 上海古籍出版社, 1984.

[235] 杨宝林. 自力斋文史农史论文选集 [M]. 广州: 广东高等教育出版社, 1993.

[236] 上官涛.《溪堂集》《竹友集》校勘 [M]. 广州：中山大学出版社，2011.

[237] 王庆生. 金代文学家年谱 [M]. 南京：凤凰出版社，2005.

[238]《词学》编辑委员会. 词学 [M]. 上海：华东师范大学出版社，1983.

[239] 方智范，等. 中国词学批评史 [M]. 北京：中国社会科学出版社，1994.

[240] 村上哲见. 宋词研究 [M]. 上海：上海古籍出版社，2015.

[241] 曹明升. 清代宋词学研究 [M]. 北京：中华书局，2019.

[242] 王培军. 四库提要笺注稿 [M]. 上海：上海大学出版社，2019.

[243] 张伯伟. 稀见本宋人诗话四种 [M]. 南京：江苏古籍出版社，2002.

[244] 蔡国强. 钦定词谱考正 [M]. 上海：华东师范大学出版社，2017.

[245] 蔡国强. 词律考正 [M]. 上海：华东师范大学出版社，2019.

[246] 彭玉平. 唐宋词举要 [M]. 北京：商务印书馆，2014.

[247] 彭玉平. 人间词话疏证 [M]. 北京：中华书局，2016.

[248] 冯乾. 清词序跋汇编 [M]. 南京：凤凰出版社，2013.

二、期刊论文

[1] 吴承学，何诗海. 论《四库全书总目》的文体学思想 [J]. 北京大学学报（哲学社会科学版），2007（7）.

[2] 吴承学.《四库全书》与评点之学 [J]. 文学评论，2007（1）.

[3] 彭玉平. 词学批评学的现代发生与"三大体系"建设 [J]. 文学遗产，2021（1）.

[4] 彭玉平. 论词体与其他文体之关系：以况周颐为中心 [J]. 文学遗产，2019（2）.

[5] 彭玉平. 论词之修择观 [J]. 中南大学学报（社会科学版），2019（1）.

[6] 陈晓华.《四库全书》三种提要之比较 [J]. 首都师范大学学报（社会科学版），2005（3）.

[7] 江庆柏. 四库学文献的基本类型 [J]. 中国典籍与文化，2014（90）.

[8] 王培军.《四库全书总目》集部条辨 [J]. 复旦大学学报（社会科学

版），2016（3）.

[9] 吕文瑞.《四库全书总目》与阁本书前提要之比较：以子部杂家类杂考之属为例 [J]. 古籍整理与研究学刊，2018（2）.

[10] 何宗美. 四库体系中的曲学思想辨证 [J]. 文学遗产，2018（2）.

三、学位论文

[1] 陈恒舒. 四库全书清人别集纂修研究 [D]. 北京：北京大学，2013.

[2] 何灿.《四库全书》纂修中的校勘成就 [D]. 济南：山东大学，2014.

[3] 何素婷.《四库全书总目》元别集体要研究 [D]. 重庆：西南大学，2018.

[4] 柳燕.《四库全书》集部研究 [D]. 武汉：华中师范大学，2008.

后　记

今古恨，几千般，只应离合是悲欢。江头未是风波恶，别有人间行路难。恍惚间，恰似昨日，已是今天。三年时光，终究谢幕。人生旅途，各奔西东。理想与现实两端，自有抉择。当看到学友们陆陆续续赶上职场或升学的列车，自己还在不慌不忙地等待着下一趟时，同辈压力与未知焦虑难免涌上心头。但选择无悔，我能做的是，按照计划一步一个脚印，珍惜当下每一天。面对精神的快乐与金钱的快乐时，我总会这般思量：前者如江上之清风，与山间之明月，取之无禁，用之不竭。后者虽能给予感官刺激，但昙花一现，犹如蜂子、蝇子飞了一小圈子，便又回来停在原点，难免终归空虚的窠臼。人生，说长似长，说短亦短。一生忙忙碌碌，在历史上默默无闻，黯淡退场，大有人在。这样的一生仅仅是你和你身边人记住的一生，也是短暂的一生。倘若想延长生命的长度，你大可在有生之年，尽人事知天命，让历史的小角落记住你此生来过的痕迹，如能在学界留下点贡献，泽润后人，此生也不枉过。日后当有人点开互联网或是翻检旧书堆时，尚能找到你活过、来过的痕迹，此生也算永恒。

或许有人会问，你的想法不接地气，没品尝过生存的艰辛，纯属站着说话不腰疼。那我肯定也会反问："子非鱼，安知鱼之乐？燕雀安知鸿鹄之志哉？"自本科毕业起，我未曾要过家里的物质支持，秉持自力更生、艰苦奋斗的原则，如期完成学业。毕竟书读到这个程度，学力与能力还是要相匹配的。所谓"欲戴皇冠必承其重"，悲喜自度，他人难悟。既然选择了理想，就要有所担当，风雨兼程。我也曾感叹，为何别人读研，天南地北到处玩，自己却依旧奔走在维持理想的兼职路上？此时，蓦然回首，当看着一架又一架堆满的书时，内心也释怀了，这一切都值得。硕士三年，虽尚未如愿把已购书籍细细读完，但于想翻阅的时候，随手有书，不缺也无憾，足矣。

若问三年光阴，所得为何？我会毫不含糊地回答，所得有二：一乃价值过万之存书；二乃求学之"三宝"。关于存书，电子版类暂且不计（我为此特地购入8T移动硬盘与10T的百度网盘，专门存储无须购买纸质版或购买不得的相关大小型书籍资源），纸质版的库存至今已耗资十多万。舍友也曾问道："买这么多书，能看完吗？"对于这样的发问，我都一笑了之。其中道理，求学者自然心照不宣。此外，在购书方面，我亦相当谨慎，毕竟花掉的钱财与阅读的时间是一去不复返的，买什么书、读什么书、收藏什么书，都需三思而后行。这也是我对导师的书柜藏书以及良师们的推荐书目甚感兴趣之缘由。犹记得研一时，导师带领我们一同参观了他的书房，还把心仪的书一本一本拿出来，分给每个学生过目。当时学生对导师所推荐的书都有拍照和记录，生怕错过一本又一本的好书。碰上当当网相关购书活动、"淘宝618"或"双11"之际，我都会尽量买下，对于那些出版社不再出版的经典书籍，也会通过孔夫子旧书网进行购买。这也是我积攒的学校补贴、奖学金与周末兼职费来去无踪的主因。不过细想，也罢，我一无梳妆打扮之喜好，二无男友与郊游之消耗，花钱的乐趣除了买书还是买书。买书使人快乐，读书使人幸福。特别是在图书馆读到一段刺激大脑灵光闪现的文字时，那种喜悦是物质给予不了的。

关于求学之"三宝"，乃我有幸遇到的三位良师，即陈志扬老师、闵定庆老师和蒋寅老师。人生遇真师，恰如久旱逢甘霖，胜似金榜题名时。在华南师范大学，优秀的老师很多，但有缘分蒙受其启发者却不易碰到。先谈谈"一宝"：陈志扬老师（家师）。感谢导师三年的谆谆教诲与无私传授，我将永远感恩与铭记。读研三年，导师时时关心我们的学识近况，是否有读师门书单，是否有新问题、新发现，是否有读书心得，导师都会关注。另外，导师相当重视我们的问题意识和大局意识的培养。他经常教我们研究问题须从大局入手，研读经典须从大家着手，去揣摩他们的构思，多问几个为什么，学会关注他们的思维走向，比读十本书都管用。我最后毕业论文的选题，也是得益于家师的这般培养。此外，导师对师门的培养除因材施教外，也会从学术论文写作的思路上进行培养。比如近期师门指导课中提到的考证性小论文的写作思路。导师会带着学生们一同学习，并给出相关学术性论文写作书单或是分享相关电子资源以供学生们更好地领悟其中的门道。导师的无私传授，对师门学生而言，都是终身受益的。此外，导师对论文的要求也很高，毫不夸张地说，能入导师法眼者，基本可以发核心期刊了。被导师点评过的论文，稍作修改，也能化腐朽为神奇。除了学问上的教导，导师也关注学生们做人做事方面的培养。首先，导师本身是一位非常质朴、勤奋、好学、踏实的学者，对待学问秉持辨章学术、考镜源流的原则（这点跟导师读书时期喜欢研读章学诚的文章有关）。听往届师姐们说，读书时曾因论文写不好而挨骂。虽然我在师门的三年尚未被导师骂过，但回想起来，觉得有些遗憾。导师之骂何尝不是一种"恨铁不成钢"的关怀？有机会，还是希望能被责骂一番。正所谓"严师出高徒"，是古训也是学生成才的必经之路。其次，导师在生活中也是一位心细的暖男。记得师门宴吃饭时，风扇直吹，导师会把风扇调小，以免大家受凉。有时聚餐人虽未能到齐，但导师还是会嘘寒问暖，关心师门每一个学生的近况。我印象深刻的是，导师曾经说过，他和导师的聚餐，如无意外定会赴席。后来细想，师生间的相聚总是那么短暂。生活的忙碌与奔波占据着每一个人的时间，消耗着每一个人的生命。人与人的相聚变得弥足珍贵，能聚一年是一年，能见一次是一次。毕竟，否则苏轼也吟咏不出"人有悲欢离合，月有阴晴圆缺，此事古难全。但愿人长久，千里共婵娟"的感叹了。

再来谈谈"二宝"：闵定庆老师。非常感谢命运能够让我碰到这般洒脱、有个性的良师。闵老师是位很特别的老师，其特别之处，着实让我感受到了学者们意气风发和潇洒自如的精神气。上闵老师的课，除了学识有所增进外，更有意思的还是听那些过去的、现在的学术圈里的逸事逸文。闵言闵语是老师的特色，也是我甚为欣赏的亮点。它从一个侧面告诉你学问的真相和学界的现状。此外，闵老师的乾嘉学派遗风也让我大开眼界，改变了我对文献学和考据学的粗浅认知。很多文献学的书籍都得益于闵老师的指点。曾记得，下课时，我向闵老师讨教，如何传承乾嘉学派遗风，这一脉学者如今尚在？闵老师都会娓娓道来，并指明相关阅读书籍。关于文献版本的挑选，闵老师除了课上谈及，也会推荐相关书籍供学生们阅读。对于过多的书籍，我来不及阅读的必当购入，以备不时之需。在毕业论文的写作过程中，我没有太多的车马之累，很大的原因归功于平时的阅读量和闵老师的鼎力推荐。我购入的书籍，三分之一是闵老师课上课下所推荐的，特别是文献类的书籍和考据学类的书籍。关于闵老师的个人魅力，不得不提的是，敢作敢为、敢担当，有学养，有洞见，有品位，着实是当今学者的另一种表率。当然，最让我钦佩的还是闵老师的高情商和高智商。我曾想，怎么会有这么特别的一个存在？

如果说学界是一汪潺潺流动的泉水，那么闵老师想必就是那汩汩而来的活水。听闵老师的课，更是有一种"此课今朝听，错过难再寻"的感受。所以当别人还寻思着逃课的理由时，我早已坐在第一排静候课堂的开始。毕竟能看东西的眼睛千万只，能发现美、欣赏美的却不多。在我印象中闵老师一直都是浑身散发着满满元气的学者，你根本看不出站在讲台上的是一位年过半百的人。伴随着讲课声，声声入耳，浑厚有力，思路清晰，娓娓道来，更像是一个青年学者的模样。闵老师身上的元气还体现在年轻人般的精神气和生命的韧性上。无论是课上还是课下，闵老师都不会让人感到有中年人的疲惫之感。潮词潮语，最新八卦，前沿观点，都可以在闵老师那里获悉。你会发现一个热爱生活、懂得生活、享受生活的人会更加珍惜自己的生命长度。闵老师有一种经历了人生百味后，依旧活得精彩的生命韧性。如果坚持走学术的路，必须要具备如闵老师这般的生命韧性，才能走得更长远。

最后谈谈"三宝"：蒋寅老师。非常感谢蒋老师在我求学路上的指点迷津和做学问须具备的真知灼见。蒋寅老师是一位没有架子、温柔敦厚、谦虚有礼的学者。读蒋老师的文章，你会被他的才情诗性所感染。犹记得一次偶然的机会，我读到了蒋老师追怀师门情谊的文章，仿佛被带入了那个场景，感觉就在程千帆先生与蒋寅老师的旁边，倾听着他们的细语。程千帆先生与蒋寅老师的师生情谊是我非常欣赏的，如父子般的关爱，亦师亦友。这份师生情谊在蒋老师求学的年代还算常见，但放到现在，基本上寥寥无几了。那是值得追忆的一代人、一代学风、一代师生情。蒋寅老师也是一个真性情的学者，不爱阿谀奉承之言，钟爱批评指正之语。他喜欢学术性的探讨，喜欢与学生一起读书、解书、评书。当上蒋老师的读书课时（如《文镜秘府论》《筱园诗话》《宋诗选注》等），我常被老师的独到见解所折服。此外，蒋老师课上也是循序渐进地指导学生阅读和提问，当你提出某个假设或见解时，他不会马上否定你，而是一步步引导你，让你发现问题的本真，填补你某个知识的空白。这也是蒋老师的课堂上永远是座无虚席的原因，如果要坐到最靠近老师的位置，你还得早来。所以，我每次旁听课时，都会提前半小时或一小时到。还有一点非常重要的是，蒋老师的课是属于常听常新的，是非常值得一辈子听下去的。希望我能够有这般机会，能一直旁听蒋老师的课。关于蒋老师的著作，有点遗憾的是，至今尚无大型文集的面世。如果蒋老师能出学术性大型文集的话（诸如莫砺锋先生的《莫砺锋文集》），那么对学界而言，必是盛事一件。比起每一本都要捡漏般购买，我更倾向一口气把全集买下，好好品读和珍藏。我印象深刻的是，每逢读书有疑惑不解时，我都会向蒋老师请教，即便蒋老师再忙，他也会抽空答复，这点着实让我感动万分。作为一位知名学者，工作这么繁忙，还能对学生有问必答，读研三年能遇见这等良师，实乃人生一大幸事啊。

此外，我还要感谢父母。我的父母是非常开明民主的父母，他们不会因为子女的年龄问题而催婚，也不会因为现实的问题而中断子女的求学之路，他们或许物质上给予不了太多，但精神上给予的理解和支持是不可计数的，这点让我有了足够的时间和自由去追逐理想而没有太多的压力。在他们年轻时，我的父母没有少吃文化的亏，母亲更是因性别歧视而被迫中断学业，父亲因为兄弟多而不得不过早地扛起生活的重担。虽说父母本身读书不多，但给予了我们求学的机会和逐梦的自由。父母的爱总是平等的，在一家人经历了生活琐事与大风大浪后，作为子女的我们更明白父母的艰辛与不易，更懂得感恩和珍惜。从小父母就教导我们做人要存善良本性、知恩图报，做事要吃苦耐劳、敢于拼搏。我今天能在这里求学，没有家人的理解与支持，是不可能的，再一次感谢父母，感恩家人。

青葱岁月，一别相离终。最后以词作结：把酒祝东风，且共从容。垂杨紫陌洛城东。总是当时携手处，游遍芳丛。聚散苦匆匆，此恨无穷。今年花胜去年红。可惜明年花更好，知与谁同？

叶凤于壬寅仲秋华南师范大学